JAN KOSSDORFF

Geb. 1974 in Wien. 2009 lieferte er mit *Sunnyboys* sein Romandebüt, bei Milena erschienen anschließend die Romane *Spam!* (2010), *Kauft Leute* (2013) und zuletzt *Horak am Ende der Welt* (2021). Zwischen den Büchern Journalist und Werbetexter. Kossdorff ist Vater von zwei Kindern, er ist in Wien und manchmal am Traunsee zu Hause.

Jan Kossdorff **DER GLÜCKLICHE SEE**

Roman

Milena

HAUPTFIGUREN DES ROMANS

Die Eltern:
Max: Mitte siebzig, Gastronom
Monika: Anfang siebzig, Fotografin

Die Geschwister:
Leander: Anfang fünfzig, Sportagent
Jola: Ende vierzig, Bildhauerin
Valentin: Anfang vierzig, Puppenbühnenbetreiber
Aino: Mitte dreißig, Touristikerin

TEIL 1
JANUAR

1

Valentin beobachtete durch das Sichtfenster des Kasperltheaters, wie die letzten Kinder mit ihren Eltern den Saal verließen. Zurück blieben verschobene Sessel, verstreute Maisbällchen und ausgequetschte Fruchtsaftpäckchen.

Valentin hatte immer noch die Zahnprothese im Mund, dank derer sein »Pezi« so lustig sprach. Seine Kollegin Pia kniete auf ihrer Spielbank und hatte die Augen weit aufgerissen, wie immer, wenn sie Kasperl war. Sie hatten noch ein Lied singen wollen, aber die Kinder hatten das Stichwort verpasst und gedacht, es sei vorbei – was die Eltern für einen schnellen Rückzug nutzten.

»Du, Kasperl«, sagte Valentin in Pezis Stimme in der Stille ihres Sperrholzkabuffs.

»Jaaa, Pezi?«

»Dem Thomas Bernhard hat jemand seine Jacke gestohlen!«

»Waaaaas?!«

»Ja, echt! Der Michel Houellebecq hat das Haus vom Bernhard besucht, und danach war seine Jacke weg!«

»Aber Pezi, der Mischell Coolpack ist doch ein berühmter Schriftsteller, der hat doch bestimmt eine eigene Jacke!«

»Ja, aber der mag den Bernhard ja ganz viel, der wollte seine Jacke! So eine schöne Trachtenjacke! Und die trägt er jetzt immer, wenn er sich in Paris seine Baguettes kaufen geht!«

Pia gluckste und ließ den Kasperl sinken.

Valentin nahm die Zahnprothese heraus und legte den Pezi nieder.

»Hab ich in der *FAZ* gelesen«, sagte Valentin.

»Was, echt?«

»Er war in Ohlsdorf auf Bernhards Hof, hat die Jacke anprobiert und war begeistert, wie gut sie ihm steht. Und dann hat er sie nicht mehr ausgezogen.«

»Geil.«

»Und der Herr Fabjan, der Bruder vom Bernhard, hat später gesagt, sie hätten sie ihm überlassen, also könne man nicht von Stehlen sprechen.«

»Das heißt, keiner hat sich getraut zu sagen: Aber jetzt zieh die Jacke mal hübsch wieder aus, du Lump!«

»Der Houellebecq ist ein Genie, wenn der meine Jacke will, gebe ich sie ihm auch.«

Nach dem Abbau setzten sich Valentin und Pia auf die Stiege, die von dem kleinen Prunksaal des Schlosses, in dem am Samstagnachmittag das Kasperltheater stattfand, zur Terrasse führte. Sie rauchten eine Zigarette und starrten in den nebligen Park mit den in Planen verpackten Zitrusbäumen.

»Du weißt, dass morgen ausfällt, oder?«, sagte Valentin.

»Ja.«

»Meine Schwester Aino kommt aus den USA.«

»Wie viele Geschwister hast du noch mal?«, fragte Pia.

»Wir sind vier.«

»Ich kenn deine ältere Schwester, wie heißt sie?«

»Jola.«

»Genau. Künstlerin, oder?«

»Bildhauerin.«

Valentin dachte daran, dass ihm Jola eine Präsentation für einen Wettbewerb geschickt hatte, irgendwas mit Holocaust, und dass er ihr noch eine Antwort schuldete.

Jola kniete auf der Promenade am See und betrachtete einen roten Regenschirm, der verkehrt auf der Wiese zwischen Gehweg und Wasser lag. Dahinter das Schloss Orth im See, links und rechts die knorrigen kahlen Bäume der Esplanade.

»Dort kommt es hin?«, fragte ihre Freundin Sandra, die neben ihr stand und Jolas Blick in Richtung Schirm folgte.

»Das ist jedenfalls mein Vorschlag«, sagte Jola und fühlte, dass sie immer noch unsicher mit der genauen Position war. »Sie wollten es beim Friedhof haben, gegenüber dem Kriegerdenkmal, aber das geht gar nicht.«

»Warum nicht?«

»Weil Soldaten Täter und Opfer zugleich waren, das kannst du nicht gleichstellen.«

»Täter und Opfer zugleich … Ist dir das selbst eingefallen?«

»Das hab ich aus der Literatur … Außerdem kennen nur die Gmundner den Friedhof, da verirrt sich kein Tourist hin.«

»Und hier, so direkt vor dem Schloss …?«

Sandra sah Jola an, als würde ihre Freundin heiliges Territorium für sich beanspruchen.

»Schau, ich schlage es ihnen vor. 75 Jahre lang wurde der Geschichte der ermordeten Juden der Stadt nicht gerade überenthusiastisch gedacht – wenn ihnen das heute wirklich ein Anliegen ist, dann muss die Botschaft die Leute auch erreichen.«

»Ja, klar«, murmelte Sandra und starrte auf den Schirm, als wäre er mehr als eine Markierung der Position, als wäre er bereits das Kunstwerk.

»Es ist nur, du weißt, sie haben es nicht so mit Veränderung.«

»Na ja, das Naturschutzgebiet für Hotelparkplätze zu roden, lässt sich offenbar auch mit wertkonservativer Beständigkeit vereinbaren.«

»Ist noch nicht entschieden.«

»Ach, komm …«

Jola stand auf und zog das Handy aus ihrer Jackentasche. Sie zeigte ihrer Freundin eine 3D-Animation des Mahnmals vor dem See.

»Das Podest ist aus Stahl, die Namen sind herausgefräst. In der Nacht leuchtet es von innen, die Namen strahlen nach außen. Die Skulptur ist doppelt so hoch wie das Podest, keramischer Steinton.«

Jola zoomte auf die Figuren der Skulptur hin, aneinandergepresste nackte Menschen.

»Ein Kind …«, sagte Sandra, als sie die Figur einer Frau sah, die ein Mädchen im Arm hielt.

»Ich weiß nicht, ob Kinder dabei waren«, sagte Jola, »aber ich dachte, falls doch, will ich auch für sie einen Stellvertreter schaffen.«

»Was sagt denn Irma zu der Skulptur?«

Irma war Jolas vierzehnjährige Tochter.

»Sie findet sie sehr schön. Sie ist überhaupt total interessiert an dem Projekt. Weißt du, was sie gemacht hat?«

Sandra sah sie neugierig an.

»Sie hat eine Kurzgeschichte über die Skulptur geschrieben. Von einem Paar, das zufällig hier vorbeispaziert und in das Thema hineingezogen wird. Richtig gut!«

»Wow!«

»Ja. Aber weißt du, was mir aufgefallen ist: Der Mann kommt wahnsinnig schlecht weg dabei.«

»Ach Gott. Aber das darf dich jetzt eigentlich nicht wundern …«

Jola sah Sandra mit einer Spur von Verstimmung an. Sie sollte ihr nicht immer alles von ihrem Mann erzählen.

Als Leander die Autobahn verlassen hatte und die Salzkammergut-
straße Richtung Ischl fuhr, eröffnete sich ihm der Blick auf den
See, an diesem trüben Januartag stahlgrau, glatt und leer, mit Dunst
über den Ufern.

Leander dachte, anderen Orten fehlte dieser Moment des An-
kommens, dort wurde man von der Peripherie begrüßt und lau-
warm auf die Ankunft eingestimmt. Hier war es eine Kuppe, die
man mit dem Auto überwand, und dann lag der See in all seiner
Schönheit vor einem, und alles, was man für diesen Ort empfand,
schaltete sich in diesem einen Augenblick ein.

Sein Blick schweifte ab, er suchte nach den Zimtkaugummis, die
ihm bei der Abfahrt von der Autobahn in den Fußraum gefallen
waren, und wenn er den Kopf schon so nahe bei der Schaltung
hatte, konnte er gleich nachprüfen, ob das pfeifende Geräusch, das
sein alter Jaguar seit Linz von sich gab, vom Gebläse herrührte
oder doch aus dem Motorraum kam – darauf tippte er, denn dies
wäre sicher aufwendiger und teurer zu reparieren.

Die Straße senkte sich zum See hinab, Leander setzte sich wieder
auf, nahm den Fuß leicht vom Gas und rollte den Berg hinunter
nach Altmünster.

Vor ihm leuchteten Bremslichter auf, bei der Ortseinfahrt stau-
ten sich die Autos. Während sie Stoßstange an Stoßstange wie in
einer Prozession in den Ort einfuhren, klopfte Leander mit den
Fingern auf das Wurzelholzlenkrad und sah seitlich aus dem Fenster: das Ufer des Sees in der Dämmerung, Spaziergänger mit Hunden, Jugendliche mit Mopeds, die unbeeindruckt von der Kälte in
dünnen Jacken zusammenstanden und rauchten. Die alten Vespas
waren wieder angesagt, vielleicht war seine eigene darunter, die er
’89 oder ’90 nach Pinsdorf verkauft hatte. Erstaunlich, wie manche

Erinnerungen an Farbe und Schärfe gewannen, wenn die eigene Lebenserwartung durch eine schlechte medizinische Nachricht auf einmal drastisch verkürzt war.

Leander bog rechts in Richtung Ortszentrum ab, folgte der Straße für ein paar Minuten, bis linker Hand das alte Sporthotel auftauchte, in dem er seit Jahren abstieg. Er parkte den Wagen in der Tiefgarage des Hotels, legte einen großen Karton, den er immer im Kofferraum hatte, unter die Ölwanne des Jaguar und fuhr mit dem Aufzug in die Lobby. Die Lifttüren öffneten sich und boten einen Ausblick auf Salzkammergut-Schick mit cremefarbenen Loungemöbeln, eine Rezeptionistin im Dirndl und einen Screen mit Regionalwerbung über ihr. Der Geschäftsführer, der gerade durch die Vorhalle ging, begrüßte Leander, als er aus dem Aufzug trat.

»Was ist geschehen?«, stammelte Leander und sah sich verwirrt um.

»Wir haben renoviert«, sagte der Mann.

»Das seh ich …«

»Es war Zeit für was Neues. Den Gästen gefällt's!«

»Die alte Rezeption, die Ski, die Bauernmöbel – was ist damit?«

»Na weg!«

»Na weg?«

»Alles wurmstichig! Jetzt ist es so. Und wir finden's schön.«

»Und die Bar?«

»Schau rein, ich lad dich auf einen Whisky ein.«

»Vielleicht später …«

Leander checkte beim Dirndl ein, dann fuhr er auf sein Zimmer. Dort war alles unverändert, immerhin, trotzdem hatte er schon unten beschlossen, nicht mehr hierherzukommen. Er setzte sich auf das Bett und öffnete seine Tasche. Er nahm das Necessaire mit dem Mistelpräparat und dem Besteck heraus.

Leander ließ die Hose herunter, zog eine Spritze auf und setzte sich eine Injektion in den Oberschenkel. Dann ließ er sich auf das Bett zurückfallen und dachte daran, wie er vor zwanzig Jahren mit Melinda hier gewesen war, einer schwarzen Frau auf Ski, später die Mutter seines Sohnes.

Er sollte es ihm sagen ...

4

Die Straßenlaternen von Gmunden hatten sich schon eingeschaltet, als Valentin mit dem alten VW-Kastenwagen am Marktplatz in der Altstadt von Gmunden parkte. Er hatte die Puppenwerkstatt vom Vorbesitzer übernommen, als dieser in Pension gegangen war. »Warum wollen Sie das Kasperltheater übernehmen?«, hatte der Mann gefragt und Valentin hatte die ehrlichsten vier Worte gesagt, die ihm einfielen: »Ich will mich verändern.«

Das war jetzt fast ein Jahr her, und auch wenn Valentin sich fragte, wie es andere Puppenbühnenbetreiber schafften, positiv zu bilanzieren, bereute er nicht, das Metier gewechselt zu haben. Wenn er sagte, er tat es für das Kinderlachen – nun, dann traf es das nicht ganz. Was ihr Theater wirklich in ihrem jungen Publikum auslöste, war Ekstase, Hysterie, Verzückung. Ein Rausch aus Lachen, Panik und Mitgefühl, der die Kinder glücklich und erschöpft zurückließ – und ihn auch.

So hatte er also mit Anfang vierzig eine Profession gefunden, in die er seine unterschiedlichen Stärken – unternehmerisches Talent, Freude am Spielen, handwerkliches Geschick – einbringen konnte, auch wenn all dies hieß, in Gmunden zu leben, was er fast sein gesamtes Erwachsenenleben nicht getan hatte. Aber war das Leben in diesen anderen Städten wirklich besser gewesen? Nein, war es nicht.

Als er die Bühne aus dem Wagen zog und auf den Rollwagen schob, um sie über das unebene Pflaster bis zur Werkstatt im Parterre eines alten Bürgerhauses zu rollen, wurde er vom ehemaligen Besitzer seines Theaters überrascht, der offenbar gerade von einem Glas Wein in einem Lokal am Marktplatz kam. »Wart, ich helf dir!«, rief er und schob den Wagen mit an, was die Aufgabe nicht unbedingt vereinfachte.

Als sie die Ausrüstung in die Werkstatt gebracht hatten und Valentin den Bus abgesperrt hatte, stand der alte Mann immer noch vor ihm, als bedrängte ihn etwas.

»Ich hab an deinen Großvater gedacht vorher, an den *Papa Busch*!«

Valentin wurde oft auf seinen Opa angesprochen, er war Professor am Gymnasium und Gemeinderat gewesen.

»Ohne ihn hätte ich nicht maturiert!«, sagte der Alte.

»Das hab ich schon von vielen gehört«, antwortete Valentin. »Der Opa hat immer gesagt, wegen einem Fünfer darf keiner sitzen bleiben. Man muss nicht alles gleich gut können.«

»Und er hat mich auch auf Theater und Kino gebracht, die Aktion *Der gute Film*, die war von ihm.«

Valentin nickte.

»Und später, da war ich schon als Lichttechniker beim Stadttheater, da bin ich immer zu den Vorträgen gegangen, die er in der Volkshochschule organisiert hat. Der Hans Hass, der Meeresforscher, war dort, das war beeindruckend. Der Hermann Buhl, der als Erster den Nanga Parbat bestiegen hat. Der Herbert Tichy!«

»Die habe ich natürlich nicht kennengelernt«, sagte Valentin, »aber ein paar andere …«

»Ja?«

»Den Paul Watzlawick zum Beispiel, der war nach seinem Vortrag bei Oma und Opa zum Abendessen eingeladen.«

»*Anleitung zum Unglücklichsein*!«

»Er hat im Gästezimmer übernachtet, und weil er Frühaufsteher war, weckte er mich auf. Wir haben zusammen gefrühstückt und über Gewitter geredet.«

»Über Gewitter«, staunte der Alte, »mit dem Watzlawick …«

»Der Eugen Roth, der Waggerl, die waren auch bei den Großeltern daheim.«

»Wir haben im Unterricht beim Papa Busch den *Domherr von Passau* gelesen. ‚Die Buben, die sangen Juchhei, der Domherr von Passau legt jeden Morgen ein Ei!'«

Der Alte lachte lauthals, dann sagte er: »Ich glaub, du hast viel von deinem Opa!«

Eine Gruppe junger Männer ging lautstark redend an ihnen vorbei. Einer von ihnen trug ein Schild: »Chips zu jeder Impfung!«

»Witzbolde«, sagte der Alte.

»Ich weiß nicht …«, antwortete Valentin.

5

Jola stand in ihrem Atelier und arbeitete an dem neuen Modell. Eine einzelne Schreibtischlampe beleuchtete die Arbeit, zwei Spots strahlten die Holzdecke an, der Rest Zwielicht, Schatten und Ateliergeheimnisse.

Der große Raum war Werkstätte und Ausstellungsraum zugleich. Skulpturen aus zwei Jahrzehnten als keramische Bildhauerin standen in allen Stadien zwischen Entwurf und abgeschlossener Arbeit verteilt über den Raum. Der Großteil waren Torsi und Köpfe, einige reduziert und zu Blöcken geschlagen, andere detailreich und naturalistisch. Besuchern fielen zuerst die prominenten Köpfe auf, Thomas Bernhard, Nelson Mandela, Malala, …

Das aktuelle Objekt war ein schlichter Stuhl, modelliert aus

Steinton, über dessen Lehne ein Schild hing. »Nicht ich« hatte Jola darauf geschrieben, »anders« auf die Rückseite. Es war ihre zweite Idee zum Wettbewerb, nachdem sie die erste bereits ausgearbeitet hatte, und nahm Anleihe an den Stühlen, die von den Nazis am Rathausplatz von Gmunden aufgestellt worden waren, um die Juden öffentlich zur Schau zu stellen.

Es war eine Panik-Idee kurz vor Ende der Einreichungsfrist, entstanden aus Selbstzweifeln und dieser maßlosen Distanz, die sie direkt vor der Abgabe zu ihrem Werk empfand. Ihre Tochter Irma hatte das Stuhl-Konzept auch schon gegoogelt und als unbeabsichtigtes Plagiat entlarvt: In Krakau standen überdimensionale Sessel auf dem Platz der Helden des Ghettos und erinnerten an die Deportation der Juden ins Konzentrationslager.

Während Jola eine weit aus der Lehne des Stuhls herausragende Schraube modellierte, überlegte sie, ob sie dieses Modell vielleicht anderen Städten anbieten könnte, die sich ebenfalls ihrer verdrängten Geschichte erinnern wollten … – da gab es sicher noch ein paar. Aber mehr noch als die Stühle in Krakau störte sie die Assoziation mit den riesigen roten Sesseln eines österreichischen Möbelhauses, und das würde dem Projekt wohl endgültig den Rest geben.

Jolas Mann Sven steckte seinen Kopf durch die Tür des Ateliers, das direkt an den Wohnbereich ihres Hauses anschloss. »Ich gehe noch raus!«

Sie sah von der Arbeit hoch und musterte ihn: Sven trug Mantel und Wollhaube, dazu die gefütterten Stiefel, die ihm ihr Vater geschenkt hatte, als Sven von seiner Immobilienfirma mit der Betreuung des Chalet-Dorfes bedacht worden war – eine große Sache, aus der wegen Corona aber nichts geworden war.

»Wo gehst du hin?«

»Nur spazieren.«

»Nimmst du den Hund mit?«

Er antwortete nicht.

»Nicht?«

»Ich gehe in die Stadt.«

»Triffst du wen?«

»Nur spazieren.«

Sie richtete sich auf, spürte wie sich ihr unterer Rücken schmerzvoll meldete, und sagte: »Aber nicht mit den Irren?«

Er ließ sich Zeit mit der Antwort, dann sagte er: »Die meisten sind ganz vernünftig.«

»Im Ernst?«

Er sah sie mit diesem Das-verstehst-du-sowieso-nicht-Blick an, den sie sonst nur von ihrer Teenager-Tochter bekam.

»Was gibt dir das?«

»Wir wollen einfach nur Gesicht zeigen.«

»Heißt das, du trägst keine Maske?«

»So habe ich das nicht gemeint.«

»Wenn du keine Maske trägst, musst du nachher gar nicht nach Hause kommen!«

»Ich trage eine.«

Er zog seine Maske aus der Manteltasche, sie sah zerfranst und schmutzig aus.

»Nimm eine neue!«, sagte Jola und zeigte auf eine Schüssel mit originalverpackten Masken.

Sven nahm sich eine, mit einem kleinen, süffisanten Grinsen, das Jola zum Kotzen fand, dann ging er durch die Tür, ohne noch ein Wort zu sagen.

Sie rief seinen Namen. Er steckte seinen Kopf noch mal in die Türöffnung.

»Wirst du morgen mitkommen? Aino war über ein Jahr nicht mehr hier.«

»Deine Mutter hat doch gesagt, *so wie ich bin*, will sie mich nicht dabeihaben.«

»Ich hab ihr gesagt, du bist getestet. Das bist du, oder?«

»Sicher.«

»Dann mach morgen noch einen Schnelltest!«

Sie fand jetzt selbst, sie klang, als redete sie mit einem Kind. Sie wollte gar nicht so sein.

»Soll ich das ganze Familientreffen über eine Maske tragen?«

»Wenn du dort heute mitmarschierst, wäre das eigentlich nur fair.«

»Wie du meinst«, sagte er ruhig und schloss die Tür hinter sich.

6

Nachdem er eine Stunde geschlafen hatte, fuhr Leander mit seinem Auto nach Gmunden und stellte den Wagen an einem der ersten Parkplätze an der Esplanade ab. Er ging in ein Restaurant gleich beim Jachthafen und aß zu Abend. Er überlegte, seine Geschwister Valentin und Jola zu fragen, ob sie sich spontan anschließen wollten, aber dann dachte er, sie wären sicher beschäftigt und sie alle kämen ja ohnehin am nächsten Vormittag zusammen.

Früher hatten sie sich öfter gesehen. Jetzt, wo sie viel näher beieinander lebten als in den letzten Jahren, trafen sie sich seltener. Jola und er hatten Valentin oft in Wien besucht, auch in München, als er dort gelebt hatte. Für Jola war es ein hübscher Vorwand gewesen, ihre Tochter mal Sven zu überlassen, und wenn sie zu Leander ins Auto stieg und sie auf die Autobahn fuhren, war sie so unglaublich gut gelaunt, dass Leander dachte, ihr Leben musste ziemlich arm an Vergnügungen sein.

Nun lebte Valentin wieder in Gmunden, in der Stadt, in der sie alle aufgewachsen waren, der Stadt, in die ihre Großeltern nach dem Krieg gekommen waren, weil der Opa hier eine Anstellung als Lehrer bekam – in der amerikanischen Zone von Oberösterreich, nicht der russischen, was nach russischer Kriegsgefangenschaft durchaus einen Einfluss auf die Entscheidung gehabt haben konnte … Na ja, und schön war es ja hier, war es auch nach dem Krieg schon gewesen.

Jola lebte mit ihrem Mann Sven in einem Haus in Altmünster.

Und auch ihre Eltern waren immer noch in der Region: Ihr Vater in dem kleinen Haus unterm Traunstein, direkt am See, ihre Mutter in einer Wohnung in Bad Ischl; ihre Scheidung jährte sich heuer zum sechzehnten Mal (es war sicher kein Zufall gewesen, dass sie sich gleich im Sommer nach Ainos Schulabschluss trennten).

Leander war in Salzburg gelandet, nur Aino war völlig außer Reichweite und lebte in New York, wo sie eine Stelle im Büro der Österreich-Werbung am Broadway hatte.

Leander verließ das Lokal. Er sah, dass eine größere Menge von Leuten auf dem Weg in die Stadt war. Gruppen von Männern, Paare, aber auch Familien mit Kindern … Einige trugen Schilder. Leander las »Hände weg von unseren Kindern!«, »Schluss mit Diktatur«. Eine Frau trug eine OP-Maske über der Stirn, auf der »Pandemielüge« stand. Welches Ziel hatten sie wohl? Da Valentin nichts anderes vorhatte, setzte er selbst seine Maske auf und marschierte ein Stück mit ihnen.

Je näher sie der Stadt kamen, desto mehr Polizisten sah Leander, der Franz-Josef-Platz war in Blaulicht getaucht. Eine größere Schar Spaziergänger hundert Meter weiter vorne skandierte: »Wir sind das Volk!«

Ein Mann neben ihm erklärte seiner Partnerin, erst würde man sie ignorieren, dann auslachen, dann bekämpfen, und schließlich gewännen sie. »Gandhi«, sagte sie und nickte energisch. Sie sahen beide nach Alt-Hippies aus.

»Das ist nicht von Gandhi«, sagte Leander. Zitate waren zufällig ein Steckenpferd von ihm.

»Sicher ist es«, sagte die Frau.

»Nein, das stammt von einem amerikanischen Gewerkschafter und es ging um die Proteste unterdrückter Textilarbeiter. Die übrigens dankbar für eine Impfung gewesen wären, denn es war die Zeit der Spanischen Grippe!«

»Das ist *deine* Wahrheit, okay?«, sagte der Mann.

Leander blieb stehen, während sich die Leute weiterbewegten. Er rief: »Nein, es ist *die* Wahrheit.«

7

Valentin drängte sich durch die Menge an Leuten, die an der Schiffstation standen, um einen der Seiteneingänge des Rathauses zu erreichen. Ein Mann sprach mit breitem Dialekt durch ein Megafon, lobte die Anwesenden für ihre Diszipliniertheit und teilte in einem Nebensatz gegen die »Fetzenschädel« im Rathaus aus.

Valentin ging durch einen Gang, von Neonröhren beleuchtet, und folgte dem Pfeil zu *Gemeindesaal/Kulturhauptstadt-Sitzung*. Als er den Saal betrat, waren etwa die Hälfte der Stühle besetzt. Die Fenster waren geöffnet, man hörte den Sprecher von der anderen Seite des Rathauses, kalte Luft zog durch den Raum. Eine junge Frau – in Schwarz gekleidet, mit langen brünetten Haaren – hatte gerade zu sprechen begonnen.

»Danke, dass ihr gekommen seid! Wir hätten uns einen anderen Termin gesucht, aber diese Zusammenkunft draußen ist nicht angemeldet, da hatten wir also keine Möglichkeit auszuweichen! Ich mache das Fenster gleich zu, ich denke, wir werden alle fünfzehn Minuten stoßlüften. Ich erzähle euch kurz, worum es heute geht …«

Valentin hörte zu, es ging um Partizipation, um jene der Projekte im Rahmen des Kulturhauptstadtjahres, bei welchen den Künstlern der Region eine unbürokratische Teilhabe ermöglicht werden sollte, zum Beispiel beim Leuchtturm-Projekt »Theater der Träume« – jenes Format, für das sich Valentin interessierte.

Je länger sie sprach, desto mehr hatte Valentin aber den Eindruck, dass es doch nicht ganz so unbürokratisch und niederschwellig zuging, es klang jedenfalls eher kompliziert. Als die Möglichkeit gekommen war, Fragen zu stellen, zeigte er auf. Die junge Frau deutete auf ihn und ein Kollege von ihr brachte Valentin das Mikrofon. Er stand auf und grüßte in die Runde.

»Ich bin Valentin, mir gehört das Kasperltheater am Marktplatz. Aktuell sind wir nur als Wanderbühne unterwegs, weil der Spielraum noch nicht so weit ist. Jedenfalls möchte ich fragen, in welcher Form meine Kollegin und ich uns mit unserer Bühne einbringen können? Sollen wir einfach machen und ihr bewerbt unsere Aktivitäten dann im Zuge der PR mit, oder wird hier gemeinsam konzipiert? Wir haben unseren Schwerpunkt natürlich auf Kindertheater, aber wir haben auch gerade ein Stück geschrieben, das heißt *Der Neger von Ebensee* und ist für Erwachsene. Ich schreibe auch an einem Kasperlstück über Thomas Bernhard, das wird bald fertig.«

Seltsame Stille.

Während die einen beim N-Wort förmlich zusammenzuckten, drehten sich andere zu Valentin um und lächelten wissend – auch ihnen war bekannt, dass der eine schwarze Mann, der in den Achtzigern und Neunzigern in Ebensee gelebt hatte, als der Neger von Ebensee bezeichnet wurde. Als die Basketballmannschaft von Gmunden um die Jahrtausendwende auch afroamerikanische Legionäre verpflichtete, gehörten schwarze Gesichter zum Alltag der Stadt, und damit ging auch das zweifelhafte Alleinstellungsmerkmal des Mannes aus Ebensee verloren.

Die junge Frau hatte sich inzwischen gefasst und sagte, dass sie bei diesem Format nicht kuratierend eingreifen, sondern auf die vielfältigen Bühnen, Workshops und Kleinfestivals hinweisen wollten.

»Also wir sollen machen wie immer, und ihr sagt: Schaut euch das an!«

Klar, auf die Frage wollte sie auch nicht einfach mit »Bingo!« antworten, also zog sich ihre Replik ein wenig, und in Valentin verfestigte sich die Vermutung, dass sie vielleicht gar nicht so viel von der großen Kulturinitiative profitieren würden. Als die Veranstaltung vorüber war und er zum Gehen aufbrach, sprach ihn die Frau in Schwarz an.

»Hey, ich bin Sarah!«

Valentin stellte sich noch mal vor.

»Wir waren zusammen im Gym«, sagte sie, »also ein, zwei Jahre lang und mit ein paar Jahren Unterschied.«

Valentin war zweiundvierzig, sie war wohl Mitte dreißig, so konnte sich das ausgehen.

»Ich hab dich zuerst nicht erkannt«, sagte sie.

Früher hatte Valentin längere Haare, schwarz und mit Gel gepflegt, er war ein Economy-Guy, einer, der Gordon Gekko aus *Wall Street* für einen tollen Typen hielt. Heute trug er die Haare kurz, Jeansjacke statt Anzug und machte sich Sorgen, ob sich seine Nichte gut entwickelte, nicht seine Aktien.

»Meine Mutter hatte den Papa Busch noch als Lehrer, die hat ihn sehr geliebt!«

»Cool«, sagte Valentin.

»Magst du was trinken gehen?«, fragte Sarah.

Jola saß zu Hause auf der Couch. Irma war auf ihrem Zimmer, Sven mit den Irren spazieren. Sie legte die Füße hoch und griff nach der Short Story, die ihre talentierte Tochter geschrieben hatte.

Eine Begegnung am See

Sie gingen die Esplanade entlang in Richtung Stadt.

Er hielt ihre Hand und sie dachte, das tat er nur im Urlaub.

Die Möwen flogen knapp über ihre Köpfe hinweg, sie lächelte und duckte sich.

Sie blieben stehen und sahen aufs Wasser hinaus. Ein Schiff fuhr langsam über den See.

Als sie weitergingen, sah sie aus der Ferne eine Figur, unten Metall, oben Stein. Ihr Weg führte daran vorbei.

Sie erkannte Körper, die sich aus einem Steinblock herausdrückten.

Was ist das?, fragte sie.

Ein Denkmal …?, sagte er.

Das war früher nicht hier, sagte sie.

Sie blieben vor der Skulptur stehen. Jetzt sah man wirklich, dass der sandfarbene Block aus Körpern bestand. Aus dem Metallwürfel waren Namen herausgeschnitten. Groß darüber stand UNVERGESSEN.

Juden, sagte er, und sie mochte nicht, wie er das sagte.

Wieso …, begann sie, aber dann sah auch sie das Schild neben der großen Skulptur.

Ich wusste gar nicht, dass hier …, begann sie.

Wo nicht …, antwortete er.

Ihr Blick glitt über die Menschen: Frauen, Männer, Kinder. Nackt und schutzlos.

Sie ging einmal herum, las UNFORGOTTEN auf der anderen Seite und noch mehr Namen. Viele klangen wie von hier, einige Wenige fremd.

Sie deutete auf einen Nachnamen.

Schau, wie deine Tante.

Die schreiben sich mit tz.

Ist er Jude?

Nein! Wie kommst du darauf?

Sie sah ihn arglos an, dann wandte sie sich wieder den Namen zu.

Wo sind die alle gestorben?, fragte sie, mehr sich selbst.

Er, der schon alles gelesen hatte, sagte: An unterschiedlichen Orten, im Gefängnis oder KZ, teils auf der Flucht oder durch die Euthanasie.

Euthanasie. Klang so schön, war so schrecklich.

Komischer Platz dafür ..., sagte er.

Wieso?, fragte sie.

Ich weiß nicht, ob ich jeden Tag darauf schauen möchte, wenn ich hier wohne.

Wohnt ja immer wer in der Nähe, sagte sie und dachte, als ob es darum ginge.

Ja, aber so an der Esplanade ... Aber vielleicht eh richtig. Es ist halt passiert.

Ist halt passiert. Sie sah ihn an, er sah zurück.

Sie beugte sich hinunter und strich die Vertiefungen der Buchstaben eines Frauennamens mit den Fingern nach. Sie hörte den Kies unter seinen Füßen, während er langsam weiterging.

Kommst du?

Gleich, sagte sie.

Er drehte sich um, sah seine Frau vor dem Metallgestell stehen, ihr Blick nun nach oben gerichtet, über ihr die Figuren aus Stein. Er griff nach seinem Handy und machte ein Foto. Er betrachtete die Aufnahme. Dann schüttelte er den Kopf, ging zu ihr zurück und nahm sie an der Hand.

Sie ließ sich von ihm wegziehen, und als sie wieder in Richtung Gmunden schaute, kam ihr die Stadt anders vor.

Man müsste sicherlich mehr darüber wissen, sagte er.

Ja, sagte sie und warf im Gehen einen Blick über ihre Schulter zurück.

Als die Menge den Rathausplatz erreicht hatte, wo sich schon ein paar Hundert Menschen aufhielten, als er eine verzerrte Stimme durch ein Megafon hörte, hatte Leander genug und ging an der Schiffstation vorbei in Richtung Traunbrücke, wo es bedeutend ruhiger zuging. Er lehnte sich ans Geländer und sah auf den See hinaus. Unter ihm im Dunkeln rauschte die Traun in Richtung Norden, nachdem sie den ganzen See durchströmt hatte, vom Eintritt in Ebensee bis Gmunden.

Leander dachte darüber nach, dass ihm all das Getöse am Hauptplatz früher egal gewesen wäre, dass er gesagt hätte, lasst ihnen ihre Meinung, dass er nun aber ein kranker Mann war, man konnte es nicht anders sagen, und Angst um seine Versorgung hatte; Angst, dass die medizinische Infrastruktur der Belastung nicht standhielt, und verärgert war, weil diese Menschen die Möglichkeit, gesund zu bleiben, ausschlugen, als wäre das kein Privileg, das es zu verteidigen galt.

Gleichzeitig *fühlte* er sich nicht krank, und er war auch noch nicht so weit, irgendjemanden in die Sache einzuweihen, weil ein Teil von ihm immer noch meinte, es würde wieder vergehen und es wäre besser, niemandem unnötig Kummer zu machen. Insofern glaubte er auch nicht, dass er seine Familie am nächsten Tag mit diesen Nachrichten konfrontieren würde.

Es passierte gerade viel Gutes in ihrem Leben: Valentin war wieder in Gmunden. Für Jola war die Einladung für das Mahnmal eine Bestätigung als Künstlerin. Aino kam mit einem Mann aus den USA zurück, von dem ihre Mutter glaubte, er hätte *ernste Absichten*, falls jemand in diesem Jahrtausend noch so etwas verspürte.

»Leander?«

Er drehte sich um und sah sich einem Mann in einer Sportjacke gegenüber, einen Hund an der Leine.

»Sepp!«

Sie schüttelten sich die Hände. »Wie geht's dir?«, fragte der Mann.

»Gut«, sagte Leander.

»Bist du noch beim Eibinger?«

»Nein, ich hab mich selbstständig gemacht!«

»Ach! Hast du wen mitnehmen können?«

»Ein, zwei sind mir geblieben, ja.«

Leander war Sportagent und hatte für eine der großen Agenturen gearbeitet. Mit Basketball war in Österreich nicht viel Geld zu machen, aber aus Lokalpatriotismus hatte er Deals mit einigen der College-Spieler aus den USA verhandelt. Damals war Sepp Trainer gewesen.

»Ich hab gehört, der Ohler geht zum Mateschitz ...«

Leander nickte.

»Ja, mit Fußball bin ich fertig.«

Der Mann klopfte Leander auf die Schulter und setzte seinen Weg fort. Leander fragte sich, ob sich Sepp den Spaziergängern anschließen oder lieber seinen Hund auf sie hetzen wollte – im Sport konnte man auf beide Einstellungen treffen.

Leander spazierte über die Brücke, dann hielt er sich rechts und ging Richtung Seebahnhof und weiter zum Bootsbauer Frauscher. Als sich Leander auf eine Bank am See setzte, überkam ihn so eine Müdigkeit, dass er überlegte, sich ein Taxi zu rufen, damit der Fahrer ihn zu seinem Auto zurückfuhr. Nach einer Viertelstunde ging es aber wieder und er machte sich auf den Rückweg.

Am Vormittag traf Valentin als Erster bei seinem Vater ein. Während Max in der Küche arbeitete, ging Valentin für einen Moment in den Garten. Nur ein schmaler Fußweg trennten Haus und Wiese vom Ufer des Sees. Der Grund fiel zum Wasser hinunter ab, und er hockte sich in die Wiese und genoss den Blick auf den See. Ein einzelnes Ausflugsschiff durchkreuzte von Gmunden kommend das Gewässer. Er hörte seinen Vater im Haus mit Geschirr hantieren, im Hintergrund leise das Bass-Solo aus Mahlers erster Symphonie. Dann die Stimme seines Vaters Max: »Aino sagt, sie kommen gegen zwei.«

»Ach, erst?«, rief Valentin zurück.

»Ja, leider. Ich bin gespannt auf Mr. Wonderful …«

Valentin stand auf und ging gemächlich die Stufen zur Terrasse hoch. »Was wissen wir denn über ihn?«

Max strich die Hände an seiner Küchenschürze ab und brachte zwei Schüsseln mit seinem berühmten Tomatenpesto auf die sonnige Veranda. Er war gebräunt vom Skifahren, sein weißer Haarkranz stand unfrisiert vom Kopf weg. »So gut wie nichts.«

»So ist es doch immer bei ihr, sie will ihre Männer für sich selbst sprechen lassen.«

»Das ist ja legitim, das finde ich sogar gut, aber dieses Mal schürt sie gleichzeitig unsere Neugier mit so kleinen Bemerkungen …«

»Ja?«

»Ja, ja. Er ist ein *Himmelsstürmer*. Das fiel einmal, sagt Monika. Und er ist ihr *Anker*.«

»Widersprüchlich, oder nicht?«

»Ja, doch!«

»Ist er ein Amerikaner? Ich würde dich gerne mal wieder englisch reden hören … Well, well, I love to speaking English!«

Max gab Valentin einen Klaps auf den Hinterkopf, dann legte er den Arm um ihn. »Er ist Österreicher, so viel wissen wir immerhin.«

»Da zieht man in die Ferne und kommt mit einem Pichler oder Moser heim …«

»Was stichelst du so? Hauptsache, sie hat ihn lieb. Ich hoffe, er ist kein Schwurbler!«

»Was meinst du?«

Max löste sich von seinem Sohn und sah ihn verwundert an. »Du weißt, wer mit den Schwurblern gemeint ist, oder?«

»Du meinst, einer reicht in der Familie?«

Max sah Valentin tadelnd an.

»Sven wird sich impfen lassen, hat Irma gesagt.«

»Ihn zu bekehren, sollte nicht ihre Aufgabe sein!«

»So sind Kinder! Du wolltest auch nicht, dass ich Auto fahre, wenn ich was getrunken hatte. Du hast meine Schlüssel versteckt!«

»Ja. Und es wäre mir lieber gewesen, ich hätt's nicht müssen.«

Max knetete Valentins Schultern. Er war so liebesbedürftig, dachte Valentin, so nähesuchend. Von der Freundin, die er letztes Jahr gehabt hatte, war auch nicht mehr die Rede. Wo war die hin? Die Beziehungen dieser Generation hielten so kurz! Sie waren nicht bereit, irgendwelche Abstriche bei ihrer Lebensqualität zu machen. Und allein fernzusehen – das, was sie wollten, in der Lautstärke, die sie wollten –, dieses Recht galt es zu verteidigen!

11

Leander parkte seinen Jaguar neben einem Kleinbus mit einem Kasperl-Logo auf der Schiebetür. Valentin hatte also ernst gemacht. Vor ein paar Monaten hatte er ihn spätabends angerufen, was selten vorkam, höchst selten. Er hatte ihm von dem Theater erzählt, von seiner absurden Idee, in München alles aufzugeben und nach Gmunden zurückzugehen, und mitten im Telefonat hatte er in der Kasperlstimme zu sprechen begonnen, »Hey, Kinder, soll Valentin seinen Job aufgeben und mit seinen Puppen durch die Provinz tingeln?«, und Leander empfand eine schmerzhafte Peinlichkeit und wollte seinem Bruder raten, das mit dem Theater bitte bleiben zu lassen. Stattdessen sagte er: »Probier es aus, gib dir mal ein Jahr!«, oder einen ähnlichen Schwachsinn. Wenn sich sein kleiner Bruder schon mal bei ihm meldete und ihn in eine Lebensentscheidung einbinden wollte, würde er ihn jedenfalls positiv unterstützen, so empfand er das. Egal wie furchtbar er kleine Bühnen für kleines Publikum fand.

Leander öffnete die Gartentür und schlenderte über die Wiese zu seinem Vater und Valentin. Max bemerkte ihn zuerst, ging ihm mit strahlendem Gesicht entgegen und umarmte seinen Sohn, der einen halben Kopf größer war als er.

»Kommst du aus Salzburg?«

»Ja!«

»Mit dem Jaguar?«

»Ja, sicher!«

»Er geht noch?«

»Er geht noch, Papa.«

Leander schickte Valentin ein Augenzwinkern, das ihrem Vater galt; die Brüder umarmten sich. Valentin sagte: »Keine Elektronik, die den Geist aufgibt!«

»Sie haben andere Sachen eingebaut, um kaputtzugehen«, sagte Leander. Dann wandte er sich an seinen Vater und sagte: »Fahr doch mal eine Runde!«

Max nickte, als würde er das später sicher machen, aber alle drei wussten, es würde nie dazu kommen.

Leander sah über den See und rief: »What a day!«

»… to get visit from the states!«, fuhr Max laut tönend fort.

»Setz dir mal eine Kappe auf«, sagte Valentin zu seinem Vater, dessen Stirn schon Röte aufgezogen hatte.

»Mir macht das nichts«, sagte Max, »verwandelt sich gleich in Bräune!«

»Ich bin sicher, da verwandelt sich was …«, begann Valentin und nahm ein paar Pigmentflecken auf der Glatze seines Vaters in Augenschein, aber Max sprach dazwischen: »Ich trage dauernd eine Kappe, ja? Oder eine Haube oder einen Hut! Ihr würdet mich ja am liebsten ganz verschleiert sehen! Aber ein bisschen Sonne halte ich aus, ja?«

»Schon gut«, sagte Valentin.

»Was ist mit Aino?«, sagte Leander, »kommt sie allein?«

»Du weißt ja gar nichts«, sagte Max, legte seinem Sohn den Arm über die Schulter und ging mit ihm in Richtung Küche, um ihn auf den neuesten Stand zu bringen.

Valentins Handy brummte, eine Nachricht von Sarah: »Das war nett gestern. Weil du gesagt hast, du willst wieder mal auf den Traunstein: Ich würde morgen vielleicht rauf!«

Er hatte Lust, Sarah wiederzusehen, aber vor dem Berg hatte er Respekt, da musste er sich noch vorbereiten. Zum Beispiel indem er ihn noch ein weiteres Jahr vom See aus anstarrte … Hatte er wirklich gesagt, er würde gerne *wieder mal* auf den Traunstein?

Er setzte sich in die Wiese und überlegte, was er ihr antworten sollte. Er war komplett aus der Übung …

12

Valentin stand mit seiner Mutter vor dem Bus. Sie hatte bei ihrer Ankunft gehupt, damit ihr jemand half, den Kuchen hineinzutragen; er war zum Parkplatz geeilt, hatte sie geküsst und ihr das Backblech abgenommen, und nun betrachtete sie den Kasperl am Bus und lächelte.

»Der ist aber schon sehr entzückend! Das ist sicher für den Mann, der das aufträgt, auch eine schöne Abwechslung, oder? Nicht immer bloß *Installationsservice Huber* oder *Malermeister Moosberger* oder was weiß ich ...«

»Ich glaube, das ist denen wurscht.«

»Glaubst du? Hm, wahrscheinlich hast du recht, sie sind alle so pragmatisch ...«

Monika war hier geboren, hatte die Region nie verlassen, trotzdem grenzte sie sich immer noch von den Leuten hier ab, als wäre sie ein Kuckuckskind, nur durch einen seltsamen Zufall in diesem Winkel der Welt aufgewachsen.

Sie betrachtete den Kasperl mit kindlichem Lächeln, dann holte sie ihre Kamera aus dem Wagen, rückte ihren Sohn zu seinem Puppenlogo und schoss ein paar Fotos.

Monika war Fotografin, eine der ersten Frauen, die für die großen Zeitungen im Skizirkus fotografiert hatte, später in der Werbung und in den vergangenen Jahren erfolgreich mit Porträtserien.

Gut sah seine Mutter aus, dachte Valentin. Sie trug die silberblonden Haare kürzer als früher. Und schlank war sie, das intermittierende Fasten hatte ihr fast eine zweite Jugend geschenkt.

Seine Schwester Jola hatte Valentin erzählt, seine Mutter bekäme jede Menge Angebote von Männern, auch von viel jüngeren. »Das hat sich überhaupt so geändert«, hatte Jola gesagt, »die Männer reißen sich heute um reifere Frauen, da kann man eigentlich ganz gelassen in die Zukunft sehen als Single-Frau! Männer dagegen, na ja, die lassen sich leicht gehen, und wenn sie dann auch noch arm sind ...« Und das war Jolas Überleitung gewesen, um Valentin zu raten, den Job in München doch zu behalten, denn künstlerische Erfüllung hin oder her, Altersarmut sei keine Erfindung der Medien, und wann habe er zuletzt einen alten Kasperltheatermanager im Porsche gesehen ...

Monika sah ihren Sohn aufmunternd an und sagte: »Das macht dir jetzt richtig Freude, oder?«

Er musste fast lachen über den verniedlichenden Unterton und sagte bloß: »Es ist eine spannende Zeit!«

»Ich würde dir wahnsinnig gerne Fotos machen«, sagte seine Mutter, und Valentin kam das in diesem Moment vollkommen aufrichtig vor.

»Ja, bitte!«, sagte er.

»Du bist jetzt in einer ganz anderen Welt, oder? Kinder, Lachen, Kunst! Schön, dass du dir das noch erschlossen hast!«

Er nickte. Sie hatte völlig recht, aber am Ende kam es ihm immer so vor, als wüsste sie besser, was er zu fühlen hatte, als er selbst.

Monika packte ihre Kamera wieder in die Tasche, dann sah sie über Valentins Schulter in Richtung Gartenzaun und fragte mit gedämpfter Stimme: »Wie kommt er dir denn vor?«

»Papa?«

»Ja.«

»Ganz normal.«

»Ja?«

»Ja. Wieso?«

Seine Mutter sah ihn an, als würde sie eigentlich gar nicht über die Sache reden wollen, aber dann sagte sie: »Ich hab seine Freundin getroffen, sie hat sich ausgespieben über ihn.«

»Birgit? Ich dachte, sie wären nicht mehr ...«

»Nein, sind sie auch nicht ... Und sie versteht nicht, warum.«

»Hat er sich nicht erklärt?«

Sie lachte auf. »Nein, er hat sich nicht erklärt. Er hat sie wohl eher *geghosted*. So heißt das jetzt, oder?«

»Ich glaube, so heißt das, ja.«

»Na ja, geht mich ja nichts an.«

Monika öffnete ihre Tasche und holte einen Schminkspiegel hervor. Sie zupfte an ihren Haaren herum und legte ein paar Strähnen über ihre Ohren, in denen die Hörgeräte zu sehen waren.

Ein paar Augenblicke lang sagte Valentin nichts, er mochte es nicht, wenn seine Mutter etwas Schlechtes über Max sagte, kein Kind wollte so etwas hören.

»Darf ich dich eigentlich verkuppeln?«, fragte seine Mutter plötzlich. »Da gibt es ein paar Töchter von Freundinnen, die dich zufällig von Fotos her kennen und nicht gerade abgeneigt wären, mal in eines der glamourösen Gmundner Abendlokale ausgeführt zu werden …«

»So wie die mit der Hundeschule?«

»Ha, nein! Nein, die würde ich dir nicht zumuten.«

Er sah seine Mutter mit unglücklicher Miene an, und sie sagte: »Vergiss es. Die sind auch alle *beschädigte Ware*. Muss man einfach so sagen.«

»Gehen wir rein?«

»Ja, gehen wir rein.«

13

Leander hatte seinen Mantel über einen Barstuhl geworfen und half seinem Vater in der Küche, die durch die offenen Verandatüren mit dem Garten verbunden war. Sie standen sich im Weg herum, ärgerten sich über die Technik des jeweils anderen und setzten damit eine lange Vater-Sohn-Tradition fort.

»Wo ist der Balsamico?«, fragte Leander.

»Wenn du jetzt schon Balsamico auf die Bruschetta gibst, ertränkst du sie«, sagte Max.

»Balsamico-Crema sickert nicht ins Brot!«

»Aber dieser ist keine Crema, sondern ein Balsamico Tradizionale mit einer hohen, aber nicht zu hohen Dichte, und er tut genau das: Er sickert!«

»Dann kauf einen vernünftigen!«

»Ich bekomm meinen Balsamico von Hilde und Gerhard von ihrem Händler in Barberino Val D'Elsa, der ist geschmacklich höherstehend als alles, was du beim Spar oder auch bei dem überteuerten Delikatessenladen in Gmunden kriegst!«

»Aber er sickert!«

»Weil er … ach, mach was anderes, bitte!«

»Soll ich schon das Carpaccio schneiden?«

»Ungern. Aber ja.«

»Mit dem Messer kann ich nicht arbeiten.«

»Das ist ein neues Keramikmesser!«

»Ich hätte meine mitbringen sollen …«

Valentin stand inzwischen mit dem Backblech in der Hand in der offenen Tür und sah seinem Bruder und seinem Vater hingerissen dabei zu, wie sie sich um jeden Handgriff stritten. Monika trat an ihm vorbei ins Haus und sah sich irritiert um.

»Du hast ausgemalt! In Farben, die nicht weiß sind.«

Max eilte auf Monika zu, küsste sie auf den Mund, worauf sie Valentin einen verdutzten Blick zuwarf. Nach zwei Jahren Corona wusste anscheinend niemand mehr, ob man sich in den seligen Zeiten davor auf die Wange oder den Mund geküsst, ob man sich mit einer Umarmung oder einem Handschlag begrüßt hatte. Max und Monika jedoch hatten seit ihrer Scheidung nichts davon getan: Sie standen üblicherweise einfach voreinander und sagten sich zur Begrüßung, was sie vom Aussehen ihres Gegenübers hielten. Aber jetzt verteilte Max nonchalant Küsse auf den Mund, als wäre es immer nur seine Entscheidung gewesen, zur Begrüßung auf Distanz zu bleiben …

»Das ist Kalkfarbe«, sagte Max. »Eine Verneigung vor dem alten Kalkwerk unterm Stein, literarisch gewürdigt bei unter anderem Ransmayr und Bernhard. Das Braun geriet anders als erwünscht.«
Er zeigte auf das schlammfarbene Sims, das die Küche vom Wohnbereich trennte.

»Du hättest mich fragen können, bevor du hier dekorativ wirst …«, sagte Monika.

»Ich informiere dich ja auch nicht, wenn ich eine der tausend Ausbesserungs- und Erhaltungsmaßnahmen im Haus durchführe«, sagte Max, und hinterließ damit einen Ausdruck der Verwunderung auf den Gesichtern seiner Söhne, die bei jedem Besuch mehr den Eindruck gewannen, das Haus bräuchte dringend mal eine Generalsanierung.

Das kleine Haus unter dem Traunstein hatte einmal Monikas Eltern gehört. Ihre Familie hatte drei oder vier Jahre lang in den Sechzigern hier gewohnt, bevor die Familie Busch mit Kind und Kegel ins Stadtzentrum gezogen war. Danach war es nur noch vermietet worden, bis Monika es irgendwann überschrieben bekam. Für die vier Kinder war es immer viel zu klein gewesen, aber von Mai bis August hatten sie dort gelebt, die Kinder in zwei Stockbetten schlafend, oder verteilt auf Baumhaus und Zelte im Garten. Bullerbü unterm Berg. Nach der Scheidung – die Kinder erwachsen – war Max hier eingezogen. Monika wollte nicht unter dem Traunstein leben. In der Früh, wenn sie Licht brauchte, um in den Tag zu finden, war es kalt und dunkel unter dem Fels. Ohne Auto kam man nicht aus der Sackgasse am Ostufer heraus, und die Nachbarn waren zu nahe und von allen wusste man drei Generationen zurück die markanten Lebensereignisse. Sie war also nach Bad Ischl gezogen, eine Wohnung nach Osten raus, mit Blick auf die Traun. Nicht gerade großstädtisches Flair, aber mehr Cafés, ein paar Galerien, ein kleines bisschen Leben noch nach einundzwanzig Uhr. Es war eigentlich gemein, dass man oft von »Fad Ischl« sprach, dachte sie. Und sie war nur dreißig Minuten von Jola entfernt, wenn sie jemanden für Irma brauchte oder über Sven ablästern wollte …

Leander kam nun auch hinter der Küchentheke hervor und ging zu seiner Mutter, wobei er ihr überließ, wie nahe sie ihm kommen wollte. Sie sagte: »Bist du wieder gewachsen?«, dann zog sie ihn an den Schultern herunter und gab ihm Küsschen links und rechts und dann noch mal eines links, wie ihre schweizerische Freundin Marlies es immer tat – wenn man sich daran gewöhnt hatte, kamen einem zwei Küsschen einfach knausrig vor.

Sie sah ihrem ältesten Kind in die Augen und irgendetwas sah sie vielleicht darin, das ihr nicht gefiel, denn sie setzte sich gleich darauf mit einem Seufzen auf einen Stuhl am Küchentisch und sah mit einem Ausdruck von Erschöpfung auf die Kameratasche in ihrer Hand hinunter.

14

Jola, Sven und Irma kamen mit dem Auto an und parkten neben dem Peugeot Cabrio von Jolas Mutter. Keiner von ihnen machte Anstalten auszusteigen. Jola überlegte, wie sie die Stimmung noch umdrehen könnte, nachdem sie den ganzen Vormittag mit Sven gestritten und keine Zeit und Ruhe gefunden hatte, um sich auch mal um Irma zu kümmern.

»Noch fünf Minuten Auszeit?«, fragte sie in die Runde.

Sven und Irma nickten. Sven stieg aus und zündete sich eine Zigarette an, Irma griff nach ihrem Handy und machte es sich auf der Rückbank bequem.

Jola öffnete das Fenster und atmete die Seeluft ein.

Zu Weihnachten 2019 hatten sie sich das letzte Mal alle hier gesehen. Dann zwei Jahre Coronapause ohne ein großes Familientreffen, nur verschämte Zusammenkünfte zu zweit oder zu dritt, auf Abstand, im Freien, getestet, dennoch mit einem mulmigen Gefühl dabei. Zwei Jahre der Ungewissheit, zwei Jahre, in denen ihr dieser lässige Glaube ans gute Ende abhandenkam. Zwei Jahre auch, in denen es bei ihr und Sven beruflich miserabel lief, womit sie unterschiedlich umgingen. Sie arbeitete mehr denn je, nicht unbedingt inspiriert, aber dafür manisch. Er verfiel zuerst in Resignation, dann begann er, seinen geistigen Horizont für die simpelsten und gleichzeitig abwegigsten Theorien zu öffnen. Und mit der Mitgliedschaft in diesem neuen Club ging eine Überheblichkeit einher, die Jola fassungslos machte. Den einfachsten Weg gehen und sich dabei noch auserwählt fühlen, was für ein Deal!

Sie freute sich so darauf, wieder mit ihren Leuten vereint zu sein, ihre Brüder um sich zu haben, Aino wieder im Arm zu halten, Mama und Papa zusammen an einem Tisch zu sehen, rätselnd, was die beiden immer noch verband, auch so viele Jahre nach der Scheidung. Vielleicht in ihrer Beziehung die Antwort auf die Frage der eigenen Beziehung finden, diese andere Definition von Liebe, die im Leben stattfand und nicht im Kino. Eine Definition, die auch miteinschloss, dass man einander vorübergehend mal hasste – nicht nur zwischen Weihnachten und Silvester, sondern zwischen Silvester und Weihnachten …

Sven dämpfte seine Zigarette aus, Jola schloss das Fenster, Irma kletterte hinten aus dem Wagen. Jola ergriff die Hände von Sven und Irma, beide sahen sie überrascht an, aber Jola lächelte und zog sie mit sich in den Garten des Hauses.

Monika stand auf der Veranda und hielt das Gesicht in die Sonne, als Jola erschien. Sie drückte sich von der Hauswand weg und lächelte die Ankommenden an, während ihr noch die Lichtreflexe des Sees vor den Augen tanzten.

Jola, ihr großes Mädchen, das Kind, das sich am wenigsten losgelöst hatte, das immer noch jeden Tag anrief, Monikas Meinung, ihren Rat wertschätzte. Vielleicht weil sie beide Kunstweiber waren. Sie sahen Dinge anders, weil sie sie selbst erschufen, egal, ob es eine Figur oder eine Bildkomposition war. Irma würde auch so werden. Mit vierzehn hatte sie schon eine Meinung, eine Freude am Diskutieren und am Schöpferischen – in dem Alter hatte Monika einem Erwachsenen noch nicht mal in die Augen schauen können.

Monika und Jola umarmten sich, Jola war ganz aufgedreht und schrie ihrer Mutter etwas in den Nacken, zu nah am Hörgerät, unangenehm und unverständlich, aber Jolas Gesicht war ohnehin alles anzusehen: Sie war angespannt und nervös und auch voller Vorfreude und wollte einfach ein Glas Sekt oder Bier in die Hand gedrückt bekommen.

Monika strich ihrer Enkeltochter Irma über die Haare, wie groß sie jetzt war, nie würde Monika den Chinesen vergeben, dass sie dieses Virus auf die Welt losgelassen hatten und sie zwei Lebensjahre ihrer Enkeltochter fast gar nicht miterleben konnte ...

Sven stand so halb schief vor ihr, mit seinem weiß werdenden Bart und den komischen Stirnfransen und diesem Lächeln, das er nur für die Schwiegermutter aufsetzte. Er wusste wohl, dass er irgendwie das schwarze Schaf der Familie war, der Deutsche mit den komischen Ansichten, der beruflich immer rumwurschtelte (das war das Österreichischste, was er konnte) und es nicht fertigbrachte, Jola glücklich zu machen. Er wusste aber wohl auch, dass Monika und Max ihn dennoch gernhatten, vielleicht mehr als Melinda, als Leander und sie noch zusammen waren, sicher mehr als die Tussi-Freundinnen von Valentin. Monika fand auch nicht alle seiner Theorien so schlimm, genau genommen hatte sie eine Freude daran, Leute mit ungewöhnlichen Meinungen vor den Kopf zu stoßen, und manchmal borgte sie sich welche von Sven aus.

Aber eines war auch klar: Wenn er mit seinen Mitstreitern unterwegs war und sich ansteckte und dann seine Tochter krank machte, dann würde ihm Monika so fest in seinen blassen norddeutschen Arsch treten, dass …

Aber das ging zu weit, er stand ja ganz harmlos vor ihr, wirkte auch ein wenig zerknirscht und er hatte sich zehn Mal testen lassen in den letzten Tagen, das behauptete Jola jedenfalls.

Monika beugte sich vor und gab ihm mit spitzen Lippen zwei Küsschen, dann sagte sie: »Es ist schön, dass ihr alle da seid!«

Valentin trat auf die Veranda heraus und begrüßte die Neuankömmlinge. Irma, die völlig vernarrt in Valentin war, immer schon gewesen war, stellte sich zu ihm und begann über ein Buch zu sprechen, das er ihr irgendwann vor Weihnachten geborgt hatte und das ihr nicht so gefallen hatte wie ein anderes, das sie von ihm bekommen hatte.

»Die Bücherei in Gmunden macht einen Abverkauf«, sagte Valentin, »wir könnten hinschauen und uns mit neuem Stoff eindecken!«

»Haben die nicht nur alte *Hanni und Nannis* und so Bücher über Glückssteine?«

»Nein, die haben einen Haufen guter Romane und Sachbücher, bloß ein bisschen speckig und abgegriffen und mit so Bleistiftnotizen drinnen: *Das hat Onkel Rudi auch immer gesagt!*«

Max und Leander stießen dazu. Leander und Jola hatten sich

lange nicht mehr gesehen, er begrüßte sie so herzlich, und Monika dachte, die zwei hatten immer so einen besonderen Draht zueinander. Sie sah die beiden als Kinder vor sich, wie sie in der Erika strampelten, dem alten Tretboot, das sie dem Bootsverleiher in Traunkirchen abgekauft hatten und das den Sommer über in der Wiese vor dem Haus lag. Die Kleinen, Valentin und Aino, saßen hinten, ließen sich über den See kutschieren und riefen den Großen zu, welche der geheimen Buchten am wilden Ufer unter dem Traunstein sie ansteuern sollten. Jola und Leander waren verbunden in ihrer Aufpasserrolle, immer sorgsam, dass keiner fror, keiner Hunger hatte, die Schwimmflügel fest saßen ... Das alles während Max in der Badehose am Steg lag, den neuesten Roman von Alistair MacLean oder Desmond Bagley las und zwischendurch einer Nachbarin erklärte, was eine Paella sei ... Und wo war Monika da? Immer etwas abseits, kam ihr vor, mit der Kamera geduckt in der Wiese, im Schatten ein Projekt vorbereitend oder gar in der Dunkelkammer im Schuppen ...

Aber vielleicht waren alle diese Zuschreibungen bloß Einbildung, welche Kinder sich besonders lieb hatten, wer welche Rolle im Familientheater spielte – nie herrschte Einigkeit in diesen Dingen, nie ergab die kollektive Erinnerung ein kongruentes Bild.

16

»Prosecco?«, rief Leander in die Runde, während sich die Familie am großen Tisch auf der Veranda niederließ.

Billigende Rufe, Wünsche nach einem Seiterl Bier, Irma verlangte nach Almdudler.

»Es ist warm wie zu Ostern«, sagte Jola und zog ihren Pulli aus.

»Morgen soll es sechzehn Grad kriegen«, sagte Monika, »beim *Zauner* wird wieder der Garten voll sein.«

»Den Glöcklerlauf sagen sie ab, aber im Kaffeehausgarten darf man beisammensitzen …«, sagte Max.

»Weil du immer so ein Fan vom Glöcklerlauf warst«, lachte Valentin.

»Na ja, der gehört halt hierher! Und bei dem Riesenabstand zwischen den Läufern …!«

»Ich wollte eigentlich nur übers Wetter sprechen«, sagte Jola.

»Corona ist das neue Wetter«, sagte Valentin.

»Sven glaubt nicht ans Wetter«, sagte Max.

»Ich glaube nur nicht daran, dass alles so ist, wie uns die *Experten* einreden wollen«, sagte Sven gedämpft.

»Ich muss diese Debatten echt nicht hier am Tisch haben!«, sagte Jola.

»Dort sind sie aber längst, an unserem Tisch und bei den Nachbarn und in jedem Haushalt«, sagte Valentin. »Und wenn Corona vorbei ist, wird das weitergehen, weil wir einfach, als Gesellschaft, z'rissen san.«

»Schau an, jetzt spricht er Dialekt«, sagte Max.

»Ja eh«, sagte Jola zu Valentin, »aber das wird auch vorangetrieben, davon profitieren ja welche, dem muss man doch auch was entgegenhalten!«

»Die Familie«, sagte Max, »in der Familie stoppt die Spaltung …«

»Ja, sicher«, sagte Jola und grinste.

»Genau«, sagte Monika und tätschelte die Hand von Max. Und weil sie das nie tat und es den Kindern auch vollkommen gönnerhaft und unglaubhaft erschien, lachte Valentin auf und Jola auch, und Irma schloss sich an, einfach weil sie lachen wollte.

Leander kam mit einem Tablett heraus, goss den Prosecco ein und teilte die anderen Getränke aus. Sie stießen an. Dieser Moment und der ganze Tag fühlten sich glänzend und frisch an, Jola ließ

Leander zu ihnen auf die Bank rutschen, sie genossen die Getränke und die Sonne.

Max begann, über das legendäre Skirennen zu sprechen, das kurz bevorstand, und weil Sport in ihrer Familie immer ein großes Thema war und auch niemandem wehtat, nahm das Gespräch gemütlich Fahrt auf. Sven ließ sich bereitwillig für die ausbleibenden Erfolge der deutschen Fahrer auf die Schaufel nehmen und Max sprach davon, dass nur noch jeder vierte Österreicher Ski fuhr und sich der Wintertourismus dadurch dramatisch veränderte.

»Das wird vielleicht durch die Touristen aus dem Ausland ausgeglichen, aber dass kaum noch Schnee liegt – das ist so deprimierend …«, sagte Jola.

»Übrig bleibt nur Après-Ski, ohne Ski halt«, sagte Valentin.

»Schunkelmusik, Schnaps aus dem Kanister und mit Corona wieder nach Hause«, sagte Monika.

»Die kleinen Skigebiete können jedenfalls einpacken«, sagte Max.

»Und die großen rüsten weiter auf«, sagte Leander. »Die Rennläufer trainieren in den Skihallen, weil die Gletscher im Sommer nicht mehr halten. Die Energiebilanz des Sports darfst du gar nicht mehr anschauen …«

»Ich hab gelesen, dass der Winter in den Bergen im Alpenraum in den letzten dreißig Jahren eigentlich kälter geworden ist«, sagte Sven.

»Dann schau dir an, was mit dem Rettenbachferner geschieht …«

»Ich hab gerade dran denken müssen, wie wir früher am Grünberg gefahren sind«, sagte Max. »Die alten Decken um die Ski gewickelt und raufspaziert. Leander hat Aino mit einem Seil um den Bauch hinter sich hergezogen und wenn Jola hingefallen ist, ist sie liegen geblieben und hat in den Himmel geschaut und gesagt: Ich fahr immer so gut, und dann kommt eine Kurve …!«

»Das mit den Decken an den Ski«, sagte Monika, »das ist aus *deiner* Kindheit, unsere Kinder haben schon Skilifte benützt.«

»Wir sind oft so auf den Berg hinauf«, rief Max, »eigentlich haben wir den ganzen Tourenski-Trend vorweggenommen!«

»Valentin war kaum auf den Berg zu kriegen«, sagte Jola, »höchstens man hat ihn auf dem Schlitten raufgezogen, und dann musste man ihm noch eine Gipfelschokolade versprechen …«

»Und bis heute war er nicht am Traunstein oben«, schüttelte Max den Kopf.

»Kann noch passieren«, sagte Valentin.

»Wenn man dich rauftragen würde, hättest du nichts dagegen«, sagte Max. »Einen Sherpa müssen wir dir mieten!«

»Ich hab so eine klare Vorstellung, wie es da oben aussieht, ich weiß gar nicht, ob ich mir die nehmen lassen will.«

17

Max öffnete den Herd und schob die Backform mit den Antipasti hinein. Dann drehte er sich um, sah quer durch den Raum in Richtung Terrasse und blickte auf die Hinterköpfe seiner Kinder. Er überlegte, ob sie es auch genossen, hier zu sein, so wie er es genoss, so wie er es zutiefst brauchte, sie um sich zu haben. Oder ob es für sie so war wie Max' Aufwartungen bei seinen Eltern, als diese bereits alt waren: mehr oder weniger Pflichtveranstaltungen, verbunden mit schlechtem Gewissen und dem vorauseilenden Gefühl von Verlust. (Aber Monika und er waren natürlich anders alt, vor allem im Pass, nicht im Herz, ein bisschen im Kreuz …)

Dumme Gedanken, er sah doch, er hörte doch, wie sie lachten und sich wohl fühlten. Er hoffte, dass sich ihre Wünsche erfüllten. Keiner von ihnen war noch so richtig angekommen. Und wenn sie dachten, sie wären es, zeigte sich umso deutlicher, sie waren es nicht. Es war nicht wie bei ihnen, das Leben so ausgefüllt durch die Familie. Diese Sommertage am See, Hunderte davon, zusammengegossen in einen einzigen Tag, der in Max' Rückschau ihr Familienleben war: etwas in der Küche brutzeln, Radio hören, Valentins gebeugter sonnenbrauner Rücken, wie er ein Bild malt. Ein Regenguss, auf der nassen Straße stehen und nach den Kindern auf den Fahrrädern Ausschau halten. Nachrichten sehen, die Türglocke, in das Gesicht eines Jungen schauen, *ich bin der Freund von Jola*. Mit nackten Füßen die Treppe hochlaufen, eine Taube in der Dachkammer. Gute Zeugnisse, schlechte Zeugnisse, Tränen trocknen, Türen zuschlagen. Schlafen unter dem Sternenhimmel, die Geräusche des Sees, Ainos erste Gitarrenakkorde beim Lagerfeuer am Strand. Schwimmen lernen, Leander frierend in ein kleines Handtuch gehüllt, sein Blick: sich nichts anmerken lassen. Gemeinsam zu Abend essen in der Dämmerung, Saibling am Grill, Monika füttert ein Kind auf ihrem Schoß …

Plötzlich stand sie neben ihm, sie war durch die hintere Gartentür reingekommen. »Wieso kommst du nicht raus?«, fragte sie.

»Ich komm ja gleich, ich lass nur den Moment wirken.«

Monika sah ihn ein wenig besorgt an, und er dachte, sie war immer die pragmatische von ihnen, und er der praktische.

»Geht's dir gut?«, fragte sie, nicht unbedingt liebevoll, eher wie der Hausarzt.

»Wieso glaubst du nicht?«

»Weil du ausmalst. Wenn es dir gut geht, tust du ja nix.«

»Ha, das ist gut.«

»Etwa nicht?«

»Nichts tun kann ich mir aktuell nicht leisten. Ich wollt' eh mit dir reden.«

Max setzte sich auf den Barhocker, fuhr sich über die Glatze, als wären da noch die dichten braunen Haare, wie in den Sechzigern, als sie sich kennenlernten.

»Das Dach macht's nicht mehr lange.«

»Das Dach?«

»Ja, die Sonne scheint schon durch!«

»Was?«

»Im Ernst, schau es dir an. Richtig dunkel wird es nicht mehr in der Dachkammer. Das Gebälk ist schon feucht!«

»Dann müssen wir was machen!«

»Sag ich ja!«

»Vielleicht hätten wir das schon vor dem Winter machen sollen …«

»Und wer hätte das tun sollen? Seit dem Hagelsturm findest du im Umkreis von fünfzig Kilometern keinen Dachdecker. Und es ist ja nicht nur das …«

»Nein?«

»Die Ölheizung setzt alle paar Tage aus, da gehört eine gescheite Pelletheizung rein.«

»Und was kostet das?«

»Das kommt darauf an, wie viel Förderung wir kriegen, und was der Installateur nimmt, und und und …«

»Ich hab kein Geld im Moment.«

»Du hast schon Geld …«

»Es ist gebunden. Damit es mehr wird, nicht weniger.«

»Aber in Notfällen wie diesen …«

Sie sah ihn streng an. Max wusste, sie würde es gleich sagen, ganz bestimmt käme das jetzt.

»Ich hab dir sogar Pensionsjahre überschrieben, das weißt du!«

»Ja, das hast du …«

»Das hat fast niemand in Österreich gemacht!«

Sie hatte recht. In all den Jahren, in denen die Sozialversicherung anbot, dem Partner Pensionsjahre anrechnen zu lassen, hatten das nur ein paar Tausend genutzt. Für Max war es wichtig gewesen, er hatte als »Haupterzieher« der Kinder nicht genug Pensionszeit angesammelt … Mit dem, was ihm Monika von ihrer Zeit überschrieben hatte, kam er immerhin auf eine halbwegs akzeptable Rente, auch wenn die Teuerungen natürlich wieder Einschränkungen bedeuteten, er nur noch beim Diskonter einkaufte und jeden Abend die Angebote der Supermärkte mit der Lupe durchsah.

»Aber ansparen kann ich mir nichts davon, das ist dir doch klar, oder?«, fragte Max.

»Hast du nicht was von Valentin genommen?«

Max sah sie an, als hätte sie ihn mit der Unterstellung tief getroffen. Dabei stimmte es, er hatte Geld von seinem Sohn genommen, aber nur weil er es ihm aufgedrängt hatte, weil er gesagt hatte, sein Portfolio werfe so viel ab, er hätte mit Netflix so einen Treffer gelandet. Aber dann hatte er ja alles aufgelöst – nach seiner großen Sinneswandlung! – und soweit Max wusste, war Valentin nicht allzu viel Geld aus seiner Kapitalmarktzeit übrig geblieben. Max hatte jedenfalls alles ausgegeben, was ihm Valentin großzügig überwiesen hatte, er hatte sich so seine Reise nach Indien finanzieren können, und die Erinnerungen daran waren unbezahlbar.

»Es ist ja nicht nur für mich«, wechselte Max die Strategie, »vielleicht will Aino ja vorübergehend wieder hier wohnen, falls sie aus den USA zurückkommt.«

Monika sah Max aus argwöhnisch schmalen Augen heraus an. »Wieso glaubst du, sie will wieder in Österreich leben?«

»Sie macht doch dauernd Anspielungen, wie das Leben drüben mühsamer wird, wie sich die Gesellschaft zum Schlechten hin verändert, wie sehr sie sich nach gegrillten Reinanken und Ramsauer Spitz sehnt!«

»Jeder von hier, der ins Ausland geht, träumt manchmal von einem Schnitzel, das heißt aber noch lange nicht …«

Max unterbrach sie: »Es geht ja nur darum, dass dieses Haus weiterhin die Familienbasis sein soll, das Nest, und darum müssen wir es erhalten!«

»Und ich hab immer noch kein Geld!«

»Du willst es für etwas anderes sparen, und ich frage mich, was wichtiger sein könnte!«

»Ich denke nur an die Zukunft. Daran, dass ich mal alt sein werde, Pflege brauche, vielleicht in eines dieser Häuser gehe …«

»Blödsinn! Du gehst in keines dieser Häuser, du wirst noch mal heiraten und auf einer Ranch in Südafrika leben!«

»Werd ich das? Das klingt nicht schlecht …«

Max' Besessenheit, zu glauben, Monika würde wieder heiraten und damit die Familie gewissermaßen endgültig auflösen, bahnte sich wieder ihren Weg durch das Gespräch, er konnte es scheinbar nicht verhindern, auch wenn es ihn paranoid und unselbstständig erscheinen ließ, was er vielleicht auch war.

Valentin betrat den Raum, Max sprang vom Hocker und rief: »Die Antipasti, mio dio!«

Das Gespräch war damit vorerst beendet, das Haus würde weiter seinem Ende entgegenfaulen, und wenn Monika in Südafrika lebte, bekäme sie eine Postkarte von Max: »Das Haus ist eingestürzt. Ich bin ins Hotel gezogen. Grüße mir Afrika!«

18

Sie hörten die Maschine, lange bevor sie sie sahen.

»Was ist das?«, fragte Jola.

»Ein Hubschrauber, vielleicht die Bergrettung?«, sagte Max.

»Aber das ist ja nicht am Berg, mehr Richtung Gmunden!«

Jola stand auf und ging ein paar Schritte in Richtung des Hangs, von wo aus man freie Sicht auf den See hatte. »Ein Propeller-Flugzeug!«, sagte sie.

Max kam zu ihr.

»Fliegt aber niedrig.«

»Sieht aus wie ein …«

»… Wasserflugzeug«, beendete Max den Satz.

Die beiden folgten mit ihren Blicken dem Flugzeug, das in niedriger Höhe in Richtung Traunkirchen flog, bevor es einen Schwenk vollzog, an Geschwindigkeit verlor und im Sinkflug genau in ihre Richtung kam.

»Wie spät ist es denn?«, fragte Max.

»Kurz nach zwei«, sagte Jola.

»Mh-mh«, brummte Max und schirmte die Augen gegen die Sonne ab.

Leander stellte sich zu ihnen und nahm das Flugzeug in Augenschein. »Landet der hier am See?«, fragte er.

»Am Wolfgangsee landen Wasserflugzeuge, hier hab ich eigentlich noch nie eines gesehen«, sagte Max, »mh-mh …«

Valentin und Irma kamen hinzu. »Der Mateschitz?«, fragte Valentin.

Keiner sagte etwas, als ahnten sie schon, dass es jemand anderer als der Herr Mateschitz war, der sich da eben im Landeanflug näherte. Das Flugzeug landete sanft auf der glatten Wasseroberfläche, der Heckflügel tauchte leicht ins Wasser, gleich darauf stabilisierte sich der Rumpf wieder in der Horizontale und das Flugzeug glitt langsam in Richtung ihres Haussteigs. Es war eine ältere Maschine, gelb-rot, in gepflegtem Vintage-Zustand.

»Wer ist denn das?«, fragte Monika, die nun auch bei ihnen stand und anzunehmen schien, alle wüssten bereits, wer da auf sie zuschipperte.

»Wenn ich raten müsste …«, sagte Max.

»Ist das *sie*?«, flüsterte Jola.

Das Flugzeug näherte sich dem Steg, bis es schließlich präzise und leicht mit den Schwimmern parallel zu den Planken zum Stehen kam. Ein Mann stieg aus, winkte kraftvoll in Richtung der Familie und band das Flugzeug an eine der Sicherungen für die Boote. Eine zweite Tür öffnete sich und eine junge Frau sprang vom Flugzeug auf den Steg und rief: »Helllooo!«

Jola kreischte und lief mit Irma zum See.

Leander lächelte und ging, die Hände in den Hosentaschen, ebenfalls den Weg zum Ufer hinunter.

»Sind das Aino und ihr Ami?«, fragte Sven.

»Er ist kein Amerikaner, er ist ein Moser oder Pichler«, sagte Max, nahm Monika an der Hand und folgte seinen Kindern.

Sven sah Valentin an, der noch mit ihm in der Wiese beim Haus stand, und Valentin zuckte die Schultern. Er trabte den Weg zum See hinab und Sven spazierte als Letzter in Richtung des Wassers.

»Bist du irre?!«, rief Jola, als sie sich aus der Umarmung ihrer Schwester löste und das Flugzeug vor ihr betrachtete.

Aino lachte und rief: »Ist das eine Beauty, was sagst du?«

»Ein totales Schätzchen«, sagte Jola atemlos.

»So eine hab ich noch nie gesehen«, sagte Irma andächtig.

»*Mildred* ist eine amerikanische Piper, gebaut 1963, ursprünglich in Kanada im Einsatz«, sagte der Mann, der ihnen vom Steg aus gewunken hatte. Er war um die vierzig, ein glattes, gerötetes Gesicht, leicht gewellte braune Haare, Polo-Shirt und Cargohosen, mit einer Aura altmodischer Abenteuerlichkeit.

»Das ist Alexander«, sagte Aino und griff nach der Hand des Mannes.

»Darf man hier einfach so landen?«, fragte Irma.

»Das wollte ich euch gerade fragen!«, sagte Alexander und grinste.

»Alexander hat das Wasserflugzeugtreffen in Strobl organisiert, sie werden es ihm durchgehen lassen, so wie immer«, sagte Aino.

»Wir haben eine Sondergenehmigung«, sagte Alexander. »Ich wusste gar nicht, dass es Stempelmarken mit dem Schloss Orth gibt!«

Lachen.

»Blödsinn …«, sagte Alexander.

»Ist doch sowieso der ganze See frei!«, rief Max und reichte Alexander die Hand.

»Das ist mein Vater«, sagte Aino.

»Mäx«, sagte Max und zwinkerte Alexander zu, als wäre er immer noch der coole Hund mit dem Motorrad, der in den frühen Sechzigern bei der Rückkehr von einer Griechenlandreise Halt am Traunsee gemacht und in der Badebucht von Altmünster mit der hübschen Tochter von Papa Busch angebändelt hatte, die für ihn einen anderen jungen Mann verlassen hatte, der seine ganze Zukunft auf sie gesetzt hatte.

»Ich bin sehr erfreut und furchtbar nervös, Sie kennenzulernen«, sagte Alexander und reichte nun auch Monika die Hand.

»Ich wäre eher nervös, in diese Kiste zu steigen«, sagte Monika, »auch wenn sie sehr fotogen aussieht.«

»Aber bei *Mildred* muss ich keinen guten Eindruck machen!«, gab Alexander zurück.

»Hier auch nicht …«, sagte Aino, und Valentin setzte fort, »es genügt, wenn er den Swarovski-Fernstecher nicht versenkt.«

Die Familie lachte, Alexander hob neugierig die Augenbrauen. Max setzte sein charmantestes *Lass-mich-erklären*-Lächeln auf und gab die Geschichte zum Besten, wie ein Verflossener von Aino beim ersten Zusammentreffen mit der Familie das teure Familienfernglas vom Boot ins Wasser hatte rutschen lassen, dort, wo der See direkt unter dem Berg fast 200 Meter tief war.

»Das war ein schlechter Start«, sagte Aino.

»Ich habe genau so ein Fernglas in der Maschine! Wenn ich euch vielleicht …«

»Du lässt es, wo es ist!«, sagte Aino und verdrehte die Augen. Dann ließ sie sich endlich von ihrem Vater und ihrer Mutter umarmen, anschauen, anfassen, und sie alle gingen den Weg zu ihrem Haus hinauf, in das Nest, das Herz der Familie.

19

»Ich hab auch ein alkoholfreies Bier für dich, Alexander, falls du dein Maschinchen heute wieder zurück nach Hause fliegen musst«, sagte Max, und Aino dachte, ihrem Vater gefiel Alexander, wie sie es erwartet hatte.

»Super, nehme ich«, sagte Alexander.

Interessanter war, was ihre Mutter von ihm hielt. Monika mochte authentische Typen mit Ecken und Kanten. Alexander dagegen wollte gemocht werden, wollte trotz seiner Privilegien und seines Geldes als nahbar gelten, als einer, dem man jederzeit auf die Schulter klopfen oder den man um Hilfe fragen konnte.

Monika bevorzugte Männer mit klaren Absichten, egal ob sie moralisch hochstehend waren oder nicht. *Interessant ist, wer die Wahrheit sagt*, zitierte Monika manchmal irgendeinen Philosophen, wahrscheinlich den Precht oder einen anderen Fernsehdenker, den Aino nicht vermisste, wenn sie in den USA war.

Alexander wollte einnehmend und amüsant sein, einen gemäßigten emotionalen Impact hinterlassen, der eine angenehme Beziehung in Gang brachte. Andererseits wusste Aino aber, dass er nur so war, weil er dies so gelernt hatte und so am besten mit den

Erwartungen und Ansprüchen an ihn umgehen konnte. Eigentlich wollte er ganz anders sein: Kompromisslos, leidenschaftlich, überwältigend.

»Ihr seid an der schönsten Seite vom See!«, sagte Alexander, und das war natürlich eine Feststellung, die als Kompliment unter Seegrundeignern nicht zu überbieten war. Am See konnte schnell mal jemand leben, aber war man auch an der richtigen Stelle?

»Monikas Eltern haben den Grund in den Sechzigern spottbillig gekauft«, sagte Max. »Papa Busch, Monikas Vater, hat ja alle Leute gekannt und es war schwer, ihm etwas abzuschlagen.«

Aino dachte, das klang, als hätte ihr Opa den Grund den Vorbesitzern irgendwie abgenötigt oder durch seine besondere Stellung in der Stadt rausgeleiert, dabei war der »spottbillige« Grund für die Familie geradeso zu finanzieren gewesen und der Kauf hatte unter anderem zur Folge gehabt, dass sich Monikas Mutter erstmals nach dem Krieg wieder eine Arbeit suchen musste. Aber so war Max, er sah sich als Verwalter der Familiengeschichten und fühlte sich den erzählerischen Effekten mehr verpflichtet als den Tatsachen.

»Es ist so wichtig, dass solche Plätze in der Familie bleiben«, sagte Alexander.

Leander zwinkerte Aino mit einem breiten Lächeln zu, und es war offensichtlich, dass er Alexanders Lauf auf rohen Eiern in die Arme der Familie genoss und in diesem Moment nirgendwo lieber säße als hier zwischen seinen Eltern und dem Werber um den Schwiegersohnstuhl.

»Erzählt mal«, sagte Leander, die Arme wohlig über der Brust verschränkt, »wo habt ihr euch kennengelernt?«

Valentin, der mit Irma etwas abseits stand, bemerkte, dass Leander mit dem Verhör begann, und sagte zu Alexander: »Vielleicht magst du noch einen Parkschein in deinen Flieger legen!«

Aino grinste, aber dann beeilte sie sich, Alexander mit der Antwort zuvorzukommen: »Wir sind uns das erste Mal bei einer Ausstellung zu Hedy Lamarr im Kulturforum in New York begegnet.«

»Beim Dirndl!«, sagte Alexander.

Aino lachte. »Genau: Sie haben ein Dirndl von ihr ausgestellt. Und Alexander ist davorgestanden und hat es still angehimmelt, und es sah aus, als würde es ihn gleich vor Heimweh nach Salzburg zerreißen!«

»Und du hast mich in deinem tollen New-York-Englisch gefragt, ob ich ein großer Fan von *Sound of Music* wäre!"

»Und du hast trotz meinem tollen Englisch rausgehört, dass ich aus Österreich bin, und hast gesagt: *Naa, das find ich furchtbar!*«

Aino lachte, und Leander mit ihr.

»Aber dann hast du den ganzen Abend gegenüber den Sound-of-Music-verliebten Amerikanern erklärt, dass du es eigentlich eh recht toll findest«, setzte Aino fort.

»Weil es ja trotz allem ein Anti-Nazi-Stück ist und Lamarr eine Jüdin war – ich fand das einfach angemessen«, antwortete Alexander.

»Das war es ja auch«, sagte Aino und streichelte Alexanders Arm.

»Und dann haben wir festgestellt, dass unsere Zuhause in Österreich nicht mal eine Autostunde voneinander entfernt sind«, sagte Alexander, »und wir beide die Serie *Mad Men* lieben und die gleichen Ecken vom Central Park ...«

»Und dann hat er mich eingeladen, mit ihm Woody Allen beim Klarinettespielen im Jazzclub anzusehen! Zuerst dachte ich, kann man das machen, ich meine, *nach allem*, aber dann hab ich Ja gesagt und ich war dann so froh, dass mir Alexander so ein klassisches New-York-Erlebnis gezeigt hat, das ich noch nicht gekannt habe.«

»Und nachher zu Jeffrey Epsteins Townhouse und Blumen hinlegen«, sagte Jola, und Aino warf ihr einen flammenden Blick zu, dem ihr schallendes Lachen folgte.

»Habt ihr auch eine Wohnung in New York?«, fragte Monika, die die Bemerkung mit Epstein nicht verstanden hatte, und Aino registrierte, dass Alexander schon wieder mit »ihr« angesprochen, also mit seiner Familie gleichgesetzt wurde, was ihm egal war, Aino aber zunehmend auf die Nerven ging.

»Nein, aber ich bin immer im Frühling drei, vier Wochen in der Stadt, ich wohne bei Freunden in Chelsea. Eine Auszieh-Couch im Wintergarten, ganz einfach, völlig ausreichend!«

»Wir haben uns auch immer sehr wohl gefühlt in New York«, sagte Max, und Aino fragte sich, von welchen Aufenthalten er sprach: Die Besuche bei ihr in den letzten Jahren, wo er mit Valentin oder Jola, die ihn begleiteten, in ihrem Apartment in Nolita unterkam, *Freunde* traf, die er im Laufe der Jahre in der Stadt gesammelt hatte (aufgegabelt beim Small Talk vorm Theater oder im Restaurant – immer bestand er darauf, Nummern auszutauschen und in Kontakt zu bleiben!), und alle Nudelküchen Chinatowns ausprobierte. Oder die Trips mit Monika, als sie jünger waren und noch verheiratet, als sie bei Foto-Ausstellungen teilnahm und sie – die Kinder in der Obhut von Monikas Mutter – in einfachen Hotels im East Village abstiegen; wahrscheinlich schon stritten und andere Vorstellungen von ihrem Aufenthalt hatten, sich vielleicht schon wünschten, alleine oder mit einer anderen Person dort zu sein … Ganz egal, New York war die großartigste Stadt der Welt, da waren sich alle einig, und vielleicht war es ja überhaupt der einzige Ort, der einen die persönlichen Probleme und Unstimmigkeiten vorübergehend vergessen lassen konnte, die man als Gepäck in die Stadt mitbrachte. Und es war fast so schön wie Gmunden …

20

Max hatte Alexander die Hausführung gegeben, ihm den Garten gezeigt, besondere Momente beschrieben, die sich an diesem Ort ereignet hatten. Es war wie ein Freilichtmuseum ihres Familienlebens.

»Um das Haus war es allerdings schon besser bestellt«, sagte Max und deutete auf die mürbe aussehende Holzverschalung der Dachschindeln, »da muss ich heuer ran!«

Alexander nickte und sagte, es sei eben immer etwas zu tun.

Max betrachtete den neuen Freund von Aino und überlegte, ob er ihnen bleiben würde. Sie war jetzt Mitte dreißig und falls sie Kinder haben wollte, was er glaubte, müsste sie auch mal in die Gänge kommen. Enkelkinder … Übermäßig reich waren sie bisher nicht mit ihnen gesegnet worden: Sie hatten Irma und sie hatten Noah. Aber den Jungen sahen sie ja nie, nach der Trennung von Leander vor etwa zehn Jahren war seine Mutter mit ihm in die Schweiz gezogen und öfter als ein, zwei Mal im Jahr ließ sich ein Treffen nicht arrangieren. Jetzt war er schon siebzehn, ein hübscher intelligenter Knabe, der mit einem Freund ein Handyspiel programmiert hatte, das Tausende Male heruntergeladen worden war, mit Streifenhörnchen, die Sonnenbrillen trugen und schwer bewaffnet waren. Max war ganz angetan davon.

»Wie ist es mit deinen Eltern, haben sie viele Enkel?«, fragte Max.

»Meine Schwestern haben beide Kinder, fünf insgesamt«, sagte Alexander.

»Sind die Großeltern viel bei ihnen, kümmern sie sich?«

Max hatte nicht das Gefühl, indiskret zu sein, schließlich waren sie jetzt Familie, beziehungsweise bestand die Aussicht darauf, und er wollte wissen, ob ihn Alexanders Vater bei ihrem ersten Treffen mit fünf Enkeln auf den Armen begrüßen würde, ein Großvater-Titan, der Max' Bilanz in dieser Hinsicht mickrig wirken lassen würde.

»Mein Vater ist noch stark im Konzern eingespannt und seine zweite Frau ist jung und sieht sich nicht so in der Großmutterrolle, tja, und meine Mutter hat ihre Galerie in Salzburg, sodass nicht viel Zeit bleibt«, sagte Alexander, und Max dachte: komische Familie.

»Na ja, falls ihr mal ...«, sagte Max und malte mit den Fingern eine Art Spirale des Lebens in die Luft, »dann könnt ihr euch jedenfalls auf uns verlassen.«

»Dank dir, Max«, sagte Alexander verlegen und brach ein Stück morsches Holz vom Dachgiebel, der oben am Hang fast bis an den Boden heranreichte.

Max nahm ihm das Stück Holz aus der Hand und fasste Jolas Freund sanft am Arm, um ihn weg vom Dach und wieder in Richtung des Hangs zu ziehen. »Was machst du denn eigentlich beruflich, Alexander?«, fragte er, hob einen Beachtennisball auf, den die Nachbarskinder herübergeschossen hatten, und warf ihn über die Hecke.

»Ich bin in ganz verschiedenen Feldern unterwegs. Gastro, Kultur, Fahrzeuggeschichte. Aber mein Herzensprojekt ist die Textilmanufaktur mit Sommerakademiebetrieb am Mondsee. Wir haben jetzt fast dreißig Angestellte aus der Region, die Stoffe von lokalen Betrieben verarbeiten, Fokus auf Nachhaltigkeit, der Vertrieb läuft vor allem über touristische Hotspots, Museumsshops ...«

»Schau an«, sagte Max.

Das Berufsleben von Ainos Vater hatte sich zwiegespalten in die Versorgung der Kinder und episodische Anstellungen als Oberkellner in Seerestaurants im Salzkammergut. Eine Zeit lang hatte er auch eine eigene Eventfirma und fuhr mit einem alten Ford Transit seine Bierbänke und Stehtische durch die Region. Er kannte jedes Wirtshaus, jeden Jahrmarkt, jeden Hauptplatz, der für einen Frühschoppen herhalten musste. Zuletzt, in seinen späten Sechzigern, hatte er sich noch als Bootsverleiher versucht, was ihm die Bekanntschaft mit vielen Urlauberinnen eingebracht hatte, ein prickelndes letztes Berufskapitel vor der wohlverdienten Pensionierung.

Jedenfalls sah sich Max als Entrepreneur und Kenner der Gastro-Szene und fühlte sich deswegen gleich zu Alexanders Projekten hingezogen. Dennoch fiel ihm jetzt keine gute Frage zu Alexanders Manufaktur ein und er sagte bloß: »Nachhaltig ist werthaltig.«

»Eben, genau«, sagte Alexander, »unsere Jacken, Kleider, Hosen halten im Prinzip ein Leben lang, jedenfalls bei entsprechender Pflege, und sind damit ein Stück regionale Lebenskultur, die bleibt. Und sie sind schweineteuer, die einzige Art, den Leuten heute eine Vorstellung von Wert zu vermitteln.«

Erst jetzt wurde Max bewusst, wie qualitätsvoll Alexanders Kleidung aussah, und leider auch, wie wenig er selbst auf sein Erscheinungsbild und seine Kleidung achtete. Auch auf seine Frisur oder was davon übrig war legte er keinen Wert; seine Schuhe gammelten ihm weg. Man sah ihm die Jahre der Sparsamkeit an, des immer wieder Sagens: Nein, das brauche ich nicht, das geht auch ohne. Und die Jahre des Alleinseins, die Abwesenheit einer Person, die sagte: Die Socken ziehst du nicht mehr an, lass dir diesen Leberfleck anschauen, rasiere dich mal gründlicher unter den Wangen …

Natürlich stand Max nicht zu Alexander in Konkurrenz, aber er fühlte sich dem jungen Mann in diesem Moment unterlegen, war beeindruckt von dem geschäftlichen Panorama, das dieser vor ihm ausbreitete, und beneidete ihn darum, alles Schöne noch vor sich zu haben – die Gründung einer Familie, die Partnerschaft und Intimität mit seiner Frau, die gemeinsamen Pläne, das Älterwerden, bevor es eine Zumutung wurde.

Max stand wieder am Anfang. Er hatte sich von seiner Freundin Birgit getrennt, weil er das Gefühl hatte, ihm liefe die Zeit davon, und sie war nicht die Frau, mit der er die übrige Zeit verbringen wollte. Das konnte er ihr natürlich nicht sagen, also sagte er gar nichts und meldete sich eben nicht mehr, was – wie er überall hörte – inzwischen eine völlig gängige Art war, eine Beziehung zu beenden. Traf er Birgit allerdings in Gmunden auf der Straße, fühlte sich das doch einigermaßen schrecklich an, und er bekam Zweifel, ob eine Trennung ohne Aussprache wirklich als Zivilisationsfortschritt zu bewerten war.

Fast reizte es ihn, mit Alexander darüber zu reden, denn mit seinen Söhnen konnte er das nicht, und seine Freunde waren alte Herren, deren Gedanken nur darum zu kreisen schienen, wie lange man ihnen noch erlauben würde, ihre PS-starken SUVs zu fahren … Aber dann erführe Aino ja, was er angestellt hatte, und vielleicht würde das ihrer Beziehung schaden oder sogar die Chancen schmälern, dass sie endlich zurück nach Österreich käme …

Also sagte Max nur: »Wie ist es eigentlich, so einen berühmten Namen zu haben?«, und wie immer fühlte es sich gut und richtig an, den Elefanten im Raum beim Namen zu nennen, denn was es hieß, einer so prominenten Familie anzugehören, das hatten sich Max und Monika und alle anderen schon den ganzen Tag gefragt.

21

Monika stand unten am Steg, sie fühlte sich ein wenig betrunken, und Alexander umarmte sie. Offensichtlich dachte er, er müsste vorrangig sie für sich einnehmen und auch, dass es ihm bisher nicht gelungen war, denn jetzt versicherte er ihr so hartnäckig, diesen Nachmittag genossen zu haben, dass Monika ganz still wurde und dachte, was will er denn von mir, ich entscheide doch nicht, ob Aino ihn liebt!

»Guten Flug«, sagte sie schließlich und drehte sich um und ließ Max zum Abschied antreten, der das natürlich viel herzlicher und entspannter erledigte als sie, wahrscheinlich einfach weil er diesen Alexander gut leiden konnte, so wie jeden einzelnen Mann, der jemals mit einer ihrer Töchter ausgegangen war. Vor allem natürlich nachdem Alexander Max ganz offen von den schwierigen Dynamiken in seiner Familie erzählt hatte (wovon ihr Max kurz darauf flüsternd in der Küche berichtet hatte).

Valentin und Leander verabschiedeten sich, Jola gab Küsschen, Irma schüttelte die Hand. Sven war bereits gefahren, man durfte spekulieren, ob er noch ein konspiratives Treffen Gleichgesinnter aufsuchte …

Alexander bestieg das Flugzeug, startete den Motor und schipperte mit rotierendem Propeller langsam auf den See hinaus. Die Sonne stand schon tief über den Hügeln von Altmünster, als Alexander den Motor seiner *Mildred* hochdrehte und nach kurzer schwankender Fahrt über den See abhob und in Richtung Ebensee davonflog. Die Sonne verschwand hinter dem Wald beim Pamesberg, und die Familie winkte ihm ausdauernd nach.

Es wurde kalt im Garten, trotzdem wollten sie alle noch draußen sitzen. Max holte Decken aus dem Haus und sie breiteten sie aus und mummten sich ein. Monika fand, dass Aino traurig aussah, und sie fragte sich, ob das am Abschied von ihrem Mann lag oder daran, dass sie sich etwas anderes von dem ersten Treffen mit der Familie erhofft hatte, oder weil sie am liebsten gar nicht mehr von hier wegwollte, genug von den USA hatte, wie Max spekulierte.

Valentin schien nichts davon zu bemerken, denn er verlautbarte munter: »Solltet ihr dieses Jahr mal ins Figurentheater gehen wollen, weil es sich die letzten zwanzig Jahre nicht ausgegangen ist, empfehle ich euch übrigens mein Stück *Der Neger von Ebensee*. Premiere ist am 2. Februar im Klostersaal in Traunkirchen, die sind dort erstaunlich entspannt und scheißen sich nichts, und ich hoffe, wir bringen einen kleinen Skandal zusammen, der für eine Schlagzeile in den Lokalnachrichten reicht.«

»Das ist so cool«, sagte Jola, »ich werde das in die Whatsapp-Elterngruppe von Irmas Klasse stellen, die sind schon aus dem Häuschen, wenn ein Lehrer kurze Hosen trägt!«

Irma rutschte unruhig auf ihrem Platz herum. »In der Gruppe soll eigentlich keine Werbung gemacht werden«, sagte sie, »aber ich werde Flyer verteilen.«

Valentin legte seinen Arm um Irma und küsste ihren Kopf.

»Ich werde in Ischl die Werbetrommel rühren«, sagte Monika, »dann sehen wir mal, ob die Stadt schon reif ist für die große Kulturoffensive.«

»Du machst aber nicht nur solche Stücke, oder?«, fragte Aino.

»Was für Stücke?«, fragte Valentin.

»So Nicht-Kinder-Stücke!«, sagte Aino.

»Ich werde die Kinderstücke im Haus am Marktplatz machen, sobald der Spielraum fertig ist. Das wird dann ein Platz nur für die Kinder. Aber auf Tour spielen wir nach Laune und in Absprache mit den Locations auch für die großen Kinder … Da kann es schon ein bisschen trashig zugehen.«

»Dafür bin ich zu brav, ich will den Knuddel-Kasperl mit Heimatkitsch und allem …«, sagte Aino.

»Dann kommst du eben zu den Kiddie-Stücken, Hauptsache, du kommst«, sagte Valentin, und Aino sah versöhnt zu ihm hinüber.

Monika dachte, jetzt war der Moment, um auch mal etwas von ihr anzukündigen, was sie sonst ja nur mit vorgehaltener Waffe tat.

»Ich hab übrigens eine neue Ausstellung«, sagte sie und leerte ihren Prosecco mit einem Schluck.

»Davon weiß ich ja nichts!«, sagte Max und sah verblüfft in die Runde.

»Im Jugendstilsalon vom *Zauner*«, sagte Monika und Max blieb der Mund offen stehen.

»Im Salon vom *Zauner*?«

»Ja, ich bin ihnen monatelang damit auf die Nerven gegangen!«, sagte Monika.

Sie hatte erst siebzig werden müssen, um sich so für ihre eigenen Interessen einzusetzen, wie sie es problemlos für andere konnte, aber jetzt, wo sie es heraus hatte, öffneten sich pausenlos neue Möglichkeiten für sie.

»Welche Arbeiten?«, fragte Max.

»Die Porträts vom Adelstreffen in Karlsbad.«

»Diese Bilder im Salon vom *Zauner*, das ist genial«, sagte Leander.

»Das werde ich der Mama von Alexander sagen, die kommt sicher!«, sagte Aino.

»Seit wann hast du das denn vorbereitet?«, bohrte Max weiter, aber niemand am Tisch schien der Erörterung dieser Frage viel Raum bieten zu wollen. Es ging dabei offensichtlich nur um sein übliches Gekränktsein, sein Nichtwahrhabenwollen, dass Monika ihr Leben und ihre Karriere allein im Griff hatte. Stattdessen wurde wieder einmal von Monikas Aufnahmen bei dem berühmten Treffen der Aristokraten in Tschechien geschwärmt.

Monika war völlig klar, dass es ihre besten Arbeiten seit langer Zeit waren, den Degenerierten auf dieser bizarren Veranstaltung sei Dank!

Als nächstes war Jola an der Reihe, sie erzählte, wie es ihr mit ihrer Einreichung bei dem Wettbewerb gegangen war und warum sie glaubte, nicht gewinnen zu können, und wer stattdessen ausgewählt werden würde.

Als Leander auf die Toilette ging, folgte ihm Monika und passte ihn ab, als er sich in der Küche ein Bier aus dem Kühlschrank nahm.

»Hab dich heute noch kaum den Mund aufmachen sehen«, sagte Monika zu ihm. Sein Gesicht schien ihr sehr weit weg zu sein, wie es so über ihr schwebte, halbseitig bestrahlt vom Kühlschranklicht.

»Ihr habt doch alle so spannende Geschichten zu erzählen«, sagte Leander, lieb, wie er eben war; einer, der sich nie in den Vordergrund spielte.

»Als ob du das nicht auch hättest«, sagte Monika.

Leander schloss den Kühlschrank, zog sich einen Barhocker heran und setzte sich, sodass er auf Augenhöhe mit Monika war. »Es tut sich gerade nicht besonders viel, ich hab die Stars verloren …«

»Dann musst du eben neue machen, du hast so ein Talent, Talent zu entdecken.«

Er senkte den Blick, spielte mit dem Etikett seiner Bierflasche.

»Triffst du wen?«, fragte sie.

»Hm?«

»Eine Frau! Jemanden fürs Herz!«

Leander sah Monika an, als spräche sie von etwas, wovon er zwar schon gehört hatte, durchaus auch Positives, aber nicht für sich in Betracht zog. »Ich hab grad nicht den Kopf …«, murmelte er und lächelte, und Monika wusste, er würde gleich das Thema wechseln, gleich wieder fragen, wie es *ihr* ging.

»Du wirkst immer so rastlos, machst du eigentlich mal Urlaub?«, fragte Monika.

»So im Hotel? Ich bin ohnehin dauernd in irgendwelchen Absteigen, das ist nicht Urlaub für mich.«

»Du kannst ja auch campen gehen …«

»Klar, kommst du mit?«

Monikas Abneigung gegenüber Wanderungen und Ausflügen war sprichwörtlich in der Familie …

»Ich glaub, du musst besser zu dir sein«, sagte sie und wünschte, sie fände treffendere Worte. Ihre anderen Kinder waren Egoisten, liebe Menschen, empathisch, aber immer auf der Suche nach einer Verbesserung ihres Glücksstatus, Leander war nicht so.

Sie drückte seine Hand. Sie wusste, sie drang nicht zu ihm durch, aber immerhin stieß er sie nicht weg. Ihr erstes Kind, ihr Stachel im Herz.

22

Max und Monika hatten Verständnis, dass die Kinder den Abend ohne sie verbrachten, so machten sie es ja immer, wenn alle zusammenkamen. Sie waren gegen sechs in Richtung Stadt losgezogen, die Autos ließen sie verantwortungsvoll stehen. Monika war kurz nach ihnen Richtung Ischl aufgebrochen.

Max wusch die letzten Teller ab, hörte die »Romantische« von Bruckner und konnte sich nicht entschließen, die Terrassentür zuzumachen, obwohl die Luft vom See das Haus mehr und mehr auskühlte, aber er liebte diese Frische, den Geruch von seinem See. Er dachte an seine Kinder, ging jedes einzelne in der Reihenfolge ihrer Geburt durch, überlegte, wie er ihnen zur Seite stehen, sich nützlich machen konnte.

Er wünschte, er wäre reich, er könnte ihnen Geld geben, Häuser kaufen, unter die Arme greifen. Er wünschte, sie würden alle wieder bei ihm einziehen, egal dass es sich nicht ausgehen würde, es ginge sich schon aus. Er wusste, er hatte einen Hieb, seine Freunde waren völlig zufrieden damit, ihre Kinder und Enkel an jedem zweiten oder dritten Wochenende zu sehen, sodass ihnen Zeit für ihre Radausflüge und Weinverkostungen blieb, aber er war anders gestrickt, er wollte seine Familie immer um sich haben. Die Werbung zeigte alte Menschen beim Reisen, in Restaurants, beim Sport, kurzum: beim Geldausgeben, denn das war es, was sie tun sollten – ihre Pension zurück in die Wirtschaft stecken. Max aber brauchte das alles nicht, er wollte nicht Golf spielen oder sich ein E-Bike anschaffen, er sehnte sich nur nach der Nähe seiner Familie. Hätte er Geld, käme es zur Gänze seinen Kindern zugute, allerdings: Er hatte keines.

Er stellte den letzten Teller auf das Abtropfgestell, drehte sich in Richtung Garten und sah hinaus auf die Lichter von Gmunden, während bei Bruckner die Bläser das Ende des ersten Satzes einleiteten. Er dachte an Monika, wünschte sich, sie würde zulassen, dass er sie hin und wieder küsste, umarmte, nachts anrief. Sie lachte immer noch über seine Witze.

Monika stellte den Wagen vor ihrem Haus in Bad Ischl ab. Hatte sie überhaupt fahren dürfen, sie wusste es nicht, es waren einige Gläser Prosecco gewesen. Sie stieg aus und wollte hinauf in ihre Wohnung gehen, ihre Junggesellinnenbude, in der sie so gerne war, aber dann entschied sie sich anders und sie spazierte in die Stadt hinein.

Sie ging durch den Kurpark, Jugendliche saßen in Winterjacken bei den Bänken am Spielplatz, Menschen traten aus dem Theater und lüfteten ihre Masken. Ein Mann blies müde seine Klarinette im Schein einer Straßenlaterne.

Monika setzte sich etwas abseits auf eine Bank und holte ein Päckchen Zigaretten hervor. Sie rauchte eine *Slim*, eine oder zwei am Tag gönnte sie sich, ihr Arzt sagte, sie würde hundertundzwanzig werden, und die Zigaretten, *ach Gott, wenn Sie es nicht übertreiben …*

Ein Mann im Mantel ging an ihr vorbei, warf einen Blick in ihre Richtung, ging weiter. Nach ein paar Schritten zögerte er, blieb stehen, sah erneut in ihre Richtung. Er stand nun in der Nähe einer Laterne, sie erkannte sein Gesicht und hob die Hand zum Gruß.

Wie er so dastand, im Nebel des feuchten Abends, den Mantelkragen aufgerichtet, hätte sie ihn gerne fotografiert, schwarzweiß, hohe ISO, körnig, eine Szene wie aus den Vierzigern.

»Oh, guten Abend«, sagte der Mann und kam ein paar Schritte auf sie zu.

»Hallo, Herr Ingenieur«, sagte sie.

Der Herr Ingenieur kümmerte sich um die Haustechnik beim *Zauner*, vor allem bei den Ausstellungen im Salon. Wie sie herausgefunden hatte, gehörte er nicht zu dem Traditionskonditor, sondern hatte sein Architekturbüro im Nachbarhaus und half pro bono bei den Ausstellungen beratend mit.

»Ingenieur, genau, so nennen sie mich. Das klingt bei Ihnen sogar charmant.«

Der Ingenieur hatte dunkle gelockte Haare, länger, als es modern war, und trug runde Brillen. Sein Gesicht war in freundliches Staunen getaucht und er nahm jedes an ihn gerichtete Wort mit Neugier auf. »Sie sitzen hier mit Ihrer Zigarette, Rauch im Nebel, sehr interessant!«, sagte der Mann.

»Ich habe Sie auch gerade als Fotografie gesehen«, sagte Monika.

»Ja, bin ich ein Motiv?«

»Es ist vielleicht nur dieser Abend …«, sagte Monika, und ihr, die sonst so frech sein konnte, fiel nichts Freches ein.

»Ich habe Sie schon zweimal in der Stadt gesehen, seit wir im Salon unsere Sache ausbaldowert haben«, sagte der Mann. »Aber Sie bemerken mich nie!«

»Sprechen Sie mich ruhig an, bitte!«

»Nein, das tue ich nicht, das ist so grob.«

»Dann werden wir aber immer bloß aneinander vorbeilaufen.«

»Na ja, aber jetzt! Jetzt haben wir uns ja bemerkt!«

Ja, dachte Monika. Sie überlegte, ob dieser Mann auch nur einen Tag älter als fünfzig war. Und sie hatte plötzlich das Gefühl, seit Ewigkeiten nicht mehr in den Spiegel gesehen zu haben.

»Gehen wir ein paar Schritte?«, fragte er.

Monika hatte Angst, nicht ohne Schmerzen aufstehen zu können, und dass man es ihr ansehen würde, also winkte sie ihn nur cool weg und sagte: »Gehen Sie, ich hole Sie ein!« Er sah sie mit einem Ausdruck der Verwirrung an und sie dachte, wie dumm diese Situation war, aber als er schließlich weiterging, erhob sie sich, nichts tat ihr weh, und sie ging ihm schnell nach, und er erwartete sie am Ausgang des Parks.

Und so fand sie heraus: Er war 56, er war geschieden, er hatte zwei erwachsene Töchter, und er war der freundlichste Mann, den sie seit langer Zeit kennengelernt hatte.

23

Sie saßen zu dritt auf einer Bank auf der Esplanade am Traunseeufer, Valentin eingeklemmt zwischen Aino und Jola, Leander hinter ihnen stehend. Sie tranken Bier aus Flaschen und blickten auf den See.

»Das Haus verkommt!«, sagte Jola.

»So schlimm ist es nicht«, sagte Leander.

»Hast du die Risse auf der Hangseite gesehen?«, sagte Valentin. »Ein Statiker muss sich das ansehen.«

»Ich kann mit Alexander reden«, sagte Aino, »er hat eine Baufirma.«

»Sven hat bei diesem Chalet-Projekt mit einer Firma von hier zusammengearbeitet, wir waren beim Chef zum Grillen, seine Tochter chattet mit Irma, ich kann ihn anrufen!«, sagte Jola.

»Lasst das Papa machen«, sagte Leander, »wer es dann am Ende bezahlt, na ja …«

»Macht er das?«, fragte Jola. »Kümmert er sich wirklich um das Haus oder malt er nur mit Kalkfarbe darin herum?«

»Wie viel wäre das Haus heute wert?«, fragte Aino.

»Das Haus nichts, der Grund eine Million«, sagte Leander.

»Mindestens«, sagte Valentin.

»Mama könnte eine Wohnung in Gmunden kaufen und sie günstig an Papa vermieten«, überlegte Aino.

»Er will nicht weg von dort«, sagte Valentin. »Er will seinen Mahler und seinen Bruckner über dem See hören und abends auf der Terrasse lesen, bis sich die Buchseiten mit Dunst vom See vollsaugen, er will den Fischgeruch im Badezimmer und das Felspoltern in der Nacht …«

»Ich könnte mich auch nicht von dem Haus trennen«, sagte Jola.

Sie mussten es nicht weiter ausführen: Jola und Leander hielten dem Haus die Treue, die »Kleinen«, Valentin und Aino, hingen nicht so daran, woran das auch immer liegen mochte. Ihr weiteres Gespräch über das Haus führte nirgendwo hin. Das tat es nie. Es blieb bei den Bekundungen, dass es so nicht weitergehen könne, dass ihr Vater älter werde, man etwas ändern bzw. unternehmen müsse. Aber was bedeutete das in der Woche darauf noch, wenn man wieder alleine und mit den eigenen Lebensproblemen konfrontiert war? Und wie konnte man auch eine Lösung finden? Max wollte, dass alles blieb, wie es war. Nein, mehr als das, er war ein Reaktionär, er wollte die Vergangenheit zurückhaben – ganz gewiss jedenfalls keine neuen Weichenstellungen für die Zukunft treffen. Alles lief – wie immer in der Familie – auf eine Eskalation hinaus. Es musste brennen, bevor man löschen konnte.

Sie spazierten die Esplanade entlang bis zum Toskana-Park, es war kalt, aber sie wollten noch draußen am See sein, setzten sich auf einen Steg, ließen die Beine über dem Wasser baumeln und rauchten einen Joint. Irgendwann nahm sich Aino ein Herz und fragte: »Und, wie findet ihr ihn?«

Nach einigen Sekunden Stille sagte Valentin: »Er ist die salzburgerischste Person, die ich je getroffen habe, aber ich finde ihn ganz gemütlich!«, und der Einschätzung schienen sich alle anzuschließen.

Aino lachte, und dann sagte sie, sie glaubte, dass Alexander mit ihr in Österreich leben wollte. »Sagt es aber nicht Papa, er macht uns sonst gleich ein Zimmer im Haus frei.«

»Willst du denn zurück?!«, fragte Jola.

Aino sah ins dunkle Wasser unter ihr und zuckte die Schultern. »Ich will eine Entscheidung, so oder so.«

»Komm zurück«, sagte Valentin leichthin und umarmte Aino.

»Ja!«, sagte Jola.

»Ja!«, sagte auch Leander.

Aino sah ihre Geschwister an und lächelte, aber ihr Blick war nicht unbedingt voller Zuversicht.

Auf dem Weg zurück nach Gmunden machte Leander einen Stopp bei dem Restaurant, in dem er am Vorabend gegessen hatte, und kam mit einer Flasche Rotwein und vier Gläsern wieder aus dem Lokal.

Er stellte die Weingläser an der Kaimauer beim See auf, direkt vor einer Skulptur von Jola, ein von Moos und Witterung beschädigter Männertorso, der auf einem Piloten im See stand, jetzt schwach von einer Laterne bestrahlt. Leander goss ihnen ein und sagte: »Ich hab die Figur immer toll gefunden, dieser verletzliche Kerl. Jetzt denkt euch die Überleitung und dann kommt der Teil, wo ich euch sag, ich hab Krebs.« Er reichte seinen Geschwistern die Gläser und sah in ihre starren Gesichter. »Ihr müsst es doch wissen«, sagte Leander und wollte sein Glas heben, aber es wollte ihm in diesem Augenblick einfach nicht gelingen.

TEIL 2
APRIL

24

Max saß in seinem Korbstuhl im Wohnzimmer des Hauses am See und sah in den Fernseher – ein Geschenk von Alexander, seinem zukünftigen Schwiegersohn (wenn alles nach Max' Vorstellung verlief). Das Gerät stammte aus einer Hotelauflösung, eine Pension am Mondsee, die zu Alexanders Familienstiftung gehörte.

»Komm vorbei«, hatte Alexander gesagt, »Fernseher, Möbel, Lampen – nimm dir, was du brauchst, nächste Woche wird das Haus geräumt!«

Also war Max losgefahren und hatte seinen Hyundai mit Hotelplunder vollgepackt, das meiste davon wollte er später auf den Flohmarkt tragen. Aber einen der vier Flatscreens behielt er, nicht ahnend, wie kompliziert es werden würde, das Gerät über das Modem seines Internetproviders in Betrieb zu nehmen. Aber Alexander half ihm.

Die Möbel im Wohnzimmer waren in Folie verpackt, nur den Korbstuhl und den Fernseher hatte Max abgedeckt – für das Viertelstündchen Fernschauen nach der Jause, die er für die Dachdecker, Alexander und sich selbst hergerichtet hatte.

Als die Nachrichten begannen, kam Alexander hinzu, setzte sich auf eine Getränkekiste und sah gemeinsam mit Max auf den Bildschirm. Der erste Bericht war eine Analyse des Überraschungsbesuchs von Bundeskanzler Karl Nehammer bei Wladimir Putin in Moskau. »Der Kanzler sprach von einem direkten, offenen, harten Gespräch, das einen pessimistischen Eindruck hinterlassen habe.« Die Oppositionsparteien stellten den Sinn der Reise infrage, die Parteifreunde nahmen den Kanzler für die mutige Aktion in Schutz.

Max dachte bloß, was machte dieser hemdsärmelige Niederösterreicher im Kreml, was glaubte er zu erreichen? Er selbst hätte nach Moskau fliegen und Putin seine Meinung geigen können – es wäre gleich sinnlos gewesen.

Seit eineinhalb Monaten war Krieg. In Gmunden waren die ersten Flüchtlinge eingetroffen, das Sportzentrum wurde als Zwischenunterkunft für Familien adaptiert. Auf Wochenmärkten wurden Kuchen zugunsten der Geflüchteten verkauft, Sachspenden konnten an diversen Sammelstellen abgegeben werden, die Gemeinde und Privatpersonen organisierten Transporte ins Kriegsgebiet.

Max und Alexander hatten erst am Vortag beschlossen, auch die Hotelmöbel zugunsten der Flüchtlinge zu verkaufen, aber den Fernseher, nur den einen Fernseher behielt Max.

Mit dem Krieg in Europa war die Corona-Krise an die zweite Stelle der Nachrichten gerückt, und in den vergangenen Tagen waren schließlich auch die Zahlen zurückgegangen: An diesem Tag Mitte April waren erstmals seit Jahresbeginn weniger als zehntausend Neuinfizierte gezählt worden.

Weitere News betrafen die Grünen-Klubchefin Sigi Maurer, die von einem Corona-Maßnahmengegner attackiert worden war, und Wiens Bürgermeister Ludwig, der nun selbst infiziert und in Quarantäne gegangen war. Vielleicht war es doch noch zu früh, die Krise als beendet zu erklären.

So saß Max also in einer Baustelle, wartete auf die Reparatur seines Dachs – was ihm beim letzten Familientreffen im Jänner noch in weiter Ferne erschienen war –, ließ sich von den neuesten Nachrichten aus der Welt in diverse wallende Gefühlszustände versetzen, die so schnell abklangen, wie sie aufgekommen waren, und war doch mit den Gedanken ganz woanders.

Max war in diesen Tagen ein *funktionierender Sorgender*, ein im Alltag seinen Aufgaben nachkommender Mann, der die Sorge um seinen Sohn hinter manischer Produktivität verbarg. Und – was seine wahren Gefühle noch schwieriger zu entziffern machte – das Risiko der Erkrankung seines Kindes kleinredete. Erst am Vormittag hatte er Alexander gesagt: »Leanders OP lief so gut, dass die Chemo eigentlich gar nicht notwendig wäre.« – »Meinst du?«, hatte Alexander geantwortet, und »vielleicht hast du recht!«, obwohl er durch die Telefonate mit Aino in New York alle Details der Arztgespräche kannte, wusste, dass sie nicht sicher waren, ob alles entfernt worden war.

Und auch wenn Max Leander in seiner Wohnung in Salzburg besuchte, wenn er sah, wie schlecht es ihm in den Tagen nach den Infusionen ging, sagte er nachher in Telefonaten mit Valentin oder Jola, Leander wäre nicht unterzukriegen, es ginge ihm unter den Umständen richtig gut!

Alexander sagte einmal zu Aino, Leander wäre der Einzige, der sich keine Illusionen machte, der sich die Ereignisse nicht so zurechtinterpretierte, wie es ihm in den Kram passte. Und Aino hatte sich ertappt gefühlt, empfand sie doch Leanders Krankheit wie ein zusätzliches Paar Hände, das nach ihr griff und zurück nach Österreich ziehen wollte, und war deswegen geneigt, Leanders Krebs zu bagatellisieren, ihn als Normalität unserer Zeit darzustellen.

Für Jola dagegen war die Erkrankung ihres Bruders ein willkommener Vorwand, um zu sagen: Morgen kann alles vorbei sein, es gibt kein richtiges Leben im falschen, keine Kompromisse mehr! Und so setzte sie mit einer neuen Rücksichtslosigkeit ihre Wünsche durch und ließ Sven glauben, *sie* wäre irgendwie krank geworden, nicht Leander.

Valentin dagegen wurde durch Leanders Diagnose in seiner Überzeugung bestärkt, dass die Welt ungerecht war, die Unschuldigen bestraft und die Skrupellosen geschont wurden. Seine Ansichten verhärteten sich, im Umgang mit Andersdenkenden wurde er ungeduldiger und seine Urteile fällte er schneller und ungnädiger.

Und selbst Monika, Leanders Mutter, verknüpfte das Leiden ihres Sohnes mit ihrer eigenen Geschichte, und gab ihr so eine neue Wendung: Sie sagte sich immerzu, sie habe ihn vernachlässigt, nicht nur in den letzten Jahren, sondern schon als er ein Junge war. Sie sah sich in ihrer Dunkelkammer, als Fotografin bei Sportveranstaltungen, bei Events, an die sich heute niemand mehr erinnerte, und stellte diesen Bildern die Vorstellung eines einsamen Burschen gegenüber, der alleine an seinem Schreibtisch saß, alleine war, wenn er mütterliche Liebe brauchte, alleine groß wurde. Und sie dachte, wie egoistisch war sie immer noch, wie sie für ihre Ausstellung kämpfte, aber nicht für ihre Familie da war und sich kaum die Sorgen ihrer Kinder und Enkelkinder zu Herzen nahm. Und so stellte sie ihre eigenen Projekte zurück, erhöhte die Begegnungsrate mit ihren Kindern und Irma – und konnte doch nicht aufhören, sich vorzustellen, wie die Ausstellung in Ischl mehr Aufmerksamkeit für ihre Arbeit erzeugen würde. Und als würde Leanders Krankheit nicht genug Turbulenzen in ihr Familienleben bringen, war da auch noch Monikas neue Beziehung mit diesem weitaus jüngeren Mann. Diesem Mann mit lockigen Haaren, die noch nicht mal grau waren, der sympathisch und offen auftrat und Missgunst mit Humor und Freundlichkeit begegnete.

An dieses liebenswerte Monstrum dachte Max, als er den Fernseher abstellte und die letzte Corona-Meldung im Raum verhallte.

Er überlegte, ob Monika ihren Felix – so hieß er – mit zu Leander nehmen würde, sie vorhatte, die beiden einander vorzustellen. Die anderen Kinder hatten ihn bereits getroffen, teils zufällig, teils informell und beiläufig bei einem Kaffee oder Spaziergang.

Sogar Max war ihm begegnet, aber er war nach einem knappen Handschlag geflüchtet, in das nächste Geschäft abgetaucht wie ein Angsthase.

Etwas an der Vorstellung, dass Monikas Freund Leanders Wohnung betrat, seinem Sohn die Aufwartung machte, bedrückte Max zutiefst, erschien ihm falsch und ungerecht. Sicher würde Felix die richtigen Worte angesichts einer Krankheit finden, die Max vor Angst lähmte und es ihm unmöglich machte, verständnisvoll mit seinem Sohn über sein Leiden zu sprechen.

»Kommst du heute Nachmittag mit zu Leander?«, fragte Alexander und öffnete eine Flasche alkoholfreies Bier, das Max immer für ihn kaufte, obwohl es Alexander nicht besonders mochte.

»Nein, nein«, murmelte Max, »Valentin kommt, Monika auch, mehr Leute will Leander nicht dahaben, warum sollte man ihn mit mehr Besuch belästigen«, und setzte damit seine Gedanken an Felix ansatzlos fort. »Ich habe ihm eine Gemüselasagne gemacht«, sagte Max, »die verträgt er gut, die mag er, Valentin holt sie später ab.«

»Er freut sich immer, dich zu sehen, egal, wie viel Leute da sind«, sagte Alexander.

»Am liebsten sind wir alleine«, sagte Max leise und dachte wie so oft in letzter Zeit an die Schnorchelausflüge, die er mit Leander unternommen hatte, wie sie nach dem Tauchen auf einem Steg ausruhten, ihre ausgekühlten Körper in der Sonne lagen, während das Seewasser an ihnen trocknete und Leander erzählte, was er unter Wasser gesehen hatte, und Max zuhörte und glücklich war. War das fast vierzig Jahre her, konnte das sein?

Hannes vom Dach trat herein, stemmte die Arme in die Seiten und sagte: »Wir haben den Kamin zu einem Teil abgetragen. Der Nässeschaden geht weiter runter, als wir erst gesehen haben, wollt ihr anschauen?«

Also gingen sie anschauen, und es war wieder viel schlimmer, als sie gedacht hatten, und Hannes vom Dach sagte etwas von *Origami falten unter einem Wasserfall,* womit er wohl zum Ausdruck bringen wollte, dass die Lage des Hauses mit all den Witterungsbedingungen unterm Berg ihr Projekt nicht eben leichter machte, und wieder beruhigte Alexander die versammelten Männer und sagte: »Wir machen es richtig, wir pfuschen nicht, dann dauert es eben länger«, was übersetzt bedeutete: Ich zahle das.

Max sagte: »So ist es eben!«, und mit keinem Wort bedankte er sich bei Alexander, denn das hätte den Jungen nur verlegen gemacht, und das wollte ihm Max unbedingt ersparen.

25

Valentin stand in Leanders riesigem Vorzimmer vor dem Wandschrank, dessen Türen mit Papierbögen beklebt waren, auf denen seine Therapietermine und der alternativmedizinische Maßnahmenplan aufgezeichnet waren. Jola hatte das Konzept gestaltet, einen Lebenskalender, der Termine, Ernährungsplan und Motivationsgedanken zusammenführte und dem Kranken das Gefühl vermitteln sollte, Kontrolle über seinen Krebs zu besitzen, zumindest aber Kontrolle über seine Therapie.

Valentin vermittelte der Plan aber noch etwas anderes, nämlich einer fast unbewältigbaren Aufgabe gegenüberzustehen. Er hätte lieber auf ihn verzichtet, aber natürlich half er, den Überblick zu behalten. Er trug die neuen Termine ein, die ihm Jola gemailt hatte, und schrieb einen Spruch in die Ecke eines der Papierbögen:

All you ever wanted is on the other side of fear.

Valentin war nicht unbedingt der Kalenderspruchtyp, aber dieses Zitat – von irgendeinem Engländer, den kein Mensch kannte – war definitiv wahr, und hatte ihm schon in manchen Momenten einen Anstoß gegeben. Er hatte keine Lust mehr gehabt, Krypto-Portfolios für BMW-Manager zu betreuen, mit gestylten Männern in rosa Hemden nach Feierabend mit geöffnetem MacBook im Biergarten zu sitzen und Charts herzuzeigen, aber er hatte Angst gehabt abzuspringen. Das, was er wirklich wollte, konnte er aber nur jenseits dieser Angst finden. (Dass dann alles anders wurde, als man sich das vorstellte, nun, das gehörte eben dazu, man konnte seine Angst überwinden, aber niemals die Tatsache, dass einfach alles auch seine abtörnenden Seiten hatte.)

Leander saß im Wohnzimmer auf seinem Thron, einem alten Lederstuhl, der sich wie ein Zahnarztsessel in Liegeposition bringen ließ, jetzt aber aufrecht gestellt war. Er trug einen Morgenmantel, ein Handtuch um den Hals, seine dunklen Haare, stark ausgedünnt inzwischen, waren feucht vom Waschen. Valentin hatte erst am Tag davor die Badewanne geputzt und die Haare entfernt und dabei ein bisschen mit den Tränen gekämpft, vielleicht sollten sie doch jemanden engagieren, der sich das nicht alles zu Herzen nahm …

Monika war in der offenen Küche und schnitt Grünkohl, dann stellte sie sich hinter Leander, versuchte zu erfühlen, ob es zu sehr zog, wenn die Terrassentür geöffnet war, zog die Tür ein Stück zu, während sie einen Blick auf die Stadt in Richtung Kapuzinerberg warf.

Wieder hinter der Küchentheke drehte sie das Radio an, Ö1, ein Feature über Komponistinnen der Wiener Klassik. Sie sagte in Richtung Leander: »Wie geht es dir mit der Speiseröhre, hat dir das Antacidum geholfen?«

»Ein bisschen«, sagte Leander und angelte mit dem Fuß nach dem Hocker. Dabei fielen die Fernbedienungen auf den Boden, Valentin sprang aus dem Vorzimmer herein und sah sich alarmiert um. Als er sah, dass nichts geschehen war, hob er die Sachen vom Boden auf und sagte: »Ich hab heute nach dem Jaguar gesehen.«

»Ja, und?«, fragte Leander.

»Ein Zettel von wem, dass ein Karton unterm Auto keine Dauerlösung für defekte Zylinderkopfdichtungen wäre …«

»Als wäre das jetzt dein größtes Problem …«, sagte Monika und schüttelte den Kopf.

»Es ist bloß die Kurbelwellendichtung«, sagte Leander, »und sobald ich wieder fit bin und die Ukraine den Krieg gewonnen hat, gehe ich zu Danil, meinem Mechaniker aus Odessa, und sage ihm: Alle unsere Probleme sind Geschichte, hurra, jetzt dichte!«

Valentin lachte. Monika fragte: »Du hast einen Mechaniker aus der Ukraine, der sich mit britischen Autos auskennt?«

»Das behauptet er jedenfalls«, sagte Leander.

Valentin sah auf die Fernbedienungen und sagte: »Willst du nicht dein Handy als Fernbedienung verwenden?«

»Geht das denn?«, fragte Leander.

»Mit dem Samsung auf jeden Fall, bei Netflix muss ich schauen …«

»Ach, nein«, sagte Leander, »dann geht mir der Handy-Akku aus, und ich kann nicht mehr telefonieren und nicht mehr fernschauen!«

»Stimmt«, lachte Monika.

Valentin schob Leander den Hocker näher zu seinem Sessel und dachte an das, was Leander am Vormittag gesagt hatte: »Mit Krebs wird man zum Komiker. Ich sage ganz normale Dinge und plötzlich lachen alle, weil sie erwarten, ich könnte nur über mein Leiden und mein Ableben sprechen.«

»Du bist halt witzig, also manchmal«, hatte Valentin gesagt, aber er musste Leander schon zustimmen: Die Angespanntheit und die Sorgen in der Wohnung in Salzburg führten dazu, dass jedes Fünkchen Humor für eine kleine Explosion der Entspannung sorgte – was natürlich allen guttat, aber manchmal fühlte man sich wie im Boulevardtheater.

Monika kam mit einer Kanne Tee, die sie auf einem Beistelltisch abstellte. Valentin holte zwei Sessel und rückte sie zu Leanders Platz. Monika und er setzten sich, Valentin nahm Unterlagen aus seinem Rucksack.

»So sind wir am Sonntag oft zusammengesessen«, sagte Monika. »Theo hat Balladen gelesen, und wir haben Schallplatten gehört – die Burgtheater-Stars, Skoda, Quadflieg, oder Kleinkunstbühne, Bronner und Konsorten … Wer würde das heute noch machen?«

Seit ein paar Wochen, immer an den Tagen, an denen es Leander besser ging, saßen Monika und ihre Söhne zusammen und sammelten ihre Erinnerungen an »Papa« Theo Busch, Schuldirektor in Gmunden, Monikas Vater. Es hatte mit Valentins Plan begonnen, ein Stück über seinen Großvater für das Figurentheater zu schreiben, und dann war es zu einem Familienprojekt geworden, das genau zur richtigen Zeit kam: Es lenkte sie von den Sorgen um Leander ab, es versetzte sie in eine andere Zeit.

Die Geschwister hatten sich getroffen und ihre Erinnerungen aufgeschrieben. Monika hatte mit ihren Schwestern telefoniert. Sie begannen, alte Fotos und Briefe zu scannen, Zeitungsartikel aus Archiven auszuheben, Kommentare von Zeitzeugen zu sammeln. Schritt für Schritt wuchs ihr Wissen, kehrten Erinnerungen zurück, wurden Bilder aus der vergangenen Zeit lebendig.

»Martha hat mir etwas Lustiges geschickt«, sagte Monika, die durch das Projekt nun wieder in regem Kontakt mit der ältesten Schwester in Wien stand, »ein Gedicht, das Theo bei einer Geburtstagsfeier eines gewissen Prof. Speiser auf einen Zettel gekritzelt und anschließend vorgetragen hat!«

Sie las von einem Post-it ab, das sie aus ihrer Handyhülle gezogen hatte: »*Es war ein Mann mit Namen Esser, er wurde Doktor und Professor, nahm zu an Alter, wurde weiser, und nannte sich dann nur noch Speiser.*«

Die Söhne lachten. Sie freuten sich wie Monika über solche kleinen Fundstücke, die dem großen Bild ein schillerndes Mosaiksteinchen hinzufügten.

»Er hat solche Sprachspielereien geliebt«, sagte Monika, die sich ihrem Vater nun näher fühlte als in all den Jahren nach seinem Tod, vielleicht sogar zu seinen Lebzeiten. Als Mädchen war sein Humor für sie nicht immer ganz leicht zu begreifen gewesen, zum Beispiel, wenn er zu ihr sagte: »Wir zwei …«, dann innig seufzte, um fortzusetzen »… und zwei sind vier.«

»Ich hab im Café Baumgartner mit einem alten Herrn geplaudert, der Theo gekannt hat«, sagte Valentin, »der hat mir erzählt, Theo hat sich als Gemeinderat für das Kaffeehaus stark gemacht – die Stadt brauche ein Café direkt am See, schließlich wäre Gmunden eine Kurstadt!«

»Das stimmt, er ist oft dort gesessen und hat eine Cremeschnitte gegessen«, sagte Monika, »auch mit dem Thomas Bernhard.«

Leander sagte: »Ich kann mir Theo und den Bernhard nicht gemeinsam vorstellen, das geht bei mir nicht zusammen.«

»Der Opa hatte keine Berührungsängste mit dem Bernhard«, sagte Valentin, »das ging aber nicht allen so: Der Wendelin Schmidt-Dengler, ein Bernhard-Forscher, hat den Bernhard angeblich nur einmal im Bräunerhof in Wien getroffen, und das Einzige, was er zu ihm gesagt hat, war: ›Ist diese *FAZ* noch frei?‹ …«

»Man sollte am besten gar nicht mit seinen Idolen reden«, sagte Leander, »ich hätte John McEnroe nie bei dieser Party ansprechen sollen!«

Und dann erzählte Leander von seiner Unterhaltung mit der Tennis-Legende. Monika hörte ihm aufmerksam zu, viel aufmerksamer, als sie das unter anderen Umständen getan hätte, noch so eine Seltsamkeit im Umgang mit einem kranken Menschen – dass man alles aufschreiben wollte, was er oder sie sagte.

Valentin dagegen kannte die Geschichte schon, er driftete in Gedanken weg, überlegte, dass es ihm wahrscheinlich nicht gelingen würde, ein Puppenstück über seinen Großvater zu schreiben, einfach weil kein Krokodil in der Geschichte auftauchte, keine Hexe und kein Räuber, oder nur die Krokodile, Hexen und Räuber, die in jeder Lebensgeschichte vorkamen, aber nicht wirklich zum Bösewicht taugten, weil man sie nie besiegte, sondern sich immer nur mit ihnen arrangierte.

Irgendwann, während Monika über die alte Traunbrücke sprach, wie sie war, bevor sie asphaltiert wurde, wie sich die Mädchen fürchteten, sie zu überqueren, das Brüllen der Traun im Frühjahr unter den schiefen Holzbohlen, schlief Leander ein. Monika merkte es nicht gleich und sprach weiter, denn wenn sie im Redefluss war, fiel ihr oft zu einer Geschichte noch eine andere ein, alleine am Schreibtisch wäre ihr vieles nicht mehr in den Sinn gekommen. Valentin stand auf und brachte den Sessel seines Bruders in die Liegeposition. Monika hörte zu sprechen auf und beide betrachteten Leanders Gesicht, wie er atmete, wie seine Stirn im Schlaf Falten schlug.

Monika seufzte und ging in die Küche, um etwas für den Abend herzurichten. Valentin legte die Füße auf den Hocker und schrieb eine Nachricht an Sarah in sein Handy. Sie waren jetzt schon ein paar Monate zusammen, aber er war sich seiner Gefühle nicht ganz sicher. Vielleicht weil sie sich kennengelernt hatten, als die Sache mit Leander begann. Sie war so schnell seine Seelentrösterin geworden, das tat einer jungen Beziehung nicht gut. Vielleicht war es aber auch etwas anderes, manchmal fühlte er sich nicht genug hinterfragt von ihr, nicht genug herausgefordert. Glaub mir nicht alles, was ich sage, wollte er manchmal ausrufen. Und dann dachte er wieder, sie liebte ihn eben – war das so schlimm?

Valentin sah aus dem Fenster, Nieselregen über der Salzach. Er hatte Lust, sich zu besaufen.

26

Jola parkte das Auto vor dem Hotel. Es war eine kleine Pension in der Nähe von Steyr mit einem hübschen Garten, auch wenn es noch zu kalt war, um Kaffee zwischen den Rosensträuchern zu trinken.

Es hätte nicht Steyr sein müssen. Es sollte nur nicht zu nahe bei Altmünster sein und nicht so weit weg, dass sie ewig im Auto sitzen musste.

Sie ließ sich in dem kleinen Frühstückszimmer mit Blick auf den Garten nieder, blätterte in einer Zeitung, sah ins Grüne hinaus. Es war kurz nach vier, Chiara hatte gesagt, sie würde nach der Arbeit kommen, frühestens um fünf.

Jola war nervös, sie überlegte, auf das Zimmer zu gehen und noch mal zu duschen. Stattdessen ging sie zur Rezeption und fragte, ob sie vielleicht ein Glas Weißwein haben könne. Glasweise gab es keinen Wein, aber Jola kaufte eine Flasche, die von der Wirtin nach dem Einschenken eines Glases in den Kühlschrank im Frühstückszimmer gestellt wurde.

Sie setzte sich wieder in den kleinen Salon, trank ihren Wein und versuchte, Ruhe in ihre Atmung zu bringen.

Die ganze verwirrende und unglaubliche Geschichte mit Chiara hatte vor sechs Wochen begonnen: Jola war ihr beim Einkaufen begegnet, im *Varena*, dem größten Einkaufscenter der Region. Sonst ging sie ja nur ins *SEP*, die kleine Mall in Gmunden, in der es keinen *Media-Markt* und keinen *H&M* gab, aber einen großen *Müller*, die ganzen Handyshops und ein paar Fetzenläden.

Jola hatte sich einen Kopfhörer kaufen wollen, zum einen weil sie Svens Stimme nicht mehr hören konnte, zum anderen weil sie podcastsüchtig war und ihr alter Kopfhörer zu oft mit nassem Ton in Berührung gekommen war und nicht mehr richtig funktionierte.

Plötzlich, mitten in der Mall, sah sie Chiara, die gemeinsam mit einem Mädchen in Irmas Alter aus einem Geschäft kam. Sie wusste, dass sie fast zeitgleich Kinder bekommen hatten, auch wenn sie damals längst keinen Kontakt mehr gehabt hatten.

Jola blieb stehen und starrte sie an. Chiara kam genau in ihre Richtung, und Jola stellte sich auf die Begegnung ein. Ein Lächeln erschien auf ihrem Gesicht, ein bisschen ironisch, ein bisschen schüchtern, ein klein wenig schuldbewusst, und mit jedem Meter, den sich die Frau näherte, wurde Jola klarer, dass dieses große, unglücklich-sehnsüchtige Gefühl, das sie für Chiara gehabt hatte, immer noch da war.

Sie waren beide zwanzig Jahre alt gewesen, Betreuerinnen bei einem Sommercamp für Stadtkinder in einer Residenz am Wolfgangsee. Es kam zu einem Kuss, es kam zu einem Liebesgeständnis und zu einer schmerzhaften Zurückweisung. Im Herbst kam Jola mit einem Mann zusammen und sie vermied es wie der Teufel, Chiara wiederzusehen.

Jola dachte, sie sah immer noch so hübsch und besonders aus, sie lachte mit ihrer Tochter, wirkte glücklich. Die braucht dich wie einen Stein am Kopf – das dachte Jola in diesem Moment und jeden Tag in der Woche danach.

Kurz bevor Chiara und ihre Tochter Jola erreicht hatten, noch bevor Chiara auf Jola aufmerksam wurde, zog das Mädchen ihre Mutter in Richtung eines Geschäfts, ihr Weg führte an Jola vorbei und die Begegnung fand nicht statt. Einen Moment lang überlegte Jola, ihren Namen zu rufen, aber sie tat es nicht. Und ihr nachzugehen, erschien ihr auch eigenartig – wobei alles, was dann kam, bei Weitem eigenartiger war …

Wieder zu Hause machte Jola Abendessen, führte ein hohles, von allen Gefühlen entkoppeltes Essensgespräch mit Sven, prüfte Irma für einen Test ab, telefonierte mit Leander und per WhatsApp mit Aino, die sich nicht entschließen konnte, wieder nach Österreich zu kommen, obwohl es allen Grund dazu gab.

Dann zog sie sich in ihr Atelier zurück und nahm ihr Handy zur Hand. Sie googelte Chiaras Namen. Ein Eintrag auf Google Maps, eine Homepage, diverse Social-Media-Auftritte. Chiara gab Gesangsunterricht in ihrem Haus in Schwanenstadt. Viele tolle Bewertungen, ein eigener YouTube-Channel mit Videos, in denen Chiara Pop- und Rocksongs aus der Perspektive des Voice-Coaches analysierte. Den Rest des Abends klickte sich Jola durch ihre Videos, die so charmant und einsichtsvoll und lebendig waren und Jola darin bestärkten zu denken, dass sie völlig mit Recht so in sie verknallt gewesen war.

Drei Tage lang taumelte Jola weiter durch ihren Alltag. Abends saß sie an ihrem Ateliertisch, arbeitete an einer neuen Figur und sah dabei Chiaras Videos auf ihrem Computer. Vor einem Jahr noch hätte sie die Begegnung und die Gefühle, die sie auslösten, einfach weggewischt. Aber seit Leanders Eröffnung am See hatte sich etwas verändert, sie merkte, dass sie nicht mehr alles aufschieben durfte, dass sie endlich glücklich sein oder zumindest daran arbeiten musste, es zu werden. Sie überlegte, ob sie Chiara fragen sollte, ihr Gesangsunterricht zu geben, so könnte sie sie regelmäßig sehen! Jola hatte ja mal Gitarre gespielt und gesungen, sie war sogar in einer Band gewesen. Sie stellte sich vor, wie sie *Nothing compares 2 U* für Chiara sang, ihre Augen feucht, ihre Stimme zittrig, und wie Chiara verlegen den Blick senkte. Jola verwarf die Idee wieder.

Sie rief sie am fünften Tag aus dem Garten ihres Hauses an. Sie sagte, sie habe sie in der Mall gesehen, sie habe sie ansprechen wollen, sie habe sie gegoogelt, sie wolle einen Kaffee mit ihr trinken. Und Chiara sagte, ja, gerne, es wäre schön, sich mal wieder zu sehen.

So einfach war es. Aber so einfach war es ja auch damals am

Wolfgangsee gewesen, Chiara war ja süß und offen und bereit für neue Freundschaften – aber nicht bereit für das, was Jola gewollt hatte.

Sie trafen sich um sechs Uhr abends in einem Kaffeehaus in Altmünster, einem charmebefreiten Lokal mit Loungemöbeln, Musikvideoscreens und Tortentheke. Jola fragte sie über ihren Gesangsunterricht und ihre Videos aus, über ihre Tochter und ihr sonstiges Leben. Chiara war auch interessiert, sie wollte alles über Jolas Kunst wissen, über ihre Familie, über ihre Geschwister, die sie auch von früher kannte. Die gemeinsame Zeit verging zu schnell und als Chiara sagte, sie müsse aufbrechen, schlug Jola vor, sie könnten doch mal ins Kino gehen.

Also trafen sie sich wieder, beim *Star Movie* in Regau, und sie saßen nebeneinander in der letzten Reihe, trugen Maske, und Jola konnte sich kaum auf den Film konzentrieren. Eine Woche später besuchten sie ein Konzert von Jochen Distelmeyer in Ebensee und nachher standen sie in der Kälte und Jola strahlte Chiara an, und Chiara nahm ihre Hand, zog sie in einen dunklen Winkel eines Hauses und küsste sie. Jola war verwirrt, selig, überwältigt. *Das Gefühl, wenn du sehr lange in jemanden verliebt bist und du auf einmal merkst, dass deine Liebe erwidert wird – das ist das Schönste, das haut dich um*, sagte Jola später zu Leander in seinem Zahnarztstuhl, während er an einer veganen Gummischlange lutschte und ihr interessiert lauschte.

Verabredungen zum Knutschen und Fummeln folgten. Bis der Punkt kam, an dem Jola und Chiara ein Zimmer brauchten, ein Zimmer mit einem Bett. In Steyr. Oder sonst wo.

Jola saß in dem Salon im Hotel, Chiara musste in den nächsten Minuten kommen, das Glas Wein war leer. Jola sah in den Garten hinaus und musste plötzlich an Irma denken, an Gespräche, die sie mit ihrer Tochter über Beziehungen geführt hatte, über Verliebtheit und Sex und Treue, Themen, die für Irma immer wichtiger wurden. Und da wurde ihr klar, dass sie nicht mit Chiara auf das Zimmer gehen würde, dass sie nicht miteinander schlafen würden, dass alles nur eine Illusion war. So wie ihr Chiara in dem Einkaufscenter im letzten Moment nicht in die Arme gelaufen war, so käme es jetzt nicht zu dem, weswegen sie aus Altmünster hergefahren war. Sie musste nach Hause gehen und mit Sven reden. Sie musste so vieles klären. Es war Zeit, Ordnung zu machen.

Aber dann stand Chiara plötzlich hinter ihr und küsste Jola auf die Wange, nahe an ihrem Ohrläppchen, und Jola schloss die Augen, und dann gingen sie doch auf das Zimmer.

27

Es war für April ungewöhnlich warm in New York, und Aino trug nur Jeansrock, Shirt und eine leichte Jacke, dazu ein paar weiße Sneakers. Von der U-Bahn-Station spazierte sie eine Viertelstunde durch den angesagten Bezirk Astoria im Stadtteil Queens. Sie stoppte vor einem unrestaurierten viktorianischen Haus, eine schmale Tür im Eisenzaun führte in einen Hinterhof. Die Gastgeberin, eine Freundin von Aino, hatte ein Dutzend Leute auf die ebenerdige Terrasse ihres Hinterhof-Apartments geladen, die mit knorrigen Bäumen in Tontöpfen, bunten Glühbirnen und Flohmarktsesseln dekoriert war.

Aino küsste Sam, die Gastgeberin, und diese drückte ihr ein Glas Wein in die Hand. Sams Hund sprang an Aino hoch, im gleichen Moment begann der DJ aufzulegen, und Sam sagte Aino ins Ohr: »Ant zieht nach New York«, und Aino, die wusste, dass Sam seit zwei Jahren darauf wartete, dass ihr Freund Anthony von der Westküste zu ihr zog, umarmte sie und sagte, dass sie sich für sie freue, aber innerlich war sie traurig und fühlte sich daran erinnert, dass ihre Entscheidung immer noch offenstand und sie nicht mal wusste, was sie sich im Moment wünschte.

Und dann, als sie Sam erneut umarmte, sah sie über ihre Schulter hinweg zur Bar hinter dem DJ-Pult, und dort stand Steven – ein Musiker, der in Wien lebte, mit dem sie sich vor einem Jahr mal eingelassen hatte, und der ihr immer wieder mal Nachrichten schickte, die sie je nach Laune ignorierte oder beantwortete, und sie dachte, was wird das für ein Abend …

Es musste allerdings zehn Uhr werden, bis Aino und Steve sich auf der Hollywoodschaukel trafen. Sie hatte schon ein paar Gläser Wein intus und er, na ja, sie hatte ihn ein paar Mal mit einer Whiskyflasche in der Hand herumlaufen sehen, aber man merkte ihm nichts an, er steckte alles weg, bis er einfach irgendwo einnickte.

Sie fragte ihn, wie es ihm ging.

Er antwortete auf Deutsch mit amerikanischem Akzent: »Einen Song habe ich geschrieben, ich schicke ihn dir.« Er holte sein Handy hervor und schickte ihr einen Link.

Aino hätte lieber Englisch mit ihm gesprochen, aber er war glücklich, wenn er Deutsch reden konnte, die Sprache, die er sich angeeignet hatte, die zu dem Leben gehörte, das er sich ausgesucht hatte, das Leben in Wien.

»Bist du hier bei deiner Familie?«, fragte sie.

»Nein, ich bin in dem Apartment in Chelsea, es ist leer …«

Sie sah in seine leicht getrübten Augen und fühlte sich auf einmal selbst betrunken, und sie hörte sich sagen: »Hey, why did you leave the States?«

»Du weißt, ich hab Komposition in Salzburg studiert …«, begann er, aber das wusste sie ja wirklich alles, und das war auch nicht das, was sie meinte.

Warum verlässt man überhaupt sein Land? Das war die Frage, auf die sie eine Antwort von ihm hören wollte.

»Du interviewst mich wieder«, sagte Steven, »du weißt, wie es in meiner Familie läuft ...«

Sie dachte, nun wäre er gekränkt, aber er lächelte sie an, erhob sich umständlich von der Hollywoodschaukel und ging zum DJ hinüber. Als er wieder bei Aino war, hörte sie schon die gezupften Gitarrenakkorde und sagte: »Nein, nein!« Aber sie war auch zu müde, um aufzustehen und den DJ zu bitten, den Song wieder abzudrehen. Und sie wollte ihn ja hören, sie wollte ihn ja immer hören, auch wenn es hier und vor all den Auslandsösterreichern, die sie kannte, peinlich und entlarvend war.

»He's got a voice!«, sagte Steven.

Ich hab' gedacht, ich hab' sie abgehängt

Aber sie holt mich immer wieder ein.

»Wieso hast du ...«, sagte Aino, aber da hörte sie schon irgendeine deutschsprachige Tante in einer Gruppe von Leuten am anderen Ende des Hofs mitsingen, und kurz darauf schlossen sich ihr zwei weitere Mädels aus Österreich oder der Schweiz an.

Sie tut mir bis heute weh

Und hat mich so oft abgelenkt

Vielleicht brauch' ich noch mehr Zeit.

»He's got a voice!«, wiederholte Steven und schüttelte bewundernd den Kopf.

»Who's that?«, wurden Steven und Aino von einem Gast gefragt.

»AnnenMayKantereit«, murmelte Aino.

Ich will nicht traurig sein und ich will nicht drüber reden

Ich will der ganzen Scheiße nicht noch mal begegnen.

Aino dachte an zu Hause. Komm zurück, sagten Jola und Valentin. Komm wieder nach Hause. Aber nie fragten sie, warum sie überhaupt weggegangen war. Warum sie so weit wegmusste, um glücklich zu sein. Und es dann doch nicht wurde.

Ich will ein Meer zwischen mir und meiner Vergangenheit

Ein Meer zwischen mir und allem, was war.

Alle, die Deutsch sprachen, schunkelten jetzt selig, right in the feels, sagte man hier. Und dann sangen sie:

Ich will einen Ozean!

Ich will einen Ozean!

Und auch die, die nicht Deutsch sprachen, wussten irgendwie, worum es ging, und ein paar Leute nahmen sich in den Arm und sangen die Laute mit, wie sie sie eben verstanden.

Ich will einen Ozean!

Ich will einen Ozean!

»That's why, you know …«, sagte Steven und zündete sich eine Zigarette an, »that's why …«

28

Sven stand in Leanders Wohnzimmer und sah aus dem Fenster.
»Ich glaube, sie hat was mit wem …«

Leander hörte Sven nicht zu, er blätterte ein Buch durch, das ihm sein Schwager mitgebracht hatte, ein spirituelles Heilbuch aus einem Verlag, der vom Verfassungsschutz der Reichsbürgerbewegung zugeordnet wurde, und schlimmer noch: Der Text war voller Rechtschreibfehler, etwas, das Leander ernsthaft unglücklich machte.

»*Zenith* mit h, aber *Etos* ohne …«, murmelte er.

»Sie ist kaum noch zu Hause …«

Leander sah hoch.

»Wer?«

»Jola!«, sagte Sven.

»Ach ja?«

»Ich glaube, sie trifft jemanden.«

Leander konnte schlecht sagen, dass er das bereits wusste, dass ihm Jola alles erzählte, alle Details vor ihm auspackte, als würde sie ihn mit ihren lebensprallen Schilderungen aus dem Schattenreich seiner Krankheit herausholen können.

»Sie zeichnet nur viel im Moment, sie sammelt Ideen«, log er sicherheitshalber für seine Schwester.

»Weißt du etwas?«, fragte Sven und näherte sich ihm.

»Nein«, sagte Leander ruhig, »da ist nichts!«

»Wirklich?«

»Ja, kannst dir sicher sein!«, sagte Leander und blickte wieder in das Buch.

Lügen war so einfach, hatte er jetzt gemerkt. Er log, wenn man ihn fragte, wie es ihm ging, er log, wenn er sagte, er hätte alles gegessen, er log bei seinem Gewicht und bei der Frage, ob er auch zuversichtlich sei. Krank zu sein hieß in erster Linie, seine Lieben im Unklaren darüber zu lassen, wie man litt, also log man.

Sven setzte sich auf einen Stuhl gegenüber von Leander und nahm einen Schluck von seinem Kaffee. »Ich habe sie *nie* betrogen!«, sagte er mit diesem Pathos, dem man die Schwere des Verzichts anhörte. Die unterschwellige Botschaft: Ich hätte können, ich hatte Gelegenheiten, gute Gelegenheiten, aber ich tat es nicht, weil ich zu gut für diese Welt bin.

Leander spürte den Drang zu lachen, das war wirklich zu absurd, warum kamen sie alle zu ihm und spielten ihm ihre kleinen Szenen der menschlichen Verwirrungen vor?

»Hättest du sie denn betrügen wollen?«, fragte er und vergaß einen Moment lang auf sein Credo, den Menschen ihr Selbstbild nicht zu zerkratzen.

Sven sah ihn misstrauisch an. »Natürlich nicht!«

»Du sagst mir also, du warst nie in Versuchung, Jola zu betrügen, und du sagst auch, die Pandemie sei ein Vorwand, um einen autoritären Staat zu etablieren.«

Sven starrte ihn abwartend an.

Aber Leander lächelte nur auf seine sanfte Weise, Sven wusste doch ohnehin, was er dachte.

Sven zuckte die Schultern, stand auf und steckte die Hände in die Hosentaschen. »Du musst mir nichts glauben. Ich bin schon lang auf keinem Bekehrungskreuzzug mehr.«

»Und was sind dann eure Versammlungen und Umzüge …?«

»Nur die Sichtbarmachung einer abweichenden Meinung.«

»So wie in Linz, wo die Demonstrierenden die Kinder in der Volksschule zum Weinen gebracht und eingeschüchtert haben, weil sie Masken getragen haben … *Eure Eltern töten euch mit der Impfung,* haben sie gerufen!«

»Ich bin nicht für jeden Spinner verantwortlich, der zufällig auch gegen die Maßnahmen ist.«

»Nein, bist du eh nicht«, sagte Leander, »aber bei der abweichenden Meinung bleibt es jedenfalls nicht …«

»Schau«, sagte Sven und setzte sich wieder auf den Stuhl gegenüber von Leander, die Ellbogen auf den Knien, ganz dem Schwager zugewandt, »ich will dich ja nicht auf unsere Seite holen, ich will dir nur in Bezug auf deine Krankheit eine andere Sichtweise eröffnen, die dir vielleicht, ich sag es jetzt einfach, eine wirkliche Heilung in Aussicht stellt!«

Leander spürte Müdigkeit in sich aufsteigen und er wollte Sven aus seiner Wohnung raushaben. Aber so war er eben nicht, er warf niemanden raus.

»Jetzt fängst du wieder mit dem Guru an, oder?«

»Warum denn nicht, Leander? Warum darf ich dir nicht helfen, dir selbst zu helfen?«

Sven wirkte eigentlich ganz aufrichtig, seine Anteilnahme war echt, das wusste Leander ja.

»Kein Mensch nimmt vom Handauflegen Schaden, da gibst du

mir recht, oder?«, sagte Sven. »Aber Hunderte sagen über den Leif Wimmer, er hat sie dadurch geheilt.«

»Der gleiche Mann, der gegen Honorar Maskenatteste ausstellt, ohne die Leute überhaupt zu untersuchen«, sagte Leander.

»Aber das ist doch ein politisches Statement, das macht er als Aktivist, nicht als Arzt.«

»Das ist Schwachsinn, das weißt du!«

»Um die Masken geht es doch gar nicht. Es geht auch nicht um Corona. Es geht darum, dass hier jemand ist, der dir helfen kann, und du musst nichts anderes tun, als für einen Moment lang das Zweifeln zu lassen. So ganz sicher fühlst du dich ja auch nicht in den Händen von deinem Doktor Schnipp-Schnapp, sonst würdest du nicht immer noch zu dem Druiden mit seinem Webshop gehen!«

Doktor Schnipp-Schnapp war Leanders Operateur, gegen den Leander keinen Verdacht hegte, außer vielleicht dass er seinen Wohlstand und seine Bräune etwas zu offensiv vor sich hertrug, und der Druide mit dem Webshop war der Lieferant von Leanders Pflanzenpräparaten und natürlich ganz pragmatisch seine Rückversicherung, sollte sich doch noch herausstellen, dass die Wissenschaft in Leanders speziellem Fall nicht funktionierte.

»Sven, bring mir beim nächsten Mal doch einfach Globuli mit, das erspart uns die Streiterei, und Zuckerl mag ich ja.«

»Ich bring dir mit, was du dir wünschst, aber dann erfüll mir auch mal einen Wunsch und besuch mit mir den Leif Wimmer! Du wirst den mögen, das garantier ich dir! Der ist ganz bodenständig, solche Leute g'fallen dir ja!«

»Eigentlich nicht«, sagte Leander.

»Hör auf! Du musst dir nur anschauen, wie der mit seinen Viechern spricht, dann weißt du, was das für einer ist.«

»Ist gut, ist ja gut«, sagte Leander, den die Müdigkeit nun endgültig übermannt hatte, und er bat Sven, ihm die Decke von der Anrichte beim Fenster zu bringen.

»Sofort«, flüsterte Sven und eilte, um ihm das Gewünschte zu holen.

»Wie spricht er denn mit seinen Viechern?«, fragte Leander.

»Nepalesisch. Er spricht Nepalesisch mit ihnen.«

»Na, das ändert alles …«

»Ich sag's ja.«

Leander schnaubte und rieb sich die Augen.

»Weißt du«, sagte Sven, während er Leander in die Decke einpackte, »wenn Jola einen anderen liebt, dann kann ich damit leben, aber wenn sie nur bei wem gelandet ist, weil ich sie vertrieben habe, dann werde ich mir das nicht verzeihen.«

»Ich bin sicher, du bist großherzig genug, um dir alles zu verzeihen!«

»Wie meinst du das?«

»Ist schon gut, Sven, mach dir keine Gedanken.«

»Du hast leicht reden.«

»Genau, alles ganz leicht bei mir.«

»Das war nicht so gemeint! Komm, schlaf! Schlaf, lieber Leander.«

29

»Gut schaust du aus!«, sagte Max, dachte aber, ihre Frisur war viel zu stark gestylt. So direkt nach dem Friseur gefielen ihm die Frauen sowieso nie, am schönsten waren sie doch in der Früh im Bett nach einer leidenschaftlichen Nacht, aber das durfte man ja nicht mehr sagen, sonst war man ein Chauvi oder Lustmolch, und die eigene Tochter drückte einem eine Broschüre in die Hand: »Sexualität und Sprache – etwas wagen zu sagen oder lieber neigen zu schweigen!«

Max lächelte Birgit verkrampft an, dann sah er sich nach der Speisekarte um. Es war keine da. Der Kellner mit Maske kam an den Tisch und deutete auf einen Würfel mit einem Code und sagte, man solle sich die Karte am Handy ansehen.

»*Bitte*«, sagte Max.

»Bitte?«, sagte der Kellner.

»Ein Bitte wäre schön gewesen, immerhin werden uns die Speisekarten vorenthalten und wir müssen den Akku unseres Telefons belasten.«

Der Kellner kannte Max, er wusste, dass er Oberkellner im *Schweizerhof* gewesen und ein alter Haudegen der Salzkammergut-Gastronomie war, und genauso wusste er, dass die Leute die Pandemie nicht unbedingt gut wegsteckten, die meisten nur einen zu kühl servierten Kaffee oder einen etwas zu spät gebrachten Toast vom Durchdrehen entfernt waren, also sagte er »Bitte« und lächelte sarkastisch, was man aber wegen der Maske nicht sah, sein Verhalten also durchaus devot erschien, was Max gleich mit ihm versöhnte.

Nachdem also Birgit und Max mit ihrem Handy Fotos von einem Holzwürfel gemacht hatten, ohne dadurch auch nur eine Spur von einer Speisekarte zu finden, bestellten sie bloß Kaffee und suchten sich einen Kuchen von der Vitrine aus.

»Also, was ist?«, sagte Birgit schließlich ungeduldig, und damit zerplatzte Max' kleine Hoffnung, dass Birgit vielleicht gar nicht so richtig mitbekommen hatte, dass er ihr ein paar Monate aus dem Weg gegangen war, und sie einfach dort fortsetzen konnten, wo sie aufgehört hatten, also bei halb interessanten Pizzeria-Besuchen, nur so halb prickelnden Videoabenden und Wanderungen, die sich etwas zogen.

Doch wieso wollte er dort fortsetzen? Natürlich weil er einsam war, und natürlich weil Monika jetzt einen Freund hatte – einen jüngeren charmanten Mann, der sie zum Lachen brachte. Max brachte Lachen und Sex immer miteinander in Beziehung, er hatte Frauen mit Humor verführt, das Zwerchfell war das unbekannte Sexualorgan!

»Jedenfalls hast du Frauen mit Sex zum Lachen gebracht«, sagte sein Freund Fritz, wenn Max wieder mit dem Thema anfing, etwas, das ein alter Kumpel schon sagen durfte, auch wenn Max sich tatsächlich viel auf seine Verführungskünste einbildete.

Wenn es also stimmte, dass Monika und Felix nicht nur miteinander lachten, vom Hahaha zum Jajaja gekommen waren, dann durfte er nicht zurückstehen. Und das musste man schon sagen, im Bett war es gut mit Birgit, da verstanden sie sich besser als zum Beispiel im Shoppingcenter, wo er gerne ein bisschen herumalberte und sich ohne jede Kaufabsicht beraten ließ, während sie nur Dinge erledigen wollte, als wäre dies unser ganzes Ziel auf dem Planeten, etwas erledigt zu kriegen. Aber, nun ja, sie war nicht blöd, und offensichtlich war ihr im vollen Ausmaß bewusst, dass er sie fallen gelassen hatte. Gleichzeitig war sie vielleicht für ihn beim Friseur gewesen, das stimmte ihn wiederum ein wenig hoffnungsfroh.

»Gibst du mir noch eine Chance?« …

… sagte Felix und sah sich nach einer Figur für Monikas Lieblingsanrichte um, die ihr besser gefallen würde als die letzten beiden, die er für sie ausgesucht hatte.

Sie waren beim Flohmarkt am Auböckplatz in Ischl, die Sonne schien, sie hatten schon Prosecco getrunken und für ein paar Momente sogar Händchen gehalten, was Monika selten zuließ.

»Wenn ich eine Figur will, die wie ein Hagenauer aussieht, dann stelle ich mir einen echten Hagenauer hin«, sagte Monika. Sie wusste, sie klang arrogant, aber das war das Tolle mit Felix – das gefiel ihm, davon konnte er nicht genug bekommen.

Seine Augen blitzten, er flüsterte: »Verzeihung« und sah sich bei einem anderen Tandler um. Er liebte sie für ihre Lebenserfahrung, ihre Furchtlosigkeit (Gott, wie irrte er sich da), ihren scharfen Witz, ihre Unverschämtheit. Und sie genoss es, sich selbst mit seinen Augen zu sehen, die ihr so vieles ersparten: den Gang zum Schönheitschirurgen, den Weg in teure Boutiquen und Fitnesssalons. Er fand, sie war perfekt, was nahelegte, er war völlig schwachsinnig, aber mit so einem Schwachsinnigen musste man zusammen sein, wenn sich die Chance bot!

Außerdem teilten sie viele Interessen und er hatte kein Problem damit, dass sie den Fernseher so laut aufdrehte, dass das Geschirr im Schrank schepperte. Er hatte sie ungeschminkt gesehen und verehrte sie dennoch. Er hatte gesehen, wie sie einen Mann von seinem reservierten Platz im Zug wegstamperte, weil sie sich in der App verlesen hatte, und schwärmte immer noch von ihrem Gerechtigkeitssinn. Er hatte erlebt, wie Monika eine junge Angestellte im Reisebüro dazu gebracht hatte in die Teeküche zu laufen, um zu flennen, und lobte sie dafür, dass sie sich nichts gefallen ließ. Natürlich relativierte sich sein Verhalten insofern etwas, als er den meisten Menschen mit vorauseilender Bewunderung begegnete, ein staunendes Kind, umgeben von Genies, sie fragte sich schon manchmal, was mit ihm nicht stimmte.

Aber in vielem waren sie sich einfach sehr ähnlich: Sie beide liebten es, Galerien und Ausstellungen zu besuchen. Oder noch besser: Architekturführungen, Besichtigungen von Privathäusern, die nur einmal im Jahr für die Öffentlichkeit geöffnet wurden, durch die man wandeln und wo man den Duft vergangener Zeiten schnuppern konnte – so etwas begeisterte sie.

Und natürlich schön Abendessen gehen, auch das ging mit Felix! Die Fehler, die andere Männer beim Dinner machten (über die Preise lästern, mit der Kellnerin flirten, keinen Nachtisch bestellen, nur von der Arbeit sprechen, et cetera …), sie alle machte Felix nicht. Er konnte genießen, er konnte loslassen, er konnte blödeln und man konnte sich ernsthaft mit ihm unterhalten. All dies, während man in sein freundliches Gesicht sah, in dem das Alter noch nicht gewütet, sondern nur zu seiner Attraktivität beigetragen hatte.

Und nachher, wenn sie zusammen nach Hause gegangen waren, zu ihm oder ihr, wenn es Bettzeit wurde, wenn Blicke getauscht, Stimmungen ergründet wurden? Dann tat er immer noch das Richtige, überließ ihr, was geschah, und schien mit allem glücklich, gleich ob es nur Händchenhalten war oder Kuscheln oder doch etwas mehr Intimität.

Wo ist der Haken?, fragte sich Monika.

Wo ist der Haken?, fragten sich ihre Freundinnen.

Und sie wären nicht lebenserfahrene Frauen von siebzig Jahren gewesen, wenn sie nicht gewusst hätten, es musste einen Haken geben, denn *nie hatte es ihn nicht gegeben*!

Nun, der Haken war eigentlich ganz einfach zu erraten, wenn man seine Persönlichkeit betrachtete: Ein so freundlicher, treuer Mensch wie er, jemand, der so gut von anderen dachte, wandte diese Sichtweise natürlich nicht nur auf seinen aktuellen Partner an, sondern auch auf seine vergangenen. Und so brachte Felix an diesem sonnigen Nachmittag in Ischl, als sie nach dem Flohmarktbesuch beim *Zauner* im Garten saßen – nicht zum ersten Mal –, Ursula ins Spiel.

»Bist du meiner Ex-Frau eigentlich schon mal über den Weg gelaufen?« …

… sagte Max und sah Birgit an, deren Stimmung von schlecht auf elend sank.

»Ja, Max, ich kenne Monika, du hast sie mir vorgestellt. Genau hier im Lokal!«

»Stimmt, da hast du recht, das hat so stattgefunden …«, murmelte Max und fühlte sich wie ein Idiot. Wieso hatte er überhaupt mit Monika angefangen? Wollte er Birgit auf diese Weise zeigen, dass er ein respektabler Mann war? Ein Mann, der jahrzehntelang verheiratet gewesen war, mit einer bekannten Fotografin mit tadellosem Ruf? Das sah ihm auf jeden Fall ähnlich.

Aber in diesem Augenblick war Birgit höchstwahrscheinlich ziemlich schnuppe, wer und wie Monika war. Sie wollte bloß wissen, warum Max sie so abserviert hatte. Sie war gekränkt, in ihrem Selbstbewusstsein verletzt, traurig. Das wusste Max. Er hatte zwei Töchter großgezogen, er hatte ihre tränennassen Gesichter an seiner Schulter gespürt, wenn sie sitzen gelassen oder enttäuscht worden waren, er hatte ihnen gesagt, die haben dich nicht verdient, du bist was Besonderes, es tut jetzt weh, aber nicht für immer.

Aber jetzt war er der Enttäuscher … Und er versuchte, das Mädchen, Birgit, wieder für sich einzunehmen, um es in Zukunft noch mal zu enttäuschen. Genau dahin führte das nämlich.

Max stand auf und sagte in dem an diesem Nachmittag leeren Nebenraum des Kaffeehauses am See: »Es tut mir leid, Birgit. Ich hab mich wie ein Schuft benommen. Du hast dir was Besseres verdient.«

Er hätte natürlich erklären können, dass sein Sohn krank war, seine Ex-Frau in einer neuen Beziehung, er einsam und voller Sorgen um den Zustand der Welt war, aber dann wäre es ja wieder nur um ihn und seine Gefühle gegangen, und genau diese Art von Themenverfehlung in einem Beziehungsgespräch würde Birgit noch wütender und unglücklicher machen, also warf er ihr eine Kusshand zu und wollte aufbrechen.

»Jetzt wart halt noch«, sagte Birgit und deutete ihm, sich wieder zu setzen.

Na gut, er nahm wieder Platz.

»Weißt du«, sagte Birgit, »wenn man vierzig Jahre mit wem zusammen ist, dann ist das vor allem Gewohnheit und Routine und Gemütlichkeit, aber wenn man dann noch mal zu *daten* anfängt, dann hat man plötzlich wieder nasse Hände und redet einen Blödsinn und fragt sich, ob man dem anderen g'fallt, und man ist wieder so verletzlich! Und ist man's nicht, kann man es auch gleich bleiben lassen, weil es geht doch darum, dass man noch mal Gefühle hat, aber so was wie in den letzten Wochen, das will ich nicht fühlen und das erlaub ich dir auch nicht, dass du mich so was fühlen lässt, wurscht, wie nett es mit dir sein kann.«

Max nickte und nickte und sein Kopf sank tiefer und tiefer und er dachte: Das hab ich mir verdient, lass alles raus, und dann lass mich ziehen!

Und er fühlte sich wieder wie der Gammler, der er mal war, der wilde Bursche auf seinem Bike, der keine Erwartungen seiner Eltern und ihrer ganzen verbohrten Generation erfüllte, der seine Freiheit suchte und mit den Füßen im Sand und einer Zigarette im Mundwinkel am glücklichsten war.

»Es tut mir ja wirklich leid!« …

… sagte Monika, »es ist schrecklich, wie es deiner Ex-Frau geht, aber ich möchte sie trotzdem nicht kennenlernen!«

Ursula litt an Long Covid, nachdem sie die Krankheit schon im Frühjahr des vergangenen Jahres erwischt hatte. Sie hatte alle möglichen Zustände, die man niemandem wünschte, aber warum sollte Monika sie besuchen?

»Du musst ja nicht«, sagte Felix, »sie ist einfach nur neugierig auf dich!«

»Aber du verstehst, dass mir das komisch vorkommt?«, fragte Monika und sah Felix durch die hellblauen Gläser ihrer Sonnenbrille durchdringend an. So naiv konnte er nicht sein?

»Ich verstehe, dass dich das jetzt in Unruhe versetzt.«

»Na ja, Unruhe, es ist halt so, dass es jetzt das dritte Mal ist, dass du mir von deiner armen Frau, entschuldige, Ex-Frau, erzählst, und immer braucht sie was, mal ist es Geld, das du ihr gerne gibst, mal ist es Hilfe in ihrem Haus – und du eilst schon hin mit der Leiter unterm Arm –, und jetzt ist sie krank und will deine Freundin kennenlernen, die neuerdings so viel von deiner Zeit in Anspruch nimmt.«

»Ich hab ihr von dir erzählt, und sie freut sich für uns.«

Oh Gott, er war so naiv.

»Schau«, sagte Monika und sie versuchte, nicht verletzend zu sein, »ich bin sicher, sie ist eine nette Person und sie ist die Mutter deiner Kinder, aber ich will mich nicht begutachten lassen und auch nicht das Rezept für deine Lieblingskekse bekommen oder Geschichten von eurem Schweden-Urlaub hören, als ihr noch verliebt wart …«

Und dann sah Felix sie auf eine Weise an, die ihr neu war, ein irritierter, enttäuschter Blick, dem ein gepresstes »Ich hab es nur ausgerichtet …« folgte. Und da begriff Monika, dass sie ihn getroffen hatte, dass er sie verklärte und bewunderte und tatsächlich für eine moralische Instanz hielt, nun aber erkannte, dass sie einfach ein Ekel war – sie hatte nie etwas anderes behauptet – und ihn und seine Frau und die halbe Welt jederzeit über die Klinge springen ließ, wenn ihre Freiheit und ihr Vergnügen eingeschränkt wurden.

Sie hätte nur zu sagen brauchen, klar, ich freue mich Ursula kennenzulernen, es ist toll, dass du immer noch für sie da bist, leicht hat sie es ja nicht – und sie hätte diesen desillusionierten Blick von Felix nie gesehen, oder nicht jetzt schon. Aber dann wäre sie auch nicht ehrlich gewesen: Sie wollte sie nicht kennenlernen.

»Komm, lass uns gehen!« …

… sagte Birgit und sie zahlten und verließen das Lokal. Auf der Esplanade griff sie nach Max' Hand und er sah sie überrascht an. Also doch, dachte er, sie ist nicht zufällig beim Friseur gewesen!

Also waren sie wieder zusammen, Birgit und er, das Pärchen, das niemandem eine Bemerkung herauslockte, keinen aufregte oder sonst wie interessierte, einfach ein Mann und eine Frau in fortgeschrittenem Alter und mit gleichem Wohnort. Die spannendste Geschichte seit Haut auf der Milch.

Der Gammler in ihm verzog das Gesicht und schlug sich auf die Stirn, legte die Beine auf den Tisch und machte sich ein Bier auf: »Viel Spaß, Alter!«

Aber der ältere Herr mit Zärtlichkeitsdefiziten freute sich tatsächlich ein wenig, dachte an einen Fernsehabend mit Birgit unter der gemütlichen *Hofer*-Decke, an eine Flasche Rotwein (*Hofer*) und die Nettigkeiten, die sie einander während und nach dem Filmabend gewährten und die ihn in ihrer ganzen Belanglosigkeit dennoch davon ablenkten, dass er einsam war, weil seine Familie, seine Kinder und seine Frau, nicht bei ihm waren. Er hätte der Scheidung nie zustimmen sollen. Auch wenn es seine Idee war.

Am Hauptplatz blieben sie stehen. Birgit streichelte seine Hand und sah ihm tief in die Augen. »Soll ich heute Abend zu dir kommen?« …

… sagte Monika beim Abschied, denn so hatten sie es am Vormittag ausgemacht.

Felix schenkte ihr einen kurzen Blick, sie sah ihm seine Verwirrung an und wusste, dass er sie im Moment nicht sehen wollte.

»Ich weiß, dass du enttäuscht von mir bist«, sagte sie.

»Bin ich das?«

»Ich glaub schon, ja.«

»Vielleicht, irgendwie …«

»Wirst du trotzdem zur Vernissage kommen?«

Er sah sie an, als ob sie verrückt wäre anzunehmen, er käme nicht.

»Sicher komme ich! Denkst du etwa …?«

»Nein«, sagte Monika, »tu ich nicht!«

Er nickte. Sie dachte: Er ist trotzdem bös auf mich.

Sie hob schon die Hand, um ihm zum Abschied zu winken, da war es ihm zu blöd: »Wir gehen jetzt aber nicht so auseinander, oder?«

»Nein?«

Er schüttelte den Kopf. »Eigentlich wollte ich noch mit dir zum Friedhof«, sagte er. »Mein Papa hat heute Geburtstag. Oder *hätte*.«

Jetzt sah sie ihn mit einer ganz natürlichen, zärtlichen Anteilnahme an. Vielleicht weil sie sich so viel mit ihrem eigenen Vater beschäftigt hatte in den letzten Wochen. Und sie merkte, wie ein Verstorbener wieder lebendig wurde, wenn man ihm erneut einen Platz im eigenen Leben einräumte.

»Dann gehen wir hin«, sagte sie.

»Ja?«

»Ja!«

Also gingen sie los. Und diesmal war es Monika, die nach seiner Hand griff. Sie dachte, vielleicht bin ich ein schlechter Mensch, dass ich ihm einen toten Vater, aber keine lebende Ex-Frau gönne, aber verstellen mag ich mich auch nicht mehr.

Und während sie so gemeinsam an der Traun entlang Richtung Friedhof gingen, fiel ihr plötzlich die Beerdigung von Max' Vater ein. Max stand in einem schwarzen Anzug vor dem offenen Grab, und er sah lächerlich kostümiert aus. Als Kellner trug er nie Anzug, immer Tracht – Lederhose und Janker –, der Zweireiher erschien Monika wie ein spätes Einwilligen in die Konvention, in die ihn sein Vater sein Leben lang hatte drängen wollen.

Sie waren um die fünfzig, noch nicht geschieden, und in der Früh hatten sie in der Frühstückspension in seinem Geburtsort in Bayern miteinander geschlafen. Es war eigentlich ein schönes Wochenende gewesen.

30

Valentin saß am Boden des Spielraums in seinem Theater und schraubte eine Steckdosensicherung an die Stromleiste. Pia stand vor dem Tisch, den sie zum Essen und als Werkbank benutzten, an dem aber auch Stücke und Ideenpapiere diskutiert wurden. Sie las die ersten Seiten eines abgegriffenen Taschenbuchs, das Valentin gehörte und mit dem er in letzter Zeit dauernd unterwegs war.

»Woah, der kann Otfried Preußler ernsthaft nicht leiden!«, sagte Pia.

Valentin lachte: »Ja, musst du ein bissl aus der Zeit heraus sehen …«

»Von wann ist das?«

»Anfang Siebziger.«

»Und was bedeutet der Titel?«

Sie betrachtete das Cover mit dem fett gedruckten Titel »Schlachtet die blauen Elefanten!« und der Unterzeile »Bemerkungen über das Kinderstück«.

Valentin kontrollierte seine Konstruktion auf ihre Festigkeit, dann stand er auf und räumte das Werkzeug in die Kiste zurück. »Die blauen Elefanten sind die fantastischen Ablenkungen, mit denen die Kinderschreiber die Kinder vor der Realität *schützen*«, sagte er. »Der Autor, der Melchior Schedler, sagt, schlachtet die Elefanten und meint damit, die Wirklichkeit ist den Kindern zumutbar.« Er ging zu Pia und nahm ihr das Buch aus der Hand. »Ich hab das vom Bücherei-Abverkauf, ein Goldgriff!«

»Nie davon gehört«, sagte Pia und machte es sich mit dem Hintern auf der Tischkante bequem.

»Irrsinnig witzig und gescheit, eine Abrechnung mit dem, was man so leichthin *kindgemäß* nennt. Wart, ich les dir das erste Gebot für Kinderstückschreiber vor – Achtung, Ironie: *Lass um keinen Preis Wirklichkeit und gesellschaftliche Aufklärung in dein Stück. Gelingt es dir, so viel Realität wie möglich aus deinem Stück hinauszudrücken, bist du ein gemachter Stückeschreiber. Lehrer und Eltern und Dramaturgen werden dich auf ihren Schild heben, die Tantiemen werden fließen.*«

»Okay …«

»Zweites Gebot: *Lass Tiere aufmarschieren, mach Tiere zu Hauptfiguren, lass dein Stück am besten gleich ganz in der Tierwelt spielen. Da es nur sehr wenige Kinder gibt, die in ihrem Bekanntenkreis einen rosa Bären mit blauem Zylinder auf dem Kopf haben, oder einen Igel, der ein Lebensmittelgeschäft betreibt, bist du gegen alle Risiken gefeit und dein Stück ist vor Vergleichen mit der Realität sicher.*«

»Ein Igel, der ein Lebensmittelgeschäft betreibt …«

»Super, oder? Viertes Gebot: *Lass um keinen Preis erkennen, wann dein Stück geschrieben wurde. Gib dich nicht als Zeitgenosse zu erkennen. Vor allem musst du ignorieren, dass Kinder heute andere Seherfahrungen haben, als du sie einst in deiner Kindheit hattest.*«

»TikTok lässt grüßen!«

»Genau, und das hat er vor fünfzig Jahren geschrieben! Fünftes Gebot: *Wenn du dir dein Publikum vorstellst: Denk nie an wirkliche Kinder. Stell dir dich selbst vor, wie du als Kind gerne gewesen wärst. Noch besser: Stell dir den Oberlehrer L. vor, wie der als Kind gerne gewesen wäre. Am allerbesten: Stell dir den Regierungsdirektor R. vom Kultusministerium vor, wie der als Kind gerne gewesen wäre.*«

»Haha!«

»Ich sag dir, das Buch ist voll mit lässigen Stellen. Und der Schedler erzählt auch eine historisch sehr akkurate Geschichte vom

Kasperl, inklusive seiner Rolle in der NS-Zeit.« Valentin blätterte durch das Buch mit seinen vergilbten Seiten und lächelte versonnen.

»So ganz ohne Tiere und Hokuspokus geht's bei uns aber auch nicht zu«, sagte Pia.

»Eh«, sagte Valentin milde. »Der Schedler war halt Revoluzzer und so eine Art Nouveau-Kindertheater-Pionier, der hat nicht im Einkaufszentrum die Nachmittagsdoppelschicht spielen müssen …« Er legte das Buch wieder auf den Tisch und öffnete eine Flasche Club Mate. »Ist jetzt natürlich nicht alles so hundertprozentig anwendbar auf heutige Verhältnisse, aber einfach ein toll formulierter Rundumschlag gegen dieses absichtliche Unterschätzen und Ruhigstellen von Kindern.«

Erst in der Woche davor hatten sie ein paar Kids im Publikum, die verstanden hatten, dass die Geschichte vom Räuber TinPu, der ein Dorf überfiel, weil man ihn nicht zum Festessen eingeladen hatte, gewisse Parallelen zum Krieg in der Ukraine hatte, und bei ihrem Stück »Kasperl am Maskenball«, das Anleihen an Edgar Allan Poes Geschichte »Die Maske des roten Todes« nahm und den Kindern die Pandemie in Form eines spannenden Puppenkrimis zu erklären versuchte, herrschte an manchen Stellen völlige Stille im Publikum, so sehr spürten die Kinder, dass dieses Kasperlabenteuer ihre eigene Lebenswelt abbildete. Natürlich war es eine Gratwanderung, wie viel Realität in ein Kasperlstück hineindurfte, und hin und wieder mussten sie selbst einen *Blauen Elefanten* durch die Kulisse schieben, um die Kinder bei Laune zu halten und den Eltern zu versichern, dass alles harmlos und eben kindgemäß war …

Bei den Erwachsenenstücken war es naturgemäß anders. Ihr Stück über den einzigen Schwarzen am Traunsee war schwach besucht gewesen und der erhoffte kleine Skandal war auch ausgeblieben. Dass man unangenehme Themen in erster Linie wegzuschweigen versuchte, war in der Region nicht ganz ungewöhnlich, und so erreichte man mit dem Stück auch nur die »already converted«, diejenigen, die sich ohnehin schon kritisch mit ihrer Heimat auseinandersetzten, konnte aber leider keine Bretter von Köpfen der Traditionalisten entfernen.

Aber die Familie war gekommen und Pias chaotischer Freundeskreis und ein paar andere Gestalten. Die Premierenfeier war ziemlich schwungvoll verlaufen und hatte erst um vier Uhr früh geendet. Immerhin.

Dass Kunst in erster Linie dann willkommen war, wenn sie leicht konsumierbar war, die Leute zu Übernachtungen und Shopping animierte und – vor allem – keine unangenehmen Fragen stellte, die man heute so wenig wie vor achtzig Jahren beantworten wollte, bemerkte Valentin auch in seinen Gesprächen mit Sarah, die immer noch bei der Kulturhauptstadt-Initiative eingespannt war. Nächste Woche würde die neue künstlerische Leiterin, die vor einem halben Jahr den ursprünglichen künstlerischen Leiter abgelöst hatte, den aktuellen Stand des Programms vorstellen. Die strengen Kriterien bei der Auswahl hatten dafür gesorgt, dass weder Valentins Projekte noch diejenigen von befreundeten Künstlern in den Katalog aufgenommen worden waren. Dafür gab es nun ein Prominentenkomitee, dem Schauspieler, Sänger und Industrielle angehörten, das Sponsoren und Aufmerksamkeit herzaubern sollte. Große Streitthemen wie das verseuchte politische Klima in Ischl, der Umgang mit der Gedenkkultur und Nazi-Vergangenheit in der Region oder der Übertourismus blockierten anscheinend so manche konstruktive künstlerische Diskussion, und Sarah – immer knapp vorm Burnout – hatte sich inzwischen angewöhnt zu sagen, das Beste am Kulturhauptstadtjahr sei, dass die Busfahrpläne ernsthaft überarbeitet würden …

Nachdem Valentin und Pia gemeinsam eine Hutablage in der Garderobe montiert hatten, setzten sie sich wieder an den Tisch.

»Die Kinder von meiner Schwester, die gehen nicht ins Theater oder kriegen die Klassiker vorgelesen«, sagte Pia, während sie einen Pudding löffelte, »die hören sich ihre Connis und Rabe Socke auf der Toniebox an, den ganzen Tag rauf und runter, da kann das Haus einstürzen.«

»Conni ist hart, so Mittelschichtspropaganda!«, sagte Valentin mit den Füßen am Tisch, »den Raben Socke finde ich aber ganz cool, der hat eigentlich einen ernsthaft miesen Charakter.«

»Oder das Neinhorn!«

»Ja, puh, ein bisschen Hype, oder?«

»Voll«, sagte Pia, »aber Einhörner ziehen einfach!«

»Sollten wir …?«, überlegte Valentin.

»Nein«, sagte Pia entschieden und damit war es das.

»Weißt du, wer mich fertigmacht?«, fragte Valentin.

»Die Pensionsversicherungsanstalt?«

Er lachte. »Die auch. Aber ich spreche von Leo Lausemaus. Und ich kann dir nicht mal sagen, was mich an ihm so irre macht!«

Um sieben am Abend verließen Valentin und Pia das Theater, er sperrte hinter ihnen zu und sie standen auf dem Platz und waren seltsam aufgekratzt, obwohl sie heute nicht mal gespielt hatten. Pia würde nächste Woche an den finnischen Polarkreis fliegen, um in einem Studententheater Adolf Hitler zu spielen, und das machte sie merklich nervös.

»Du wirst dort sicher den totalen Kultstatus kriegen, und sie fliegen dich in Zukunft zweimal im Jahr nach Rovaniemi«, sagte Valentin und wippte fröhlich von den Fersen auf die Fußspitzen.

»Genau, und dann verheiraten sie mich mit einem superreichen Rentier-Baron, der immer schon eine kleine österreichische Frau haben wollte, die wie Adolf Hitler spricht!« – Valentin prustete und ein bisschen Rotz schoss ihm aus der Nase.

»He, was ist?!«, kreischte Pia.

Valentin lachte immer noch, er wusste selbst nicht, wieso er nicht aufhören konnte. »Ich hab den Schließmuskel meiner Nüstern nicht unter Kontrolle, keine Ahnung …«

»*Nüstern*, was bist du? Ein Haflinger?«

»Ja, möglich!« Er kicherte immer noch.

»Gehst du heim?«, fragte Pia, als er sich gefangen hatte.

»Denk schon«, sagte Valentin.

»Ein Abend mit der Kulturministerin?«

»Wenn sie Zeit für mich hat …«

»Immer beschäftigt, oder?«

»Die Einreichungen lehnen sich nicht von alleine ab …«

»Wie fies!«

»Und du? Playstation mit Gernot?«

»Gregor!«

»Oh, Mist, sorry, ja.«

»Kein Problem. Er ist wieder in Wien. Und dort bleibt er vorerst auch mal.«

»Ach so.«

Valentin wusste nicht, warum Pias Beziehungen immer gleich wieder endeten. Jola hatte gesagt – das war noch, bevor er mit Sarah zusammen war – Pia sei in ihn verliebt, das habe sie schon am ersten Tag gesehen, das merke man sogar an den Puppen, die Art, wie Kasperl den Pezi ansah, aber das war natürlich Blödsinn.

Sie ist so eine Süße, so lustig, tolle Möpse, willst du gar nicht?, fragte sie ihren Bruder.

Valentin sagte, das käme nicht infrage, sie arbeiteten zusammen! Und Jola sagte, stimmt, am Theater vögelte nie wer miteinander, hatte sie vergessen …

»Ich wollte dich noch was fragen«, sagte Pia und stieg unruhig von einem Fuß auf den anderen. »Geht das Geschäft so weit gut? Also machen wir so viel Gewinn, dass wir so weiter tun können?«

Gewinn, dachte Valentin, das war jetzt lieb.

»Weil ich mich sonst anders umsehen müsste«, setzte Pia fort, »beziehungsweise ja auch hin und wieder ein Angebot bekomme, und das sind nicht alles so singuläre Sachen wie die Finnland-Geschichte …«

»Ich kann dir nichts versprechen«, sagte Valentin. »Wenn du etwas anderes annehmen willst, das dir aussichtsreicher erscheint, dann mache es.«

»Und was tust du dann? Spielst du dann solo?«

»Weiß nicht. Ergibt sich schon was.«

»Okay«, sagte Pia, und sie sah ihn verunsichert an.

»Denkst du, es liegt an Gmunden, dass es noch ein bisschen … schleppend läuft?«, fragte sie und sah sich auf dem ausgestorbenen Platz um. »Ich meine, wenn nicht gerade eine Corona-Demo ist, ist ja echt tote Hose!«

»Keine Ahnung«, sagte Valentin, »aber es muss schon hier sein.«

»Ja? Warum?«

Und dann sagte Valentin etwas, worüber er manchmal nachgedacht hatte, etwas, das ihn irgendwie nicht losließ, vor allem seit er sich so viel mit seinem Opa beschäftigte: »Weil ich noch rauskriegen muss, ob die Stadt uns etwas schuldet, oder wir der Stadt.« Er lächelte schief und klopfte mit seinen Fersen auf der Gehsteigkante herum. Dummer Gedanke oder dumm, ihn auszusprechen. Sie redeten noch ein paar Minuten, dann verabschiedeten sie sich.

Auf dem Heimweg grübelte Valentin darüber nach, warum er ihr nicht gesagt hatte, wie groß seine Wertschätzung für sie war, und ob sie nun vielleicht glaubte, es machte ihm nichts aus, wenn sie fortging. Er setzte sich auf einen Treppenabsatz bei der Kirche, um Pia etwas zu schreiben, aber er fand nicht die richtigen Worte. Also saß er nur so da und dachte daran, wie sie gelacht hatte, als ihm der Rotz aus der Nase geschossen war, und dann stand er auf und ging endlich nach Hause.

31

»Hat dein Mann wirklich keine Ahnung von uns?«, fragte Jola Chiara, während ihre Finger durch Chiaras Haare strichen und ihr Blick zum tausendsten Mal der Linie ihres schönen Profils folgte.

Chiara drehte den Kopf zu Jola und sah sie an. »Wieso fragst du das schon wieder?«

»Ich … keine Ahnung. Weil ich nicht weiß, wie es bei euch daheim zugeht, ob ihr über alles redet, ob ihr immer genau auf dem Laufenden seid, was der andere gerade tut.«

»Wir kennen uns, seit wir sechzehn sind, wir haben inzwischen komplett unterschiedliche Leben, das weißt du ja. Er ist es gewohnt, dass ich abends weg bin.«

»Und Mira? Will sie dich nicht am Abend bei sich haben?«

Chiara setzte sich auf. Sie nahm ein Gummiband vom Nachtkästchen und band ihre Haare zusammen. Das hieß, Jola durfte nicht mehr mit ihren Locken spielen. Und es war außerdem ein Signal, dass ihr Schäferstündchen nun zu Ende war.

»Sie hat tausend Interessen, sie ist dauernd online oder bei einer Freundin. Es ist nicht wie bei Irma und dir, sie braucht nicht jeden Abend meine Nähe, dieses Tagesabschlussgespräch, um zu reflektieren, was sie Neues erlebt hat.«

»Wo glaubt sie denn, dass du heute bist?«

Chiara warf Jola einen gereizten Blick zu. »Sie wird sich diese Frage einfach nicht stellen. Ich bin eben fort. Essen mit einer Freundin, Kino, eine Chorprobe …«

»Aber die Chorprobe hast du immer am Mittwoch, oder?«

Chiara schlug die Decke weg und rutschte aus dem Bett. »Ich mach mich mal fertig!«

Jola wusste, sie war nervig. Sie war einfach die schlechteste Fremdgeherin aller Zeiten. Diese Erkenntnis hatte sie selbst überrascht. Alles daran machte sie nervös und unruhig, sie fühlte sich emotional völlig überfordert, sie kam sich egoistisch und ungerecht vor. Auf der anderen Seite genoss sie jeden Moment mit Chiara in dem Hotelzimmer in Steyr. Und im Rausch der Gefühle teilte sie alles mit ihr, und teilte ihr alles mit: Wie schön sie war, wie wunderbar sich ihre Berührungen anfühlten, wie gut sie roch, aber auch wie viel Bammel sie hatte, erwischt zu werden, wie groß ihr schlechtes Gewissen war. Und das kam nicht gut bei Chiara an.

»Du musst meinen Teil schon mir überlassen«, sagte Chiara, während sie einen Pullover überzog, »jede von uns muss die Sache auf ihre Weise regeln.«

»Ich bin nur neugierig, wie das bei euch abläuft, weil ich hab das Gefühl, bei mir sorgt die ganze Situation für unheimlich viel Irritation im Familiengefüge …«

Chiara seufzte, dann setzte sie sich auf die Bettkante und griff nach Jolas Hand. »Die Irritation kommt von *dir*! Du bist in eine andere Person verliebt. Es liegt jetzt an dir, was davon bei deinen Leuten ankommt.«

»Mh, ja …«

»Du musst ein bisschen cooler werden.«

»Ich bin cool!«, sagte Jola. In Wirklichkeit aber, das wusste sie, gab es die coole Jola nicht mehr. Die coole Jola war eine Frau in einer nicht funktionierenden Beziehung, in der über den Grad des herabhängenden Mundwinkels kommuniziert wurde. Da war es leicht, cool zu sein und von allen als die Abgebrühte gesehen zu werden.

Jetzt aber hatte sie etwas gefunden – und etwas zu verlieren. Sie fieberte ihren Begegnungen entgegen, sie weinte, wenn ihr Chiara absagte, sie sah sich Fotos von Chiara an, wenn sie daheim am Klo saß, sie trug ihre Weste, wenn sie abends im Atelier arbeitete. Vom Aufwachen in der Früh bis zum Einschlafen dachte sie an Chiara, wollte bei ihr sein, ihre Stimme hören, sie berühren. Und jetzt sagte sie, sie sollte cooler sein. Wie konnte man denn ihren Zustand mit dem Alltag vereinen? Man hätte sie krankschreiben müssen. Man hätte ihr Liebes-Karenz gewähren müssen, oder gleich ein Sabbatical.

Jola lag immer noch im Bett und machte keine Anstalten aufzustehen und sich anzuziehen.

Chiara sah sie an. »Du willst noch nicht gehen?«

»Nein, ich will nicht gehen. Ich will auch nicht, dass du schon gehst!«

»Es ist spät.«

»Wir schlafen hier!«

»Hör auf …«

»Wir bezahlen doch für die ganze Nacht! Und für das Frühstück! Und wir wollten doch mal die Schuhpoliermaschine am Gang ausprobieren. So Hotelunfug machen …«

Chiara schüttelte den Kopf und zog sich ihre Sneakers an. Dann sagte sie im nachdenklichen Ton: »Bei dir bin ich immer die Vernünftige. Ungewohnte Rolle …«

Der Satz gefiel Jola nicht, und sie stand auf und suchte ihre Unterwäsche vom Boden zusammen. »Ich wäre nicht wirklich über Nacht geblieben, okay«, sagte sie. »Muss Irma für ihren Test abfragen, und eine Figur gehört in den Ofen.«

»Hätte ich Ja gesagt, wärst du aber schon …«

Jola sah Chiara mit einem kleinen Lächeln an, dann ging sie zu ihr und umarmte und küsste sie.

»Würden wir hier schlafen, hätte ich daheim gesagt, ich hab bei Leander übernachtet.«

»Jetzt spannst du deinen kranken Bruder für dich ein?«

»Ich spann ihn nicht ein. Ich leih mir nur ein Alibi. Er ist da nicht empfindlich!«

Chiara strich Jola übers Haar und sah sie ernst an. »Möchtest du mal auslassen?«

»Was?«

»Bis sich bei dir zu Hause alles beruhigt …«

»Nein!«

»Die nächste Woche ist voll stressig bei mir, also …«

»Nein! Wir sehen uns am Montag!«

»Okay. Montag.«

Jola sah sie an, als versteckte sich hinter dem Angebot etwas anderes, eine Veränderung in Chiaras Gefühlen, ein Zurückweichen vor ihr.

Chiara las all die Regungen von Jolas Gesicht ab. »Ich will dich eh auch sehen.«

»Gut«, sagte Jola, und dann leiser: »Ich könnte auch schon Sonntagnachmittag, falls du mal wieder ins Kino magst …«

»Das geht nicht.«

»Okay. Egal. Montag. Wieso?«

»Was?«

»Wieso geht Sonntagnachmittag nicht?«

»Wir sind bei den Schwiegereltern.«

»Mit Hans und Margarete im Garten in Timelkam.«

Chiara sah sie an, als läge etwas in Jolas Stimme, das unpassend war, und Jola machte einen Rückzieher und sagte: »Es ist schön für Mira, dass sie die Großeltern so nahe hat. Svens Eltern, ahoi Nordsee …«

Chiara nickte und suchte ihre letzten Sachen zusammen.

»Gehen wir zusammen raus?«

»Ich brauch noch ein paar Minuten.«

»Okay.«

Chiara gab Jola einen Kuss, Jola drückte sie an sich, zog sie in Richtung Bett, Chiara sagte, sie müsse gehen, Jola sagte, das müssten sie alle mal! Chiara lachte und Jola versuchte, den Moment zu nutzen und Chiara aufs Bett zu ziehen, aber sie wehrte sie ab und sagte: »Noch mal?!«

Jola ließ sich aufs Bett fallen, wischte sich die Haare aus der Stirn und flüsterte: »Noch mal.«

Chiara sah in Richtung Tür. »Muss.«

»Muss?«

»Wenn ich jetzt bleib, kann ich Montag nicht.«

Jola stöhnte, dann sagte sie: »Verschwind!«

Chiara warf Jola einen Kuss zu und verließ das Zimmer.

Svens Wagen stand in der Einfahrt, als Jola heimkam. Hinter Irmas Fenster brannte Licht. Sie läutete an der Tür. Sven öffnete und Jola fragte ihn, ob er ihr mit dem Ton helfen könnte. Er sah nicht erfreut aus, aber dann schlüpfte er in seine Crocs und ging um ihr Auto herum zum Kofferraum. Jola hatte 120 Kilo Ton im Wagen. Gekauft hatte sie ihn am Nachmittag, aber es war durchaus glaubhaft, dass sie ihn erst am Abend von dem Geschäft für Künstlerbedarf in Traun geholt hatte, das am Freitag bis 20 Uhr geöffnet war.

Sven begann, die 20-Kilo-Päckchen einzeln durch den Wohnbereich ins Atelier zu tragen. Als er das zweite Paket abgeliefert hatte und wieder bei ihr draußen war, sagte er: »Hast du nicht noch so 200 Kilo unter dem Ateliertisch?«

Sie sagte, das wäre *anderer* Ton, und dachte: Diesmal würde er nicht fragen, wo sie gewesen war. Sie hatte das Gefühl, dass sie in diesem ganzen Heimlichtuer-Business langsam besser wurde.

32

Aino saß im Wartezimmer ihres Therapeuten und überlegte, ob sie ihm sagen sollte, dass Steven bei ihr geschlafen hatte (es war nichts passiert, aber sehr viel gefehlt hatte auch nicht). Natürlich verurteilte er sie nicht, oder er behauptete, das nicht zu tun, aber jeder, der regelmäßig in Therapie ging, wusste, dass man einen starken Standpunkt gegenüber seinem Therapeuten brauchte, eine Art Bastion der eigenen Würde, eine glaubhafte Legitimation für den ganzen Mist, den man so vor ihm ausbreitete, und wenn man sich selbst als allzu inkonsequent darstellte, ging dem Psychiater irgendwann die Motivation verloren, einen auf den richtigen Weg zu bringen, und die Sache machte bald beiden keine Freude mehr.

Besser nix sagen. Gab genug anderes zu besprechen.

»Wie geht es Ihnen?«

Aino saß auf dem Diwan, Doktor Sharma auf einem einfachen Holzstuhl. Er stammte aus Indien, seine Praxis in Brooklyn war zweckmäßig, seine Tarife waren niedrig.

»So weit ganz gut, aber mich beschäftigen ein paar Dinge, und ich dachte mir, ich muss da etwas Klarheit gewinnen …«

»Erzählen Sie!«

Er sah sie aufmunternd an, er schien sich zu freuen, dass sie wiedergekommen war, bei ihrem letzten Meeting war er ziemlich kritisch mit ihr gewesen …

»Okay. Wo fange ich an … Seit dem letzten Mal ist einige Zeit vergangen.«

»Sie waren im September hier. Wir haben über Ihre Gefühle gesprochen, was eine Rückkehr nach Deutschland betrifft.«

»*Österreich.*«

»Ja, genau, Verzeihung.« Dr. Sharma sah seine Notizen durch, strich etwas durch, schrieb etwas dazu.

»Da ist immer noch etwas, das mich beschäftigt. Genau genommen hat sich das noch zugespitzt, weil meine Beziehung mit Alexander … tja, ernster geworden ist.«

Dr. Sharma sah sie aufmerksam an.

»Er hat mir zu verstehen gegeben, dass er sich eine gemeinsame Zukunft mit mir wünscht, und auch wenn er es nicht konkret ausgesprochen hat, bin ich mir sicher, er wünscht sich dieses gemeinsame Leben in Österreich.«

»Wieso glauben Sie das?«

»Weil seine Familie und seine Geschäfte in Österreich sind und er sehr an seiner Heimat hängt. Man kann ihn sich eigentlich schwer außerhalb von Salzburg vorstellen.«

Aino kamen Bilder von Alexander an Plätzen in den USA und auf ihrer Reise in die Karibik in den Sinn, er wie eine Kartonfigur in die Landschaft gestellt, um ihn herum Wüste oder Palmenstrand, wo eigentlich die Drachenwand und das Ufer des Mondsees sein sollte.

»Haben Sie ihm gesagt, dass Sie unsicher sind, ob eine Rückkehr für Sie wünschenswert ist?«

»Er weiß, dass ich finde, das Leben in den USA hat sich verändert, ist schlechter geworden, teilweise unerträglich. Ich habe zu ihm gesagt, dass all die Waffengewalt außer Kontrolle ist, das politische Klima vergiftet. Ich habe von den absurden Kosten für eine vernünftige Kindererziehung gesprochen und natürlich von dem maroden Gesundheitssystem, von Roe versus Wade. Ich denke, er hat daraus geschlossen, ich hätte mich innerlich schon von den USA verabschiedet.«

»Haben Sie das?«

»Nein, habe ich nicht.«

Ein paar Momente lang stockte sie, dann fuhr sie fort: »Ich war vor zwei Tagen am Abend in Midtown unterwegs und da habe ich auf einmal all diese Menschen gesehen, die auf dem Boden schlafen. Über mehrere Blocks hinweg, Hunderte. Ein Mann hat mir gesagt, das wären Asylsuchende, die vom Roosevelt Hotel abgewiesen wurden. Jeden Monat kommen Tausende neue dazu, die Stadt bringt sie in Hotels und B&Bs in umliegenden Countys, in Rockland, Orange oder Dutchess unter, die Kosten dafür sind immens.«

»Wie haben Sie sich gefühlt, als Sie diese Menschen gesehen haben?«

»Ich habe mir gedacht, wie lächerlich sind meine Probleme im Vergleich zu denen dieser Menschen. Ich kann wählen, ob ich in meinem Apartment in New York oder einem Haus in Salzburg leben will. Aber in gewisser Weise habe ich mich auch mit ihnen identifiziert! Ich musste natürlich nie auf der Straße schlafen, aber ich wollte auch unbedingt hierher und ich war auch bereit, alles dafür zurückzulassen.«

Dr. Sharma nickte und schrieb etwas auf seinen Notizblock.

»Ich merke, dass ich, je mehr ich dazu gedrängt werde, nach Österreich zurückzugehen, auch wieder das sehe, was mich früher hierhergezogen hat. Dieses Versprechen von einem Neuanfang. Dass du hier deine eigene Geschichte schreiben kannst. Natürlich ist das auch ein … na ja, Trugbild, und diese Menschen auf der Straße werden nicht alle ihr Glück finden. Auch besser situierte Auswanderer kehren oft nach ein paar Jahren zurück, weil sich ihre Vorstellungen nicht verwirklicht haben, das erlebe ich und höre ich dauernd! Aber ich will nicht, dass es bei mir auch so ist.«

»Sie sagen, Sie werden dazu gedrängt nach Österreich zurückzugehen. Wer ist es, der sie drängt?«

Aino räusperte sich. »Es ist so ein passives Drängen. Mehr ein Wünschen, das an mich herangetragen wird. Das aber dennoch Druck erzeugt! Ich spüre das bei meinen Eltern, bei Freunden, bei meinen Geschwistern. Und jetzt auch bei Alexander. Sie alle verstehen eigentlich nicht, warum ich noch dort sein möchte. Sie haben auch nicht verstanden, warum ich weggegangen bin.«

»Warum sind Sie weggegangen?«

Aino schnaufte und legte ein Bein über das andere. »Haben wir das nicht schon besprochen?«

Ohne einen Blick in seine Notizen zu werfen sagte Dr. Sharma: »Nein, ich glaube nicht.«

»Ich habe in meinem Leben immer Sicherheit gesucht«, sagte Aino schließlich und sie schien sich beim Reden anstrengen zu müssen. »Ich habe mich zu selbstbewussten, erfolgreichen, auch älteren Männern hingezogen gefühlt. Und ich war sehr leicht bereit, mich in einer Beziehung oder Freundschaft unterzuordnen, wenn ich dafür diesen Halt, diese Sicherheit bekommen habe.«

Der Therapeut nickte, aber seine Stirn zog Falten. Aino wusste, was das hieß: Er war misstrauisch, dass sie sich selbst analysierte, anstatt frei heraus zu erzählen und die Therapie ihm zu überlassen.

Sie fuhr fort: »Das hat in der Schule begonnen, ich habe mich sehr angepasst.«

»Was war das für eine Schule?«, fragte Sharma.

»Eine Privatschule, sehr konservativ. Meine Geschwister waren alle drei in einer öffentlichen Schule. In dem Gymnasium, in dem mein Großvater unterrichtet hat. Meine Mutter hatte bei mir das Gefühl, ich bräuchte eine stärkere Ansprache, mehr Unterstützung. Ich glaube, auch aus einem schlechten Gewissen heraus, weil sie ihre Arbeit immer uns gegenüber bevorzugt hat. Beim letzten Kind wollte sie alles richtig machen. Mit Geld.«

Sharma nickte und lächelte, jetzt sprach sie offen.

»In der Schule wurde uns beigebracht, angenehm auszusehen, höflich zu sein, Erwachsenen immer recht zu geben und, na ja, wir wurden mit allerlei konservativem Gedankengut gefüttert …«

»Waren Ihre Eltern mit der Ausbildung für Sie zufrieden?«

»Nein. Mein Vater fand das furchtbar, meine Mutter eigentlich auch, obwohl sie das nie zugegeben hätte ... Aber weil ich mich nicht beschwert habe und die Nachmittagsbetreuung gut war und ich Flöte spielen und Französisch gelernt habe, dachten sie, es passt schon für mich.«

»Was haben Ihre Geschwister dazu gesagt, dass Sie eine andere Ausbildung erhielten?«

»Sie haben mich aufgezogen. Nicht bösartig. Aber ich hatte Schuluniform und so, es war schon klar, dass ich jetzt anders war als sie. Sie waren alle drei ziemlich starke Individualisten, sind sie immer noch, und ich wurde ... angepasst.«

Aino hatte den Blick auf den Boden gerichtet und sah die dunklen, abgetretenen Gänge ihrer Schule in dem alten Schloss vor sich.

»Ich hatte immer das Gefühl«, sagte sie, »dass ich meine Entscheidungen als Jugendliche, als junge Frau, sehr stark aufgrund meiner Schulausbildung, meines Freundeskreises dort, meiner Lehrer, dessen, was mir beigebracht wurde, getroffen habe. Und dass etwas in mir, das ziemlich ungezogen und frech und unausgegoren war, sich nie wirklich entwickeln konnte. Aber manchmal bricht es einfach aus mir hervor und bringt mich in unmögliche Situationen und stößt Leute vor den Kopf, weil ich diesen Teil von mir nie kultiviert oder mit der Realität in Ausgleich gebracht habe und er mich einfach überfällt und mitreißt.«

Dr. Sharma ließ ein paar Augenblicke verstreichen, dann sagte er: »Warum sind Sie in die USA gegangen?«

Aino sah aus dem Fenster. Gegenüber war ein Bürogebäude, sie sah Frauen, die an Schreibtischen saßen und in Bildschirme blickten. »Weil ich dachte, ich könnte dort ganz ICH sein und die Fehler, die ich als junge Frau gemacht habe, hinter mir lassen und meine eigene Geschichte schreiben.«

Wieder ließ Sharma einige Zeit verstreichen, bevor er erneut sprach.

»Denken Sie, das ist Ihnen gelungen?«

»Nein.«

Sie schüttelte den Kopf.

»Ich habe alles genauso gemacht, wie man es mir als Mädchen beigebracht hat. Ich habe eine Stelle angenommen, bei der ich mithelfe, den Opernball in New York zu veranstalten und reichen Auslandsösterreichern eine Disney-World-Version eines Sisi-Balls hinzuzaubern, ich freunde mich mit diesen ganzen Poloshirt-Trägern an und komme mit einem Mann aus Salzburg zusammen, dessen Lebensprobleme sich darum drehen, eine geeignete Garage für ein Wasserflugzeug zu finden.« Sie atmete tief durch. »Haben Sie schon mal eine Garage für ein Wasserflugzeug gesucht?«, fragte Aino ihren Therapeuten.

»Nicht kürzlich, nein«, sagte Sharma.

Aino nickte resignativ.

»Ich möchte Ihnen eine Frage stellen«, sagte Sharma, und das war der Höhepunkt jeder Sitzung mit ihm, diese angekündigte Frage …

»Wenn sie die Nebensätze dieser Schilderung Ihres Lebens wegließen, wie würde sich das Gesamtbild ändern?«

Aino sah ihn argwöhnisch an. »Was meinen Sie?«

»Nun, Sie haben gesagt, Sie helfen, einen schönen Ball in New York zu organisieren, Sie freunden sich mit vielen Leuten an, Sie verlieben sich in einen Mann – keine so schlechte Bilanz eigentlich! –, aber in den Nebensätzen verwandelt sich das in eine Schilderung eines Versagens. Was würde sich ändern, wenn wir diese Nebensätze verschwinden ließen?«

»Nun«, sagte Aino, »dann würde ich mir weniger Gedanken machen. Aber dann wäre ich auch weniger ich selbst.«

»Denken Sie, dass Sie glücklich weniger Sie selbst sind?«

»Nein. – Doch. – Vielleicht …«

Der Therapeut klopfte mit seinem Stift auf den Notizblock, dann sah er auf die Uhr. »Wollen wir einen Termin für nächste Woche ausmachen und dort fortsetzen?«

»Ist es schon …?«, stammelte Aino.

Sharma nickte.

»Ich habe gar nichts über meinen Bruder gesagt! Er hat Krebs. Ich muss ihn besuchen!«

Sie platzte auf den belebten Gehsteig in Williamsburg hinaus, die Tränen kaum getrocknet, und sie dachte, sie müsste weiterreden, egal mit wem, und ging in die erstbeste Bar – *Pete's Candy Store* –, die an diesem Nachmittag geöffnet hatte.

Sie bestellte ein Bier und der Mann neben ihr an der Theke nickte ihr freundlich zu. Eine halbe Stunde später wusste sie, er hieß Gregg mit hinten zwei g, arbeitete bei einem Maler als Assistent, erholte sich von einem Scooter-Unfall und träumte davon, eine Farm in Delaware zu haben.

Es war schön mit dem jungen Mann zu plaudern, auf die amerikanische Art, die nichts bedeutete, zu nichts verpflichtete, eine lockere Übereinkunft, dass die Gegenwart eines anderen dem Alleinsein vorzuziehen war und letztlich immer einen Gewinn darstellte. Und so war es eben Gregg, dem sie von ihrem Bruder und seiner Krankheit erzählte, nicht der Therapeut. Und es stellte sich heraus, dass sie gar keine Meinung dazu hören musste, sie wollte bloß reden und ein wenig heulen, und als sie zwei Stunden später aus der Bar kam, fühlte sie sich besser als nach dem Verlassen von Dr. Sharmas Praxis.

33

Max und Alexander standen vor dem kleinen Geschäft in der Innenstadt, direkt beim Rathausplatz, und blickten auf das Schaufenster, in dem ein »Vorübergehend geschlossen«-Schild hing.

»Bubble-Tea«, sagte Max tonlos. Er hatte so wenig Ahnung, was Bubble-Tea war, dass es nicht einmal für Misstrauen reichte.

»Ich hab mich ein bisschen schlau gemacht«, sagte Alexander, eine Redewendung, die er zu häufig verwendete, wie Max fand, und die in der Summe der Anwendungen den Eindruck hinterließ, Alexander war insgesamt ziemlich ahnungslos.

»Bis vor zehn Jahren war Bubble-Tea ein Riesending«, erklärte Alexander, »dann gab es eine Gesundheitsstudie, die nicht so positiv ausfiel, und es ging bergab damit. Aber jetzt kommt der Trend zurück, unter anderem wegen der Popularität von K-Pop und Anime und durch TikTok und so!«

»Was für eine Gesundheitsstudie?«, fragte Max.

»Da war von *krebserregend* die Rede«, sagte Alexander, und es war ihm merkbar unangenehm, das auszusprechen.

Krebserregend, dachte Max. Na ja, was galt heute *nicht* als krebserregend? Immerhin bekam jeder dritte Krebs, also konnte man ihn sich wohl überall holen.

»Jedenfalls gab es nur diese eine Studie, die sogenannte *Aachener Studie*, und die ist heute nirgendwo mehr zu finden«, erklärte Alexander.

»Kurios«, sagte Max.

»Ja«, sagte Alexander.

»Aber warum haben die dann zugemacht?«, fragte Max und zeigte auf das geschlossene Geschäft, »wenn das wieder so im Trend liegt?«

»Na ja, Corona«, sagte Alexander.

»Aber wir wissen nicht, ob es ohne Corona besser gelaufen wäre.«

»Nein«, sagte Alexander, »aber wir können es annehmen.«

»Das können wir wohl …«

Beide starrten weiter auf das kleine Geschäft, allerdings gingen ihnen langsam die Dinge aus, die es daran zu betrachten gab.

»Was denkst du?«, fragte Alexander.

»Lass uns weitergehen«, sagte Max.

Alexander nickte. Max war froh, dass sie den Teil übersprungen hatten, wo ihm Alexander zu erklären versuchte, was Bubble-Tea eigentlich war.

Begonnen hatte ihr gemeinsamer Ausflug in die Innenstadt mit ihren Gesprächen über die Gastronomie in Gmunden und ihrer geteilten Auffassung, dass die Stadt gemessen an ihrer Größe, Attraktivität und historischen Bedeutung zu wenig anzubieten hatte. Keiner von beiden war auf der Suche nach einem neuen Projekt oder gar einer Lokaleröffnung, aber es war doch interessant zu schauen, welche Optionen es gab. Also hatten sie die Anzeigen auf den großen Immobilienbörsen studiert und auch jene in den Gratiszeitungen unter die Lupe genommen und sich ein paar Objekte herausgeschrieben. Und die besuchten sie nun an diesem trüben Spätapriltag.

Sie waren über die Traunbrücke spaziert und den Gleisen der neuen Straßenbahn gefolgt. Die Traunseetram war ein Schlüsselprojekt der Stadtregierung, und ein – so kritisierte es der Rechnungshof – Projekt, das nie hätte realisiert werden dürfen. Die Anbindung der alten Gmundner Straßenbahnlinie an die Regionallinie nach Vorchdorf inklusive Komplettrestaurierung der Traunbrücke war immens teuer, und der Nutzen wurde vier Jahre nach Fertigstellung immer noch in Zweifel gezogen. Die Leute nannten die Tram gerne »Geisterbahn«, so wenig Fahrgäste waren zu manchen Tageszeiten darin anzufinden.

»Wieso fährt sie nicht zum Krankenhaus«, sagte Max, »oder zum Strandbad?«

Diese zwei Orte nannte er immer, wenn er über die Gmunden-Bim polemisierte. Eigentlich war er aber traurig darüber, dass die Bahn nicht am Ostufer entlanggeführt wurde, bis zu dem Parkplatz, vom dem aus es nur noch ein paar Minuten zu Fuß zu seinem Haus gewesen wären.

»Ökologisch ist eine Straßenbahn aber sinnvoll«, sagte Alexander und da gab ihm Max recht, auch wenn er lieber ein bisschen über die Bim schimpfte.

Sie spazierten zum *Seebahnhof*, einem Gelände, das seit Jahren Anlass für Immobiliengerüchte und -spekulationen gab. Nun war alles konkreter geworden, drei Wohnhäuser und ein riesiges Hotel waren geplant und diesmal standen die Zeichen auf Verwirklichung.

Alexander zeigte auf ein Gebäude auf der gegenüberliegenden Seite der Traunsteinstraße, ein ehemaliges Traditionsgasthaus, nun brachliegend, mit Bauschutt auf der Terrasse. »Monika hat erzählt, dort haben sie als Teenager ein Jugendgetränk mit Alkohol gekriegt«, sagte Max, »das hieß glaub ich Rumpelstilzchen, mit Rum natürlich, um ein paar Schilling. Und wenn die Kinder hinterm Haus geraucht haben, hat sich auch keiner beschwert.«

Alexander studierte die Anzeige.

»Die Ablöse hat sich gewaschen, weil in Wirklichkeit musst du ja doch alles neu machen.«

»Und die nächsten zwei, drei Jahre hast du hier Baustelle«, sagte Max.

»Aber dann bist du mittendrin im modernsten Viertel von Gmunden. Also so steht's in der Anzeige …«

»Aber wenn die meisten Leute dann nur ein paar Wochen im Jahr hier sind«, rief Max, »weil sie die Wohnung eh nur als Anlage gekauft haben, wer besucht dann wirklich das Gasthaus? Die

Hotelgäste jedenfalls nicht, die essen *Surf and Turf* im Hotelrestaurant!«

»Wie lang steht denn der Wirt schon leer?«, fragte Alexander.

»Lang«, sagte Max und kratzte sich unter seinem Haarkranz.

Sie gingen zurück über die Traunbrücke, bogen auf den Spazierweg an der Traun entlang ab und sahen sich die neueste Riesenbaustelle an, auf der ein neues Haus mit zwanzig Apartments und Bootsgarage entstand.

»Du fährst unten mit deinem Booterl rein, dann steigst in den Aufzug und kommst oben in deiner Terrassenwohnung raus«, sagte Max, »und du hast niemandem die Hand schütteln müssen.«

»Aber die Wohnungen unten, da schaut dir jeder beim Vorbeispazieren ins Wohnzimmer«, bemerkte Alexander.

»Deswegen kosten sie auch nur eine Million!«, sagte Max.

Etwas später standen sie am Marktplatz, ganz in der Nähe von Valentins Theater, und sahen in ein Souterrain-Lokal hinein, das vor Kurzem für immer zugesperrt hatte.

»Eine schöne Lage eigentlich«, sagte Alexander.

»Ist auch nicht schlecht gegangen«, sagte Max.

»Und jetzt ist es zu und beim Treppenabsatz sammelt sich der Müll ...«

»Wenn man an alle diese Gescheiterten denkt, die ihr Herzblut in ihre Lokale gesteckt haben«, seufzte Max.

Wie oft hatte er überlegt, selbst ein Restaurant oder eine Weinbar zu eröffnen! Und was wäre naheliegender gewesen? Er hatte das Wissen und die Erfahrung, die Kontakte und das richtige Temperament. Aber er hatte auch zu viele Projekte scheitern sehen. Er war ein Träumer, aber am besten träumt es sich halt dort, wo man sich nicht auskennt. Bei der Gastro wusste er dann doch zu gut Bescheid.

»Wie geht dieser Spruch ...«, sagte Alexander, »wenn du dir ein

Boot kaufst, hast du zweimal eine Freude, einmal, wenn du es kaufst, und einmal, wenn du es wieder hergibst. Das gilt für ein Lokal vielleicht auch …«

»Der hat sicher keine Freude gehabt, als er zugesperrt hat. Hinter diesen ganzen Schließungen stecken ja Geschichten, die gehen in der Statistik ein bisschen unter. Viele, die ein Lokal aufmachen, haben vorher was anderes gemacht und haben ihr Erspartes in ihren Traum gesteckt. So ein Lokal, das nicht mehr aufsperrt, das gehört zu den wirklich traurigen Dingen des Lebens.«

Max setzte sich auf eine Bank und massierte gedankenverloren seine Oberschenkel, die an diesem Nachmittag ein wenig brannten, und er dachte an verschiedene Gasthäuser und Kneipen um den See herum, die es heute nicht mehr gab, in denen er die Leute gekannt und sein Bier getrunken hatte, wo er mit den Kindern Schnitzel essen war und seine Witzchen mit dem Personal gerissen hatte. Nur noch Erinnerungen.

»Ein guter Wirt gibt immer mehr, als er kriegt«, sagte Max.

Er nahm sich vor, heute Abend mit Birgit in ein gutes, einfaches Wirtshaus zu gehen. Das ganz bewusst zu genießen: die Empfehlung des Hauses zu bestellen, mit Maggi nachzuwürzen, einen Schnaps zu trinken, dem Koch ausrichten zu lassen, wie gut es geschmeckt hat, nach dem Zahlen noch zu plaudern und zu fragen, wie es der Tochter mit dem Studieren in Wien geht … Irgendwann würde es das nicht mehr geben, dann wäre da nur noch ein Kerl auf einem Moped mit einem Würfel am Rücken, der dir eine warme Plastiktüte in die Hand drückt.

Zum Schluss stiegen sie noch in Max' Auto, seinen kleinen Koreaner, der in den letzten Wochen zum Baustellentransporter geworden war, und fuhren zu Cindys Würstelhütte, ein Bistro-Bungalow vor einem Nadelbaumwäldchen an der Bundesstraße Richtung Autobahn. Sie stellten den Wagen am Schotterparkplatz ab und drückten ihre Nasen gegen die staubigen Fenster der verlassenen Futterstelle.

»Billig ist es«, sagte Alexander.

»Und davor ist viel Platz für Autos«, meinte Max.

»Steckerlfisch vielleicht«, murmelte Alexander.

»Oder Burger«, sagte Max.

Alexander ging um das Bistro herum, sah in alle Fenster hinein, trat zurück und begutachtete das Dach des kleinen Holzhauses. Dann stemmte er die Hände in die Seiten und sah in Richtung See, nur ein schimmernder Streifen in der Dämmerung. Er trat wieder an den Container heran und schrieb mit dem Finger Lacus Felix in den Dreck der Fensterscheibe.

»Der glückliche See«, übersetzte Max.

»In gelben Großbuchstaben am Straßenrand, wenn du hungrig und einsam bist …«, sagte Alexander, zog ein Taschentuch aus seiner Hosentasche und wischte das Blechschild mit der Bierwerbung neben der Tür sauber.

34

Jola stand im Badezimmer und föhnte ihre Haare. Sven stieg neben ihr aus der Dusche, griff nach einem Handtuch, trocknete sich ab. Normalerweise duschte er im Gästezimmer, aber Teil seiner neuen Charme-Offensive war, sich Jola möglichst oft nackt zu zeigen, weswegen er die Gästedusche nun links liegen ließ.

Jola sah aber sowieso nicht hin, es war erschreckend, wie wenig sie ihn überhaupt noch wahrnahm. Seine Unnachgiebigkeit, seine stumme Aufforderung *Schau, ich habe einen Penis!* kümmerten sie nicht.

Also leid, leid tat er ihr im Prinzip schon, sie gab sich ja eigentlich für alles die Schuld, was in diesem Haus falsch lief, aber sonst empfand sie nichts. Wie sollte sie auch, all ihre Gefühle, all ihr Begehren wohnten in Steyr.

Jola schlüpfte in Jeans und eine Bluse, während Sven nackt die Tür der Dusche mit dem Glaswischer abzog. »Unten auch«, sagte Jola, und Sven bückte sich für sie. Später im Schlafzimmer, er war schon angezogen, während sie noch ihre Nägel machte, sagte er: »Wir könnten eigentlich mal wieder ins *Almenland* fahren.«

Das *Almenland* war ein Hotel in Salzburg, das Jola und Sven früher mal besucht hatten, wo sie Wellness gemacht, sich in der Bar durch alle Gin-Sorten gekostet und im Vorzimmer ihrer Junior-Suite unter viel Gelächter die Sexszene zwischen Michael Douglas und Jeanne Tripplehorn aus *Basic Instinct* nachgestellt hatten.

Sie warf ihm einen kurzen argwöhnischen Blick zu, dann sagte sie: »Die Mama von der Xenia aus Irmas Klasse hat gesagt, sie haben sich dort in den Semesterferien Feigwarzen geholt.«

»Na ja, das muss jetzt nicht …«

»Nein, muss eh nicht, aber Lust macht es mir auch keine«, sagte Jola.

Sven grummelte irgendetwas vor sich hin und Jola dachte, das wäre es jetzt, ein Wochenende mit Sven im Romantikhotel …

»Soll ich heute fahren?«, fragte Sven ein paar Minuten später.

»Wie du magst, ich muss nix trinken.«

»Wenn Alexander da ist, würde ich vielleicht schon ein Bierchen …«

»Seid ihr jetzt Best Buddies?«, fragte Jola, und sah Sven etwas verblüfft an.

»Ich hab ihn neulich in der Stadt getroffen, wir sind auf einen Kaffee gegangen, war ganz nett.«

Komisch, dachte Jola, Aino verkroch sich in den Staaten, während Alexander Zeit mit Max und Sven verbrachte. Aber eigentlich war es ja schön für Sven, einen *Schwagerfreund* in der Familie zu haben.

»Ich fahre, okay?«, sagte Jola und Sven murmelte: »Ist gut, ist gut …« Als sie unten im Haus in der Garderobe standen, fragte Sven: »Kommt Irma mit?«

»Nein.«

»Warum nicht?«

»Sie arbeitet an dem Referat und Mama will ihr die Ausstellung in Ruhe zeigen.«

»Aha.«

Sven sah zur Maske, die an dem Garderobenschrank hing, und sagte: »Mit oder ohne?«

Jola band sich die Schuhe und sagte: »Bei Kulturveranstaltungen in dieser Größenordnung ist keine Maskenpflicht mehr.«

»Und das passt für Monika?«

»Sie sagt, sie hat zweimal Corona gehabt, jetzt ist es ihr wurscht – man muss auch mal wieder leben.«

»Na gut«, sagte Sven, und Jola dachte: Jetzt nehme ich ihm das auch noch.

Birgit stand vor dem Ankleidespiegel in ihrem Schlafzimmer und betrachtete sich selbst in der blauen Bluse, die sie in dem großen, teuren Modegeschäft in Gmunden probiert, dann günstig im Internet gekauft hatte, und die nun doch etwas anders zu sein schien als die im Geschäft.

Mit der Hose immerhin war sie zufrieden. Sie hatte lange Beine und einen drallen Popo, beides vom Vater geerbt, und diese *Assets* zeigte sie gerne her, auch weil sie von der Hüfte aufwärts mit keinem echten Hingucker mehr aufwarten konnte. Ihre Haare, ja, die waren fest und dicht und immer noch dunkel, aber sie hatten auch etwas borstenartiges, nutztierhaftes, nicht die Art feines, wallendes Haar, in das Männer gerne ihre Gesichter vergruben, eher die Art, aus der man Abschleppseile flechten wollte.

Sie trug sie praktisch halblang, eigentlich die klassische *blöde Länge* zwischen Kurzhaarfrisur und langen Haaren mit erotischem Mehrwert, aber eine, die ihr passte und die Friseurinnen ihr sowieso automatisch schnitten, weil … ach, sie wusste es nicht.

Also gut, die Hose saß, auch wenn der Satinstoff zu stark glänzte und man in gewissem Licht den Abdruck ihrer Unterhose sehen konnte. Ihre Tochter sagte, dann zieh halt nix drunter an, aber das kam nicht infrage, auch wenn Max gleich darauf angesprungen war.

Und die Bluse, die ging schon, auch wenn sie um die Schultern herum etwas spannte. Vielleicht würde sie doch eine leichte Weste drüber tragen – am Abend war es bestimmt wieder frisch, vor allem so nah bei der Traun.

Die Handtasche war von Anfang an fix, das war eine echte *Gucci* vom Strand in Italien, jedenfalls war sie nicht billig gewesen und der dunkelhäutige Verkäufer konnte auf den Fünfziger nicht rausgeben, also hatte sie gesagt: It's okay, und hatte sich trotzdem gefreut, weil die Tasche perfekt für Abendveranstaltungen war.

»Was ziehst du eigentlich an?«, sagte Birgit zu Max, der auf ihrem Bett lag und Nachrichten am Handy las.

»Weiß nicht, den Janker wahrscheinlich …«

»Zu einer Vernissage?«

»Zu einer Vernissage in Ischl, jetzt ist der Satz fertig.«

»Dir steht doch ein Sakko gut.«

»Du hast mich noch nie …«

»Oja, als wir mit Resi und Werner im Konzert in Linz waren.«

»Ach ja«, murmelte Max.

Vielleicht war das Sakko wirklich passender als der Janker. Es war ihm auch egal. Er war in keiner Weise mehr an Monikas Karriere beteiligt: Ihr Erfolg, wenn es denn einer werden würde, gehörte ihr ganz alleine. Er würde bloß irgendwo am Rand stehen und höflich applaudieren.

Max hatte Monika ja auch nicht zu der Reise nach Karlsbad begleitet. Er wäre gerne mitgekommen – das war noch kurz vor Corona gewesen – aber sie hatte ihn nicht gefragt und war stattdessen mit einer Freundin gereist. Jola hatte ihn damals angesehen, als lebte er in einer Fantasiewelt, und gesagt: Warum sollte sie dich mitnehmen? Nun, er kannte viele Gründe, aber keine, die Jolas skeptischem Blick standhielten. Die Fotos hatte ihm Monika später schon gezeigt, und er hatte gleich gesagt, das sind die besten deiner Karriere, denn das waren sie. Die letzten Nachkommen europäischer Adelsgeschlechter, die sich in den Zimmern alter tschechischer Kurhotels selbst inszenierten – ein Festessen für Monikas Leica.

Heute Abend würden auch alle anderen sehen, was Monika draufhatte, aber er ging aus einem anderen Grund hin: um seine Kinder zu sehen, um sich mit Birgit zu zeigen – das war er ihr schuldig – und für die Erdbeerroulade vom *Zauner*.

»Welche willst du?«, fragte Valentin und legte Leander drei Kopfbedeckungen zur Auswahl hin: eine britisch anmutende Flachmütze, eine amerikanische Baseball-Cap und eine Baskenmütze.

Leander betrachtete die Auswahl, dann sah er über die Kappen hinweg in den Spiegel seiner Garderobe: Sein Gesicht war schmal und dennoch aufgedunsen, die Haare zu achtzig Prozent ausgefallen, die Augen glasig. Die letzte Chemo war erst ein paar Tage her, mieses Timing mit der Vernissage, es ging ihm nicht gut.

»Ich glaube, ich bleib da«, sagte er und setzte sich auf einen Stuhl.

»Doch Zylinder?«

Leander verzog sein Gesicht zu einem kleinen Lächeln. Er war Valentin dankbar für die Witzchen, dafür, die Situation nicht zu ernst zu nehmen, und für überhaupt alles.

»Wenn, dann die«, sagte Leander und klopfte auf die britische Mütze, »aber …«, und er sah Valentin aus seinem Elend heraus verzagt an.

»Dann bleiben wir da, wir müssen ja nicht zur Vernissage«, sagte Valentin, »wir können irgendwann in den nächsten Wochen in die Ausstellung gehen.«

Er hängte seine Jacke an die Garderobe und sagte: »Schauen wir eine Serie!«

»Vielleicht esse ich noch eine Kleinigkeit und dann gehen wir«, sagte Leander.

Also setzten sie sich an die Küchentheke und Leander aß Mangos, die manchmal gegen die Übelkeit halfen.

»Hat sich Noah mal gemeldet?«, fragte Valentin.

Leander schüttelte den Kopf. »Ich denke, er hat Angst. Keine Ahnung, was ihm seine Mutter erzählt hat …«

»Möchtest du ihm vielleicht mal ein Video schicken, so ein Handyfilmchen, damit er sieht, du bist noch du, und er kann sich ohne Bedenken mal melden …?«

Leander stocherte in seinen Früchten, dann sah er Valentin an. »Das machen wir mal, wenn ich nicht aussehe wie irgendwas Ausgespiebenes …«

Valentin nickte und räumte die Reste der Mango weg.

»Lass uns fahren«, sagte Leander.

»Ja? Wir sind eine Dreiviertelstunde unterwegs.«

»Da penne ich.«

»Na gut.«

»Nehmen wir den Jaguar.«

»Ich dachte, wir fahren mit dem Kasperl?«

»Der Jaguar muss mal bewegt werden!«

»Okay, wieso nicht.«

Eine halbe Stunde später saßen sie im XJ, einem der seltenen

Coupés aus den späten Sixties, der Sechszylinder röhrte dezent beim Gasgeben, das Kassettendeck im Wagen spielte *Handbags and Gladrags* von Rod Stewart. Leander, der sich doch für die Baseballkappe entschieden hatte, schlief, sein Kopf war zur Seite gesunken und ruhte nun am Türrahmen. Sie fuhren am Ufer des Wolfgangsees entlang, es wurde dunkel, am anderen Ufer brannten schon die Lichter. Valentins Finger klopften auf das Lenkrad, er warf einen Blick auf seinen Bruder und dachte, er könnte ewig so weiterfahren.

Monika führte einen Videocall mit Aino in New York. In Ischl war es früher Abend, Aino hatte in New York gerade Mittagspause. »Denkst du, es kommen viele Leute?«, fragte Aino.

Sie saß in einem Park, im Hintergrund gingen Leute mit Hunden spazieren. Die Sonne schien, aber es war windig und manchmal krachte das Mikrofon.

»Ich weiß nicht«, sagte Monika, »ich glaube, die meisten trauen sich noch nicht richtig, die kommen später in die Ausstellung, wenn weniger los ist.«

Monika war schon angezogen, ein schwarzer Hosenanzug, weiße Bluse, eine türkise Kette – Plastikschmuck, aber ein hübscher Akzent.

»Fesch schaust du aus«, sagte Aino, und Monika dachte, wie bizarr das doch war: Da saß ihr kleines Mädel in New York, keine Ahnung, wie viele tausend Kilometer entfernt, und sagte ihr übers Telefon, dass sie gut aussah. Gerade dass sie ihr nicht durch den Bildschirm in die Haare fuhr und die Stirnlocken richtete. Na, das käme noch, wenn der Zeilinger brav weiterforschte.

»Wann kommst du denn mal wieder?«, fragte Monika.

Sie wusste, Aino hasste die Frage, aber man musste ja auch mal planen! Vielleicht entführte Felix Monika nach Lanzarote, und dann war sie genau dann nicht da, wenn Aino kam. War schon Verrückteres geschehen.

»Ich glaub, vor dem Sommer geht es sich nicht aus«, sagte Aino.

»Ach, echt?«

»Ja, nein, ich glaube nicht.«

»Und wie nimmt das dein Mann?«

Aino lächelte. »Wenn er es nimmer aushält, weiß er ja, wo ich bin.«

Na, das klang romantisch, dachte Monika, aber was wusste sie schon. Sie hatte als junge Frau gelitten wie ein Viech, als Max im Sommer im Zillertal gearbeitet hatte und sie mit Baby Leander alleine schlafen gehen musste. Aber da hatte es auch keine Video-Handys gegeben, da war Trennung noch ein Wort mit scharfen Kanten, nicht bloß irgendein halbwarmer Zustand.

»Viel Erfolg heute bei der Vernissage«, sagte Aino und Monika nickte.

Sie schickte Aino ein Küsschen, dann drückte sie auf den roten Knopf und beendete das Gespräch. Sie hatte das Gefühl, die Chancen auf die Traumhochzeit von Alexander und Aino, zu der Max sich schon einiges überlegt hatte, standen schon mal besser.

Felix kam zu ihr in die Küche. Er trug einen grauen Anzug mit einem perfekten Krawattenknoten und sah wunderbar aus. »Bist du bereit?«, fragte er.

»Ich denk dauernd, das Bild von der Großnasigen über dem Klavier hätte in den zweiten Raum gehört.«

»Da war es, und da war es nicht gut.«

»Da war aber das Drumherum auch anders.«

»Jetzt ist es aber dort, und so wissen wir wenigstens, warum die Ausstellung ein Flop wird.«

»Auch wieder richtig«, sagte Monika und griff nach Felix' Hand.

Wenn er nur älter wär, dachte sie wieder, wobei, genau genommen dachte sich das von selbst. Sie konnte gar nichts machen. Es war ja nicht nur der Altersunterschied, schwerer wog die Tatsache, dass er einfach so eine junge Seele hatte, während ihre ganz verfurcht und durch den Kakao des Lebens gezogen worden war. Natürlich, Gegensätze zogen sich an, aber ihr struppiger Zynismus, der mit seiner flockigen Wonnehaftigkeit Hand in Hand über die Traunpromenade spazierte, das war schon ein bisschen viel.

»Lass uns gehen«, sagte Felix.

Er reichte ihr die Hand, zog sie hoch, und während sie noch den Schmerz im unteren Rücken, der von all dem Bilderumhängen herkam, wegzuatmen versuchte, küsste er sie auf den Mund. Und sie dachte … gib mir eine Pause, und dann: Das Timing im Leben, das war die Kunst.

35

Jola und Sven kamen zu spät. Sie waren zum falschen *Zauner* gefahren, jenem an der Traun. Die Ausstellung fand aber in der Pfarrgasse im Zentrum statt, das hatte Monika nicht so ideal kommuniziert. Als sie das Café betraten, sahen sie schon das Ankündigungsplakat für die Vernissage und folgten den Pfeilen in den ersten Stock. Im Jugendstilsalon wurden gerade die einleitenden Worte von einem Gemeinderat gehalten, der die Ansprache nutzte, um gegen politische Gegner auszuteilen.

»Deswegen erinnern uns diese Fotografien auch daran, dass Macht vergänglich ist, die regierende Klasse abgewählt werden kann, und die Stimme des vernünftig denkenden Bürgers und der Bürgerin wieder Gewicht bekommt! Da wird mir mein Freund und Obmann, den ich heute übrigens das erste Mal bei einer Kulturveranstaltung antreffe, sicher recht geben!«

Der »Freund« lächelte schief und verdrehte die Augen, jemand flüsterte ihm etwas zu und in seinem Lager wurde demonstrativ gelacht. Monika stand neben dem Redner, von Anfang an deplatziert, da für sie selbst keine Wortmeldung vorgesehen war, und sah konsterniert in Richtung der Lachenden, und anschließend nicht minder verärgert zum Vortragenden. Als er endlich geendet hatte und das Mikrofon an Felix weitergab, der nicht nur für die Hängung der Fotografien, sondern auch die Rahmenmoderation verantwortlich war, setzte sich Monika auf einen Stuhl am Saalrand und ließ sich von einem Kellner ein Glas Sekt geben, das sie schnell zur Hälfte leerte.

Nach ein paar Zwischenworten, in denen Felix charmant darauf hinwies, dass in diesen Räumlichkeiten künstlerische Perspektiven und nicht politisches Kleingeld ausgetauscht wurden, übergab er an einen Kurator einer Prager Fotogalerie, der in etwas schwer verständlichem Englisch von der Fotografie als demokratischem Medium sprach, das die inhaltslos gewordenen Insignien der Aristokratie mit zersetzender Klarsicht durchleuchtete. Monika sah sich im Raum um, ob nur sie das schwer verständlich und etwas abgehoben fand. Ihr Blick traf sich mit dem ihrer Tochter, und Jola schob sich an ein paar Leuten vorbei und nahm neben ihrer Mutter Platz.

»Wo sind denn alle?«, flüsterte Monika.

»Papa und seine Holde stehen hinten, die sind auch zum falschen *Zauner* gefahren und waren spät. Valentin sucht noch Parkplatz.«

»Bisher ist es schrecklich«, sagte Monika durchaus nicht allzu leise.

»Hört eh keiner zu«, sagte Jola und ihr Blick ging zu den Leuten, die an der Fensterseite standen und sich bereits gedämpft unterhielten.

»Und, was sagst du?«, fragte Monika.

Jola hatte schon ein paar Fotos gesehen, die Monika während der Hängung von dem Raum gemacht hatte, und mit ihrer Meinung nicht hinterm Berg gehalten: dass es zu viel war, der Pomp der alten Hotelzimmer in Karlsbad mit den barocken Gesichtern der Adelsnachkommen vor dem Hintergrund des nicht gerade dezenten Jugendstilsaals. Aber jetzt sagte sie: »Wenn man es live sieht, addiert sich das schon sehr eindrücklich. Sven sagt, das muss auf Tour gehen.«

Monika war immer interessiert, was Sven dachte, vielleicht weil er so ein pragmatischer Friese war und so ein Gefühl dafür hatte, was den Leuten gefiel, so eine illusionsfreie Maklermenschenkenntnis. Ihm war zum Beispiel schon früh klar gewesen, dass die Leute bereit waren, noch viel, viel mehr für eine Kaffeemaschine zu zahlen, als der Markt anbot, und dann kamen die kleinen, exklusiven Siebträgermaschinen für den Hausgebrauch mit einer Null mehr hinten dran, und er sagte nur: War ja klar.

Als die künstlerische Einordnung des Kurators zu Ende war und Felix die Ausstellung und das Buffet eröffnet hatte, standen Max und Birgit bei Fuß und gratulierten Monika etwas steif. Monika fühlte mit der armen Frau mit und drückte Birgit zwei Bussis auf die Wangen (mit einem dritten wollte sie sie nicht verwirren).

»Schön, dass du da bist, Birgit, tolle Bluse hast du an!«

Birgit hatte ja sowieso nur Gutes über Monika zu sagen, aber jetzt fühlte sie sich richtig geschätzt und als Mensch wahrgenommen und dachte, wenn Max mal wieder auf seine Ex-Frau schimpft, dann fahre ich ihm ordentlich über den Mund.

Max sagte leise zu Jola, die Kuchenauswahl beim süßen Buffet sei komisch, und ihr war klar, dass er die Rouladen vermisste und bald alleine unten im Café sitzen und mit ernstem Blick die Kuchengabel in den cremigen Erdbeerkuchen stechen würde – wahrscheinlich mit dem Gedanken, dass ihn ja oben ohnehin keiner vermisste.

Valentin und Leander drängten sich zu ihnen durch und küssten ihre Mutter, die den Männern mit der Hand über die Wange fuhr und sich nach dem Fotografen umsah, der ein paar Ischler Bürokraten ablichtete, anstatt hier bei der Künstlerin zu stehen und sie mit ihren Söhnen zu fotografieren!

Die Familie zog zum Buffet weiter, während Monika weiter Hände schüttelte und in irgendwelche grotesken, von Masken befreiten Gesichter sah. Wie seltsam Münder doch waren, dachte Monika, solche beweglichen, mit gelben Kieseln besetzte Schlünde, gleichzeitig Lautsprecher und Mühlen; es war gar nicht so abwegig, sie hinter einem Stück Tuch zu verbergen. Als Alexander auf sie zutrat und begrüßte, freute sie sich fast, sein Gesicht zu sehen, das ihr schon recht vertraut geworden war. »Monika, das ist meine Mama«, sagte er.

»Grüß Gott«, sagte Monika und reichte Alexanders Mutter die Hand. Es war nicht die junge Stiefmutter mit dem von Dr. Worseg verbesserten Body, es war die echte Mutter mit der Galerie in der Wiener-Philharmoniker-Gasse in Salzburg. In etwa Monikas Alter, natürlich besser konserviert und teurer gekleidet.

»Das ist wahnsinnig gut«, sagte die Frau ganz einfach und ließ ihren Blick durch den Raum schweifen.

»Huch, wie nett«, sagte Monika und sah sich um, ob ihre Tochter oder ein Sohn in der Nähe waren, die das bezeugen könnten.

Später dachte Monika, wahrscheinlich hatte Alexanders Mutter angenommen, Monika hatte bloß einen Fotokurs absolviert und machte Bilder von Vogelhäuschen im Winter, die sie dann in der Kaffeekonditorei im Ort ausstellte – und war deswegen positiv überrascht gewesen.

»Ich bin zum ersten Mal im Salon. Ich habe von Künstlern gehört, hier kommt man gar nicht rein, aber Sie haben es doch geschafft!«

»Man muss schon wahnsinnig lästig sein«, sagte Monika zu Alexanders Mutter. »Ich hab jetzt gemerkt, das ist ein Talent von mir, und dann ist man es auch gern.«

Alexanders Mutter riss die Augen auf. »Ja, das stimmt, es bleibt einem ja fast nichts anderes übrig!«

Alexander ließ seine Mutter bei Monika stehen, er hatte schon erwartet, dass sie miteinander klarkämen, zwei kluge Frauen mit harten Ellbogen und geplatzten Ehen …

Er ging durch den Raum, sah Paare, die sich berührten, die Hand des anderen hielten, und er dachte, warum war er alleine hier, wieso gab ihm Aino kein Zeichen, ob sie bald nach Österreich käme, wieso ließ diese räumliche Distanz auch eine andere Distanz wachsen, was konnte man da tun … Er trat auf Max zu, der vor einer großen Fotografie stand und ein Lachsbrötchen aß.

»Wegen *Lacus Felix*, Max, da wollte ich dir noch …«

Birgit drehte sich zu Alexander um, er hatte sie gar nicht bemerkt, sogar von hinten für einen Herren gehalten, und Max gab ihm mit mürrischen Augen und Kopfschütteln zu verstehen, die Sache jetzt nicht anzusprechen, und Alexander sagte: »Ah, ihr zwei, wie geht es euch überhaupt, ist das dein Auto auf der Promenade, habt ihr euch auch zu viel angezogen?«

Jola stand bei Leander, der es sich auf einem Sessel am Rand des Saals bequem gemacht hatte, die Arme verschränkt, die Kappe tief in der Stirn, eine Maske im Gesicht, und das Treiben im Salon beobachtete.

»Jetzt wird Mama von Ischl vereinnahmt, das hat Gmunden davon …«

»Wieso?«, frage Jola.

»Na, weil sie ihr nie eine Ausstellung gemacht haben!«

»Hier hat sie es halt selbst in die Hand genommen, in Gmunden hat sie nur gewartet, dass sie gefragt wird.«

»Und wieso haben sie nicht?«

»Weil … ach! In der Kultur geht's halt nicht gerecht zu, du kriegst keine Würdigung nur aufgrund deines Talents. Es gibt Erfolg, der Erfolg anzieht. Du musst unübersehbar werden, dann bist du auch unübergehbar! Du musst andere ausschalten und dich damit erhöhen. Im Grunde ist es wie bei der Camorra: Wer mehr killt, ist der Boss.«

Leander lachte.

Monika sah ihren Sohn von der anderen Seite des Saals aus an, sein schmaler, geschundener Körper in Jeans und Sportjacke, dazu die alberne Kappe. Jetzt, wo der Druck der Vernissage von ihr abfiel, fragte sie sich, wozu sie das alles veranstaltet hatte, sie hätte sich mehr um Leander kümmern können, es verstand sowieso niemand die Bilder, keiner sah, was sie darin sah, die Absurdität von Familie, der Tanz um Ähnlichkeiten und Unterschiede.

Felix kam auf Monika zu. Sie wusste, er hätte sie gerne umarmt, geküsst, zum Tanzen aufgefordert, aber sie fand es besser, sich an diesem Ort nicht als Paar zu zeigen, die Leute sollten über ihre Arbeit mauscheln, nicht über ihr Privatleben.

Er sagte: »Neun rote Punkte picken schon!«

»Ach Gott«, stöhnte Monika, »wir sind zu billig.«

»Freu dich einfach!«

»So funktioniert das nicht mit der Freude …« Aber dann lächelte sie doch und drückte seinen Arm.

»Und jetzt, wo wir das so gut hinbekommen haben«, sagte Felix, »könnten wir uns doch mal etwas Schönes gönnen.«

»Ich sag's dir doch, mir reicht meine Melitta-Kaffeemaschine!«

»Ich habe mehr an eine Reise gedacht. Vielleicht nach Mauritius?«

»Was, nein, Marchtrenk genügt mir völlig …«

»Lass mich machen, ja?«

Sie lachte, griff nach einem der Prospekte am Klavier und ließ Felix stehen. Sie ging durch den Saal, sah Sven und Alexander, die sich miteinander unterhielten und Bier tranken, Jola und Leander in vertrauter Plauderei vertieft, Valentin, der sich Birgits angenommen hatte und mit ihr eine Fotografie studierte. Sie ging die Stufen ins Erdgeschoß hinunter und bog nach rechts zum Sitzbereich ab. Sie sah Alexanders Mutter, die sich dort mit einer Bekannten unterhielt, und überreichte ihr den Katalog ihrer letzten Ausstellung, den sie ihr versprochen hatte. Im Hinausgehen sah sie Max, der allein an einem Tisch saß und in sich versunken einen Kuchen aß. Sie setzte sich zu ihm. »Und? Wie gefällt es dir?«

Er kaute, er seufzte, dann wischte er sich den Mund mit der Serviette ab und legte die Gabel hin. Er nahm einen Schluck Wasser, stellte das Glas wieder auf den Tisch, sah kurz nachdenklich an die Decke. »Es ist … ein bisschen gefällig.«

»Ach ja?«

»Ja. Spreizt sich nix.«

»Spreizt sich nicht?«

»Nein. Du hattest doch diese Schnappschüsse, wo sich die Leute unbeobachtet gefühlt haben. Die nicht-inszenierten Aufnahmen. Wieso sehe ich die nirgendwo?«

»Warst du im zweiten Raum?«

»Ja.«

»Die Collage, rechts.«

»Aber die hätten groß gehört! Die hätte ich wandfüllend sehen wollen!«

»Brauchst nicht zu brüllen.«

»Ich sag bloß …«

»Schade, dass dich die Ausstellung so nicht abholt.«

»Man hätte nur die Schwerpunkte anders …«

»Passt schon«, sagte Monika und stand auf und wollte gehen.

Aber nach ein, zwei Schritten spürte sie so einen Groll in sich, dass sie sich noch mal umdrehte und sagte: »Nachher weißt du immer, was dir nicht gefällt, vorher stehst du nur am Rand und sagst: Die Fotografin ist meine Frau.«

»Das würde ich aus naheliegenden Gründen nicht mehr sagen.«

»Schon gut, iss deinen Kuchen!«

Sie verließ den Kaffeehausbereich, ging die Treppen nach oben in den Salon zurück und war so aufgebracht, so völlig überraschend voller Zorn, als hätte dieser kleine Funkenschlag eben etwas in ihr entflammt, das schon lange unbemerkt vor sich hingeglimmt hatte. Sie wollte zurückgehen, und wäre sie zurückgegangen, hätte sie gesagt: Du hast mich nie wirklich unterstützt, du hast immer nur das aus meiner Arbeit herausgenommen, was deinem Ego gutgetan hat. Und so war es auch mit den Kindern! Du hast die Betreuung bereitwillig auf dich genommen, weil du keine Arbeit länger als einen Monat machen konntest und weil du dich großartig und verantwortungsvoll gefühlt hast, und auch wenn du ein guter Vater, vielleicht ein toller Vater warst, warst du dennoch ein Egoist!

Sie trank einen Schluck Sekt von einem Glas, das irgendjemand beim Klavier stehen gelassen hatte, und sie kratzte sich am Handgelenk, wo es sie schon seit Tagen juckte, und jetzt konnte sie gar nicht aufhören, und als Felix zu ihr herkam, zeigte sie ihm ein Stopp mit ihrer Handfläche und ging stattdessen in kurzen, schnellen Schritten zu Leander und sagte: »Bitte geh nach Hause, bitte ruhe dich aus und werde gesund, ich weiß wirklich nicht, was du hier machst!«

Leander und Jola und Valentin sahen sie an, beunruhigt, verwirrt, und Monika schüttelte bloß den Kopf, weil niemand sie verstand, und dann griff sie nach ihrem Mantel und verließ den Salon, verließ den *Zauner* und ging ohne zurückzuschauen zur

Traun hinunter, wo die Luft feucht und kalt war und ihr kaum noch jemand begegnete.

TEIL 3
JULI

36

Der Schotter knirschte unter den Reifen von Sarahs kleinem Fiat, als sie den Wagen direkt neben dem Kasperl-Bus zum Stehen brachte. Sie öffnete die Tür, ging ums Auto herum und nahm die Tüte mit dem Thai-Essen vom Beifahrersitz.

Sie hatte an diesem Abend schon um halb sechs aus der Arbeit gehen können – selbst in der Koordinationsstelle des Kulturhauptstadt-Büros in Ischl machte sich Sommer-*Lazyness* bemerkbar – und sie war mit dem Auto nach Gmunden gedüst, um sich mal zu einer normalen Zeit blicken zu lassen.

»Man sieht sie ja nie«, hatte Monika zu Valentin gesagt, »ist sie vielleicht irgendwo verheiratet mit wem?«

Sarah hatte gelacht, als ihr das Valentin erzählte, auch wenn sie wusste, es war nicht zu lachen, sie hatte wirklich zu wenig Zeit für ihren Freund, die Arbeit fraß sie auf. Und immer dieses Beteuern, es sei nicht für ewig, sie konnte es selbst nicht mehr hören.

Sie blieb ein paar Meter vor dem Bungalow stehen und betrachtete den Leuchtschilder-Schriftzug, der am Vortag montiert worden war: LACUS FELIX.

Er wirkte überdimensioniert für das kleine Häuschen, aber an den großen Ambitionen seiner Eigentümer gemessen war er absolut stimmig.

Sie betrat den Bungalow, der immer noch nach frischer Farbe roch. Alexander stand hinter dem Tresen und telefonierte. Er winkte Sarah zur Begrüßung.

Sie warf einen schnellen Blick in den Raum, ob sich etwas getan hatte: Die Tische waren nun aufgestellt, sechs gingen sich aus, vorausgesetzt man hielt nichts von Social Distancing und Abstandhalten. Die neue Arbeitsplatte der Theke war angebracht – fünf oder sechs Leute hatten an der Schank Platz –, die Barstühle mussten noch von Plastikfolie befreit werden. Der Blick in die Küche verriet, dass die Lieferung der Geräte aus Italien gekommen war.

Sarah trat durch die neue Tür, die dort eingebaut worden war, wo sich früher die Garderobe befunden hatte, und stieg die drei Holztreppen zur Terrasse hinauf.

Valentin hockte dort in der Abendsonne auf dem Boden und versenkte einen Stahl-Anker im hellen Terrassenholz, sein Jugendfreund Julian ging ihm zur Hand. Sie hatten beschlossen, das Geländer selbst zu machen, die fertigen waren hässlich und teuer, sie hatten eine bessere Lösung gefunden.

»Hey«, sagte Valentin und küsste Sarah auf den Mund.

Sie stellte das Essen auf dem Arbeitstisch ab und sah sich die Fortschritte an.

»Fehlt gar nicht mehr viel, mh?«

Valentins Freund antwortete: »Das Stückl vom Geländer noch, die Stiege zum Weg runter, die Verschalung von der Zarge.«

Valentin nickte, Julian hatte den Überblick.

»Geht sich leicht aus«, sagte Valentin.

Nächste Woche war die Lokaleröffnung; in einer Gratiszeitung der Region war heute schon ein Artikel erschienen: ein grieseliges Schwarz-Weiß-Foto mit Alexander und Max vor dem Bungalow, beide ernst und beunruhigt aussehend, als hätten sie ein *Haunted House* geerbt. Im Text wurde herausgestrichen, dass Alexander Erfolg mit Restaurant-Projekten in Salzburg hatte und Max das Publikum am Traunsee jahrzehntelang als charmanter Chefkellner verwöhnt hatte.

War sein Vater in seinem Beruf wirklich charmant gewesen,

fragte sich Valentin. Er sah ihn vor sich in seiner Tracht, gebräunt, blitzende Augen: »Was darf ich euch bringen? Ihr habt's euch lang nimmer blicken lassen! Der Tisch passt euch eh? Sicher ist der Saibling aus dem See, also aus einem See!«

Später am Abend, wenn nur noch Getränke und vielleicht noch eine Nachspeise bestellt wurden, dann blieb er gerne für ein *Plauscherl* bei einer Gruppe (nie setzte er sich dazu, immer nur mit einer Pobacke am Tisch), und dann spielte er auch keine Rolle mehr, dann war er der nette Kerl, der er eben war, und er kannte alle, wusste auch von den Zweitwohnsitzeignern aus Wien oder Linz, wo ihr Haus war, wer die Nachbarn waren, ob sie ein Boot hatten oder einen Oldtimer.

Und dann fragten die Gäste – manche kannten ihn seit zwanzig Jahren –, wie es seinen Kindern ging, und er erzählte, wie Leander im Sport erfolgreich, aber beim Abwaschen tollpatschig war, oder dass Jola beim Zeichnen alles um sich herum vergaß und es dann nicht mehr rechtzeitig aufs Klo schaffte … So kleine Geschichten, ein bisschen peinlich, ein bisschen angeberisch – *humblebrags* nannte das Aino.

Oder Max deutete nur auf einen Tisch am Rand, an dem Valentin und Aino saßen und Hausaufgaben machten oder UNO spielten, und meinte, sie warteten, ob die Mousse au Chocolat wegginge, sonst hätten sie vielleicht Verwendung dafür … Bei den beiden sprangen einen die Talente nicht so an, also waren sie die Frechdachse und Naschkatzen, konnte ja nicht jeder ein Jugendstipendium kriegen.

Und jetzt würde Max wieder in einem Lokal stehen. Wieder lächeln und Gäste begrüßen und Schnäpse empfehlen und Taxis rufen und Zigaretten einzeln verkaufen und die ganzen derben Sprüche kontern. Dass er sich das noch mal antat …

Sarah nahm die Speisekarte zur Hand, die draußen auf dem

Tisch lag – sie war gerade erst aus dem Druck gekommen. Die Attraktion waren die Mini-Burger auf Italienische, Traunseer oder Wiener Art mit regionalen Beilagen, zum Mitnehmen in der nachhaltigen Palmblatt-Box oder Vor-Ort-Genießen, weiters gab es täglich frische Fischsuppe und ein paar kleine Speisen, die nach den Sagenfiguren des Sees benannt waren: Der *Riese Erla* war ein Baguette mit Roast Beef und Gurken-Relish, das *Blonderl* Eggs Benedict mit frischer Semmel und Marillenmarmelade, *Die schlafende Griechin* ein Schafkäse-Feigen-Dessert. Dazu gab es Kaffee aus Triest, eine feine Auswahl an Craft-Beer, Bio-Weinen aus der Steiermark und österreichischen Single Malts.

»Da schlenkern der Cindy aber die Ohren, wenn sie sieht, was ihr aus ihrer Würstelhütte gemacht habt …«, sagte Sarah.

Valentin lachte.

»Ich hab eh gesagt, bitte lassts wenigstens Frankfurter und Manner-Schnitten auf der Karte!«

Während Sarah das Essen vom Thailänder auspackte, räumten Valentin und Julian den Tisch leer. Alexander kam mit ein paar Tellern und einem Sixpack eines Spezialbiers aus dem Haus und Sarah teilte Reis und Curry aus.

Alexander sah die anderen nach den ersten hungrigen Bissen mit verschwörerischem Blick an: »Wenn man den Weg Richtung Kapelle runtergeht, kommt man zu einer Trauerweide mit so einem Gemeindetisch und einer Bank darunter, irrsinnig schöner Seeblick von dort. Man könnte vom Küchenfenster eine kleine Korbseilbahn herunterspannen, dann legen die Leute unten einen Zehner ins Körberl und kriegen dafür Bier und Suppe, oder was auch immer.« Alle nickten und brummten zustimmend.

Valentin dachte, wenn ein junger Snob aus Salzburg und ein Pensionist von unterm Berg eine kleine Bistrobude an der Bundesstraße kaufen und in ein Feinschmecker-Beisl verwandeln konnten, wo war dann Schluss mit verrückten Ideen? War dann nicht fast alles möglich?!

Und überhaupt: Wieso hatte vorher noch keiner die Eingebung gehabt, der Stadt Gmunden ein Lokal zu schenken, das *Lacus Felix* hieß? Manche Versäumnisse zwangen die Wagemutigen geradezu, tätig zu werden!

»Wo ist eigentlich Max?«, fragte Sarah.

»Er ist irgendwo unterwegs, um ein Gewürzregal abzuholen«, sagte Alexander, »oder war es ein Klorollenhalter ...?«

»Wenn es nach ihm ginge, hättest du gar nichts Neues bestellen dürfen«, sagte Valentin zu Alexander.

»Er möchte, dass alles die Geschichte der Stadt atmet«, sagte Alexander.

»Ich glaube, der Koch hätte gern was Neues«, sagte Valentin.

»Der will Induktion«, sagte Julian.

»Ich dachte, nix geht über Gas«, warf Sarah ein.

»Streitfrage«, sagte Alexander. »Wer die Töpfe von der Oma verwenden will, wer die Flamme sehen möchte, aus der Hand regulieren, der bleibt beim Gas, aber Induktion ist am Vormarsch. Am besten ist, beides zu haben.«

Alexander schaufelte sich wieder Curry in den Mund, und Valentin merkte, dass er seinen *Schwager* mit anderen Augen zu sehen begann. Er war gar nicht der Angeber, für den man ihn vorschnell hielt, er war eigentlich relativ pragmatisch und umgänglich. Er schien am glücklichsten zu sein, wenn er etwas planen und gestalten konnte und wenn er Leute mit seinen Ideen ansteckte, was ihm im Fall von *Lacus Felix* bei Max und nun auch bei Valentin gelungen war.

Nach dem Essen verabschiedete sich Valentins Freund und auch Alexander brach auf.

Valentin wollte noch das Geländer fertig machen und Sarah legte sich auf die Gartenliege, die Max vom Haus am See mitgebracht hatte.

Sie roch den Moder von dem Abstellraum unter der Terrasse, wo Max die Gartenmöbel aufbewahrte, spürte das Zwicken einer gerissenen Feder, schloss die Augen und all die Projekte, die sie betreute, die Künstler, Musiker, Galeristen, die ihr mit Wünschen in den Ohren lagen, schossen ihr durch den Kopf, und sie versuchte sie alle wegzuwischen und dachte an Valentin und sie auf dem Boot am See, wie sie unter Deck miteinander geschlafen hatten und ein Ausflugsschiff an ihnen vorbeigerauscht war und das Boot so stark zum Schaukeln gebracht hatte, dass sie sich den Kopf stieß, während sie sich liebten.

37

Leander stand im Ankunftsbereich des Salzburger Flughafens und hielt ein Schild hoch, auf dem »Biggest Trump-Fan« stand. Als die ersten Passagiere durch die Schiebetür traten, zielgerichtet zum Ausgang marschierten oder suchend in die Menge der Wartenden blickten, drängte er sich weiter nach vorne und hielt nach Aino Ausschau. Als sie als eine der Letzten durch die Tür kam, trafen sich ihre Blicke, sie las das Schild und lachte laut auf. Sie umarmten sich und sie sagte: »Pass auf, da waren ein, zwei im Flugzeug, die kommen gleich hergerannt, auf die passt das Schild.«

»Die nehmen wir aber nicht mit in die Stadt.«

»Die setzen wir an der Autobahn aus …« Sie sah Leander an und sagte gerührt: »Sie kommen zurück.«

Sie fuhr ihm durch die Haare, gerade erst einen Zentimeter lang, ein paar Schattierungen grauer als vor einem Jahr. Leander war braun gebrannt, trug Shorts und ein Jeanshemd.

»Du schaust so gut aus!«, rief Aino.

»Ich liege den ganzen Tag am See.«

»Gut so.«

»Ich hab Alexander nichts gesagt, ja?«

»Danke«, sagte Aino. Sie setzte sich in Bewegung, Richtung Airport-Café. »Trinken wir einen Wein, ja? Trinkst du?«

»Nur auf Flughäfen …«

Sie setzten sich an einen freien Tisch mit Blick aufs Rollfeld, Aino winkte dem Kellner. Als sie zwei weiße Spritzer vor sich stehen hatten und Aino Leander gefragt hatte, ob es ihm wirklich gut ginge, und er versichert hatte, dass die Untersuchungen Anlass zu Optimismus gaben, sagte sie: »Du musst mir helfen. Du musst mir bei der schwersten Sache überhaupt helfen, und ich kann nur mit *dir* darüber reden, weil alle anderen ihre Urteile fällen und mich in die eine oder andere Richtung drängen wollen, ich aber schon weiß, was ich will – bloß noch nicht, wie ich es … kommuniziere.«

Da wusste Leander, was Sache war, er wusste es, weil er die Unruhe in Ainos Augen von Jola kannte, wenn sie ihm von ihrer Affäre erzählte, und er wusste es, weil er es schon bei Alexanders erstem Besuch gespürt hatte, und er wusste es, weil er einfach kein Idiot war.

Aber er überließ es Aino, es zu sagen.

»Ich werde in den Staaten bleiben. Und ich werde versuchen, mit jemandem dort zu leben. Warte, das klingt komisch. Ich habe wen kennengelernt, gut?«

»Wen anderen?«

»Ja, jemand anderen.«

»Okay … Und du bist …«

Sie nickte und lächelte ihn an, und da war gar kein Zweifel, dass sie glücklich und verliebt war, also lächelte Leander zurück, auch wenn er im Hinterkopf den Sturm des Jahrhunderts auf die Familie zukommen sah, denn die Verflechtungen, die Alexander und

Max in gleich mehreren Bereichen miteinander eingegangen waren, und das betraf auch finanzielle Dinge, die waren fast schon unüberschaubar – etwas, das Leander seinem Vater gegenüber auch schon mit durchaus mahnendem Ton angesprochen hatte …

»Wer ist er?«, fragte Leander.

»Wir kennen uns noch nicht so lange, ein paar Monate erst. Es ist so irrsinnig schnell gewachsen, von Bekanntschaft zu Freundschaft zu überdrüber verliebt in ein, zwei Wochen. Und gleichzeitig hat es jetzt schon so einen Zug in Richtung Zukunft, in Richtung gemeinsame Träume und Pläne …«

Wow, dachte Leander, was für eine rasante Wende.

»Er heißt Gregg, mit zwei g hinten. Er ist Künstler, aber gleichzeitig sehr *grounded* und *down to earth*, er ist wirklich ein Freund der Erde, aber er hat auch eine große Fähigkeit zu träumen und ganz viel Leichtigkeit in seinem Wesen. Ich weiß, ich klinge wie eine spirituelle Kuh, aber er ist mir wirklich geschickt worden, in genau diesem Zeitfenster, wo das noch möglich war, es war wirklich das richtige Timing …«

Leander hätte gerne gesagt, nein, das richtige Timing wäre gewesen, wenn du ihn vor Alexander kennengelernt hättest, bevor ihr euch bei Hedy Lamarrs Dirndl getroffen und Woody Allen beim Klarinettespielen besucht und die Familie mit dem Wasserflugzeug beeindruckt habt – das wäre der richtige Zeitpunkt gewesen. Aber er brauchte es nicht auszusprechen, an der Reihenfolge von Ainos Liebesbekanntschaften konnte man jetzt nicht mehr drehen, höchstens an den Konsequenzen.

»Er möchte eine Farm in Delaware kaufen«, sagte Aino, »er hat ein bisschen Geld geerbt, er arbeitet hart, und ich kann mir absolut vorstellen, dass wir dort zusammen etwas aufbauen. Ich habe viele Kontakte, man könnte einen besonderen Ort schaffen, der auch für Gäste aus Europa spannend zu besuchen wäre.«

Leander dachte, ihm konnte sie das ja erzählen, er würde sie unterstützen, aber ihr Vater hatte sein Herz schon an einen Schwiegersohn verschenkt, der wollte Aino an den Altar führen, dann noch mal aus der Kirche laufen und auch Alexander an den Altar führen, und ihnen selbst die Ringe an die Finger stecken.

Und Alexander, der war womöglich auch nicht glücklich darüber, dass er so lange zappeln gelassen wurde und nicht wusste, wie sich Aino entschied, für Österreich oder die USA, und dass sie wochenlang mit einem anderen eine Beziehung aufbaute, ohne ihm etwas zu sagen.

»Ich habe mir das Leben mit Alexander vorstellen können«, sagte Aino, »so wie man einen Film vor sich sieht, aber ich hatte nicht das Gefühl, dass es wirklich *mein* Film war. Verstehst du, es war ein schöner Film und es war viel darin, was ich gerne sehe, aber das jetzt fühlt sich echter an.«

»Hast du Alexander schon einen Hinweis gegeben, dass euer gemeinsames Leben in Österreich nicht stattfindet?«

Aino senkte den Kopf und spielte mit der Serviette. »Wir hören uns viel weniger als früher, aber er glaubt wahrscheinlich, das ist nur, weil ich meine Rückkehr plane, meine Zelte abbreche. Und sonst, nein, ich hab's nicht geschafft, nicht über WhatsApp, nicht übers Handy.« Sie hob den Kopf und sah Leander sorgenvoll an: »Was glaubst du? Wie wird er es aufnehmen?«

»Er wird aus allen Wolken fallen. Max auch. Ich sage dir das nur, weil es so ist. Ich sage nicht, dass du falsch gehandelt hast. Es ist jetzt so … Du musst zu deinen Gefühlen und deiner Entscheidung stehen. Alexander wird es einsehen. Er wird erst irgendetwas Unberechenbares machen, er wird vielleicht eine Vase im Haus seiner Eltern umwerfen oder einen Sportwagen in den Traunsee fahren. Er wird leiden, er wird sich winden, aber es wird vorbeigehen. Und du wirst in Delaware glücklich werden. Oder nicht, das werden wir sehen. Aber du bist deinem Herzen gefolgt. Und das ist auch richtig so.«

»Ja?«

Aino sah ihn an, als wäre sie bei Weitem nicht so sicher, wie Leander es zu sein schien. Er dachte, vielleicht wollte sie im Innersten, dass er es ihr ausredete. Dass er ihr sagte, du bist Alexander im Wort, dein Hochzeitsdirndl ist bestellt und die Brautjungfern haben ihre Sprücherl schon gelernt – schlage dir Delaware aus dem Kopf! Aber dann hätte sie sich nicht ihm anvertrauen dürfen. Er war keiner, der jemandem einen Herzenswunsch ausredete oder riet, eine Entscheidung gegen die eigenen Gefühle zu treffen.

»Ich hätte es ihm früher sagen müssen«, sagte Aino.

»Schau, jetzt ist vielleicht nicht der beste Zeitpunkt, es ihm zu sagen, es ist auch nicht der zweitbeste … Aber es ist nicht die Nacht vor der Trauung, und vor allem: Es ist nicht drei Jahre *nach* der Hochzeit und du hast an jedem Tag bereut, was du aus Hosenscheißerei nicht getan hast.«

»Aber wie soll ich …?«

»Ruf ihn an. Sag ihm, du bist in Österreich. Sag ihm, du willst ihn sehen. Mach es gleich.«

»Ja?«

»Wenn du dir sicher bist, dann ja. Ruf ihn an.«

»Mir ist schlecht.«

38

Seit einem Monat wusste es Jola. Wie immer in Gmunden hatte sie es nicht über den offiziellen Weg erfahren, jedenfalls nicht zuerst.

Sie war mit Sven auf der Café-Terrasse in der Nähe des Rathausplatzes gesessen, sie hatten darauf gewartet, dass Irma vom Nachmittagsunterricht zu ihnen stieß. Sie teilten sich eine Tageszeitung und tranken ein kleines Bier. Es war eine neue Friedfertigkeit in ihre Beziehung eingezogen, eine Entspanntheit nachgelassener Erwartungen, und auf einmal konnten sie nebeneinander schweigen und lesen und ohne Druck, sich unterhalten zu müssen, spazieren gehen. Das war etwa hundertmal besser als die toxische Gereiztheit der Coronazeit. Und auch wenn nichts zwischen ihnen geklärt war, hatten sie beide beschlossen, diese Phase zwischen ihnen, von der sie am Anfang ihrer Beziehung nie geglaubt hätten, dass es sie je geben würde oder ihr Eintreten erwünscht wäre, zu genießen und wenn möglich zu verlängern. Sven hatte auch aufgehört, sich Jola bei jeder Gelegenheit erotisch anzubieten, es hatte ohnehin keine Wirkung gezeigt. Sie waren nun Alltagskameraden ohne sexuelle oder emotionale Erwartungen, vereint durch die Anteilnahme an Irmas Leben und ähnliche Vorstellungen eines gemütlichen Feierabends, das war genug für ein harmonisches Zusammenleben im Haus.

Jola sah eine Frau auf die Terrasse treten, die sie kannte, es war die Keramikbeauftragte der Stadt. Gmunden – Heimat der Gmundner Keramik, deren Teller und Tassen in fast jedem Geschirrschrank des Landes zu finden waren – räumte der Förderung von keramischer Kunst eine Priorität ein, und auch wenn sich Jola als Bildhauerin von Keramikkunst bis zu einem gewissen Grad abgrenzte, kannte sie die Frau von diversen Workshops und Gesprächen bei Veranstaltungen. Sie grüßte.

Überraschenderweise beließ es die Frau ihrerseits nicht bei einem kurzen Gruß, sondern sie ging in ihrem bunten Sommerkleid auf Jola zu, beugte sich leicht über den Tisch zu ihr und sagte: »Es war richtig knapp, ich hätte mich ehrlich gesagt für Ihre Einreichung entschieden.«

Jola hatte seit über einem Monat nichts von ihrer Kontaktperson in der Mahnmal-Gruppe gehört, sie wusste nicht, dass die Entscheidung schon gefällt worden war, aber jetzt schien das eingetroffen zu sein, was sie ohnehin erwartet hatte – ihr Vorschlag hatte sich nicht durchgesetzt. Sie verbrachte den restlichen Tag niedergeschlagen, gespickt mit kleinen Wutausbrüchen, die in Traurigkeit verpufften. Am frühen Abend aber erhielt sie den Anruf vom Pressesprecher des Kulturreferats, der ihr gratulierte: Jola hatte den Wettbewerb gewonnen!

»Gewonnen …?«, stotterte sie und berichtete von ihrer Begegnung im Café. Auf diese Weise mit den unbequemen Tatsachen konfrontiert, gestand der Kulturreferent, dass die eigentliche Gewinnerin vom Wettbewerb Abstand genommen hatte, weil sie wegen der antisemitischen Vorfälle im Zuge der Coronademos und der neuen Popularität antijüdischer Verschwörungsmythen in den sozialen Medien Angst vor Anfeindungen gegen ihre Familie hätte.

»Aha …«, sagte Jola in ihrer Küche und sah zu Sven, der nicht nur ein Mal gesagt hatte, die Ungeimpften seien die neuen Juden. Gut, er hatte es nicht wörtlich gesagt, aber er schwurbelte etwas in Richtung: *Es gab schon einmal eine Gruppe von Menschen, die ausgegrenzt und stigmatisiert wurden,* und dazu schaute er bedeutungsvoll und anklagend.

Jola hatte ihm damals klipp und klar gesagt, wenn sie ihn einmal mit einem Judenstern sähe, egal ob darauf eine durchgestrichene Spritze abgebildet war oder die Mickymaus, wenn er jemals einen gelben Stern an der Jacke tragen würde, selbst wenn der Anlass nur ein Laternenfest war, würde sie sich scheiden lassen, sofort, ohne eine Sekunde nachzudenken!

Seitdem wich er diesem Thema aus, er war wie Irma, er provozierte nur bis zur Konsequenzengrenze, nicht weiter.

Jola bedankte sich bei dem Sprecher der Jury und sagte, sie brauche einen Tag Bedenkzeit.

Dann rief sie die Bildhauerin an, die eigentlich gewonnen und verzichtet hatte, und bot ihr an, das Mahnmal mit ihr gemeinsam zu gestalten, sie natürlich auch finanziell entsprechend zu beteiligen. Jola würde aber in der Öffentlichkeit, wenn das der Wunsch der Künstlerin wäre, allein mit ihrem Namen auftreten.

Denn auch Jola fürchtete sich – allerdings nicht vor Anfeindungen (seit sie Chiara liebte, war sie unbesiegbar), sondern vor dem Umfang des Projekts: Jola hatte sich in der Planung ihrer Installation nicht von Bescheidenheit anleiten lassen, sie dachte groß, sparte im Konzept weder mit Material noch mit Gestaltungsaufwand, und ihr blieben bloß drei Monate, um alles umzusetzen!

Anna, die Künstlerin, und Jola kannten sich lange, hatten Seminare zusammen besucht, Brennöfen geteilt, sich bewundernd ausgetauscht – Jola wusste, worauf sie sich einließ. Am nächsten Tag sagte ihr Anna zu – immer vorausgesetzt, ihre Teilnahme bliebe anonym. Jola schrieb eine Mail an das Kulturreferat und nahm die Wahl der Jury dankend an. Als Nächstes kaufte sie eine Flasche Champagner und rief Chiara an. Sie hatten einen Treffpunkt, der nicht so weit weg war wie Steyr, dafür mit etwas weniger Komfort, eine Parkbank in einem kleinen Wäldchen in der Nähe einer BMX-Bahn, wo sonst nur Jugendliche waren, und zwar solche, die nicht auf die Schulen gingen, die ihre Töchter besuchten. Wie die Jugendlichen trafen sich Jola und Chiara dort zum Schmusen, Rauchen und Händchenhalten. Oder eben zum Champagnertrinken aus Pappbechern und Feiern des Gewinns eines Holocaust-Wettbewerbs.

39

»Ist Aino denn jetzt schon da?«, fragte Monika Valentin am Telefon, während sie die Traunseestraße Richtung Altmünster fuhr.

»Ich weiß es nicht«, sagte er, »Leander hat mit ihr gesprochen.«

»Wieso macht sie so ein Geheimnis daraus, wann sie ankommt?«

»Soweit ich es verstanden habe, macht sie kein Geheimnis daraus, es ist bloß so, dass Charles de Gaulle völlig überlastet ist, und sie nicht weiß, wann sie einen Weiterflug nach Salzburg kriegt.«

»Dann soll sie nach Wien fliegen und den Zug nehmen.«

»Es gibt anscheinend keine freien Plätze mehr, auch nach Wien oder München nicht.«

»Aber hat sie denn nicht vorher gebucht?«

»Schau, Mama, ruf sie selbst an, frag sie doch direkt.«

Jetzt wurde Valentin wieder ungeduldig, er hielt es nicht aus, wenn nach einer Frage eine weitere folgte, wenn man *Anschlussfragen* stellte, Männer waren so. Felix nicht, aber die anderen, die schon.

»Ich hab ja versucht, sie zu erreichen«, sagte Monika, »aber sie geht nicht dran.«

»Vielleicht ist sie noch im Flugmodus …«

»Nein, nein, es läutet ja! Es bimmelt. Sonst käme ich auf ihre Box!«

»Sie meldet sich bestimmt, wenn es bei ihr geht.«

»Du hilfst mir nicht weiter!«

»Ich … ich bin immer noch auf der Baustelle!«

Schon wieder eine Baustelle, dachte Monika. Endlich war die Renovierung vom Haus am See abgeschlossen, endlich war auch Valentin mit seinem Theater fertig geworden, und jetzt hatten sie die nächste Baustelle: das komische Lokal. Sie sehnte sich nach einer Zeit ohne Baustellen, jene im übertragenen Sinne miteingeschlossen. Man musste doch mal mit den Dingen fertig sein und einfach leben! Warum bekam man Bauchschmerzen, wenn das Zahnweh weg war. Warum ging der Herd kaputt, wenn der neue Kühlschrank kam. Wieso förderte die Beseitigung eines Problems noch mehr Probleme zutage?

So wie bei dem Haus von Ursula, Felix' Exfrau. Seit sie das Haus wegen den Sprüngen in der Fassade unterspritzt hatten, fiel alle fünf Minuten ein Bild von der Wand, die Fenster und Türen ließen sich nicht mehr schließen, und Felix fuhr nur noch mit dem Lastenrad zwischen seiner Wohnung und dem alten Haus hin und her, als hätte er nichts Wichtigeres zu tun. Dabei ging es Monika nicht mal in erster Linie um die Zeit, die er investierte, er litt unter dem Zustand, und das tat ihr weh. Er litt, wie das Haus verfiel, dessen umfangreichen Umbau er selbst geplant hatte, er litt darunter, dass die Situation seine Ex-Frau belastete, und er litt, weil er doch mit Monika zusammen sein wollte. Umso wichtiger, dass sie jetzt ihre kleine Oase hatten, ihr schwimmendes Glück …

»Was machst du denn noch dort?«, fragte Monika ihren Sohn, der schon seit Wochen seine anderen Verpflichtungen zugunsten der Baustelle vernachlässigte.

»Die Terrasse muss fertig werden«, sagte Valentin. »Wenn du es genau wissen willst, ich halte die letzte Schraube in der Hand.«

»Spuck drauf, das bringt Glück.«

»Ja?«

»Nein.«

»Ich versenke mal, gut?«

»Mach nur!« Monika legte auf.

Valentin könnte ruhig mal ein bisschen mit ihr blödeln, aber darauf ließ er sich nicht ein. Er war ja nicht völlig humorbefreit, aber wer im Kasperltheater Rassismus verhandeln wollte, nun, der hatte seine eigenen Vorstellungen von einer lustigen Zeit.

Mit Jola konnte man lachen. Vor allem in den letzten Monaten war sie gut drauf, als hätte sie eine neue Quelle der Zufriedenheit gefunden. Vielleicht hatte sie auch nur angefangen, schon am Vormittag zu trinken – Monika überlegte manchmal, ob ihre Tochter Alkoholikerin sei. Was sie ihr nicht übelnähme, das Leben als Künstlerin in einer Kleinstadt drängte einen ja dazu. Monika trank selbst gerne, aber weil sie schlecht hörte, musste sie klar denken – beschwipst und schwerhörig, das war keine charmante Kombination.

Monika fuhr den Wagen in die Einfahrt zum Parkplatz des Bootshauses. Felix' Auto stand schon dort, er war sicher schon drinnen und kühlte Getränke ein. Sie schloss das Verdeck ihres Autos, nahm die Badetasche vom Rücksitz und stieg aus dem Wagen. Als sie zwanzig Minuten später aus dem Bootshaus hinausfuhren, war es wie jedes Mal eine Befreiung, ein Fesselsprengen, eine Eroberung. Felix stand am Steuerrad, der Elektromotor säuselte, der Bug hob sich sanft, das Stoffdach blähte sich im Fahrtwind. Monika saß auf der gemütlichen Bank, sie trug Bikini und Strohhut, ihr Gesicht war zur Sonne gerichtet. Bikini, man stelle sich vor, dreißig Jahre hatte sie Badeanzug getragen, weil sie sich nicht mehr schön gefunden hatte. Jetzt dachte sie, sie war einfach als junge Frau zu attraktiv gewesen, nicht als ältere Frau zu hässlich.

Ihre Vintage-Sonnenbrillen verdeckten die obere Hälfte ihres Gesichts, darunter aber strahlte ihr Lächeln – das Glück auf diesem Boot war so real und zum Anfassen wie das Wasser, der Wind und das warme Holz unter ihren nackten Füßen. Sie hatten das Boot nicht durch ein Online-Inserat gefunden, sondern durch eine Anzeige am schwarzen Brett im Supermarkt in Altmünster. Ein Elektroboot, sechs Meter lang, mit einer Schlafkabine für zwei Personen, Porta-Potti-Klo, Frischwassercontainer, Außendusche und Campingverdeck. Nicht mehr ganz neu, mit charmanten Spuren vergangener Sommer am See. *Annabell* stand auf der Seite, das gefiel ihnen auch.

Das Boot war gar nicht so teuer, Monikas kleines Cabrio hatte als Jahreswagen mehr gekostet, und das Beste war: Den Liegeplatz im Bootshaus konnten sie mit übernehmen. Die Kosten dafür ließen sie allerdings schlucken, aber da war es schon zu spät, da war Annabell schon in ihre Herzen geschippert, mit ihrer Schlafhöhle, ihrem kleinen Kühlschrank, ihrem rot-weißen Stoffdach und ihrer kleinen Treppe, von der aus man jederzeit in den See und wieder hinaus konnte.

Als Familie hatten sie sich nie so ein Boot geleistet. Sie hatten das Tretboot, ein Schlauchboot natürlich, aber nie ein richtiges Schiffchen wie Annabell, mit dem man den ganzen See befahren konnte, auf dem man sich lange aufhalten, auf das man Freunde einladen konnte. Überlegt hatten sie immer, aber an ihrem Ufer des Sees gab es keine Möglichkeit, ein größeres Boot liegen zu lassen, und die Vorstellung, erst ins Auto steigen zu müssen, bevor man ins Boot konnte, behagte ihnen nicht. Und so gingen die Jahre dahin, ohne dass die Familie je ihr Boot bekam, ohne dass die Kinder mit ihren Freunden über den See flitzen konnten, ohne dass Max und Monika von Deck zu Deck mit Nachbarn plaudern konnten, im Bademantel, den man wieder ablegte, wenn man alleine war und sich nackt der Sonne zuwenden konnte. Aber Monika hatte schon vor einiger Zeit beschlossen, den Satz *Warum habe ich das nicht schon früher gemacht* aus ihren Gedanken zu verbannen, sie machte es jetzt, warum ein Vergnügen in die Vergangenheit schieben wollen?

Felix steuerte ihre Annabell in die Mitte des Sees, stellte den Motor aus und holte die Gläser aus dem Geschirrschränkchen. Ach, wie liebte er die kleinen Schrittchen auf dem Boot, dieses Ausbalancieren des Gekräusels der Wellen, das schienen ganz neue Antennen zu sein, die einem diese Tänzchen ermöglichten, ein ganz neues Körpergefühl kam da auf! Auf einem kleinen Schneidbrett, das er in seinem Schoß liegen hatte, zerteilte er eine Orange und mixte ihnen anschließend einen Aperol Sprizz. Die Eiswürfel hatte er von zu Hause mitgebracht …

Er drehte den Bluetooth-Speaker an und spielte die *Seelist*, eine Playlist von seinem Handy, eine mit viel Liebe und Feeling zusammengestellte Kompilation von Songs der sechziger und siebziger Jahre. Er setzte sich neben Monika und sie prosteten sich zu. »This old heart of mine« von den Isley Brothers schallte über den glatten See, Monika küsste Felix auf die Schulter, legte den Kopf zurück und schloss die Augen. Sie dachte, ihr Leben war eigentlich sehr schön. Und wenn jetzt Leander wirklich wieder gesund wäre, dann hörten auch diese Sorgen auf. Und vielleicht käme Aino nach Österreich zurück. Und nach dem Sommer wollte sie eine neue Arbeit beginnen, etwas mit Geschlecht und Identität, das war jetzt so ein Riesenthema. Vielleicht etwas mit den alten Skifotos und wie sich der Sport und das Frauenbild verändert hatten.

Und falls Felix sie dann irgendwann fragte, na ja, dann würde sie die Antwort schon wissen …

40

Max und Birgit waren im Altwarengeschäft in Gmunden, ein wunderbares Archiv von Übriggebliebenem, Abgegebenem und obsolet Gewordenem. Von Aerobic-Videokassetten bis zu alten Reiseführern, Klamotten mit wuchtigen Krägen bis zu Haushaltsoldtimern wie Föhns oder Plattenspielern aus Zeiten, als man Dinge in erster Linie in Orange herstellte. Max sah sich nach Fundstücken für das neue Lokal um, bestimmt stieß er auf etwas, das der Atmosphäre von *Lacus Felix* noch etwas hinzufügen konnte.

In einem kleinen muffigen Nebenraum entdeckte er ein schönes Emailschild: »Mittwochnachmittag geschlossen« stand darauf. »Das wäre aber etwas …«, murmelte er.

»Habt ihr denn am Mittwochnachmittag geschlossen?«, fragte Birgit.

»Das wäre jedenfalls zu überlegen«, sagte Max und betrachtete das Schild aus nächster Nähe.

»Vielleicht wäre es gut, die Gäste am Nachmittag mal vor geschlossenen Türen stehen zu lassen«, sagte er. »Wenn man immer willkommen ist, ist das auch nicht gerade interessant.«

Birgit sah ihn an, wie er das jetzt schon wieder meinte. Er war so ein Anspielungsweltmeister geworden, im Großen und Ganzen freundlich und umgänglich, aber dann kam wieder eine kleine Spitze, etwas, das ihr verriet, er war nicht zufrieden, er stellte sich sein Leben anders vor. *Immer willkommen ist auch nicht interessant,* das erinnerte sie sehr an ein Gespräch von neulich, als es darum ging, wie viel Zeit sie miteinander verbrachten und dass sie ihn eigentlich immer sehen wollte, beziehungsweise nur ganz selten einmal etwas anderes vorhatte.

Hast du dir deswegen das Lokal genommen, hatte sie ihn gefragt, damit du öfter in andere Gesichter schauen kannst, nicht dauernd bei dir oder mir zu Hause sein musst? Nein, hatte er geantwortet, ich hab mich einfach blöd verliebt und jetzt folge ich diesem Gefühl, wo es mich auch hinführt.

Das glaubte sie ihm sogar, sie wusste, dass er feuchte Augen bekam, wenn er am Abend die kleine Hütte mit dem rauchenden Kamin vor dem Nadelbaumwäldchen sah, Licht hinter den Fenstern und Autos auf dem Parkplatz. Aber sie konnte nicht anders, als zu denken, in mich hat er sich nicht so Hals über Kopf verliebt, unsere Beziehung betrachtet er viel rationaler, und das war doch eigenartig, dass man rational liebte und sich die ganze Leidenschaft für ein Würstellokal aufsparte.

Und warum, fragte sie sich, liebte er das Lokal für alles, was es einmal sein könnte, und war bereit, über all seine Mankos, seine Schlichtheit und seine kleine, staubige Existenz an der Bundesstraße hinwegzusehen, während er ihre Beziehung nie als Träumender betrachtete, sondern sie immer auf die kleinsten, banalsten Dinge runterbrach, dabei hätte sie sich genauso Arbeit und Ideen und liebevolles Investieren verdient wie die dumme Hütte. Ja, sie war eifersüchtig auf das Lokal und auch eifersüchtig auf Max' Freundschaft zu Alexander, denn die beiden hatten einfach diese starken gemeinsamen Interessen, die Menschen so zusammenschweißen konnten, dieses *Ich weiß, was du jetzt fühlst, weil ich fühle genau dasselbe* …

Und Birgit dachte sich, seltsam war das ja schon, Max behandelte ihn wie den eigenen Schwiegersohn, dabei lebte die Tochter in den USA und ließ sich nie blicken, wollte nicht einmal vom eigenen Verlobten besucht werden, wie sollte denn diese Beziehung gedeihen? Und im gleichen Moment sagte Birgit zu sich selbst, mach dir keine Gedanken, das ist Max' Angelegenheit und vielleicht spricht er schon in einem Monat wieder nicht mehr mit dir und geht nicht ans Telefon und schaut auf den Boden, wenn er dir in Gmunden begegnet, und dann hast du dir umsonst den Kopf zerbrochen. Und dann dachte sie, vielleicht wäre es ja besser: Er war vierzehn Jahre älter als sie, und wie würde es sein, wenn er achtzig, fünfundachtzig, neunzig war, und sie im Verhältnis jung, und er nicht mehr gut zu Fuß war und die Augen schwach, aber er immer noch, wenn sie ihn an der Tür empfing, rief: *Immer willkommen zu sein ist auch nicht interessant!*

Nun, jetzt hier im Altwarenladen sagte sie nichts, vielleicht hatte er ja wirklich nur von den Öffnungszeiten der Kneipe gesprochen, nicht von seinen Gefühlen für sie, genau wissen konnte sie es natürlich nicht.

Sie verließen den Laden und gingen zum Rathausplatz hinunter. Er hatte das Schild nicht gekauft. Wahrscheinlich wollte er die Sache erst mit Alexander besprechen.

Sie gingen zum Wasser, sahen den Touristen zu, die die Schwäne und Enten fütterten. Max sagte zu einem Vater, der mit seinen Kindern am Wasser stand: Kein Brot, bitte, kaufen Sie das Futter beim Kiosk! Und Birgit dachte, er hatte recht, Brot war nicht gut für die Tiere, man musste es den Leuten sagen. Sie nahm seine Hand und drückte sie, und er erwiderte das Drücken.

Sie setzten sich auf eine Bank und Max fragte sie, ob sie ein Eis wolle. Sie sagte Ja, und er ging los, um zwei Tüten für sie zu holen. Er fragte nicht, was sie wollte, er wusste es auch so, sie nahm immer Vanille und Pistazie.

Sie sah sich am Platz um und war froh, dass sich hier so wenig änderte. Als sie ein Mädchen gewesen war, hatte es hier schon so ausgeschaut, fast gar kein Unterschied. Erst vor ein paar Wochen hatte sie einen Film gesehen, den ihr Sohn aus alten Super-8-Filmen zusammengeschnitten hatte: Aufnahmen von Birgits Papa aus den siebziger Jahren, da war Birgit ein Teenager gewesen, Bilder vom Rathausplatz, so wie heute, nur andere Autos, näher am See geparkt, und die Leute irgendwie anders, so unschuldig, so unwissend, wie alles kommen würde. Heute hieß es nur: sich sorgen und sich ablenken, immer sorgen und ablenken, früher sah man erwartungsvoll in die Zukunft, ganz offen, und dann wurde es auch gut. Sie würde die Welt gerne wieder so sehen.

Max kam mit dem Eis zu ihr, setzte sich neben sie. Er sah ernst aus, ernster als vorher, als er losgegangen war, das Eis zu holen.

»Was ist denn?«

»Was meinst du?«

»Du siehst so aus, als hättest du dich über was geärgert.«

»Ich hab nur wen gesehen, den ich nicht brauch, vergiss es.«

Er schleckte von seiner Kugel Schlumpf-Eis.

»Was ich sagen wollte: Ich weiß, dass dir ganze Sache mit dem Lokal nicht geheuer ist, und ich kann dich auch verstehen. Ich sag seit fünfzehn Jahren, ich hab genug von der Gastro, und jetzt passiert mir so eine Jausenhütte und ich lass mich davon mitreißen. Aber ich muss einfach noch mal was probieren, verstehst du? So wie Valentin mit seinen Püppchen! Oder Jola mit ihrem Wettbewerb. In unserer Familie steckt einfach so ein Ehrgeiz, hin und wieder noch was zu riskieren.«

»Ich will dir das ja nicht wegnehmen«, sagte Birgit, die ja darauf hoffte, dass er zufriedener auch liebender wäre.

»Mein Vater«, sagte Max, »der hat immer gesagt, wenn du nichts machst, machst du wenigstens nichts falsch. Das war aber nicht eine allgemeine Lebensformel für ihn, das hat er speziell zu mir gesagt.«

»Das ist ungerecht«, sagte Birgit.

»Ja, schon. Aber das hat mich motiviert, alles zu machen, vor allem Fehler!«

»Ich glaub ja gar nicht, dass das Lokal ein Fehler ist.«

»Nicht?«

»Nein. Du?«

Max seufzte und sah auf den See hinaus. Er zuckte mit den Schultern und sagte: »Ich fürchte mich ein bisserl vor dem langen Hinterm-Tresen-Stehen. Und den Gästen mit ihren endlosen Geschichten ...«

»Du wirst wieder ganz in deinem Element sein, wirst schon sehen. Und ich werde dreimal anrufen müssen, damit du überhaupt irgendwann nach Haus kommst und zu mir ins warme Bett steigst!«

Er schenkte ihr ein kleines Lächeln und sagte: »Das klingt schön.« Und dann umarmte er sie und gab ihr ein Küsschen auf die Wange. »Ich glaube, es könnte schon ein Erfolg werden ...«, sagte er. »Und ich kann mich auf Alexander verlassen, das ist wichtig. Oft scheitert es an der Partnerschaft.«

»Ihr seid ja Familie«, sagte Birgit, »irgendwie ...«

»Ja«, sagte Max, »das sind wir.«

Ein Mann in einem Fahrradtrikot ging sein Mountainbike schiebend zwischen ihnen und dem See in Richtung Traunbrücke. Er warf Max einen kurzen, abschätzigen Blick zu und Max verzog seine Lippen zu einem eisigen Lächeln.

»Wer ist denn das?«, flüsterte Birgit.

»Niemand«, sagte Max.

»Ach komm, sag!«

»Das ist der Mann«, sagte er, »den Monika vor fünfzig Jahren für mich verlassen hat.«

41

Leander und Aino saßen im Jaguar. Leander hatte den Wagen vor dem Haus in Salzburg geparkt, in dem Alexander aufgewachsen war. Heute lebte der Vater mit seiner zweiten Frau dort, in einem Nebengebäude war das Büro der Stiftung untergebracht. Die Straße war ruhig und schattig, Oleander wuchs am Grundstücksrand, ein Rasensprenger schaltete sich ein.

»Warst du schon mal hier?«, fragte Leander, während er die Straßenszene der Villengegend auf sich wirken ließ. Er hasste diese Zurschaustellung von Reichtum, eine tief in ihn eingegrabene Aversion.

»Nein«, sagte Aino, »er wollte mich schon ein paar Mal hierher einladen, aber da hab ich abgeblockt. Wird auch seinen Grund gehabt haben …« Sie sah auf ihr Handy: »Er schreibt, er ist im Garten, ich soll läuten, wenn ich da bin.«

»Gut«, sagte Leander, »bist du so weit?«

Sie schüttelte den Kopf: »Nein.«

»Sag ihm einfach die Wahrheit, sag ihm alles!«

»Soll ich ihm von Gregg erzählen?«

»Außer das.«

»Okay.«

»Ready?«

»Warte, andere Idee: Ich könnte doch einen Mann hier in Österreich haben und einen anderen drüben …«

Leander machte den Versuch eines Lächelns, im Auto war es heiß, und die Situation setzte ihm schön langsam zu. »Bring's einfach hinter dich!«

»Und wie fange ich an?«

»Das fällt dir in dem Moment ein.«

»Und wenn nicht?«

»Schau, du bist ein mitfühlender, großherziger Mensch, und das bist du auch, wenn du ihm jetzt diese Nachricht überbringst, und das wird es ihm leichter machen, es zu verstehen und damit klarzukommen. Und das wird auch dafür sorgen, dass er dich nachher nicht hasst, sondern ihr vielleicht sogar Freunde bleiben könnt. Du wirst die richtigen Worte finden.«

»Meinst du?«

»Ganz sicher.«

Leander drückte ihre Hand, dann sah er durch das Fenster auf ihrer Seite in Richtung Anwesen. Das Dach des Hauses ragte über die Hecke hinaus, er zählte sechs Kamine. Aino seufzte, dann nickte sie Leander entschlossen zu, steckte ihr Handy in die Tasche und wollte die Autotür öffnen.

Leander griff nach ihrem Arm. »Warte mal, vielleicht doch nicht hier …«

»Was, wieso?«

»Das ist das Haus seiner Eltern, vielleicht besser an einem neutralen Ort.«

»Das ist auch schon egal.« Sie wollte aussteigen.

Leander sah über seine Schulter und sagte: »Dort hinten ist ein Park, triff ihn dort.«

»Nein«, sagte Aino, »ich bestelle ihn jetzt nicht in den Park, das ist albern.«

»Aber dort drinnen, im Garten? Dann kommt sein Vater dazu, die Stiefmama, die Dienstboten, die Alexander die Windeln gewechselt haben. Er wird dich vorstellen, und du: Übrigens, ich trenne mich gerade von Alexander, aber super, euch alle kennenzulernen!«

»Er hat gesagt, er ist allein.«

»Ich wette, die haben Dobermänner«, sagte Leander.

»Einen Pinscher.«

»Pinscher sind kleine Dobermänner«

»Ich will jetzt nicht mehr warten!«, rief Aino. »Mir sind der Protz und das Personal egal. Das ist nur was zwischen uns zweien.«

»Ja, klar. Du hast recht. Viel Glück.«

Aino nickte ihrem Bruder zu, kämpfte sich ein Lächeln ab, holte tief Luft und stieg aus.

Er rief ihr nach: »Ich warte hier!«

Sie nickte ihm zu und hob die Hand zu einem Winken. Dann ging sie los, drehte aber gleich wieder um und beugte sich noch mal zum Fenster hinunter: »Du bist so lieb, ich bin dir so dankbar.« Sie setzte sich wieder in Bewegung und Leander sah durch den Rückspiegel, wie seine Schwester die Straße hinunterging und links in Richtung Einfahrt abbog. Dann verschwand sie hinter den Büschen.

Eine Weile blieb Leander im Auto sitzen. Wie seltsam: Auf dem Weg zum Flughafen hatte er noch darüber nachgedacht, ob Aino und Alexander jetzt bald heiraten würden und er wieder Onkel werden würde und vielleicht sogar der Pate wäre. Das hätte ihm schon gefallen. Und jetzt ging seine Schwester in dieses Haus hinein – in das Haus einer Familie, die mit all ihren Verbindungen und Sponsorings dazu beigetragen hatte, dass sich im Sommer hier die Welt traf, sich das Geld heimisch fühlte –, nur um dem Junior beizubringen, dass aus dem gemeinsamen Leben nichts werden würde. Einfach weil sie es nicht fühlte.

Leander stieg aus dem Wagen. Er sperrte ab und dehnte sich. Er dachte, das wäre ein guter Moment für eine Zigarette. Auch wenn er seit vielen Jahren kein richtiger Raucher mehr war, hatte er sich immer wieder mal eine genehmigt, mit seiner Mutter oder mit einem Sportler hinter dem Rücken seines Trainers oder einer Kellnerin in einer Hotelbar. Nun, er würde nie wieder eine rauchen.

Er ging die Straße hinunter. Er sah über Hecken und Zäune und zwischen Torgittern hindurch. Leander war der einzige Mensch auf der Straße, hier ging man nicht spazieren, vielleicht traf man mal einen Hausangestellten, der mit einem Schäfer Gassi ging, oder eine Putzfrau auf dem Weg zum Auto, das war es auch schon. Er dachte an Melindas Eltern in der Schweiz, der Vater Diplomat aus Nigeria, die Mutter Nestlé-Managerin, die hatten auch so eine Villa, ganz in der Nähe vom Genfer See. Er hatte die Hose gestrichen voll, als er das erste Mal durch die Einfahrt fuhr. Und der Moment, als er sich dort wohlzufühlen begann – der kam nie.

Er drehte eine Runde, freute sich, auch ein paar Häuser zu sehen, die abgelebt aussahen, so wie ihr Haus am See, bevor Max und Alexander es hergerichtet hatten. Da schienen Leute zu leben, denen auch mal das Geld knapp wurde oder die sich nicht einigen konnten, wer das Haus übernehmen würde, nachdem die Mama gestorben war, oder die nach Italien gezogen waren und vergessen hatten, hin und wieder mal zu dem Häuschen in Salzburg zu schauen, zu lüften, den Rasen zu mähen, dem Nachbarn Bescheid zu geben, er könne ein Angebot für das Haus stellen, wenn er noch interessiert wäre … Chaoten wie sie.

Leander stand wieder vor dem Anwesen von Alexanders Familie. Wenn nicht der Rasensprenger liefe, sowieso idiotisch am hell-lichten Nachmittag, dann könnte er vielleicht etwas hören oder einen Blick auf sie erhaschen, nur so ein kleiner Stimmungsaus-schnitt, damit er eine Ahnung hatte, wie es lief … Er sah einen Stromkasten, vielleicht war es auch ein Verteilerschrank von der Firma, die die Glasfaserleitungen verlegte, jedenfalls stand das Ding am Gehsteig vor der Hecke von Alexanders Grundstück. Leander dachte, er könnte ja mal kurz hinaufsteigen und einen kleinen Blick hinüberwerfen, wahrscheinlich sah er ohnehin nichts, vielleicht aber doch … Und er war ja völlig alleine hier!

Er schwang seinen Hintern auf den Kasten, dann zog er die Füße nach oben und stand vorsichtig auf, mit den Händen bei einem Oleander Halt suchend. Er sah einen Rasen, perfektes Grün, Gartenmöbel an der Hauswand, weiter hinten eine Pergola mit Sonnensegel, einen Pool, ein Kinderspielgerüst mit Sandkiste. Nie-mand im Garten.

»Ball über den Zaun geschossen?«, hörte Leander eine Stimme hinter sich. Er drehte sich um, sah einen Mann in Bademantel und Poolschlapfen vor sich stehen.

»Ach, du Scheiße«, murmelte Leander und machte sich wieder an den Abstieg.

»Die Nachbarn rufen eigentlich sofort den Sicherheitsdienst, wenn man bei ihnen in die Hecke klettert. Hatten kürzlich Einbre-cher in der Straße, sind mit Goldbarren weg!«

»Hab ich gelesen, ja«, sagte Leander. Er stand vor dem Mann mit dem legeren Auftreten, dem gebräunte Gesicht, dem schiefen Schneidezahn, den er absichtlich nicht richten ließ, und er dachte, das war aber ein Zufall, dem wollte er eigentlich eine Mail schrei-ben, und jetzt stand er vor ihm und warnte ihn vor dem Sicher-heitsdienst …

»Ich weiß, das sieht komisch aus, aber ich bin kein Einbrecher«, sagte Leander und klopfte sich die Hose sauber. »Ich warte nur auf meine Schwester.«

»Auf dem Kasten da?«

»Ja, dafür gibt es einen Grund, allerdings keinen sehr guten …«
Der Mann sah Leander nun mit einer Spur von Belustigung an – er sah wirklich nicht aus wie ein Einbrecher, schon eher wie jemand, der auf seine Schwester wartete.

»Ich hab nur im Garten eine Runde gedreht, dann sehe ich Sie da die Hecke hochklettern …«

»Wenn ich so einen Schrank sehe, muss ich rauf, da bin ich wie der Messner …«

»Wie der Messner, ja …?«

»Gratulation zum Sieg auf der PGA-Tour«, sagte Leander, »ein Thriller!«

Der Mann war einen Moment lang überrascht, dann nickte er und sagte: »Hat zum Glück gereicht.«

Und dann begann Leander zu reden: »Ich weiß, die Begegnung ist ein bisschen ungewöhnlich, aber …« Er erzählte dem Golfer, er sei im Sportbusiness, hätte eine Agentur, wisse, dass der Mann in den USA Verträge habe, aber in Europa, im deutschsprachigen Raum, da fände er nahezu nicht statt, das könne man ändern. Und er redete und redete, bis der Mann sagte: »Meine Freundin wartet eigentlich drinnen auf mich. Haben Sie eine Karte oder so?« Und Leander ging zu seinem Wagen, holte eine Karte aus dem Handschuhfach, reichte sie dem Mann. »Sie haben echt Nerven«, sagte der Sportler im Bademantel, aber nicht unfreundlich, und schlurfte auf seinen Gummischlapfen in Richtung seines Gartens zurück.

In dem Moment kam Alexander die Straße hoch, er winkte und lächelte. Leander stand stocksteif da und fragte sich, warum das Geschehen nun so stark von ihrem Plan abwich.

»Leander«, rief Alexander, »wir haben dich vom Balkon gesehen, warum turnst du hier rum?«

»Ich … ich freu mich wohl einfach, wieder beweglich zu sein.«

»Hast du Joe in den Garten gewunken?«, fragte Alexander.

»Ja, habe ich.«

Leander war erleichtert, das klang nach einer wunderbaren Ausrede, wer würde nicht einem bekannten Golfspieler in den Garten spähen.

»Ihr habt geredet?«

»Kurz, ja.«

»Wir kennen die Familie seiner Freundin«, sagte Alexander, »mit dem Sohn gehe ich Tennisspielen.«

»Ach, echt?«, sagte Leander.

»Da musst du aber aufpassen«, sagte Alexander und zeigte auf den Stromkasten am Gehsteig, »die Nachbarn sehen das nicht gern, wenn man über die Hecken schaut!«

»Ja, ich will's mir abgewöhnen.«

»Komm rein zu uns, ich zeig dir das Haus.«

»Nein, ich muss noch ein paar Telefonate machen.«

»Komm, nur auf ein Glas Eistee, du kannst auch eine Runde schwimmen.«

»Ich will euch nicht stören!«

»Bitte, ich will dir auch erzählen, warum der Joe eigentlich ein neues Management braucht.«

»Ja? Aber nur ganz kurz.«

»Super«, sagte Alexander und ging an der Seite von Leander in Richtung Hauseinfahrt. Seine Schwester würde ihn hassen, dachte Leander.

»Aino hat irgendwelche Neuigkeiten für mich, aber sie hat noch nichts verraten. Keine Sorge, ich frage dich nicht, sie soll es mir selbst erzählen.«

Sie gingen durch das automatisch aufschwenkende Tor der Einfahrt, das Alexander mit der Fernbedienung aktiviert hatte, und betraten den parkartigen Bereich vor dem Haus; ein paar alte Eichen beschatteten den vorderen Teil des Gartens mit Blumenbeeten und einem Brunnen. »Als meine Mutter und meine Geschwister noch hier gelebt haben«, sagte Alexander, »da war das ein Familienhaus, verstehst du, mit Fahrrädern, Trampolin, Tischtennistisch, jetzt sieht es wieder aus wie im Katalog, alles so gepflegt, ein bisschen steril. Brombeeren wachsen hier jedenfalls keine mehr …« Alexander stand in seinen Shorts vor Leander, die Hände in den Taschen, den Blick auf den Garten gerichtet. »Aber das macht mir auch das Aufbrechen leichter, wer weiß, wo es uns hinzieht, ich muss nicht in dieser Stadt bleiben …«

»Mh, ja«, sagte Leander.

Sie betraten das Haus nicht durch den Eingang an der Vorderseite, sondern gingen Stiegen an der Seite des Hauses nach oben, die direkt auf eine Terrasse führten. Aino stand dort an der Brüstung und durchbohrte ihren ankommenden Bruder mit Blicken.

»Schau, da ist Aino«, sagte Alexander zu Leander, »ich hol dir was zu trinken, ja?« Dann verschwand er durch die Terrassentür ins Haus und Leander stellte sich neben seine Schwester.

»Wieso bist du …«, flüsterte Aino.

»Ich wusste nicht, dass ihr hier oben seid. Ich dachte, ihr wärt hinten im Garten oder drinnen irgendwo …«

»Man konnte dich sehen! Dein Kopf ist da aufgetaucht wie in einem Cartoon! Und wie du geschaut hast, links, rechts, wie Duffy Duck!«

»Es tut mir leid.«

»Gott, so werde ich das nie …«

»Ich bin gleich wieder weg, dann kannst du …«

»Es wird umso schwerer, je länger …«

170

»Vielleicht solltest du ja noch mal nachdenken, ich meine, er ist schon ein netter Kerl …«

Sie warf ihm einen fassungslosen Blick zu. Alexander trat nach draußen, stellte ein Tablett mit Getränken auf dem Tisch ab.

»Ich brauche inzwischen ewig, dass ich hier etwas finde, ich kenne das Haus gar nicht mehr.«

Leander und Aino setzten sich auf das weiße Lounge-Sofa und Alexander goss ihnen Eistee ein.

»Ich bin richtig aufgeregt, dass ihr beide hier seid, ich meine, ihr seid echt alle so toll in der Familie, ich gebe so viel mit euch an, mach ich wirklich, aber ihr zwei seid überhaupt was Besonderes, du sowieso, Aino, Schatz, aber du bist auch so ein Held von mir, Leander, das muss ich echt sagen.« Alexander strahlte vor Hingabe an die Familie, seine Augen schimmerten. Leander warf Aino einen bedeutungsvollen Blick zu, sie sah streng zurück.

»Gefällt euch der Garten?«, fragte Alexander. »Früher hatten wir mehr Bäume …«

Sie hörten eine Frauenstimme aus dem Inneren des Hauses: »Alexander, bist du da?« Dann die Stimme eines Mannes: »Ich glaube, er ist auf der Terrasse!«

»Hoppla, mein Vater und Larissa sind schon da«, sagte Alexander, »ich dachte, sie würden …«

Aino stand auf, ging den Männern zugewandt rückwärts in Richtung Stiegen und sagte leise: »Ich hab was vergessen, sorry.« Als sie den Treppenabsatz erreichte, drehte sie sich um und lief die Stiegen hinunter.

»Was ist denn jetzt?«, fragte Alexander, aber Leander stand auch auf und sagte: »Es tut mir leid«, und lief seiner Schwester nach. Beide rannten die Stiegen hinunter, Aino lief durch den Garten vor dem Haus, Leander ihr hinterher. »Warte!«, rief er, aber wusste selbst nicht, worauf oder wozu.

Als sie vor dem Tor standen, fanden sie es versperrt vor; Aino rüttelte, aber nichts tat sich. Sie suchte nach einem Türöffner, fand aber keinen. »Über den Zaun!«, rief Leander und merkte, das war, was er sein Leben lang am liebsten gemacht hatte, über Zäune und Hecken zu klettern. Dann sahen sie, dass Alexander von den Stiegen her ruhig auf sie zukam. Als er bei ihnen war, sagte er: »Ihr kommt so nicht raus.« Er drückte die Fernbedienung, und die Gartentür öffnete sich mit einem Klick. Aino ließ die Schultern sinken und sah Alexander erschöpft an. »Gehen wir rüber in den Park?«, fragte sie und sah in Richtung der anderen Straßenseite. »Wir müssen reden.«

Sie gingen hinaus auf die Straße und Leander sah den beiden nach, wie sie in den Schatten der Bäume eintauchten und verschwanden. Er ging zu seinem Auto zurück, setzte sich in den Wagen, dachte an ihre hysterische Flucht vor Alexanders Familie und sein Herz schlug vor Scham schneller.

42

»Das heißt, sie ist bei Leander?«, fragte Max am Handy, während er am Tresen von *Lacus Felix* saß und die Weinkarte betrachtete, die mit Rechtschreibfehlern aus dem Druck gekommen war. Chradonnay? Er hatte das nicht so beauftragt, sein Word-Dokument war rein gewesen.

»Er hat sie wohl beim Bahnhof in Salzburg abgesetzt«, antwortete Valentin am anderen Ende der Verbindung, »er weiß nicht, wo sie jetzt ist.«

»Weiß Alexander etwas? Ist sie bei ihm? Er geht auch nicht ans Telefon.«

»Ich glaube, da ist irgendetwas vorgefallen«, sagte Valentin.

»Was meinst du?«

»Etwas zwischen Aino und Alexander …«

»Aha, und was wäre das?«

»Keine Ahnung, ein Streit …«

»Ein Streit …«, wiederholte Max. Es überraschte ihn nicht, dass die zwei Dickschädel aneinandergerieten. Aino war wie ihre Mutter, kein Talent zu Kompromissen. Und wenn sie doch welche einging, dann notierte sie sich das innerlich und verlangte später einen Gegenkompromiss, der ihre Position stärker berücksichtigte. Also gab es gar keine Kompromisse, nur strategische Niederlagen, denen Gegenangriffe folgten.

»Glaubst du, wir kriegen es hin, dass wir uns heute Abend sehen?«, fragte Max. »Weil morgen habt ihr euren Campingtrip und am Sonntag seid ihr alle verkatert und unausstehlich.«

Jeden Sommer trafen sich die Geschwister an einem Samstag, um an ihrem Platz unterm Traunstein zu schwimmen und zu grillen. Der Platz war nur mit dem Boot zu erreichen, und sie nahmen Zelte, Feuerholz und Bier mit. Manchmal waren ihre Partner dabei, manchmal nicht, da gab es keine genaue Regel. Aber jedenfalls mussten alle vier anwesend sein, also ging es nur, wenn Aino aus den USA kam und keiner auf Urlaub war. Heuer musste es dieser Samstag sein und der Wetterbericht kam ihrem Plan entgegen.

»Ich würde heute Abend lieber noch am Lokal arbeiten«, sagte Valentin, »Julian hat dann keine Zeit mehr …«

»Ach, schon klar, dann treffen wir uns, wenn ich am Friedhof liege, dann ist vielleicht auch Monika besser auf mich zu sprechen …«

»Ja, okay, bis dann!«

»Legst du jetzt auf?«

»Da hättest du geschaut, oder?«

»Mich überrascht nichts mehr.«

»Sonntagabend wird es schon gehen, wir trinken ja alle moderat.«

Max lachte auf, sagte: »Genau!«

Als Max und Valentin das Gespräch beendet hatten, wandte sich Max an Manuel, den Koch, den sie engagiert hatten, und der sich seit dem Morgen mit der Küche vertraut machte. Er hatte eine Kochakademie besucht, die wieder auf irgendeine Weise mit Alexanders Stiftung verbunden war, und deren Absolventen sofort von der händeringend nach Leuten suchenden Salzburger Gastronomie aufgesogen wurden. Manuel stammte aus Ecuador, er hatte ein Stipendium, das ihm ein nach Hamburg ausgewanderter Landsmann gewährte, der mit Kreuzfahrtcatering zum Millionär geworden war. Dafür musste Manuel regelmäßig Videos abliefern, die ihn beim Kochen und in der Natur des Salzkammerguts zeigten.

»Meine Tochter ist wieder im Land«, sagte Max, »aber ich weiß nicht, wo genau.«

»Ah, ist sie Jola oder ist sie andere?« Seine Aussprache war charmant, aber die Grammatik irritierte Max.

»Die andere. Aino.«

»Ist sie mit Alexander?«

Max nickte. Dann erklärte er: »Sie sind seit letztem Jahr ein Paar. Er ist mit dem Wasserflugzeug zum Familientreffen gekommen.«

Manuel lächelte Max freundlich von unten herauf an, er war einen Kopf kleiner, seine Haare waren blondiert, die Wangen pockennarbig.

»Beide sind starke Personen, beide wollen ihren Kopf durchsetzen, verstehst du? Es ist nicht wie bei Paaren, die sich mit zwanzig kennenlernen, die sich in ein Lächeln verlieben und am nächsten Tag Kinder kriegen und dann erst gemeinsam erwachsen werden. Die beiden sind schon in der Mitte ihres Lebens und wollen sich etwas aufbauen, aber beide wollen es genauso haben, wie sie es möchten, zu ihren Bedingungen. Comp–?«

Max würgte das Wort ab, Valentin hatte ihm erklärt, *Comprendre* zu sagen, wirke herablassend und kolonialistisch, er solle lieber versuchen, Manuel bei seinem Deutsch zu helfen, damit sei ihm mehr gedient als mit gönnerhaft hingeworfenen spanischen Wortbrocken. Manuel sagte etwas, das für Max so ähnlich klang wie: *Ich gusto auf Kinder, aber erstens: Frau!*

»Das Problem ist, Manuel, dass die jungen Frauen heute nicht so schnell Kinder haben wollen, das trifft auf junge Männer übrigens auch zu, es kommt zwar vor, es gibt sogar Sendungen im Fernsehen darüber, aber dann war es meistens ein Unfall, Accident, comp–?«

Es war nicht leicht, sich mit Manuel zu unterhalten. Gleichzeitig sah Max die Gelegenheit, seine Lebenserfahrung an jemanden weiterzugeben, der aufgrund seiner Herkunft aus einem anderen Kulturkreis in diesem Land benachteiligt war. Es war ja auch nicht so, dass sonst große Nachfrage nach dem Wissen herrschte, das Max in seinen sechsundsiebzig Lebensjahren angehäuft hatte, eher erschien es ihm manchmal, er wäre wie eines dieser Bücher in den öffentlichen Bücherschränken, ein eigentlich interessanter Wälzer, der aber seit Monaten dort stand und unangerührt blieb, weil der Umschlag so altmodisch und abgegriffen aussah und die Leute lieber nach etwas Modernem griffen, selbst wenn es trivial war. Wie lange war *Anna Karenina* im Bücherschrank in Gmunden gestanden und keinen hatte es interessiert. Die Lebensweisheit, die in diesem Buch steckte, keiner wollte sie sich aneignen.

»Wir, meine Frau Monika und ich, hatten unser erstes Kind, da war ich dreiundzwanzig und Monika neunzehn, aber das waren andere Zeiten. Dann sind noch ein paar gekommen, aber wir haben immer ein bisschen Abstand gehalten. Wenn ein Kind alleine auf den Apfelbaum beim Haus klettern konnte, dann haben wir gesagt, gut, jetzt kann das nächste kommen.«

Ein breites Lächeln in Manuels Gesicht, aber Verwirrung um die Augen.

Gott, was erzählte er Manuel da, der Junge hatte es schon schwer genug, sich in dem Land zurechtzufinden. Max zeigte auf die Pfanne. »Mach bitte noch mal den Burger *Wiener Art*, aber nicht klopfen das Kalb, nur drücken, nur so drücken …!«

Während Manuel in der Küche hantierte, leise und gewissenhaft, mit einer Aura der Fröhlichkeit und einer fast kindlichen Freude am Kochen, ging Max im Lokal auf und ab, betrachtete die Oberflächen der Tische und der Bar, inspizierte kleine Details, genoss die Reflexe der Sonnenstrahlen auf poliertem Metall und eingelassenem Holz. Es war alles so schön geworden! Das Lokal war eine ausgestreckte Hand an der Bundesstraße, ein freundliches *Komm rein* auf dem Weg vom Alltag in den Abend.

Die Mischung aus unprätentiös und genussvoll – die machte für Max den Reiz aus. Mal schnell aus dem Wagen hüpfen, rauf auf den Barstuhl und eine kleine Köstlichkeit im Glas oder auf dem Teller serviert bekommen, ohne Tischbestellung eine Woche vorher, ohne Kleiderordnung. Der Gast neben dir Installateur oder Architekt, die Plauderei mal hochgeistig, mal rustikal.

Als Manuel die Speisekarte von Anfang bis Ende durchgekocht hatte, Max alles probiert und letzte Anregungen gegeben hatte, teilten sie das übrig gebliebene Essen untereinander auf, machten sauber und schlossen ab. Eigentlich hätte ja Alexander heute dabei sein sollen, er wollte alles probieren, bevor es an die Gäste ging, aber er war nicht erschienen und ging nicht an sein Telefon. Vielleicht lag es an dem Streit, dachte Max, vielleicht hatte er auch nur mit einem seiner anderen Projekte Ärger.

Max und Manuel standen auf dem Parkplatz vor dem Lokal, Manuel verstaute seine Tasche mit dem Essen auf der Fußablage seines Mopeds. Sie gaben sich die Hand, Manuel sagte *Bis bald auf Wiederschauen*, Max sagte *Buenas noches* und hoffte, es klang nicht so, als wolle er in Ecuador einmarschieren.

Als Max mit seinem Auto bei seinem Haus stehen blieb, sah er, dass das Tor in den Garten ein kleines Stück geöffnet war. Er verließ den Wagen, nahm die Tüte mit dem Essen von Manuel und betrat sein Grundstück. Er sah, dass jemand im Schatten des Ahorns saß. Er ging ein paar Schritte näher, dann erkannte er Aino und sagte ihren Namen. Sie stand auf, ging auf ihren Vater zu und umarmte ihn. Er spürte, dass sie weinte, und die vergangenen Jahrzehnte schrumpften wieder zu einem einzigen Moment zusammen, der Moment mit der Tochter an seiner Brust, mal war sie fünf, mal fünfzehn, mal fünfundzwanzig, aber immer waren da ihre Tränen und ihr Unglück und sein Wunsch, sie zu trösten und zu beschützen.

»Du bist zu *mir* gekommen«, sagte er, während er über ihre Haare strich. Eigentlich hatte er das gar nicht laut aussprechen wollen. Aber er freute sich nun mal, sie war nicht zu ihrer Mutter gefahren, nicht zu einer Freundin, nicht in eine Bar, wie er es gemacht hätte, nicht zu ihrer Schwester oder einem ihrer Brüder. Zu ihm. »Komm«, sagte er, »setzen wir uns und du erzählst mir die ganze Geschichte!«

»Ja, gut«, sagte sie und wischte sich die Tränen von der Wange.

Eine halbe Stunde später saßen sie auf der Terrasse, Aino eine fast leere Tasse Kaffee vor sich, Max ein nicht angerührtes Glas Wein. Sie hatte ihm alles erzählt, von diesem Tag und von den Wochen davor, allerdings in einem Tempo und mit solchen Gedankensprüngen, dass Max ein wenig ratlos zurückblieb.

Sie kam zum Ende: »Dann hab ich Leander gesagt, er soll mich zum Bahnhof fahren. Ich hab einfach nicht gewusst, wo ich als Nächstes hin sollte.«

»Aber du hättest …«

»Und dann hab ich mich in den Railjet gesetzt und dachte, ich fahre jetzt nach Hallstatt oder Ischl oder an den Attersee und nehme mir ein Hotelzimmer, damit ich niemandem Umstände mache, damit ich keinem was erklären muss.«

»Im Sommer kriegst du doch nix, alles ausreserviert …«, warf Max ein, obwohl es darum ja wirklich nicht ging.

»Aber dann bin ich in Gmunden ausgestiegen, weil ich so eine treue Nudel bin, was soll ich auch in Ischl?«

Ischl, das sah er genauso, aber *treue Nudel*, na ja, das klang vor fünf Minuten noch anders, als sie gesagt hatte, ihr sei jemand in Amerika begegnet und Herzschmerz und so weiter. Max merkte, dass er dem Verlauf des Gesprächs hinterherhinkte, dass er den Teil mit der Trennung von Alexander, durch den sie etwas gehetzt durchgestolpert war, noch nicht ganz verstanden hatte.

»Aber sag, wie war das noch mal mit eurem Gespräch in dem Park oder was immer das für eine Freizeitfläche war, was ist da rausgekommen?«

Aino richtete sich in ihrem Sessel auf, sie atmete durch und sah um sich. »Hast du zufällig noch einen Aschenbecher hier? Und Zigaretten?«

»Ich schau nach, Moment«, sagte Max und er ging ins Haus. In einer Kommode war immer ein Päckchen. Er war ja der Einzige in der Familie, der nie rauchte, damit hatte er vor zwanzig Jahren aufgehört, aber die anderen, die genehmigten sich alle manchmal eine. Schreckliche Angewohnheit, aber doch etwas, das zur Gemütlichkeit beitrug, insofern nicht völlig abzulehnen.

Er brachte Aino Zigaretten und einen Aschenbecher und sie zündete sich eine an. Und dann, als er sah, wie angespannt sie war, hatte er so eine kleine Eingebung: Sie war zu ihm gekommen an diesem Nachmittag, weil er sie dann nicht schimpfen konnte, weil sie, wenn sie sich ihm öffnete, automatisch unter seinem Schutz stand. Das kränkte ihn aber nicht. Vielleicht weil es ihm zeigte, dass alles noch so war wie früher, auch wenn Aino die Zigaretten inzwischen offen von Max verlangte, anstatt heimlich im Wald hinter dem Haus zu rauchen, womit sie sicher auch etwas zum Ausdruck bringen wollte.

»Nun«, begann sie, »was dabei herausgekommen ist, ist, dass er enttäuscht ist. Er ist sehr enttäuscht.« Sie zog den Rauch der Zigarette ein und sah auf den See hinaus.

Max betrachtete seine Tochter und dachte, Alexander liebte sie wahrscheinlich so sehr wie er. Wie schrecklich für den armen Kerl.

Aino wandte sich wieder Max zu und sagte: »Er denkt, die lange Trennung in diesem Jahr hat mich ins Grübeln gebracht. Er meint, dass ich früher mit ihm über meine Zweifel hätte reden sollen. Und er glaubt, es geht nicht um Amerika gegen Österreich, es geht um Vertrauen und um Bindung und darum, zuzulassen, dass etwas wachsen und bedeutsamer werden kann. Er sagt, er ist jetzt schon nicht mehr der Gleiche, der er war, bevor er mich getroffen hat.«

Max atmete tief ein, verschränkte die Arme, sah in die Wolken über dem Traunsee. Dann griff er nach seinem Glas, nahm einen Schluck und sagte: »Hat er was gesagt wegen den Kosten von der Hausrenovierung?«

»Wie bitte?«

»Na ja, entschuldige, dass ich das jetzt anspreche, aber die Renovierung lief von finanzieller Seite her in einem irgendwie undefinierten Raum, sprich: Seine Leute haben hier gearbeitet, ich wusste nie, wer ist eigentlich der Auftraggeber, Rechnung habe ich auch nie eine gesehen, wir haben auch nie über die Finanzierung gesprochen, weil leisten hätte ich mir das alles sowieso nie können.«

Aino sah ihn fassungslos an, aber Max dachte, dieser Gedanke musste ihr in den vergangenen Wochen doch auch irgendwann mal gekommen sein! Sie wusste ja, dass Alexander sich hier mit seinem Trupp und seinem Know-how und irgendwie auch seinem Vermögen eingebracht hatte. Sie wusste auch, dass sie zusammen ein

Lokal eröffneten und es galt, eine gute Beziehung zu Alexander zu haben! Ob das nach den jüngsten Entwicklungen noch gewährleistet war, tja, das musste man abwarten.

»Denkst du wirklich, dass die Renovierung von dem Haus Teil unseres Trennungsgesprächs war?«, fragte Aino und sah Max mit einem Blick an, der ihn an all jene Momente im Leben mit seinen heranwachsenden Kindern erinnerte, in denen sie ihm zu spüren gaben, dass sie ihn zwar nicht hassten, so wie alle ihre Freunde ihre Eltern gelegentlich hassten, aber immerhin für einen kompletten Vollidioten hielten, egal wie gut das Frühstück war, das er ihnen jeden Tag hinzauberte.

»Vergiss es, ist mir nur gerade so durch den Kopf geschossen.«

»Also, nein, er hat das mit keiner Silbe erwähnt, aber ich finde, ihr hättet das schon vorher klären und nicht so eine quasi-familiäre Handschlag-Abmachung treffen sollen, die eigentlich alles offenlässt.«

Max dachte, das war jetzt die professionelle Aino, die in ihrem Büro am Broadway saß und Sponsoring-Anfragen ablehnte oder den Hörer aufs Telefon knallte, wenn jemand das Tourismusbüro von Australien sprechen wollte.

»Mach dir keine Gedanken«, sagte er, »wir haben eine gute Gesprächsbasis, wir sind meistens d'accord.«

Aino nickte, nicht aus Zustimmung, bloß um das abzuschließen. Sie fragte Max, ob sie jetzt auch einen Wein haben könnte, und er sprang auf und holte ein Glas für seine Tochter.

»Eines ist mir aber nicht klar«, sagte Max, nachdem er ihr eingegossen hatte, »warum magst du ihn denn jetzt eigentlich nicht mehr?«

»Ich mag ihn, natürlich mag ich ihn, aber ich fühle mich einfach in eine Rolle gedrängt, die mir auferlegt wurde, die ich mir vielleicht auch selbst auferlegt habe, und die ich nicht mehr spielen will.«

»Aber vielleicht kann man diese Rolle, die du meinst spielen zu müssen, einfach umschreiben, sodass sie zu dir passt und du deine ganze Persönlichkeit darin entfalten kannst!« Das war ein schöner Satz, fand Max, und tatsächlich war es auch das Erste, was er in den letzten zwanzig Minuten gesagt hatte, bei dem Aino nicht gleich das Gesicht verzog.

»Darüber habe ich natürlich nachgedacht, aber Alexander ist – trotz der unkonventionellen Ansichten, die er in manchen Bereichen hat – ein total konservativ geprägter Mann mit einer fest zementierten Vorstellung von Familie, Erziehung und Gesellschaft, wie sie sein sollte.«

»Das hat dich am Anfang aber nicht abgeschreckt.«

»Nein, das hat mich sogar angezogen, aber das ist eben mein persönliches Dilemma.«

So, dachte Max, jetzt hatte er also ein richtiges Gespräch mit Aino, auf Augenhöhe unter Erwachsenen, und er bekam eine Riesenangst, dass ihm jetzt wieder nur ein Blödsinn einfiele. Also schwieg er. Seine Zurückhaltung wurde schließlich belohnt.

»Kann ich bei dir bleiben in den nächsten Tagen?«, fragte Aino ihren Vater.

»Ja, sicher«, sagte er und ein Gedankenprozess setzte sich in Gang: Er würde einkaufen müssen. Er würde den Kühlschrank auffüllen und Ainos Fahrrad herrichten, sie bräuchte es sicher. Oder sie nähme den Wagen, er könnte sich ja den von Birgit ausleihen … Er würde das Gästebad putzen und ihr den zweiten Hausschlüssel geben. Er würde am Abend für sie kochen, er musste Fisch besorgen. Er würde seine Vorräte an Aperol und Averna aufstocken und die Zigaretten gingen auch schon zu Ende.

»Danke«, sagte Aino, »und jetzt lege ich mich auf eine Liege und mache kurz die Augen zu, ja?«

»Sicher«, sagte Max. »Der Schlafraum ist übrigens auch neu gemacht, Möbel und Decken vom *Dänischen Bettenlager*!«

»Die heißen nicht mehr so, oder?«, sagte sie.

»In meiner Generation schon, da werden sie noch lange so heißen!«

Max zwinkerte ihr zu und dachte, jetzt bleibt sie bei mir, jetzt kann ich Zeit mit ihr verbringen und vielleicht überlegt sie es sich ja noch anders mit Alexander. Es wäre doch so viel einfacher, wenn sie nicht in Delaware, sondern in Gmunden wäre …

43

Das Fenster im Hotelzimmer von Jola und Chiara war geöffnet, die Geräusche des Gartens, die ihnen so vertraut waren, drangen in ihren Raum: die Hummeln in der Kastanie, das Gemurmel der Gäste beim Weintrinken unter dem Vordach, das Rascheln des Hotelhundes in den Büschen, das Schlagen der Tür zum Wirtschaftsraum.

Es war früher Abend, sie hatten sich geliebt, jetzt lagen sie nebeneinander.

Jola kämpfte mit dem Einschlafen. Ihre Tage waren erfüllt mit Arbeit, mit Modellieren, Brennen, Material schleppen. Daneben musste sie Irmas Ferienalltag managen, sie hatte auf kein Sommercamp gewollt, sie übernachtete auch nicht gerne bei Freundinnen, am liebsten war sie daheim und sah fern oder spielte mit dem Handy oder löcherte ihre Eltern mit Fragen. Die Phase ihrer kreativen Betätigung schien schon wieder vorüber zu sein, sie schrieb nicht mehr, sie hatte auch aufgehört, diese kleinen Skizzen in Tonplatten zu ritzen, was ihr eine Zeit lang große Freude gemacht hatte, und das Klavier rührte sie auch nicht mehr an. Dafür interessierte sie sich eher so nebenbei für koreanische Pop-Bands, für Fanfiction und die Geschichte des Universums. Dass wir alle sterben werden, dass wir vorher Sex haben und uns vermehren müssen, damit unsere Existenz einen Sinn gehabt hat – das waren so Gedanken, die sie in diesem Sommer mit sich herumtrug.

Sven war seltener zu Hause als noch im Frühjahr, in der Immobilienfirma war wieder mehr los, er hatte ein paar interessante Projekte übertragen bekommen, was sich auch positiv auf seine Laune auswirkte. Wenn er nach Hause kam, brachte er Take-away oder eine Flasche Sekt oder Torten vom Konditor in Gmunden mit. Er setzte sich gerne zu Jola ins Atelier, auch wenn ihre Kollegin Anna da war und sie gemeinsam arbeiteten, und Jola war das nicht mal unangenehm. Er gab Inputs zu ihrer Arbeit, er hatte inzwischen mehr Ahnung von Bildhauerei und keramischer Kunst als die meisten von Jolas Freundinnen. Er hatte sich auch ihres Projekts wegen in die Geschichte der Juden der Stadt eingelesen – ohne ihr nachher mit dummen Kommentaren zu kommen und alles zu verdrehen. Er war nicht mehr der Mann aus der Kurzgeschichte von Irma, der tumbe Kerl, der nicht jeden Tag auf ein Mahnmal sehen wollte.

Er war auch gut für Irma. Anders als Jola, die sich in langen Gesprächen Irmas Gedankenwelten annäherte, versuchte Sven, sie raus in die Natur zu bringen. Sie gingen am Wochenende wandern, die Langbathseen bewältigte sie ohne zu jammern, und er hatte begonnen, ihr Tennisunterricht zu geben. Als sie ihm ihr erstes Ass servierte, sprach sie zwei Tage davon.

Bei Chiara hatte sich alles in die andere Richtung entwickelt. Sie und ihr Mann redeten nur noch miteinander, wenn es sich nicht vermeiden ließ, er hatte ein Schloss in die Terrassentür einbauen lassen, um sie als separaten Hauseingang verwenden zu können, was ihm ein noch autonomeres Leben im Haus verschaffte und die Begegnungen zwischen ihnen weiter reduzierte. Gemeinsame Abendessen oder Sonntagsfrühstücke waren die große Ausnahme geworden und ohne diese Fixpunkte begann sich die Familie langsam aufzulösen.

Chiara drehte sich auf die Seite und sah Jola an. »Heute würde ich gerne über Nacht bleiben.«

Jola dachte gerade an so viele Dinge: Was sie am Abend kochen sollte, wie viel Platz noch im Brennofen bei Anna war, ob das *Pickerl* ihres Autos schon abgelaufen war und ob sie es schaffen würde, morgen mit ihren Geschwistern zum See zu fahren. Sie sah Chiara an und wusste nicht, was sie antworten sollte. »Ich kann nicht«, sagte sie schließlich nur und sie hörte den Unterton in ihrer eigenen Stimme, diesen Hauch von Tadel, Chiara nähme nicht auf Jolas Lebenssituation Rücksicht.

»Aber sollten wir uns das nicht mal erlauben können? Eine gemeinsame Nacht!«

Bevor Jola antworten konnte, setzte sich Chiara auf und sagte: »Oder einen Urlaub! Ein paar Tage in Caorle!«

»Ich kann nicht weg. Ich muss arbeiten. Und was soll ich mit Irma machen?«

Jolas Stimme war rau und klang müde. Vor ein paar Wochen noch hätte sie anders geklungen, hätte sie anders reagiert, wenn Chiara eine gemeinsame Reise vorgeschlagen hätte, aber die Situation jetzt erlaubte das einfach nicht.

»Wir nehmen sie mit. Wir nehmen die Mädchen mit.«

Sie sagte es nicht als frechen Unfug, nicht so, als würde sie Jola aus der Reserve locken wollen, sie sagte es, als wäre es eine Selbstverständlichkeit – oder müsste es sein. Jola setzte sich nun auch auf und sah Chiara aus nächster Nähe in die Augen.

»Dann wüssten sie es ja. Und damit auch die Männer.«

»Ja«, sagte Chiara. »Dann wüssten sie es.«

»Aha, gut«, sagte Jola, »das wäre dir jetzt also egal. Das wäre jetzt in Ordnung für dich?«

»Es ist das, was uns sowieso irgendwann blüht. Oder siehst du das als unsere Zukunft?« Sie ließ ihren Blick durch den Raum schweifen, ihr kleines Hotelzimmer, auf das sie ein Dauerabonnement hatten, bereitgestellt durch eine treusorgende Hotelchefin, »die sich das nicht traut, was wir beide machen, aber gerne würde«, wie Chiara analysiert hatte.

»Nein«, sagte Jola, »aber im Moment ist es das Beste, was wir haben!«

»Es ist aber kein Moment mehr«, sagte Chiara, »es ist schon ein langer Zeitraum, es ist ein Dauerzustand.«

»Komm«, sagte Jola und deutete Chiara, sich einzubremsen, »ich wollte diesen Rahmen hier sprengen, ich hab gesagt, lass uns auch abseits von hier etwas unternehmen oder eben mal ein Wochenende bleiben, aber du hast mir das Gefühl gegeben, ich würde komplett übers Ziel hinausschießen.«

»Weil das zu früh war! Aber jetzt …«

»Aber jetzt hast *du* daheim die Krise«, unterbrach Jola sie, »nicht ich, und jetzt willst du die Nacht über hierbleiben oder am liebsten gar nicht mehr nach Hause gehen. Es tut mir leid, dass es bei dir daheim nicht gut läuft, aber wir können unsere Abmachungen nicht immer gleich über den Haufen werfen, wenn wir Stress in der Familie haben!«

»Ich hab nicht Stress in der Familie«, sagte Chiara, »ich lebe auf einem Friedhof, dem Friedhof meiner Beziehung. Wir finden zu keiner Lösung wie ihr, zu einem praktikablen Miteinander, wo man gemeinsam eine Serie schaut und Gin trinkt und sich erzählt, wie der Tag war. Wir haben Leichengestank im Haus und wir können nicht mal drüber reden, wir sind in so einer Art Trauerstarre und schaffen es da allein auch nicht heraus. Und in Augenblicken wie diesem merke ich, dass du mich da auch nicht rausholen wirst, weil du eigentlich mit dem hier, diesem Zimmer, diesen zwei Tagen in der Woche völlig zufrieden bist, weil du weiterhin wie eine gute Bürgersfrau mit deinem Mann ins Kaffeehaus gehen und die Tochter von der Schule abholen kannst und nicht als Lesbe mit der Gesangslehrerin zusammenleben musst, die mit ihrer eigenen vierzehnjährigen Tochter und ihrem künstlerischen Beruf ja nur ein Spiegelbild von dir selbst ist!«

Jola sah Chiara fassungslos an. Wie negativ sie plötzlich war, wie kalt Chiara ihr Verhältnis sezierte. Und gleichzeitig fühlte sie sich entlarvt: Sie *war* glücklich mit ihrer Abmachung, sie hatte ja alles: ein ruhiges, ausgeglichenes Familienleben, leidenschaftliche Momente in Steyr, einen ausfüllenden Beruf, der sie gedanklich rund um die Uhr beschäftigte. Die Zeiten, als sie dauernd an Chiara dachte, sie sehen, schmecken, spüren wollte, waren vorbei, inzwischen war es umgekehrt, nur wenn sie sie sah, schmeckte und spürte, dachte sie auch an sie, die restliche Zeit waren es andere Dinge, die Jolas Gedanken und Sinne in Anspruch nahmen. Sie fühlte sich den sechzig Gmundner Opfern des NS-Regimes verpflichtet, den Jüdinnen und Juden, den Euthanasieopfern, den politisch Verfolgten! Sie gestaltete ihr Mahnmal, sie war ihre Mittelsfrau zu den Menschen der Gegenwart.

Es würde auch wieder anders werden, dachte Jola, sie liebte Chiara ja! Aber sie hatte auch ein Projekt abzuliefern, es war bei Künstlern völlig normal, dass das Leben zu einem blassen Hintergrundfilmchen verkam, vor dem farbenprächtig, plastisch und monumental die künstlerische Arbeit stand. Im Herbst würden sich die Perspektiven wieder verändern und dann, so dachte Jola, würden Chiara und sie vielleicht auch den Schritt wagen, den sie sich jetzt so wenig vorstellen konnte. Aber in diesem Moment war sie auch verärgert, weil Chiara sie absichtlich provozierte.

»Du sagst *Lesbe*«, sagte Jola, »weil du weißt, dass ich das Wort nicht mag, dass ich uns nicht so sehe …«

»Ich sag es nicht absichtlich oder weil ich dich auf die Palme bringen will, ich sag es nur, weil es das ist, was die Leute denken werden, wenn sie uns sehen, und wie sie uns nennen werden, wenn sie über uns sprechen, und ich denke, du musst dich mit dem Wort anfreunden oder zumindest arrangieren, sonst wirst du dich nur selbst zerfleischen.«

»Ich liebe, wen ich liebe, meine Gefühle gelten nicht einem Geschlecht, sondern einem Menschen.«

»Das ist eh eine voll schöne Einstellung und die kann man auch super leben, wenn man die andere weibliche Person nur in einem Hotel oder auf einer Parkbank hinter der BMX-Bahn trifft, aber sobald du kein Geheimnis mehr daraus machst, musst du damit leben, dass auch andere Leute deine Beziehung bewerten und einordnen und benennen, und das sind nicht nur Leute, die dir völlig egal sind, das sind auch Leute, die du kennst und magst und achtest, und nicht alle von denen werden so reagieren, wie du das erwartest.«

»Wow, du nimmst echt allen Spaß aus der Sache raus«, sagte Jola und stand auf. »Was machst du jetzt so einen Druck?«, rief sie und begann sich anzuziehen.

»Ich mach keinen Druck«, sagte Chiara, »ich wollte nur, dass wir etwas Schönes gemeinsam unternehmen, ein paar Tage wegfahren. Und du lässt mich komplett auflaufen.«

»Weil du vorschlägst, wir sollen die Mädchen mitnehmen. Ach klar, dann sagen wir es ihnen halt einfach mal! Und was wird dann? Hasst mich Irma dann? Schlägt sie sich auf Svens Seite? Werden sie mich aus dem Haus raushaben wollen?«

»Willst du es ewig geheim halten?«

»Nein, nein, will ich nicht! Aber jetzt geht es nicht, ich muss arbeiten!«

»Arbeiten …«

»Entschuldige vielmals, ich habe einen Abgabetermin, ich habe mich verpflichtet!«

»Wir haben alle Verpflichtungen!«

»Ja, aber ich stehe mit meiner im Schaufenster der Öffentlichkeit!«

Chiara sah Jola an, als bezweifelte sie das ein wenig …

»Was?«, sagte Jola. »Es wird eine Einweihungsfeier geben, es werden Nachkommen der Opfer kommen.«

»Das mag schon stimmen«, sagte Chiara, »aber ich muss ein bisschen schmunzeln, wenn ich mir vorstelle, du trittst da als Schirmherrin der von den Nazis Verfolgten auf und schaffst es selbst nicht, zu deiner Frau zu stehen, weil dir das vielleicht gesellschaftlich unangenehm sein könnte.«

Wäre Jola näher bei Chiara gestanden, hätte sie ihr eine geknallt. So, mit der Distanz des halben Zimmers, schnaubte sie nur entrüstet und warf eines von Chiaras Wäschestücken vor ihre Füße.

»Okay«, sagte Chiara, »das war mies …«

»Du bist so ätzend geworden!«

Chiara kam auf Jola zu, wollte sie berühren oder umarmen, aber Jola deutete ihr, sie solle Abstand halten.

»Ich sag ja, das war too much«, murmelte Chiara.

»Ja«, sagte Jola tonlos und packte ihre letzten Sachen zusammen.

Chiara setzte sich aufs Bett. Sie schien sich nicht überwinden zu können, sich anzuziehen, zog sich die Decke über Beine und Bauch. »Ich muss das mit meinem Mann klären«, sagte sie, »und es war ein Fehler, dass ich dachte, das mit uns geht mit der anderen Sache Hand in Hand.«

»Du hast doch immer gesagt, wir müssen unsere Dinge daheim allein regeln«, sagte Jola.

»Ja, das werde ich auch machen«, sagte Chiara mit schwacher Stimme.

Jola hörte auf, ihre Sachen einzusammeln. Wie Chiara so dasaß, in die Decke gewickelt, nicht bereit, sich fertig zu machen, kamen in Jola wieder alle möglichen Gefühle hoch und sie setzte sich neben sie aufs Bett.

»Schau, wir machen einfach weiter wie bisher und im August ist Irma ein paar Tage bei Svens Eltern an der Nordsee, dann fahren wir nach Italien runter, okay?«

»Sehen wir mal, wie es bei mir zu Hause weitergeht.«

»Lass ich dich grad hängen?«

»Was?«

»Es geht dir nicht gut, deine Situation daheim ist beschissen«, sagte Jola, »und ich komme nur zum Liebemachen mit dir her … Ich bin dir keine gute Freundin.«

»Ich nehme dich jetzt als schlechte Freundin, wenn du später mal eine gute Frau für mich bist.«

Gott, das klang furchtbar, dachte Jola. Chiara hatte es auch bemerkt und sie sagte: »Den Satz ziehe ich zurück.«

»Ich gehe jetzt«, flüsterte Jola und Chiara sagte: »Ja, das wird besser sein.«

44

Es war Samstag am frühen Nachmittag, als Valentin und Aino mit der *Erika*, ihrem alten Tretboot, vom Badeplatz ihres Hauses unterm Stein ablegten. Sie hatten eine Kiste Bier, Zelte, einen kleinen Grill und einen Sack mit Feuerholz geladen, außerdem eine Kühlbox mit Würstchen. Der Himmel war wolkenlos, das Thermometer zeigte 34 Grad. Im Strandbad hatten sie »21 Grad« mit Kreide auf die Schiefertafel für die Wassertemperatur geschrieben, aber unterm Berg, wo es fast zweihundert Meter bis zum Grund waren, war der See kälter.

Valentin und Aino strampelten am Ufer entlang in Richtung ihres Lagers. Auf ihrer linken Seite ragte der Berg aus dem See, ein paar Meter über dem Wasser führte der Steg vom Panoramaweg an der Wand entlang, Holzbohlen auf Metallträgern, nur ein Stück über dem Wasserspiegel, der See darunter schimmerte grün. Bis auf das Plätschern ihres alten Tretbootes war es still am Wasser.

»Alles klar?«, fragte Valentin seine Schwester.

»Würd helfen, wenn du auch trittst«, sagte sie.

»Ich trete, deswegen bewegen sich ja deine Füße!«, sagte Valentin.

Sie schipperten am Ufer entlang, hin und wieder kam ihnen jemand in einem Kanu entgegen. Sie erreichten ihren Platz unterm Berg. Es gab ein paar Anlegemöglichkeiten, betonierte Stellen mit Halteringen. Valentin bevorzugte einen anderen Platz, eine kleine Schotterbucht, von Gestrüpp umgeben, ideal, um das Boot festzumachen und die Bierkiste zur Kühlung im Wasser zu versenken. Valentin und Aino räumten die Erika leer und schafften die Sachen auf die Wiese vor dem Berg.

Die »Wiese« war eigentlich ein Geröllfeld, von Gras, Moos und Büschen überwuchert. Am Rande: ein kleines Wäldchen aus Birken und Kiefern, das zum Ufer hin dichter wurde.

Valentin brachte ein paar Sachen zur Feuerstelle, dann öffnete er sich eine Bierflasche und machte einen kleinen Marsch, um sich nach einem Platz für die Zelte umzuschauen. Am Abend würden noch mehr Leute kommen, junge Leute aus der Gegend, und dann ginge es hier munter zu. Er kehrte zu Aino zurück. Er nahm einen Schluck Bier, erschlug eine Mücke auf seinem Oberschenkel, dann sagte er: »Bist du jetzt eigentlich Single?«

»Ich glaube, ich nehme auch ein Bier«, sagte Aino.

»Im Kühlschrank beim Boot!«

»Klar«, sagte Aino und ging los.

Valentin setzte sich auf einen Felsen und begann sich eine Zigarette zu drehen. Aino kam mit dem Bier zurück und sagte: »Schwimmen?« Ihr Bruder nickte.

Sie gingen auf einen mit Muscheln bedeckten Felsen hinaus, der knapp unter der Wasseroberfläche lag, und sprangen von seiner Kante in den See. Valentin tauchte ein Stück hinab, öffnete die Augen, grünes Zwielicht, nach unten nur Dunkelheit. Er kam wieder hoch, spritzte Aino an, sie kreischte beiläufig, dann tauchte auch sie ab. Sie schwammen eine Weile, er in den See hinaus, sie am Ufer entlang, und als sie wieder draußen waren, setzten sie sich hin, wo sie zuvor gesessen waren.

»Gibt's so was drüben auch?«, fragte Valentin.

»Nein. Dort hast du entweder diese *giant lakes*, wo du komplett *lost* bist, oder so nichtssagende, kleine Gewässer mit Diners und Campingplätzen. Das hier ist schon sehr speziell …«

Valentin nickte und griff wieder nach dem Tabak. »Ich halte ja dieses ganze Gesülze über Heimat nicht aus«, sagte er, »vor allem, weil es immer von Leuten kommt, die an ihrem warmen Kärntner See sitzen und sowieso noch nie woanders waren, und sich das ganze Konzept Heimat ja überhaupt erst erschließt, wenn du sie verlierst, siehe zum Beispiel Ukraine und fünf Millionen Flüchtlinge …«

Und dann begann Valentin über Österreich und Russland zu palavern, über den freundlichen Empfang von Putin im Festsaal der Wiener Wirtschaftskammer, nur ein paar Wochen nach der Annexion der Krim, inklusive Umarmungen und Gelächter, über die österreichischen Firmen, die sich nicht aus dem Russlandgeschäft zurückzogen, über die Villen am Fuschlsee und wahrscheinlich auch am Traunsee, die irgendwelchen Briefkastenfirmen gehörten, aber eigentlich in Händen von Abramowitsch und Konsorten waren …

Und dann schilderte er Aino, wie er im Februar mit Irma im Shoppingcenter von Gmunden gewesen war und Putin die Atomstreit-kräfte in Alarmbereitschaft versetzt hatte. Wie er gedacht hatte, jetzt ginge gleich ein Atomkrieg los und er müsste seiner Nichte erklären, dass ihr Leben und ihre Träume Opfer irgendwelcher Großmachtfantasien werden würden.

Valentin zündete sich die Zigarette an, an der er ungeschickt zehn Minuten lang herumgedreht hatte.

»Die Welt ist einfach ziemlich fucked up …«, sagte Aino.

Valentin nickte und blies Rauch aus dem Mund.

Aino streckte ihre Beine aus und Valentin sagte beiläufig: »Deine Füße bluten!« Aino drehte ihre Fußsohlen zu sich.

»Wandermuscheln aus dem Schwarzen Meer«, sagte Valentin, »haben wir jetzt in Massen hier, alles migriert!« Er setzte sich auf den Boden vor Ainos Füße, spülte sie mit Wasser ab und unter-suchte die Schnittwunden auf Muschelsplitter.

»Glaubst du, sie …?«

»Ja, sicher«, sagte Valentin und nickte.

»Ist dir die Vorstellung …?«

»Nein, wieso. Ich meine, ich denke jetzt nicht aktiv daran, aber ich finde, es ist normal, die lieben sich!«

»Er ist halt ein anderer Mann, er ist nicht Papa …«, sagte Aino.

»Ich finde es nicht unbedingt angenehmer, mir Mama und Papa zusammen vorzustellen.«

»Ich hab ihr gesagt, sie soll froh sein, jetzt einen jungen Freund zu haben, sie kann viel entspannter in die Zukunft sehen, ihr stehen viel mehr Dinge offen!«, rief Aino.

»Absolut« sagte Valentin, »mit dem Mann kann man Spaß haben.«

»Ich kenne ihn ja nur von einem Videocall, aber er ist cool, oder?«

»Vor Papa würde ich das nicht so sagen, aber ja, das ist ein netter Kerl, der ist richtig ansteckend in seiner positiven Art.«

Sie saßen nebeneinander auf einer Decke im Schatten eines Baumes. Sie hatten über Freunde von früher geplaudert, und jetzt waren sie wieder bei der Familie gelandet.

»Hast du dir gewünscht, Mama und Papa wären noch mal zusammengekommen?«, fragte Valentin seine Schwester.

»Das wäre total eigenartig.«

»Aber dann hätten wir wieder alle ins Haus ziehen und CDs und Klamotten tauschen können …«

»Leander hat super Sachen …«

»Eben!«, rief Valentin.

»Wenn wir ehrlich sind«, sagte Aino, »würde Papa Mama heute überhaupt nicht mehr genügen, nicht intellektuell, nicht von seinen Umgangsformen her, nicht von seinen Interessen …«

»Das ist so was, was man sich als Kind überhaupt nicht vorstellen kann, oder?«

»Manchmal hab ich Mama mit einem Nachbarn gesehen«, sagte Aino, »oder einem Freund von ihnen und hab mir gedacht, mit dem lacht sie ganz anders als mit Papa, bei dem ist sie auf einmal schlagfertig oder hört ihm aufmerksam zu.«

»Glaubst du, sie hatten was mit wem anderen?«

»Als sie noch verheiratet waren? Vielleicht. Schon möglich. Die wilden Siebziger!«

»Mama hat immer gesagt, in den Siebzigern hatte sie Stillpsychose und Waschmittelallergie«, sagte Valentin.

Aino grinste.

»Aber Gelegenheiten hatten sie beide …«, überlegte Valentin.

»Mama bei den Skirennen …«

»Ja. Und Papa im Gasthaus!«

»Irgendwann erzählen sie es uns«, sagte Aino, »weil sie denken, na ja, wir sind ja jetzt groß, und dann rennen wir alle für drei Jahre zum Therapeuten deswegen.« Sie legte sich auf den Rücken, hob die Beine, machte eine Kerze, ließ es wieder bleiben, setzte sich auf.

»Glaubst du, dass unsere Beziehungen zum Scheitern verurteilt sind, weil die Beziehung von unseren Eltern verkorkst war?«, fragte Aino.

»Würde ich nicht unbedingt sagen. Eher weil wir uns bis wir vierzig sind Zeit lassen, bevor wir einem Menschen mal eine echte Chance geben.«

»Auch was dran …«

»Letztlich können wir froh sein, dass es Mama und Papa wegen uns so lange miteinander ausgehalten haben und dabei halbwegs gesittet miteinander umgegangen sind.«

»Na ja …«, sagte Aino, »sie haben es sich schon auch ordentlich gegeben. Aber da wart ihr schon alle weg, in den Genuss bin ich alleine gekommen …«

Valentin warf ihr einen kurzen Seitenblick zu, davon hatte sie schon öfter gesprochen. Und wieder hatte er das Gefühl, dass Aino, die Nachzüglerin, ihre Eltern ein wenig anders erlebt hatte als die Geschwister.

»Ich schwimme eine Runde«, sagte sie. Sie stand auf und ging Richtung See. Sie humpelte etwas von den Schnitten der Muscheln.

Valentin dachte, sie kam ihm heute älter vor als sonst. Nicht nur, weil sie hinkte.

45

Max war bei dem Delikatessenladen in Gmunden, der Produkte im Angebot hatte, die er in der Stadt sonst nicht bekam. Es war nicht wie in Salzburg, wo man sagte: Bekomme ich es nicht in der

Getreidegasse, dann eben in der Linzer Gasse! Hier musste man dankbar sein, dass jemand noch einen Laden in der Altstadt anmietete und sich dem Geschäftssterben entgegenstellte, und auch wenn man fand, in dem teuren Laden lag zu viel *Bussi-Bussi* in der Luft, war man doch froh, Feines aus aller Welt zu kriegen, das man anderswo in der Stadt vergeblich suchte.

Max ging mit seiner Stofftasche mit Einkäufen zu dem kleinen Platz in der Altstadt, den er so mochte, mit dem alten Keramikbrunnen unter dem Lindenbaum, setzte sich in den Gastgarten des Bäckers und bestellte einen Espresso. Die Düfte des Delikatessengeschäfts hatten sein Fernweh geweckt. Er dachte daran, dass er auch anderswo leben könnte, in einer pulsierenden Großstadt, auf einem anderen Kontinent, auf einem Hausboot, wieso nicht?

Tatsächlich war er bloß hier, weil ein Mann nach dem Krieg als Lehrer arbeiten wollte und für eine Anstellung am Realgymnasium als Professor für Deutsch, Geschichte und Latein nach Gmunden geschickt worden war; weil er dort sesshaft wurde und sich fortpflanzte. Und dann erschien zwanzig Jahre später er auf der Bildfläche, Mäx, auf seiner Yamaha. Und die Professorentochter und er fanden und verliebten sich und entgegen seiner Überzeugung, sie würden um die Welt reisen, heute in Casablanca und morgen in Buenos Aires leben, blieben sie in der Stadt.

Gmunden, dreizehntausend Einwohner, Sitz der Gmundner Keramik, geschichtlich geprägt vom Salzhandel, später den Aufschwung als Kurstadt und Sommerfrischeziel suchend. Groß war Gmunden nur einmal, 1944, als Flüchtlinge Schutz in der Stadt suchten und sie auf dreißigtausend Menschen anwuchs, das ging auch vorbei, und seit Papa Busch, Monikas Vater, hier lebte, war die Stadt übersichtlich und ruhig, selbst dann, wenn Thomas Bernhard vorbeischaute ...

War alles nur eine Verkettung von Zufällen?, dachte Max. Wie wäre sein Leben verlaufen, wenn sein Motorrad nicht ausgerechnet in Altmünster schlapp gemacht hätte, nachdem es tausende Balkankilometer brav gelaufen war?

Jeder kam in seinem Leben mal an diese hypothetische Kreuzung, spielte mit dem Gedanken *Was wäre wenn* ... – wie hätte mein Leben anders verlaufen können, wenn ich nicht an diesem verregneten Tag ins Kaffeehaus gegangen wäre, wenn ich nicht die Frau am Nachbartisch um ein Taschentuch gefragt hätte, wenn ich sie nicht angesehen und gedacht hätte, die hat schöne Augen oder schöne Grübchen in der Wange, und alles seinen Lauf genommen hätte ...

Max wollte ja nichts ändern, denn er hatte seine Kinder und dank ihnen ein volles, wunderbares Leben gehabt. Aber wenn ihn die Kleinstadt einengte und ihm die kleinen Leute auf die Nerven gingen, dann dachte er, er hätte auch unter Palmen leben können, oder wie Aino in den Häuserschluchten von New York, oder in Indien, wo er sich sofort heimisch gefühlt hatte, als er es mit Ende sechzig das erste Mal bereiste.

Als Max seinen Kaffee bezahlt hatte, ging er durch die schmalen Gassen in Richtung Rathaus und stieß beinahe mit einem Mann zusammen, der rückwärts – beim Hinausgehen noch im Gespräch mit der Verkäuferin – aus einem Schuhgeschäft auf die Straße trat.

»Ach, Sie!«, sagte der Mann, und Max dachte, ausgerechnet der!

»Passen Sie halt auf«, sagte Max.

»Ich verlasse nur das Geschäft«, erwiderte der Mann.

»Aber Sie verlassen es verkehrtherum«, rief Max, »ihr Gesicht ist in den Raum gewandt, nicht zur Straße hin, wie man es logischerweise erwarten dürfte!«

»Sie könnten ja auch Rücksicht nehmen und auf andere schauen«, sagte der Mann, »aber das haben Sie ja nie getan!«

Durch die erregten Stimmen der Männer alarmiert, waren Passanten stehen geblieben, schauten, was sich da vor dem Schuhgeschäft ereignete, ob eine Eskalation zu erwarten war.

»Ich weiß nicht, wovon Sie da sprechen«, sagte Max, aber natürlich wusste er es. Er wusste sogar noch ziemlich genau, wie er den jungen Mann auf seinem Weg nach Hause abgepasst hatte, ihm erklärt hatte, Monika wolle ihn nicht mehr sehen, er solle sich trollen, er solle einsehen, dass er keine Chance mehr bei ihr hätte. Er wusste auch noch, wie er ihn ein zweites Mal eingeschüchtert, wie er ihm Schläge angedroht und ihm geraten hatte, sich von ihr fernzuhalten. »Ich habe mit ihm gesprochen«, hatte er Monika gesagt – und sie hatte nicht weiter nachgefragt, was er als eine Art Übereinkunft zwischen ihnen betrachtete.

Jetzt standen sich die beiden Männer wieder gegenüber, beide faltig, ein paar Kilo schwerer, weniger Haare auf dem Kopf, ein Leben hinter sich – das des anderen Mannes wahrscheinlich nicht schlechter als das von Max –, aber immer noch stand die Geschichte von damals zwischen ihnen.

»Wenn Sie sich in die Demenz flüchten wollen, bitte, aber das macht nix ungeschehen«, sagte der Mann, drehte Max den Rücken zu und machte sich auf seinen neu erworbenen *Geox*-Schuhen, die alten Treter in der Einkaufstasche, auf den Weg zum See hinunter.

Max blieb betroffen zurück. Gerade noch hatte er sich an dem Gedanken gewärmt, dass er überall zu Hause war, und jetzt zeigte sich, dass er sich den einen Ort, der sein wirkliches Zuhause war, mit einem Mann teilte, der ihn verachtete. »Warten Sie!«, rief er. Er wusste nicht, was er sagen sollte, aber die Sache musste doch aufzulösen sein.

»Wolfgang, lass uns reden«, sagte Max.

Der Mann drehte sich um. Er kam Max ein paar Schritte entgegen und sah ihn mit argwöhnischem Blick an. »Ich heiße nicht Wolfgang«, sagte er.

»Aber du bist doch … du warst doch früher mit Monika liiert …«

»Ich hatte nie das Vergnügen mit einer Monika!«

»Aber … was …?«, stotterte Max.

»Ich bin der Sigi! Ich war zehn Jahre Stammgast im Traunkeller, bis du mich dort rausgeschmissen hast!«

Mein Gott, jetzt fiel es Max wieder ein! Er hatte nur zweimal in seinem Leben ein Lokalverbot verhängt, einmal für einen Handelsvertreter, der die Kondom- und Sexspielzeugautomaten am Klo befüllte und im Vollrausch der anwesenden Gästeschaft seine Produkte vorführen wollte, und einmal für ihn, Sigi, weil er ihm zehn Jahre auf die Nerven gegangen war und ein kleiner Anlass irgendwann Grund genug war, um ihn für immer vor die Tür zu setzen.

»Mein Gott, Sigi!«, sagte Max.

»Gebettelt hab ich beim Chef darum, dass er das Lokalverbot wieder aufhebt, aber er hat dir so blöd vertraut, dass ich keine Chance mehr gekriegt habe.«

»Das ist ja furchtbar«, sagte Max, aber er war auch ungeheuer erleichtert, weil er sich nun doch nicht bei dem Mann entschuldigen musste, dem er die Frau und die Zukunft gestohlen hatte. Aber wie konnte er Sigi und Monikas ersten Freund, Wolfgang, miteinander verwechseln? Sahen sie sich ähnlich? Die Frage konnte er sich selbst nicht beantworten, das Gesicht des anderen Mannes war nun in seiner Erinnerung völlig ausgelöscht.

»Für wen hast du mich überhaupt gehalten?«, fragte ihn Sigi.

»Nicht so wichtig! Jemand aus einem anderen Leben. Aber sag, wo gehst du denn jetzt so hin?«

Sigi nannte den Namen einer Bar im Stadtzentrum.

»Ja, da ist was los«, sagte Max anerkennend, »da geht's hoch her am Wochenende!«

»Ich bin zufrieden.«

»Mir tut das aus heutiger Sicht wirklich unheimlich leid, dass dich das damals so getroffen hat. Ich hoffe, du hast irgendwie … damit abschließen können.«

»Auf Wiedersehen, Max«, sagte Sigi. Er wollte seinen Weg zum See fortsetzen, aber dann drehte er sich noch einmal um. »Weißt du, was wir uns im Lokal oft gefragt haben?«

Max sah ihn an.

»Wieso du eigentlich so eine attraktive Frau und so hübsche Kinder und so ein schönes Haus am See hast … Haben wir nie begriffen. Ist dir wohl einfach alles so zugefallen, oder?« Sigi wartete keine Antwort ab, drehte sich um und ging mit vorsichtigen Schritten das unebene Pflaster in Richtung Rathausplatz hinunter.

Max folgte ihm in einiger Entfernung. Er war verwirrt, die Gedanken rasten in seinem Kopf. Was für eine sonderbare Begegnung, dachte er, ausgerechnet an dem Tag, an dem Monika zu ihm kam. Ob sie ihm anmerken würde, wie er sich fühlte?

Und dann, als er Sigi die Straße überqueren sah, ein alter Mann mit neuen Schuhen, dachte Max: Wenn er den Einfall hat, ins *Lacus Felix* zu kommen, dann gebe ich ihm wieder Lokalverbot.

46

Leander und Jola kamen am späten Nachmittag gemeinsam mit dem Schlauchboot. Sie winkten ihren Geschwistern vom Wasser aus zu. Jola trug Bikini und einen alten Fischerhut von ihrem Vater, sie hielt einen Lautsprecher in die Höhe und die *Beach Boys* schallten übers Wasser.

Sie war zu Mittag mit der Arbeit fertig geworden. Sie hatte beide Brennöfen gefüllt und so programmiert, dass sich der Kleine nach dem Großen einschalten würde, denn gleichzeitig laufen konnten sie nicht, dann zitterten die Lichter von Altmünster bis Ebensee.

Sie hatte sogar noch Zeit gefunden, das Atelier aufzuräumen und zu kehren und sich von den schwarz-weißen Porträtfotos über ihrem Arbeitstisch zu verabschieden. Sven war mit Irma unterwegs, sie wollten eine Runde wandern und dann in den Wolfgangsee springen. Für später hatten sie einen Videoabend geplant, irgendein *Marvel*-Unsinn stand auf ihrer Liste, das hätte Jola sowieso nicht ausgehalten.

Als sie ihre Sachen für den See zusammengepackt hatte, rief sie Chiara an. Sie fragte sie, ob sie nicht mitkommen wolle, ihre Brüder wüssten ja schon von ihr und Aino würde man eben noch einweihen. Aber Chiara sagte, das würde alles nur komplizierter machen, sie hatte keine Lust auf halbe Sachen, warum schlug Jola das überhaupt vor?

Und Jola realisierte, so würde das nicht gehen – entweder trafen sie sich weiter in Steyr oder mitten in Jolas und Chiaras Leben, etwas dazwischen gab es nicht. Im Laufe des Gesprächs wurde der Ton zwischen ihnen aber freundlicher und zum Schluss sagte Chiara: »Hab Spaß«, und Jola war erleichtert.

Sie fuhr zum Supermarkt in Altmünster und kaufte für den Campingabend ein, obwohl Valentin gesagt hatte, sie müsse nichts mitnehmen, er hätte alles besorgt. Aber sie wollte auch etwas beisteuern und so kaufte sie Chips und Marshmallows und Gummischlangen und was ihr im Laden noch so unterkam.

Sie traf Leander beim Haus am See, Max war unterwegs, und sie packten ihre Sachen ins Schlauchboot. Als Jola zu ihrem Bruder in die gelbe Gummijacht stieg, war ihre Stimmung wieder wie auf den Fahrten mit Leander zu Valentin nach München, wenn Jola zwei Stunden lang zu jedem Lied im Radio mitsang. »Leinen los!«, rief Jola und öffnete ein Alkopop-Getränk, von dem Irmas Schulfreunde bei Treffen hinterm Hühnerstall betrunken wurden.

Sie fuhren über den ruhigen See, Leander ruderte mit gleichmäßigen Bewegungen und erzählte von seiner Masseurin, zu der er sich hingezogen fühlte. Wenn Jola an den Paddeln war, drehte sich das Boot im Kreis und sie begann zu fluchen.

Als sie angekommen waren, umarmten sich die Geschwister, griffen in die Bierkiste im See und begannen, Zigaretten zu drehen. Plötzlich sah Valentin Leander an und sagte: »Stört es dich? Sicher stört es dich! Wir werden nicht rauchen!«

»Oder nur dort hinten irgendwo«, sagte Jola, die sich schon den ganzen Tag auf die erste Zigarette unterm Berg freute.

»Raucht, raucht nur«, sagte Leander und versuchte entspannt zu lächeln, aber es sah nicht entspannt aus, die Zigaretten waren eine Erinnerung daran, dass es dieses Jahr anders war als in den Jahren davor.

Dann saßen sie mit den Füßen im Wasser auf der Boots-anlegestelle, schmierten sich mit Sonnencreme ein und tranken Bier. Valentin sagte, Sarah käme vielleicht später, sie würde mit ihrem Stand-up-Paddle vom Haus herfahren. Jola winkte ab, Aino auch, Leander sagte, er hätte niemanden gefragt.

Gut, okay, sagten sie, blieben sie also fast unter sich, auch cool.

»Was sagt ihr zu dem Lokal?«, fragte Jola in die Runde, »Aino, hast du es schon gesehen?«

»Nein, ich glaube, ich halte mich erst mal ein bisschen fern davon …«

»Echt? Ach so, klar!«

»So schräg, Papa wieder hinter der Bar«, sagte Aino.

Ja, es war wirklich komisch, fanden sie alle. Was gab es noch Neues? Mamas Freund Felix, wobei er so neu auch nicht mehr war. Sie waren sich einig, der Mann war wirklich ein Schätzchen und der Altersunterschied nur im Kopf ihrer Mutter ein Problem. Dann sprachen sie über Valentins Theater, wie gemütlich es geworden war, wie sehr sie ihn bewunderten, dass er das durchgezogen hatte, aber klar, natürlich dauerte es, bis sich so ein Angebot herumsprach.

»Und wie läuft's mit deinem Ding?«, fragte Aino ihre Schwester, und Jola erzählte über die Zusammenarbeit mit ihrer Kollegin Anna und wie mühsam die Logistik von dem ganzen Projekt war.

Und weil Leander noch kaum zu Wort gekommen war, fragte Jola, wie es ihm denn jetzt mit dem Sport ginge, und er sagte, es wäre nicht ganz einfach, wieder den Anschluss zu finden, und er warf einen Stein ins Wasser und zog sich die Kappe in die Stirn. Jola nickte, sah in die Runde ihrer Geschwister, ob jemand mal einen befreienden Witz reißen würde, aber nichts. Sie nahm sich eine Zigarette von dem kleinen Häufchen Kippen, die sie gedreht hatten, und sagte, sie ginge in den Wald.

Dann stand sie zwischen ein paar Kiefern auf staubigem Boden, der See schimmerte zwischen den Nadeln hindurch und sie zündete sich die Zigarette an, auf die sie sich gefreut hatte. Und dann begannen ihre Schultern zu zittern, ihr kamen die Tränen und sie dachte: Erwachsen sein macht überhaupt keinen Spaß, es ist der absolute Scheiß, es macht nur alles kaputt!

Bilder von früher schossen ihr durch den Kopf, wie sie jung und dumm gewesen waren und hier Party gemacht und auf mindestens zehn verschiedene Arten ihr Leben riskiert hatten. Wie sie erst am nächsten Nachmittag in erbarmungswürdigem Zustand mit der Erika zurückgestrampelt kamen, aber glücklich, weil sie nichts ausgelassen hatten.

Heute: Leander ohne Haare am Badezimmerboden in seiner Wohnung; Aino mit ernstem Gesicht und Zigarette zwischen den Fingern auf einer Bank auf Papas Terrasse, erste Fältchen um die Augen; Valentin mit Kasperlpuppe vor einem halbleeren Theaterraum … Sie dachte an den Sommer, als sie Chiara kennenlernte, die größtmögliche Verliebtheit, dieser Kuss, der sie verfolgte, und dann Chiara auf dem Bett in ihrem Hotelzimmer, ihr stumpfer Blick, ihre Frage: Warum können wir nicht mal weg von hier?

Und Sven mit seinem Penis, den sie nun nicht mehr zu sehen bekam, als würde er ihn für einen besseren Menschen aufsparen, und Irma, die jetzt jung war, aber auch drauf und dran, ihre Jugend zu verpassen.

Jola wischte sich die Tränen weg und drückte die Zigarette auf einem Stein am Boden aus. Und dann holte sie einen Eimer voll Wasser, um die Stelle, wo sie geraucht hatte, nass zu machen, denn sie war ja erwachsen und verantwortungsbewusst und ein Vorbild und weiß Gott was noch ...

47

Monika war pünktlich um achtzehn Uhr bei ihrem Haus. Vor fünfzehn Jahren hatte Max den Mietvertrag unterschrieben, alle fünf Jahre hatte sie den befristeten Kontrakt auf seinen Wunsch hin verlängert. Der Mietpreis hatte sich in all den Jahren nicht verändert. Sie könnte heute das Doppelte verlangen, man würde auch jemanden finden, der das Dreifache zahlte und immer noch einen tollen Gegenwert für sein Geld bekam: fast direkter Seezugang (nur ein kleiner öffentlicher Weg zwischen Wiese und Badeplatz), Traumblick von der Terrasse, eine eigene kleine Parkbucht für bis zu vier Autos (etwas, das die Nachbarn, die sich mit Kleinwagen begnügten, weil ein größeres Auto nicht in ihre Parknische unter der Regenrinne passte, mit Neid erfüllte).

Felix wies Monika nicht extra darauf hin, dass sie zu wenig von Max verlangte, auch wenn er die Augen aufriss, als er den Preis auf dem Vertrag sah, aber er sagte nichts, er wusste, dass Monika es auch wusste. Und sie mischte sich ja auch nicht in die Abmachung zwischen ihm und seiner Ex-Frau ein, auch wenn sie sich fragte:

Zahlte sie überhaupt einen Heller für das Haus, zum Beispiel ihre eigene Stromrechnung, zahlte sie das Öl für die Heizung, kaufte sie selbst ihre Milch oder stellte Felix jeden Morgen eine frische Packung in ihren Kühlschrank? Sie glaubte, das war der Fall, so wie er Ursula zu Ostern die Sommerreifen montiert hatte, denn natürlich waren die Räder für sie zu schwer, wie sollte sie sie in den Kofferraum bekommen, und er machte die Arbeit ja gern, liebte sie geradezu! Also ließ Monika ihn die Räder ihres Peugeots auch wechseln, wäre ja komisch, wenn die aktuelle Frau in die Werkstatt fahren müsste, während die Ex-Frau mit einem Kaffee am Fenster saß und dem Ex-Mann zusah, wie er mit starken Armen und geschultem Blick gewissenhaft für ihre Straßensicherheit sorgte.

Aber sonst kam sie gut mit seiner Ex zurecht. Sie hatte sich geschworen, ihr niemals persönlich zu begegnen, davon würde sie auch unter keinen Umständen abweichen, aber erwähnen durfte er sie, so wie sie dann auch ihre Meinung zu ihr kundtun durfte. Ein Spiel mit offenen Karten, sehr erwachsen, im Großen und Ganzen völlig normales Verhalten, wie sie fand.

Jedenfalls hatte Monika beschlossen, die Miete zu erhöhen – nicht in einem Ausmaß, das dem Markt angemessen wäre, bloß um einen symbolischen Betrag, der den allgemein gestiegenen Lebenskosten Rechnung trug.

Monika betrat den Garten. Sie hörte Max in der Küche arbeiten, begleitet von Mahler. Immer dieser Mahler – wie froh sie war, dass Felix keine Klassik hörte, man hätte diesen Mann wirklich nicht besser erfinden können.

Sie überlegte, ob sie zu ihm ins Haus ging, aber der Moment, wenn man durch die Terrassentür trat, hatte immer so etwas Intimes, wie man sich plötzlich Raum und Luft teilte, wie er an sie herantreten würde mit der Schürze um den Hals, wie sie in seinem Essensgeruch stände und darauf wartete, ob er sie auf die Wange küsste oder in seiner Verwirrung wieder auf den Mund. Oder vielleicht hatte er sich noch etwas Schlimmeres ausgedacht, wollte sie umarmen und ihr dabei einen Klaps auf den Po geben, er war völlig unberechenbar geworden.

Stattdessen stand sie also auf der Terrasse und sah über den See, es war so sagenhaft schön an diesem Ort, warum lebte sie nicht mit Felix hier? Er hatte die Möglichkeit nie angesprochen, wahrscheinlich hatte er auch nie darüber nachgedacht. Und sie … sie dachte jetzt das erste Mal daran. Aber nein, das war Unsinn, sie wollte ja in der Stadt sein, in irgendeiner Stadt. Wenn Felix sie gefragt hätte, ob sie mit ihm nach Porto zöge, dann hätte sie darüber nachgedacht. Natürlich kam es nicht infrage, weil sie in der Nähe von Irma sein wollte und auch mit weiteren Enkeln in den nächsten Jahren rechnete (sie glaubte, Valentin wäre vielleicht schneller als Aino, aber da galt es abzuwarten). Und natürlich würden sie nicht in Portugal leben, weil Felix seine Ex-Frau ja nicht zurücklassen konnte, wer mähte dann ihren Rasen, wer machte ihr Klo frei, wenn es verstopft war, wer kam in der Nacht, wenn sie glaubte, fremdländisches Gemurmel in der Gartenlaube zu vernehmen?

Max trat aus dem Haus, entdeckte sie und nickte. Er sah ein wenig angespannt aus, nicht so hysterisch zufrieden wie meistens, wenn man ihn hier traf, ein wenig in Gedanken, erschien ihr. Er machte auch keine Anstalten, sie zu küssen oder Hand an sie zu legen, er fragte bloß, ob sie ein Glas Wein wolle.

Sie nickte und als er wieder auf der Terrasse erschien, mit einem Tablett, auf dem eine Flasche Weißwein im Kühler, Gläser und zwei Schalen mit Antipasti standen, lächelte er schon wieder und seine Augen funkelten, schlechte Laune strich über seine Seele wie ein Schatten übers Wasser.

»Essen wir um sieben?«, fragte er sie.

»Gerne.«

Er sah auf den See hinaus, die Sonne stach ihn in die Augen, aber das war ein Duell, das er regelmäßig gewann. »Ich habe die Kinder versäumt«, sagte er. »Ich war am Nachmittag für ein, zwei Stunden beim Lokal, als ich zurückgekommen bin, waren die Boote weg.«

»Sind sie alle hinaus?«

»Ja, ich glaube schon. Aino ist jedenfalls davon ausgegangen.«

Monika hatte sie noch gar nicht gesehen, seit sie wieder da war. Aino schien gerade Unterschlupf zu suchen, sie hatte ihren Papa umgarnt, sich hier im Haus eingerichtet, all das hatte bestimmt mit Alexander zu tun. War Monika so hart geworden, dass Aino ihr diese Dinge nicht mehr erzählen wollte? Sie hatte ein paar Mal gesagt – am Telefon, wann sprachen sie auch sonst … –, Monika wäre so streng in ihren Urteilen, sie mochte ihr schon nichts mehr anvertrauen. Monika fand nicht, dass es so war. Sie ließ doch alle machen, wie sie wollten, selbst wenn offenkundig war, es war ein Unsinn.

»Bleiben sie denn wieder über Nacht?«, fragte Monika.

»Ja, natürlich, sie haben die Zelte mit! Darum geht es ja überhaupt, schwimmen könnten sie hier ja auch, aber sie wollen ja besoffen und mit verschrammten Waden und diesem pickigen Zeug an den Zähnen in ihr Zelt fallen.«

»Marshmallows!«

»Mäusespeck hieß das früher, weiß auch nicht wieso.«

»Mäusespeck«, wiederholte Monika. Sie hatte diese Bezeichnung ewig nicht mehr gehört, es erinnerte sie an Aino, als sie klein war.

»Es ist doch eigentlich schön, wie gern sie sich haben, oder?«, sagte Max. »Dass sie wirklich Zeit miteinander verbringen wollen.«

»Aber so oft sehen sie sich nicht.«

»Wie auch immer«, sagte Max, »von mir wirst du überhaupt keine Prognose mehr hören.«

»Was denn für eine Prognose?«

»Du weißt schon. Ob Aino bleibt und das alles. Undurchschaubar, das Kind.«

Monika wollte nicht nachfragen, was denn jetzt eigentlich geschehen war – Aino würde es ihr schon selbst erzählen müssen. »Sollen wir uns den Vertrag gleich ansehen?«, fragte sie. Sie wollte keinen Zweifel daran lassen, dass dies der Grund ihres Kommens war, auch wenn Max wieder alles so ausgestaltete, als würden sie ihren Hochzeitstag feiern.

»Sicher!«

Monika nahm den Umschlag aus ihrer Handtasche und legte Max das Papier vor. Er griff nach seiner Lesebrille und schlug den Vertrag auf.

»Irgendwelche Änderungen?«

»Ich habe die Miete angepasst.«

»Angepasst woran?«

»An die Wirklichkeit.«

Max blätterte zu der Seite mit der Miete vor. Er las den korrigierten Eintrag, dabei blinzelte er und strich sich nachdenklich über die Augenbrauen.

»Okay«, sagte er, dann schloss er den Vertrag wieder. »Ich schlage vor, wir essen und dann reden wir darüber, wie du auf diese Zahl gekommen bist.«

Monika lächelte.

»Sicher.«

48

Aino lag alleine am Wasser. Sie dachte an das Gespräch mit Alexander im Park. Er war so überrascht gewesen, so völlig unvorbereitet. Sie glaubte nicht, er würde einen Sportwagen in den

Traunsee fahren. Er hatte ja auch keinen, er würde sich einen ausborgen müssen.

Er war enttäuscht gewesen, aber nicht enttäuscht von ihr. Das hatte er gesagt. Er glaubte, es lag an dem Getrenntsein, an der Unterschiedlichkeit ihrer Leben in Österreich und den USA, an dem verfluchten Corona, das das Reisen so viel schwerer gemacht hatte, und an ihm selbst, weil er sich zu wenig klargemacht hatte, dass es Gründe gab, warum Aino nicht hier lebte.

»Such dir ein Dirndl aus Salzburg, das weiß, wo es hingehört«, hatte sie gesagt, so ein bescheuerter Satz, er wollte ja sie und nicht irgendwen, und er war verletzt gewesen. Und jetzt dachte sie an sein Gesicht, das sonst immer Haltung bewahrte, immer ein Lächeln bereit hielt für jemanden, der es brauchen könnte, immer Interesse ausdrückte für einen, der ihm etwas erzählte, und das einfach in sich zusammengefallen war. Und sie merkte, dass ihr das gefehlt hatte, in seiner Nähe zu sein und seinem Innenleben zuzuschauen, wie es mit seinem wackeren Äußeren rang.

Aber jetzt war es ohnehin zu spät. Es war sinnlos, darüber nachzudenken, ob es noch etwas gäbe, das sie wieder zusammenbringen würde, ein genialer logistischer Einfall betreffend den Atlantischen Ozean, einen psychologischen Trick, der ihre Unsicherheit angesichts eines ganzen Lebens an der Seite eines Mannes ausschalten könnte. Es war zu spät, denn jetzt war sie ja in einen anderen verliebt. Gregg. Gregg, der nun denselben Nachteil hatte wie Alexander zuvor, nämlich ganz weit weg zu sein …

Jola kam, stupste Aino an und sah in Richtung See.

Ein Mann stieg aus dem Wasser und blieb ein paar Meter vor ihnen stehen. Das Licht war wunderschön um diese Uhrzeit, eine Stunde, bevor die Sonne verschwand, und die Szenerie schmeichelte dem Mann.

»Du bist die Schwester von Valentin, oder?«, sagte er zu Aino.

»Wir haben uns früher manchmal euer Tretboot ausgeliehen, dafür hat euer Vater unseren Laubbläser gekriegt.«

»Echt?«, sagte Aino, »Wieso hab ich *die* Geschichte vergessen?« Jola lachte.

»Heute brauchen wir's leider selber, das Boot«, sagte Aino.

»Wollte nur mal Hallo sagen!«

»Wie geht's deinen Kindern, Michi?«, rief Jola.

»Gut, danke«, sagte der Mann, stemmte die Hände in die Hüften und grinste.

»Lieb, dass du uns besucht hast«, sagte Jola.

»Nein, setz dich her zu uns«, sagte Aino.

»Wirklich?«, fragte er.

»Ja, klar«, sagte Aino.

Er stieg den Hang hinauf und setzte sich zu den Schwestern. »Ich mache euer Handtuch ganz nass …«

»Passiert ja nix …«, sagte Aino.

»Bist du jetzt aus Amerika zurück?«, fragte er sie.

»Bin nur für ein paar Wochen im Sommer hier.«

»Und wie ist das so drüben? Vermisst du das alles nicht, wenn du dort bist?«

Jola sah Aino mit einem verzückten Gesichtsausdruck an: War er nicht putzig?

»Es ist schon voll super hier, aber drüben auch«, sagte Aino.

»Ich würde drüben eingehen, der Smog und der ganze Wahnsinn mit den Waffen und dem Trump …«

»Jetzt ist eh der Biden Präsident.«

»Der ist aber auch nicht mehr ganz fit im Kopf!«

»Na ja«, lächelte Aino.

Als irgendwer im Wasser nach ihm rief, sah er auf den See hinaus, und Aino betrachtete sein Gesicht. Sie erinnerte sich wieder an ihn, er war einer der Nachbarsburschen, irgendwann mal verknallt in sie, inzwischen verheiratet und mit ein paar Kindern. Das hier fühlte sich so angenehm an, so würde sie den Sommer gerne verbringen, flirten, sonnen, Blicke tauschen, lachen.

»Wir werden dann grillen, habt ihr Hunger?«, fragte er.

»Wir haben unser eigenes Zeug mit«, sagte Aino, »aber vielleicht kommen wir zu euch rüber, wenn du Gitarre spielst.«

»Ich spiel wirklich Gitarre!«

»Ich weiß«, sagte Aino, »ich erinnere mich!«

Er sah sie stolz an und Jola machte eine kleine, famose Grimasse und Aino platzte mit dem Lachen heraus.

»Was?«, fragte er. Die Schwestern versuchten sich zusammen-zureißen, aber keine Chance.

49

Nach dem Essen saßen Max und Monika auf der Terrasse, sie waren satt, müde von der Hitze und ein wenig betrunken. Monika griff nach ihrem Päckchen *Slim*-Zigaretten und Max schob ihr den Aschenbecher hin. Sie zündete sich eine an und er goss ihnen bei-den Wein nach.

»Kannst du dich eigentlich an den Sigi vom *Traunkeller* erin-nern?«, fragte Max.

»Nein.«

»Der Große mit dem Verwaltungsjob bei der Gemeinde, den ich rausgeschmissen hab.«

»Nein, tut mir leid.«

»Ach, na ja, egal.«

»Was ist denn mit ihm?«, fragte Monika.

»Ich hab ihn gestern getroffen, und er war immer noch bös auf mich.«

»Ja?«

»Aber das Eigenartige war: Ich hab ihn zuerst für Wolfgang gehalten.«

»Für wen?«

»Für den Wolfgang. Deinen ersten Freund.«

Monika überlegte, ob Max vielleicht einen Schlaganfall hatte. Er war sechsundsiebzig, konnte jederzeit passieren. »Aber wieso?«, fragte sie.

»Ich weiß es ja nicht! Sehen sie sich ähnlich?«

»Ich kenne diesen Sigi doch nicht!«

»Er hat gesagt, im Lokal haben sie sich immer gefragt, warum ich all das hätte: vier hübsche Kinder, eine attraktive Frau, das schöne Haus.«

Monika konnte sich die Runde im *Traunkeller* ganz gut vorstellen. So eine räudige kleine Schicksalsgemeinschaft, miteinander und mit dem Kellner, der ihnen den Wein brachte, in Ewigkeit verkettet, aber eigentlich voller Neid und Missgunst. Sie hatte es immer vermieden, Max in seinen Kneipen zu besuchen.

»Hast halt ein Glück gehabt«, sagte Monika und unterdrückte ein Gähnen.

»Du sagst es. Aber wo ist es hin?«

Sie sah ihn an, ungeduldig, ein wenig gelangweilt. »Nirgendwo. Du bist immer noch ein gesegneter Mann. Du bist gesund, du hast deine Kinder. Ich lass dich hier an deiner Seeresidenz leben, du hast deine liebe Birgit! Und jetzt hast du dir sogar noch diesen Lokalwunsch erfüllt. Du kriegst doch *alle* Wünsche erfüllt!«

Max wackelte leicht mit dem Kopf, als wäre das wahr und auch wieder nicht. »Manchmal wünsche ich mir, du würdest mich noch so gerne haben wie in der ersten Hälfte unseres Lebens.«

Sie sah ihn an, Max mit seiner geröteten Halbglatze, den weißen Locken, die sich um seine Ohren ringelten, dazu dieser Unschuldsblick aus seinem schmalen gebräunten Gesicht, das eigentlich immer noch attraktiv war, immer noch das Gesicht des jungen Mäx. Seit der Vernissage in Ischl, bei der sie irgendwie innerlich mit ihm gebrochen hatte, war sie ihm ausgewichen. Es war ja auch nicht ihre Verpflichtung ihn zu treffen, bloß weil sie gemeinsame Kinder hatten und er ihr Haus bewohnte. Sie hatte das Gefühl, sie hatte ihm viel zu lange erlaubt, seine einseitige Sicht auf ihre Ehe zu propagieren, alles so zu erzählen, wie es ihm angenehm war. Aber das wollte sie jetzt nicht mehr. Sie war nicht immer die Böse gewesen, die Abwesende, die Arbeitssüchtige, die Kalte. Er hatte ihr gemeinsames Leben genauso stark geformt wie sie, nach seinen Wünschen und seinen Bedürfnissen und Befähigungen.

Aber sie konnte ihm auch nicht jede Minute Kontra geben. Und in all seiner emotionalen Dusseligkeit mochte sie ihn ja auch noch und sah ihn in ihren Kindern. Und die Erinnerung an ihre guten Zeiten, an liebevolle Augenblicke, an Vermissen und Leidenschaft gab es auch noch.

Sie war einfach nicht so tough, wie alle glaubten. Manchmal musste sie sich zusammennehmen, überhaupt die Wohnung zu verlassen, sie musste aufpassen, sich nicht alles zu Herzen zu nehmen. Warum war sie denn so frech zu den Leuten, warum schoss sie so zurück – doch ganz einfach, weil sie Angst hatte ausgenutzt, übergangen, als alte Frau gesehen und benutzt zu werden. Sie war unverschämt, weil man ihr nichts schenkte, und auch weil ihr die Zeit fehlte, um auf die Freundlichkeit der Welt zu warten.

Und deswegen, wegen der Summe all dieser Dinge, gestattete sie ihm jetzt, dass er nach ihrer Hand griff und sie festhielt.

Er sah sie an und begann von früher zu sprechen, von Tagen am See, von Momenten mit den Kindern … Und sie, na ja, sie ließ sich nicht gerade mitreißen, aber sie wehrte sich auch nicht. Sie ließ ihn ihre Hand halten, was ihm in diesem Moment wohl wie eine Genugtuung erschien, auf jeden Fall war es etwas, aus dem man die falschen Schlüsse ziehen konnte.

Und in einem perfekt gewählten Moment, als Monika gerade ein Vögelchen in der Hecke betrachtete, das ganz wundervoll zwitscherte, beugte er sich vor und drückte ihr seine weichen Lippen auf den Mund. Als er wieder von ihr abließ, flüsterte er: »Ein wunderbarer Abend!«

»Spinnst du?«, sagte sie leise zu ihm.

»Was?«

»Denkst du, das ist angemessen für den Moment?«

»Das entscheiden doch wir«, sagte er und beugte sich schon wieder vor.

Monika rutschte mit dem Stuhl zurück und zischte: »Was fällt dir ein?«

»Was denn?«

»Du willst ja schon wieder …!«

»Nur ein Bussi!«

»Wieso?«

»Weil ich dich mag!«

»Du magst mich?«

»Ja! Und wir haben Handerl gehalten.«

»Du bist wahnsinnig«, sagte Monika und stand auf, »du bist einfach wahnsinnig. Wieso hat bei dir keine Altersvernunft eingesetzt, von Weisheit will ich ja gar nicht sprechen.«

»Ich lebe noch, ich fühle noch, wenn du das meinst … Soll ich mich dafür entschuldigen?«

»Ja, du solltest dich entschuldigen.«

»Bei unserer ersten Begegnung war es genauso!«

»Vor hunderttausend Jahren?«

»Nur knapp über fünfzig. Ich hab dich geküsst und du hast gesagt: Lass das, ich habe einen Freund.«

»Verlobter eigentlich.«

»Aber unangenehm war es dir nicht.«

»Zuerst schon.«

»Aber dann warst du froh, dass du durch mich dem Wolfgang entkommen bist, weil das der Favorit von deinem Vater war, weil er auch Lehrer werden wollte! Und ich …«

»Ja?«

»Ich war der perfekte Typ, um deine Eltern zu ärgern.«

»Genau. Nur deswegen hab ich vier Kinder mit dir bekommen.«

Sie grunzte. So lächerlich war das, was er da absonderte. Aber sie wusste auch, er glaubte es in diesem Moment. Max war so unsicher, so ein Würstchen, das hatte sein Vater aus ihm gemacht, der ihm im ganzen Leben keine Liebe gezeigt hatte.

Monika nahm einen Schluck Wasser, dann sagte sie: »Meine Eltern haben dich sehr gemocht, das weißt du.«

»Der Papa, ja, weil er nur Töchter hatte. Der hatte einfach Freude mit einem Mannsbild in der Familie.«

»Die Mama hat dich auch gerne gehabt.«

»Aber ich war nicht aus gutem Stall, das hat sie mich spüren lassen!«

»Sie war eben mit Dienstboten aufgewachsen.«

»Wir haben auch einen Knecht gehabt in Bayern! Der Sepp hat mir Schnitzen beigebracht. Und andere Sachen.«

Monika seufzte und rieb sich die Augen. »Ich weiß.«

»Als Leander gekommen ist, da hab ich gedacht, jetzt ist es fix, jetzt bleiben wir zusammen. Davor war ich nicht so sicher. Ich dachte, du überlegst es dir noch anders, du springst noch ab. Selbst als wir schwanger vorm Altar gestanden sind, dachte ich, du könntest beim Seitenausgang rauslaufen …«

»Genau, nachdem ich zwei Stunden beim Friseur war …«

»Hast du eigentlich mit ihm geschlafen?«

»Was?«

»Mit Wolfgang! So unerfahren bist du mir nicht vorgekommen!«

»Und du? So g'schickt bist *du* mir nicht vorgekommen …!«

Max sah sie erstaunt an, Entrüstung baute sich auf, verpuffte aber wieder. »Es ist ja wurscht«, sagte er, stand auf und begann, das Geschirr abzuräumen. »Alles lange vorbei. Geblieben ist ein Fetzen Papier, ein Mietvertrag für ein vergangenes Leben.«

»Ein Mietvertrag für ein Haus, nicht mehr und nicht weniger.«

»Ich kann dir das nicht zahlen, was du da willst.«

»Sicher kannst du. Du hast jetzt ein Restaurant.«

»Es wäre unverantwortlich, das zu unterschreiben. Damit würde ich uns beide in eine schreckliche Situation bringen.«

»Wegen der symbolischen Erhöhung?«

»Symbolisch? Mir kommt vor, die Frau Bootsbesitzerin ist ein bisschen abgehoben …«

»Na, das war klar …«

50

Sarah stand vor der Gartentür von Max' Haus und wartete darauf, dass Max und Monika ihren Streit oder ihr Vorspiel oder was immer das war, zu Ende gebracht hätten. Allerdings lief ihr die Zeit davon, sie wollte nicht in der Dunkelheit mit ihrem SUP über den See fahren, auch wenn es nicht weit war. Also drückte sie irgendwann einfach die Gartentür auf, rief Hallo! und spazierte in Richtung Terrasse.

»Ja, servus«, sagte Max überrascht. Er stand auf und ging Sarah ein paar Schritte entgegen. Sie gab ihm zwei Küsschen, sah dabei über seine Schulter zu Monika, die sich aufrichtete und ihre Bluse zurechtzog, als wäre sie tatsächlich in einem Moment der Leidenschaft erwischt worden.

Sarah begrüßte auch sie, dann fragte sie Max, ob sie hier parken und von seinem Strand ihr SUP starten könne – sie wolle noch zu den Geschwistern zu ihrem Platz unterm Berg fahren.

»Ja, sicher«, sagte er, »soll ich dir beim Aufpumpen helfen?«

»Nein, ich habe so ein Akku-Dings, geht ganz schnell!«

»Ach so, klar. Aber laut sind die!«

»Ja, das schon«, sagte Sarah augenzwinkernd und deutete ihm, sie wolle kurz zum Auto gehen, ihre Sachen holen.

Sarah mochte Valentins Eltern, aber sie war auch immer ein wenig befangen in ihrer Gegenwart. Ihre eigenen Eltern waren so wie die meisten hier in der Region bodenständig, vernünftig, sehr berechenbar, aber Max und Monika waren eine ganz andere Nummer. Sie fühlte sich geprüft von ihnen, war sie lustig und unkonventionell genug? – zwei Voraussetzungen für die Aufnahme in die Familie. Nein, das stimmte gar nicht, Alexander war weder lustig noch unkonventionell und sie hatten ihn trotzdem ins Herz geschlossen, aber irgendetwas schien Sarah ihnen beweisen zu müssen – vielleicht ging dieser Druck nur von ihr selbst aus.

Möglicherweise sah sie sie auch einfach zu selten, das sagte Valentin jedenfalls, und es stimmte: Sie war nicht so oft zu den Familientreffen gekommen, sie hatte sich nicht mit Monika angefreundet, wie es anderen Frauen angeblich mit ihrer Schwiegermutter gelang, aber ganz schlecht war ihr Verhältnis auch nicht, es kam so halbwegs hin. Sie hoffte, in Zukunft würde sich das noch bessern …

Beim Wasser brachte sie ihr SUP in Form, schlüpfte aus ihren Sachen, packte alles in einen Rucksack und wollte aufbrechen. Sie winkte den Hang zu Max und Monika hinauf, aber in diesem Moment kamen sie die Wiese zu ihr heruntergelaufen. »Es ist so viel übrig geblieben«, sagte Max, und Monika ergänzte: »Wir haben euch das schnell eingepackt, hast du Platz dafür?«

»Sicher, danke«, sagte Sarah und legte das mit Alufolie ummantelte Paket zuoberst in ihren Rucksack.

»Grüße die Bagage von uns«, sagte Max.

»Und pass auf mit dem Brett«, sagte Monika, »die Strömung ist nicht zu verachten!«

Sarah dachte, sie waren heute so nett zu ihr. Vielleicht wollten sie nur etwas kompensieren, hatten Sorge, Sarah hätte ihr Gespräch gehört, aber sie wollte das gar nicht zu viel hinterfragen, denn es war so ein schöner Zeitpunkt für ihre Aufmerksamkeit: Sarah war schwanger, sie wusste es seit dem Morgen.

Sie winkte und stieß sich vom Ufer ab. Sie stach ein paar Mal mit dem Ruder ins Wasser, und bald hatte sie den Rhythmus gefunden. Ihr war nicht übel in der Früh, sie musste auch nicht dauernd aufs Klo, aber als sie an drei Tagen hintereinander ihrer Kollegin in der Arbeit Vorwürfe gemacht hatte, dass ihr Frühstück so erbärmlich stank, machte es klick bei ihr und sie machte den Test. Als sie das Ergebnis sah, wurde ihr schlecht. Nicht weil sie es nicht wollte, bloß so, kotzübel.

Sie hatte überlegt, Valentin anzurufen, es ihm am Telefon zu sagen, aber das hatte sie wieder verworfen, dann könnte sie ihm gleich eine WhatsApp schicken mit Milchfläschchen und Engelchen und was die Emoji-Leiste noch so hergab. Sie würde es ihm am See sagen, vorausgesetzt er war nicht so besoffen, dass sie es ihm am nächsten Tag noch mal erklären müsste.

Sarah glaubte, er würde sich freuen. Sie hatten nicht gerade auf diesen Moment hingearbeitet, sie hatten keine aktive Familienplanung betrieben, aber dass es passieren konnte, wenn man der Verhütung überhaupt keine Aufmerksamkeit mehr schenkte, war zumindest ihr schon klar gewesen. Und im Prinzip waren sie sich einig, dass sie es wollten, aber sie hatten es eben noch ein bisschen aufgeschoben.

Sarah war gerade sechsunddreißig geworden, *Risikoschwangerschaft* war ein Wort, das ihr nun begegnete, aber sie hatte nicht vor, jetzt durchzudrehen, Angst zu kriegen, bevor ein Grund dafür auftauchte. Sie dachte, während ihr Körper sich an das Kind gewöhnte, gewöhnte sie sich an den Gedanken – alles Weitere sähe man dann schon.

Valentin jedenfalls würde ein guter Daddy sein, auch wenn er Kinder manchmal wie kleine Kunden betrachtete, deren Vorlieben und Interessen er studierte, um ihnen etwas anbieten zu können, das auf ganz analoge Weise mit Streaming, Games und singenden YouTube-Kängurus mithalten konnte. Damit zog sie ihn auf, aber es war nur ein Witz, er war toll mit Kindern. Und sie, sie würde es schon auch hinbekommen. Ihre Schwester hatte sich innerhalb eines Jahres von der Partymaus zur Übermama gewandelt, das hatte vorher auch keiner gedacht.

Was ihr Gedanken machte, war die Arbeit. Das nächste Jahr war das Jahr vor dem Kulturhauptstadtjahr, das Jahr der Detailplanung, der Koordinierung. Es waren Geburtsvorbereitungen, aber andere, als sie jetzt erwartete. Und wenn sie nicht mit dem Säugling an der Brust vor dem Laptop sitzen und Telefonate mit den Babyschläfchen koordinieren wollte, würde sie komplett ausfallen. Etwas, das sie in diesem Moment gleichermaßen mit Erleichterung wie Enttäuschung erfüllte …

Sarah glitt mit ihrem SUP über den See, der in den letzten Sonnenstrahlen dunkelgrün schimmerte, und sie dachte daran, dass sie genau wusste, wann und wo ihr Kind empfangen worden war: Hier war es gewesen, auf dem Boot von Monika und Felix, das sie sich für einen Nachmittag ausgeborgt hatten.

Als sie an ihrem Partyplatz ankam, verschwand gerade die Sonne hinter den Hügeln. Ein paar junge Leute saßen auf der alten Mole, hinten auf der Halde brannte schon ein Feuer. Sie machte ihr SUP neben der *Erika* fest und kletterte mit dem Rucksack über die Felsen. Sie traf zuerst auf Leander, der auf einer Kühlbox saß und mit einer Frau sprach, die im Badeanzug neben ihm stand, die Hände in den Hüften, den Blick auf die letzten glühenden Sonnenkrümel gerichtet.

»Hier geht die Sonne zehn Minuten später unter als in Wien«, sagte sie, »weißt du, wie ich das spüre!«

Sarah beugte sich zu Leander hinunter und gab ihm einen Kuss auf die Wange. Er erschrak, wollte aufstehen für sie, hatte aber eine Schüssel mit Fischen auf dem Schoß. Sie legte die Hand auf seine Schulter, sagte, er solle sitzen bleiben und ging weiter in Richtung der Anlegestelle.

Junge Leute in Badesachen, Bier, Musik aus einem tragbaren Lautsprecher. In einem Boot, das an der Anlegestelle festgemacht war, saß Aino mit einem Mann, sie tranken irgendein Cola-Getränk aus Plastikbechern, sie hatte die Haare offen und einen Sonnenbrand auf den Schultern. Sarah war ihr noch nie begegnet, sie kannte sie nur von Fotos und ein, zwei Videotelefonaten. Sie dachte, sie würde sich später vorstellen, wenn Aino nicht in ein Gespräch vertieft und Valentin dabei war.

Sarah folgte dem schmalen Uferstreifen, ging durch den lichten Wald mit dem sandigen Boden und sah Valentin und Jola auf einem Handtuch auf einem Felsen sitzen. Sie stieg vorsichtig einen kleinen Hang hinab und kletterte zu ihnen.

Valentin küsste sie zur Begrüßung und sagte, sie hätten sie schon ankommen sehen, ob sie sie nicht gehört hätte? Nein, hatte sie nicht, wahrscheinlich war sie in Gedanken gewesen. Sarah setzte sich zu ihnen und schob sachte das Bier zur Seite, das ihr Valentin anbot. Ein Wassertaxi näherte sich. Weil die Ankerplätze voll waren, hielt das Boot außerhalb des Anlegebereichs. Die zwei Burschen, die sich hatten herbringen lassen, ließen sich in den See gleiten und schoben sich – ihre Taschen über den Kopf haltend – die letzten Meter durchs Wasser bis zum Ufer.

Sarah hatte Durst und wollte etwas essen. Sie sagte Valentin, sie ginge zum Lager, und kletterte über die Felsen zurück. Sie hoffte, sie konnten hier überhaupt schlafen, es ging ziemlich laut zu, aber sonst würden sie ihr Zelt eben weiter an den Rand der Wiese verschieben. Sie packte Wasser und Brote in ihren Rucksack, dann ging sie zurück.

Als sie durch das Wäldchen hindurch war, sah sie, dass nun alle vier Geschwister in ihren Badesachen Schulter an Schulter auf dem Felsen standen. Sie blickten auf den See hinaus, der Himmel war rot geworden, das Wasser schwappte gegen den Felsen. Sie schienen hineinspringen zu wollen, aber keiner machte den Anfang.

TEIL 4

OKTOBER

51

Der Krebs war wieder da. Das allein war ein Schock für Leander, die Überraschung der Ärzte, einhergehend mit ihrer Beteuerung der eigenen Schuldlosigkeit, verwirrte ihn noch mehr. Dass er *dort* auch war, davon war ja nicht auszugehen gewesen, darauf hatte es keine Hinweise gegeben!

Nein, man konnte nicht von einem metastasierenden Tumor sprechen, er war möglicherweise schon länger dort als jener, der entfernt worden war, bloß aufgrund seiner Lage einfach nicht auffällig geworden. Und ja, das erklärte das Blutbild, zumindest zum Teil. Die Chemo? Ja, die Chemo hatte in diesem Fall nicht gewirkt, was wiederum an der speziellen Natur des Tumors lag, die Chemo war auf den *anderen* ausgerichtet gewesen.

Also keine Metastasen, keine Eskalation des Tumors, sondern einfach … zwei?

Genau, zwei verschiedene Tumore, völlig unterschiedlich, der eine einfach besser im Verstecken. Aber nun wusste man ja von ihm, nun konnte man ihm zu Leibe rücken! Und man musste sich ja auch mal darüber freuen, dass der erste Tumor, der vielleicht der zweite war, nun verschwunden war, aufgrund Operation und Chemo, die in dem Fall toll gegriffen hatte. Also: kurz freuen, dann den zweiten ins Visier nehmen.

Aber Leander konnte sich nicht freuen. Es fiel ihm schwer zu glauben, dass er noch mal so viel Chemie aufnehmen konnte, ohne dass sein Körper ihm wieder zu verstehen gäbe, dass er das nicht besonders mochte. Die erste Therapie war auch nicht spurlos an ihm vorübergegangen: Seit Ende des Sommers schlief er nicht mehr gut, er hatte Gedächtnisaussetzer und immer wieder quälte ihn ein Tinnitus. Kam das von der Chemo im Frühjahr?

Möglich wäre das schon, sagte man ihm, es gäbe Fälle von verzögert auftretenden Folgen einer Chemotherapie, allerdings war seine ja verhältnismäßig kurz gewesen, und sie hatten keine Bestrahlung gemacht, also eher unwahrscheinlich. Vielleicht hatte er eine Corona-Infektion gehabt? Eventuell symptomlos beziehungsweise von den Nebenwirkungen der Chemo überdeckt? Long Covid, das wäre eine Option.

Ach so, dachte Leander: Ich hatte eine Chemo wegen Krebs 1, wir stießen im Zuge der Nachuntersuchungen auf Krebs 2, aber schlecht geht es mir vielleicht wegen Corona, das ich irgendwann mal zwischendurch inhaliert und nicht mal richtig bemerkt habe.

Nach einem Gespräch mit seinem behandelnden Arzt, es war der fünfte Oktober, ein windiger und regnerischer Tag in Salzburg, beschloss Leander erstens, nicht zur Wahl zum Sportler des Jahres zu gehen, für die er zwei Karten und keine Begleitung hatte, und zweitens seinen Schwager Sven anzurufen.

Sven war nicht weit von Leander mit dem Auto unterwegs. Es waren keine Chalets, für die er diesen Herbst Käufer suchte, sondern Wohnungen in der Nähe eines Naturschutzgebiets, nur fünfhundert Meter von der Getreidegasse, ein laut dem Prospekt, den Sven ihm bei seinem letzten Besuch dagelassen hatte, »wahrer Kraftplatz an erster Adresse Salzburgs«. Vielleicht sollte Leander dort zugreifen, seine Wohnung erschien ihm ausgesaugt und erschöpft, ein Minus-Energie-Ort.

Sie verabredeten sich in einem Wirtshaus an der Bundesstraße. Leander war zuerst da. Es roch nach Leberknödelsuppe; beim Eintreten in die Gaststube stolperte er fast über ein paar nasse Regenschirme. Er setzte sich an einen Tisch, zog den Mantel aus, legte das Handy vor sich hin. Er fuhr sich durch die feuchten Haare, inzwischen wieder fast die alte Länge, bloß grau geworden. Er sah sich im Raum um und dachte, er war das letzte Mal mit Melinda und Noah hier, da war sein Sohn vielleicht vier gewesen.

Leander entdeckte ein altes weißes Schaukelpferd in der Ecke, dort war der Junge draufgesessen. Was hatten sie damals bestellt, überlegte er? Worüber hatten sie sich unterhalten? Was konnte Noah damals, was redete er, was liebte er? Er konnte kein allzu guter Vater sein, dachte Leander, weil er nach dem kleinen Jungen größere Sehnsucht hatte als nach dem fast erwachsenen, er lieber den kleinen noch mal küssen wollte als den großen anzurufen und ein Treffen auszumachen.

Aber wie konnte er sich das auch wünschen? Noah hatte sich bloß einmal in all den harten Monaten bei ihm gemeldet, und da war seine Großmutter neben ihm gestanden, hatte ihm wahrscheinlich ein Kuchenmesser an die Kehle gehalten und mit der Enterbung gedroht.

Er versuchte ihn nicht zu verurteilen. Hätte er selbst mit siebzehn, achtzehn Jahren anders gehandelt? Er wusste es nicht, sein Vater war jeden Schritt seines Lebens bei ihm gewesen, dieser Unterschied war Leander in diesem Jahr öfter ins Bewusstsein gekommen. Max war der anwesende Vater schlechthin, keine Projektionsfläche, auf die man sein Sohn-Sein werfen konnte, sondern eine Realität im Leben wie eine Zahnbürste oder eine Türmatte, zur Benutzung freigegeben, dienstbar, allzeit bereit. Leander wäre auch gerne so ein Vater gewesen, ein Vater, an den man nicht denken musste, weil er ohnehin immer da war. Stattdessen war er für Noah wohl eher so etwas wie ein Artefakt aus seiner Kindheit, etwas, das eine Zeit lang ganz selbstverständlich dagewesen war, dann nicht mehr, und dessen Abwesenheit sich als verschmerzbar herausgestellt hatte.

Sven betrat die Gaststube. Er winkte Leander zu, setzte sich an den Tisch, hängte seine Jacke über einen Stuhl, wischte seine Brille trocken. »Scheiß Verkehr«, sagte er.

»Furchtbar. Hast du Hunger?«, fragte Leander.

Sven warf einen Blick in die Speisekarte und klopfte mit dem Finger auf die Bratknödel. Leander deutete der Kellnerin zu kommen, und sie bestellten. Als sie wieder alleine waren, lehnte sich Leander zurück, legte die Hände auf die Tischplatte und sah Sven an.

»Ich hab noch einen Krebs«, sagte er.

Sven sah ihn ungläubig an. »Hör auf«, sagte er.

»Ich mach's nicht absichtlich!«

Leander erzählte Sven von den Untersuchungen und Arztgesprächen der letzten Wochen, von der Überraschung über die Bestätigung bis zur Prognose. Als er geendet hatte, sagte Sven leise, als sprächen sie über eine Verschwörung oder einen Justizskandal: »Das heißt, du hast einen zweiten Tumor, der aber nicht vom ersten kommt, und sie sagen, dieser neue ist nicht verantwortlich für deine Beschwerden, wegen denen du eigentlich untersucht worden bist.«

»Genau«, sagte Leander. »Komme wegen Tinnitus, gehe mit Tumor.«

»Ich krieg …«, begann Sven und sah in die Luft, als müsste er sich irgendwo aus dem Äther Selbstbeherrschung ziehen, »ich krieg so einen Zorn, wie man mit dir umgeht!«

»Nein«, beschwichtigte Leander.

»Doch! Sie setzen dich diesem kräftezehrenden, energieraubenden chemischen Flächenbrand aus, dann schieben sie die Auswirkungen auf das Virus, das nachweislich nicht gefährlicher als eine Influenza ist, und dann entdecken sie nur durch Zufall einen zweiten Tumor!«

Leander sah Sven nachdenklich an. Er wusste, wie sein Schwager dachte, er kannte seine Argumente, aber diesmal fühlte er sich angesprochen von seiner Rhetorik und er teilte seinen Zorn. »Ich habe nachgedacht«, sagte er, »ich will diesen Mann kennenlernen, von dem du gesprochen hast.«

»Wen?«

»Der mit seinen Viechern nepalesisch spricht.«

»Leif Wimmer?«

Leander nickte.

»Ja!« rief Sven und griff nach Leanders Hand. Er drückte sie und sagte noch einmal Ja!, wie das Startsignal für eine Operation, auf deren Beginn er seit Langem wartete.

Leander musste über Svens Motiviertheit lächeln und fühlte sich sogar davon angesteckt. Seit Anfang des Jahres war ihm sein Schwager mit diesem Mann in den Ohren gelegen, er hatte ihn geradezu angebettelt, ihm eine Chance zu geben. Jetzt war Leander so weit. Er hatte sich schon im Frühjahr mit Ayurveda und dem Zauber der Kristalle angefreundet, aber er hatte niemanden an sich herangelassen, der behauptete, ihn kraft seiner Gabe heilen zu können. Heilung war es aber, was Leander brauchte, denn wer wusste, ob die Ärzte nach der neuen Behandlung nicht eine weitere Überraschung für ihn hätten. Und inzwischen war es ihm auch egal, ob diese heilende Kraft aus einem Labor oder aus den Fingerspitzen eines entrückten Waldschrats kam.

»Kannst du ihn anrufen«, fragte Leander, »einen Termin ausmachen?«

»Also ich habe seine Nummer jetzt nicht im Handy oder so, aber er hat seine Ordination irgendwo im Pongau, ich finde das raus.«

»Weißt du, wie das abläuft?«

»Ich kann dir garantieren, dass es absolut unspektakulär ist, weil so ist dieser Typ – wenig Blabla, wenig Brimborium, viel Substanz, viel positive Energie.«

»Gut.«

»Ich weiß, dass du ein rationaler Mensch bist, dass du die Dinge aus der Sicht der Wissenschaft siehst, aber du wirst sehen, da gibt es überhaupt keine Widersprüche. Der Leif Wimmer ist ausgebildeter Mediziner, er hat als praktischer Arzt ordiniert, also bevor sie ihm die Lizenz entzogen haben – eigenes Thema –, aber er bringt die Ansätze der fernöstlichen Medizin mit hinein und seine ganze Lebenserfahrung als Mensch und Familienvater und Reisender und Schama...«

»Du musst mich gar nicht mehr überzeugen, Sven«, unterbrach ihn Leander, wobei er dachte, Svens Überzeugungsversuche würden nur dazu führen, dass er ihm die Sache wieder ausredete.

»Wie du damals gesagt hast – Schaden hat vom Handauflegen noch keiner genommen«, sagte Leander.

»Genau. Hab ich das gesagt?«

»Nur eines: Die Familie soll von der ganzen Sache nichts wissen. Weder die neue Diagnose noch die Wimmer-Geschichte. Das bleibt unter uns, in Ordnung?«

»Ja, klar«, sagte Sven. »Wir zwei werden das gemeinsam gebacken kriegen!«

Und dann begann Sven, von Didi Mateschitz zu sprechen, davon, dass er an Krebs litt, es schon alle wussten, aber kaum etwas in die Medien drang. Es hieß, er verweigerte die Chemo, er nahm keine Medikamente und verließ sich ganz auf eine alternative Behandlung. Sven schien das als Bestätigung für ihren Weg zu sehen. Wenn selbst der reichste Mann des Landes der Schulmedizin misstraute ...

Leander aber dachte, vielleicht waren die Aussichten einfach schon so schlecht, dass er die Behandlung ablehnte, was drang schon wirklich nach draußen aus seiner Residenz am Wolfgangsee. Mateschitz lebte bestimmt nicht weniger gern als sonst irgendwer, und wenn es eine Behandlung gegeben hätte, die geholfen hätte, er hätte ihr doch sicher zugestimmt.

52

Jola stand auf der Esplanade und schloss die Regenjacke um ihren Hals, es ging ein rauer Wind am See. Das Mahnmal vor ihr war von einem Sichtschutz umgeben, zwei Meter hohe Transparentbahnen um Baustellenzäune gespannt. Während die Skulptur aufgebaut wurde, sollte sie für die Öffentlichkeit noch unsichtbar bleiben. Es waren zwei Tage bis zur Einweihung, und die Arbeiten waren nahezu abgeschlossen. Eigentlich war es vor allem die Elektrik, die noch Probleme machte, aber sie spielte für die Präsentation keine Rolle. Die Vorstellung fand bei Tageslicht statt und die LED-Beleuchtung, die die Namen der Opfer zum Strahlen bringen sollte, kam ohnehin nur bei Dunkelheit zum Einsatz.

Die Fixierung der Reliefs auf dem Stahlsockel, das war die härteste Aufgabe gewesen, das hatte die meisten Nerven gekostet. Jola hatte viel aus dem Projekt gelernt, zum Beispiel, dass sie so etwas nie wieder machen wollte. Wie unendlich leicht war es, eine Arbeit für eine Ausstellung oder ein Museum zu erstellen, wo die Figur geschützt und behütet zur Schau gestellt wurde, und wie unendlich zeitaufwendig und nervenaufreibend eine große skulpturale Arbeit für den öffentlichen Raum zu gestalten, wo sie der Witterung, der Kletterlust von Kindern, der Selbstzurschaustellungssucht von Instagram-Usern, der Zerstörungslust von Betrunkenen oder der Aggression von Vandalen ausgesetzt war. Natürlich war ihnen klar, dass man nicht alle Eventualitäten im Vorfeld berücksichtigen konnte, sie wussten: Es würde etwas geschehen, man würde regelmäßig zur Reinigung ausrücken müssen, es würden Stücke abgeschlagen werden, Reparaturen erforderlich sein. Jola lebte in der Umgebung, sie hatte auch nicht vor, in nächster Zeit hier wegzuziehen, und die Pflege dieser großen Skulptur würde nun Teil ihres Lebens sein. Sie würde immer Zuwendung brauchen – und das war ein Gedanke, der ihr sogar gefiel. Künstler sagten gerne, ihre Werke seien ihre Kinder, aber ein Regisseur oder eine Autorin hatte mit dem Sprössling nicht mehr viel Mühe, wenn er aus dem Haus war. Jola aber würde ihrem Kind über die Jahre die Hand halten, für es da sein, es pflegen und vor Anfeindungen beschützen. Es würde mal auf mehr und mal auf weniger Sympathien stoßen, ganz nach dem Zeitgeist wäre seine Botschaft einmal willkommen und einmal nicht mehr so willkommen. Aber Jola würde immer zu ihm stehen, bei jedem Wetter am See, bei jedem Klima in der Gesellschaft.

Sie schob den Zaun ein Stück zur Seite und trat in den inneren Bereich der Baustelle. Der Elektriker hatte die Servicetür des Sockels geöffnet, und nur seine Schuhe sahen aus dem Denkmal heraus. Das Licht ging an und aus und schien durch die ausgefrästen Buchstaben im Unterteil der Installation.

Das gefiel Jola. Sie überlegte, ob die Servicetür nicht immer offen sein und das Schuhwerk des Technikers rausschauen sollte. Dazu das Blinken der Namen. Work in Progress. Erinnerung als ein Prozess, der eben Arbeit machte. Und ein bisschen was zum Schmunzeln, Betroffenheit löste auch nicht alle Probleme dieser Welt.

Aber gut, das kam jetzt aus ihrer Perspektive heraus, aus ihrer Dauerbeschäftigung mit dem schweren Thema, ihrer Sehnsucht nach Leichtigkeit und Lebendigkeit. Die Leute, die hier vorbeikamen, die Urlauber und Seebesucher, die ließen es sich ja eh gut gehen, die kamen vom Aperoltrinken und waren auf dem Weg ins Theater oder Restaurant, denen war schon zuzumuten, dass sie sich einmal fünf Minuten auf ein ernstes Kapitel der Stadtgeschichte einließen. Für die meisten würde das sogar eine schöne Abrundung des Gmunden-Besuchs bedeuten, diese Erfahrung, die über das Vergnügen hinausging, *das Mahnmal haben wir auch gesehen, das ist schon wichtig, das gehört schon so.*

Jola ging um das Objekt herum, ließ ihre Blicke zum tausendsten Mal über die sechzehn schmalen, aneinandergepressten Figuren wandern, ihre Kreatürchen, die sie liebte. Vier auf jeder Seite, die Hälfte von vorne, die Hälfte von hinten dargestellt, nackt, abstrahiert. Sie sahen aus wie aus gepresstem Sand, die Körperpartien, die hervorstanden, hell mit Porzellan überzogen, die Mulden und Kerben dunkler. Wie ein Fund, ein Fossil, ein Abdruck im Stoff der Zeit – so sah es jedenfalls ihre Kollegin Anna, die gleichzeitig Jolas größter Fan war. Es waren nicht sechzehn gewesen, die in Gmunden dem NS-Regime zum Opfer gefallen waren, die Figuren waren nur Stellvertreter. Es waren sechzig gewesen, Jüdinnen und Juden, Euthanasieopfer, politisch Verfolgte, aber die Zahl stieg noch mit den fortlaufenden Recherchen der Historiker.

Die jüdische Gemeinde in Gmunden war nie sehr groß, mal waren es dreißig oder vierzig Menschen, mit hundert war der Höchststand erreicht gewesen. Jüdische Saisongäste, davon hatte es viele gegeben, darunter bekannte Künstler, und manche der regelmäßigen Besucher kauften auch ein Haus und wurden ansässig.

Antijüdische Stimmung flammte seit dem Ersten Weltkrieg immer wieder auf, ab Mitte der dreißiger Jahre verließen endgültig viele Juden die Stadt. Sofort mit dem Anschluss 1938, der »Befreiung«, begannen die Gefangennahmen, Ausgehverbote, Demütigungen. Jüdische Geschäfte wurden mit einem gelben Punkt gekennzeichnet, wer dort einkaufte, wurde in der Zeitung an den Judenpranger gestellt. Es kam zu Beschlagnahmungen, Berufsverboten, zur Auflösung der jüdischen Vereine. Die meisten von jenen aus Gmunden, die starben, waren Ende des Jahres 1938 nach Wien gegangen, um von dort ihre Flucht fortzusetzen. Manche suchten Schutz ausgerechnet in jenen Ländern, die später von Hitlers Truppen besetzt wurden – und endeten wie viele andere in den Konzentrationslagern.

Jola kannte die geschichtlichen Fakten, aber auch einige überlieferte Einzelschicksale: So wie das jener alten Jüdin, die sich über die Beschimpfungen der NSDAP-Leute so aufregte, dass sie einen Herzanfall erlitt und starb und schließlich – weil ihren Angehörigen kein Leichenwagen bereitgestellt wurde – von Männern auf einer ausgehängten Tür zum jüdischen Friedhof getragen wurde, wo man sie beerdigte.

Solche Bilder hatte Jola diesen vergangenen Sommer vor Augen, wenn sie am Rathausplatz saß – der 1938 in Adolf-Hitler-Platz umbenannt worden war. Sie dachte an die Juden, die bei strömendem Regen auf diesem Platz gedemütigt und verspottet worden waren, vom dreijährigen Jungen bis zum siebzigjährigen Alten.

Und sie dachte darüber nach, warum der Hass jetzt wieder auf loderte, warum antisemitische Meldungen sogar in Irmas Klasse en vogue zu werden begannen. In diesen Momenten wünschte sie sich, kein Mahnmal zu gestalten, vor dem stehend manche nur denken würden, *gut so*, sondern ein *Warnmal*, das daran erinnerte, dass am Ende die Nazis die Verlierer waren, dass am Ende der kleine Mann im Bunker starb, und die Rädelsführer (zumindest ein paar) am Galgen landeten. Und sie gab sich ihren Fantasien hin, führte die Despoten ihrer gerechten Strafe zu und wünschte sich, man könnte eine Grenze in der Zeit ziehen, nach welcher diese Dinge nicht mehr geschehen konnten.

Dann ging sie wieder in ihr Atelier und arbeitete weiter an ihren Opfern, die sie selbst aber als *Survivors* sah, weil sie auf lange Sicht gewonnen hatten. So wollte sie es jedenfalls sehen.

Während Jola mit dem Techniker plauderte, der die Arbeit an dem Monument sichtlich genoss und stolz war, dass er seinen Teil zu dem Projekt beitragen konnte – ja, auf solche Leute traf man auch –, kam eine Nachricht auf ihr Handy: Chiara schrieb, sie würde gerne das Angebot für den Badezimmerkasten annehmen, den Jola noch in der Originalverpackung in ihrem Keller stehen hatte, sie könnten ihn gut brauchen.

Chiara hatte sich im September von ihrem Mann getrennt und nun zog sie aus dem gemeinsamen Haus aus. Sie hatte sich eine Wohnung in Vöcklabruck genommen, direkt neben einer Musikschule, deren Proberäume und Aufnahmestudio sie mitnutzen konnte. Ihr Mann würde das Haus behalten und Chiara ihren Anteil in Raten ausbezahlen, was ihre finanzielle Situation fürs Erste entspannte. Ihre Tochter hätte an beiden Wohnorten ein Zimmer, könnte also nach Laune und je nachdem, in welche Richtung ihre Elternliebe gerade ausschlug, ihren Lebensmittelpunkt wählen.

Jolas und Chiaras Treffen hatten damit vorerst auch ihr Ende gefunden. Man musste die eine Sache – das Haus, die Ehe, die Familie – von der anderen – die Affäre, die Liebe, Steyr – entkoppeln, fand Chiara. Es ließ sich nicht zusammendenken, man konnte nicht eines vom anderen abhängig machen.

Jola war nicht glücklich darüber, sie war in den letzten Wochen vor der Fertigstellung des Mahnmals wie eine tyrannische, egozentrische Künstlerkönigin gewesen, die ihren Sex und ihre romantische Zerstreuung brauchte, bevor sie wieder ins Atelier gehen konnte, um genial zu sein, und die Vorstellung, dass ihr Hotelzimmer in Steyr unbelegt blieb, dass sie nicht mehr in Chiaras Armen Ablenkung und Befriedigung finden konnte, machte sie nervös und unglücklich und führte zu allerlei Mikrokrisen in ihrem Leben mit Sven und Irma. Wie würde es weitergehen, wenn sich Chiara in ihr neues Leben eingefunden, wenn sie nach dreißig Jahren Beziehung mit einem Mann, der ihr allererster Freund gewesen war, ihre Eigenständigkeit gefunden hätte? Würde sie sich ganz auf ihre Tochter und sich selbst konzentrieren, ihre Wohnung zu einem gemütlichen Heim machen, sich auf ihre Arbeit konzentrieren? Würde sie in der brodelnden Musikszene von Vöcklabruck neue Freunde, neue Impulse, eine neue Liebe finden? (*Hör auf damit, Jola, Vöck-labruck ist nicht so übel!*) Würde sie Jola vergessen? Oder schlimmer, mit Wut und Enttäuschung auf ihre gemeinsame Zeit zurückblicken? Würde sie denken, Jola hätte sie nur ausgenutzt?

Wenn das Mahnmal eingeweiht worden war, wenn sie ihr Atelier aufgeräumt und ihre Rechnungen an die Gemeinde verschickt hatte, wenn Presseartikel abgeheftet und die Homepage aktualisiert worden war, dann käme der Moment – das wusste Jola –, wo sie alles einholen würde, was in den letzten Monaten nur so an ihr vorbeigerauscht war. Die Gespräche, die Ängste, die Heimlichkeit, die Zärtlichkeit, dieses ganze halbe Jahr mit seinen Nachmittagen auf dem Hotelzimmer zum Garten hinaus.

Und dann würde sie etwas fühlen, was sie jetzt noch nicht fühlen konnte, weil einfach zu viel los war, weil sie einfach keine Zeit hatte. Und das würde dann ihre Zukunft bestimmen, was auch immer es wäre.

Jola verließ den abgesperrten Bereich des Mahnmals und ging bis zu dem asphaltierten Weg am See. Sie setzte sich auf eine Bank und antwortete auf die Nachricht von Chiara: Ja, den Badezimmerschrank könne sie haben, ja, es gäbe eine Bauanleitung dazu, nein, sie wolle kein Geld dafür. Der Cursor in ihrem WhatsApp-Fenster blinkte und forderte sie auf, mehr zu schreiben.

Sie hob den Blick, sah über den aufgewühlten See zum Schloss Orth, das Märchenschloss ihrer Kindheit, das sie hundertfach gemalt hatte – und von dem sie nie gewusst hatte, dass einmal riesengroß *Ein Volk, ein Reich, ein Führer* darauf geschrieben stand. Als Mädchen dachte sie, sie würde dort heiraten, sie selbst in ihrer Vorstellung ein schöner Prinz, ihre Braut eine Nixe, ein bezauberndes, wildes Geschöpf aus dem Wasserreich. Tatsächlich hatte sie einen dünnen Norddeutschen auf dem Biobauernhof von Freunden geheiratet, vom Meer kam er ja immerhin.

»Ich deponiere den Schrank bei Lisa«, schrieb sie, ihre gemeinsame Freundin, die in einem Secondhand-Geschäft in Altmünster arbeitete – ihr toter Briefkasten für nach der Trennung auszutauschende Gegenstände. Sie wollte dem noch irgendetwas folgen lassen, das nicht so schrecklich pragmatisch war. »Schick mir die kitschigste Postkarte von Vöcklabruck, machst du das?«, schrieb Jola in das Nachrichtenfenster und sie drückte auf Senden.

Sie wünschte sich wirklich sehr, diese Postkarte zu bekommen.

53

Es war früher Abend im *Lacus Felix*. Max hatte die Außenbeleuchtung angedreht, das Mondschein-Strahlen der Lettern auf dem Dach würde vielleicht ein paar Autofahrer verführen, einen Stopp einzulegen, eine Kleinigkeit zu essen, oder auch nur einen Espresso zu trinken und die Zeitung durchzublättern. Max hatte eine CD mit Griegs Peer Gynt eingelegt, *Solveigs Lied* sorgte für eine filigrane Lokalstimmung zwischen Frohlocken und Melancholie.

Zwei Tische waren besetzt, an der Bar saßen drei einzelne Gäste. Max mochte die Stimmung um diese Uhrzeit am liebsten, wenn die Leute noch mit gedämpfter Stimme sprachen, wenn sich die Anspannung des Tages bei einem Glas Wein verflüchtigte, wenn er zwischen zwei Handgriffen durch das Küchenfenster die Dämmerung über dem See sah.

Gibst du mir jetzt einen Mokka? – Sicher, mach ich dir gleich.

Hast du die Zeitung von gestern noch? – Wart, ich schau dir nach.

Machst mir noch einen Batzen *Sauce Trara* auf den Teller? – Kriegst ein Schälchen, gut?

Kleine Wünsche des frühen Abends erfüllte Max sofort und mit Liebenswürdigkeit, später ging die Freundlichkeit manchmal in der

Hektik unter. Wobei Hektik aktuell zu viel gesagt war, der Oktober hatte ruhig begonnen. Schon der September hatte nicht mit dem sensationellen Sommer mithalten können, der alle ihre Erwartungen übertroffen hatte. Im August wussten die Leute an manchen Abenden nicht mehr, wo sie ihr Auto parken sollten, die Fahrzeuge standen abenteuerlich zurückgelassen am Rand der Bundesstraße – welche Werbung, welcher Anreiz, selbst zu probieren, was all die Leute anlockte!

Vroni kam zur Tür hinein. Sie war die neue Köchin, die sie eingestellt hatten, nachdem Manuel der Einladung seines Mentors gefolgt war, auf einem Kreuzfahrtschiff mit Kurs auf die Antarktis zu kochen (das behauptete Manuel, Max glaubte, er hatte einfach genug von ihm und der Bundesstraße 145). Vroni hatte dieselbe Akademie wie ihr Vorgänger besucht, hatte das Handwerk von den gleichen Chefs erlernt, mit einem Unterschied: Es schmeckte nicht so gut bei ihr. Max grübelte darüber nach, woran es liegen mochte: Sie kochte nach den gleichen Rezepten, mit den gleichen Zutaten, in denselben Pfannen. Lag es an dem kleinen Zauberkasten mit Gewürzen, den Manuel immer in seinem Rucksack mitbrachte? War es die Verspieltheit in seinem Wesen, die etwas im Essen zum Klingen brachte? Vroni, noch in ihren Zwanzigern, spürte, dass Max nicht zufrieden war, konnte aber auch nichts an ihrem Kochen ändern, das ja im Prinzip fehlerfrei war.

»Magst du einen Kaffee?«, bot ihr Max an, als sie sich in der Küche umzog. Er hatte sich vorgenommen, lieb zu ihr zu sein, zu akzeptieren, dass sie nicht Manuel war und es jetzt eben schmeckte wie beim Friedhofswirt.

Während er an der Kaffeemaschine hantierte, sah Max über die Schulter, wie Alexander eintrat, seine Jacke und seine Kappe an die Garderobe hängte und sich zu Max an die Bar setzte. Er sah nicht mehr allzu oft im Lokal vorbei. Im Sommer war es noch anders gewesen, da hatte Max ihn jeden Tag gebraucht. Den ganzen stressigen August hindurch war Alexander professionell und fabelhaft gewesen, hatte Max durch den Ansturm der Gäste geholfen und Probleme gelöst, wo immer sie auftauchten.

Wenn Max mit ihm über Aino sprechen wollte, über die überraschende Trennung, winkte Alexander ab, sagte: »Nein, du, lass gut sein, wir haben uns ausgesprochen, da bleibt nichts zurück, so ist es eben manchmal …«

»Ja«, sagte Max dann, »aber sie ist ja auch so ein Dickschädel, ich verstehe es ja selber nicht, vielleicht kannst du es mir erklären, es tut mir ja so leid für dich.« Und Alexander immer nur: »Wir haben uns einfach irgendwo verloren, so was kommt vor …«

Inzwischen hatte Max es aufgegeben. Er hoffte, dass Alexander die Sache einigermaßen verwand, aber er kam auch nicht umhin, ein paar Veränderungen an ihm zu bemerken: Alexander wirkte manchmal abwesend; aus einer gelegentlichen Zigarette bei einem Glas Bier war ein halbes Päckchen am Tag geworden; manchmal stand er abends vor dem Lokal und rauchte, sein Blick auf das Lichterband der Bundesstraße gerichtet, und ein Lächeln flackerte kurz in seinem Gesicht auf, als erinnerte er sich an einen schönen Moment, der gleich wieder verschwand.

In Gesellschaft war er immer noch ein freundlicher, interessierter Mensch, aber es schien ihn jetzt jede Handlung eine kleine Überwindung zu kosten. Ja, dachte Max, er hatte irgendwie die Initiative verloren. Nimm es bitte nicht so schwer, wollte er dann sagen. Aber das war natürlich keine Hilfe für einen Mann, der unglücklich war, der einem Verlust nachtrauerte. Alexander nahm es nicht schwer, es war einfach schwer für ihn.

Irgendwann im September hatte Max so ein schlechtes Gewissen gehabt, hatte sich so mitverantwortlich für den Pallawatsch gefühlt, dass er zu Alexander sagte: »Bitte, schicke mir eine Rechnung für all die Arbeiten, die ihr an dem Haus gemacht habt. Ich halte diesen Zustand nicht mehr aus.«

Alexander war ganz verwirrt gewesen. Wovon sprach Max da, er wollte dafür doch nie etwas nehmen!

»Aber Aino und du, ihr seid kein Paar mehr, ihr habt nicht geheiratet, es tut mir leid, aber das sind Tatsachen, und da bleibt doch die Frage: Warum machen deine Leute unser Dach für umsonst?«

»Ach so, das macht dir zu schaffen«, sagte Alexander, »das beschäftigt dich.« Max nickte, Alexander nickte, und alle Dachdecker der Welt nickten, und am nächsten Tag fand Max eine Rechnung mit Tixo an die Lokaltür geklebt: »Dach gerichtet, Kamin gemacht, Fernseher angeschlossen, Rasen gemäht, Chili gekocht, Holz gehackt, über Tochter geredet: Euro 1,- (exkl. USt.)«

Am nächsten Tag schrieb Max eine Notiz an Alexander, teilte ihm mit, er könne die Rechnung über einen Euro derzeit nicht bezahlen, ob er für ein Gegengeschäft offen wäre. Anbei war eine Rechnung, die Max mit der Hand geschrieben hatte: »Lokal gepachtet, Sohn zur Arbeit eingespannt, Koch vergrault, Gäste beflegelt, Wein gestreckt, Besitzer nicht trösten können: Euro 1,- (exkl. USt)«

Und damit war ihre Unterhaltung zu dem Thema abgeschlossen. Sie waren sich nichts schuldig, auch wenn beide wussten, dass Alexander unendlich viel mehr gegeben hatte.

Max teilte Monika mit, dass sie ruhig schlafen könne, es stünde ihr keine Rechnung mit fünfstelligem Betrag ins Haus. Sie war erleichtert und nutzte die Gelegenheit, Max zu fragen, ob er sich endlich entschieden hatte, den Mietvertrag zu den neuen Konditionen zu unterschreiben. Er sagte: »Ich kann es nicht«, und sie: »Dann zieh aus!«

Nun, das konnte er allerdings auch nicht. Die Gründe lagen auf der Hand: Das Haus war der Treffpunkt der Familie, zöge er aus, würde weiß Gott was mit dem Haus passieren und die Familie müsste sich bei der Tankstelle oder beim McDonald's treffen.

Das Haus war voller Familienerinnerungen, alles aus- bzw. aufzuräumen würde ihn seine letzten Lebensjahre lang beschäftigen.

Er wusste nicht, wo er sonst hinziehen sollte. Birgit würde ihn schon aufnehmen, aber er hatte sich jetzt schon mit ihren Nachbarn angelegt, ihre Küche behagte ihm nicht, Erinnerungen an ihren toten Mann waren überall (wieso in drei Teufels Namen bewahrte man die alten Hausschuhe eines Verstorbenen auf?).

Also zögerte er die Entscheidung hinaus. Aber je länger er wartete, desto mehr schien sich das Haus selbst neuen Besitzern anzudienen: Menschen klingelten an der Tür, sagten, sie fänden das Haus so bezaubernd, sei es zu verkaufen? Makler schrieben Interessenbekundungsbriefe, die Nachbarn luden sich zum Kaffee ein und erkundigten sich auffällig unauffällig nach der Zukunft der Immobilie.

Vielleicht war es auch bloß, dass Max alt war. Dass er alt war und wegen der Arbeit im Lokal noch älter aussah. Er hatte zwar eine Vertretung gefunden, ein genauso tattriger ehemaliger Kellner, der froh war, Haus und Frau an zwei Abenden in der Woche zu entkommen, aber im Vergleich zu Max' entspanntem Rentnerdasein hatte sein Leben nun ein ganz anderes Stressniveau. Sein Zustand brachte das Herz von Immobilienjägern zum schneller Schlagen, ließ Nachbarn spekulieren, motivierte sogar die eigene Familie, über seine Zukunft nachzudenken: Valentin sprach ganz zufällig von einer schönen neuen Wohnanlage in der Nähe des Krankenhauses, Jola hatte den Film *Best Exotic Marigold Hotel* gesehen und meinte, ob das nichts für Max wäre – Indien, coole Alte, fun, fun, fun …

Noch war alles offen, noch überlegte er auch, einfach zu unterschreiben. So wie es jetzt war, konnte er sich das Haus leisten,

Monikas Aufschlag auf die Miete war tatsächlich eher symbolischer Natur. Wenn das Lokal aber wieder schließen musste oder er sich nicht mehr in der Lage fühlte, dort zu arbeiten, wogen auch symbolische Euro schwer. Dazu kam natürlich sein Stolz, seine Überzeugung, dass eigentlich jeder Betrag für die Miete zu hoch bemessen war, hatte er doch zwei Drittel seines Lebens auf das Haus geschaut, es am Leben erhalten, sich ein Anrecht darauf *erlebt*. Eigentlich müsste es ihm gehören, das war sein Gefühl.

Alexander bestellte einen Espresso und ein Stück Kuchen. Max machte ihm den Kaffee, wechselte währenddessen ein paar Worte mit Vroni, die sich an ihrem Arbeitsplatz immer noch nicht richtig auskannte, immer noch nach Sieb und Gemüseschäler suchte.

Max schob den Kuchen über die Theke und Alexander murmelte etwas von einem Schwimmbad, und was Max davon hielt.

»Was?«, rief Max, der zur Kenntnis genommen hatte, dass das Geräuschniveau im Lokal wieder angestiegen war. Es reichte, dass ein Idiot glaubte, sich brüllend unterhalten zu müssen, und sofort passten sich alle anderen an und man war auf einem Rockkonzert.

»Ein altes Freibad, seit Jahren geschlossen, in der Nähe von Vorchdorf. Man könnte es zu einem Naturbad umbauen. Es liegt ganz nah am Fluss, an der Alm.«

»Willst du dir noch was aufhalsen?«, fragte Max und dachte, am Ende würde Alexander den Bubble-Tea-Laden auch noch kaufen.

»Ich will ja nicht den Bademeister machen«, sagte Alexander, »es klingt nur nach einem interessanten Projekt.« Er nahm einen Schluck Espresso, dann griff er nach seinen Zigaretten und stand vom Barhocker auf. Bevor er den Weg nach draußen antrat, sagte er zu Max: »Ich war heute bei Valentin.«

Max erstarrte in der Bewegung, sagte: »Ja? War sie auch da?«

Alexander nickte. Er deutete mit seiner Hand Sarahs Bauchumfang an.

Max lächelte. Er vergaß, dass er ein Tablett mit Gläsern vor sich stehen hatte, die serviert gehörten, er bemerkte nicht, dass man ihm an einem Tisch Zeichen gab zu zahlen. Die ganze Existenz des Lokals rückte mit den Gedanken an das Kind in weite Ferne.

Valentin hatte es Max und Monika Mitte August gesagt, da war Sarah in der zwölften Woche gewesen. Max' erster Gedanke war, sie würden ihn brauchen, er könnte nicht dreimal die Woche im Lokal stehen. Wie viel Zeit blieb? Wann war der Geburtstermin? Aha, Ende Februar. Und was bedeutete das für die Familie? Würde es ihn und Monika wieder näher zusammenbringen? Die Geschwister bestimmt.

Er dachte, Valentins Kind würde in Gmunden aufwachsen. Wieder würden sie dieser Stadt einen kleinen Einwohner schenken. Wieder würde ein Menschlein aufs Schloss Orth sehen, auf die schlafende Griechin, auf den Traunstein, und fühlen lernen: zu Hause.

Und sie wiederum, die Alten, würden den Kleinen sehen (aus irgendeinem Grund war Max überzeugt, es würde ein Junge werden), seine drallen kleinen Beine in raufgekrempelten Jeans, wie er mit einem Füchslein in der Hand durch das Tor des Kindergartens stiefelte, und das würde auch sie fühlen lassen, hier waren sie zu Hause, in der Nähe des Jungen – und alle Möglichkeiten eines Lebens in der Ferne, in Indien, Portugal oder auch nur Niederbayern, würden sich ad absurdum führen.

Max beendete seine Träumereien und griff nach dem Tablett. Alexander machte sich auf den Weg zur Tür, als ihm Max nachrief: »Kommst du eigentlich zu Jolas Eröffnung?«

Er drehte sich um, sagte: »Ja, klar.«

»Schön«, sagte Max.

»Wird …?«, begann Alexander und spielte mit dem Daumen am Verschluss seiner Zigarettenpackung herum.

»Sie wollte gerne kommen, aber wahrscheinlich kriegt sie nicht frei. Aber du weißt ja: Sie mag Überraschungen.«

»Ja«, sagte Alexander, »ich weiß.«

Er lächelte, immerhin.

Max zwinkerte ihm zu, hob das Tablett und sah auf die Uhr: halb acht, nur drei Tische besetzt, an einem Donnerstag. Na ja, wenigstens würde er heute früher bei Birgit sein, sie würden noch über ihren Tag reden können, darüber, dass Alexander mal wieder im Lokal war, vielleicht noch über das Baby, und dann gingen sie zu Bett und würden sich aneinanderkuscheln und sie würde glauben, er täte das für sie, weil sie das so mochte, aber da irrte sie sich: Er wollte es, er war ein Kuschler geworden.

54

Valentin stand vor dem Theater, ihn fror und er hatte einen Brummschädel. Er wartete auf die Ankunft des Meeresforschers, den er für seine neue Vortragsreihe für Kinder und Erwachsene ins Theater eingeladen hatte. Er wünschte, er wäre nicht so verkatert, der Biologe war extra aus Wien gekommen, er wollte sicher nachher mit Valentin etwas essen gehen, oder schlimmer: etwas trinken.

Ein Freund aus München hatte ihn gestern spontan besucht, sie hatten sich in seiner Wohnung getroffen und ein paar Gläser Whisky getrunken. Sarah ermunterte ihn sogar, sie sagte, er hätte es eh immer so fad mit ihr in letzter Zeit!

Also gingen sein Kumpel und er in das Nachtlokal in der Altstadt. Es war furchtbar wie immer: voll, grässliche Musik, komisches Publikum, aber na ja, schon auch wieder lustig. Irgendwann schlug sein Kumpel vor, eine Line Koks zu ziehen, na gut, der alten Zeiten wegen, danach gerieten sie in Streit mit einer Gruppe Jugendlicher, und fast hätten sie sich geprügelt. Als sie aus dem Lokal raus waren, wollte sein Freund weiterziehen.

»Es gibt sonst nichts mehr!«, hatte Valentin gesagt. »Das ist Gmunden!«

»Was? Das war's?«, brüllte sein Freund und sah sich ungläubig in der Altstadtgasse um. Er war in Feierlaune, er war in der Firma aufgestiegen, verdiente jetzt 150 Tausend im Jahr, vielleicht 170. Er nannte die Zahl nicht, aber Valentin wusste, was die Leute bekamen, wenn sie zehn Jahre dabei waren. Er wollte, dass Valentin zurück nach München kam, sie könnten gemeinsam was aushecken, zusammen um die Häuser ziehen wie früher.

Valentin wusste nicht, was sein Freund an seiner Situation nicht verstand, er hatte seine schwangere Freundin gesehen, die Poster von seinem Kindertheater, seine gemütliche Wohnung mit ihren bescheidenen Ausmaßen, die Alltagsdinge von Handy über Kaffeemaschine bis Computer, die verrieten, dass Valentin jetzt auf kleinem Fuß lebte, und zwar gerne.

Aber das ging nicht in ihre Köpfe hinein, sie machten ihre Finanzausbildung, jeder hielt sie für Arschlöcher, also blieben sie immer unter sich, bis sie sich keinen anderen Lebensstil mehr vorstellen konnten, und wenn sie dann durch die harte Schule irgendeiner Investment- oder Consulting-Firma gegangen waren, mit 80-Stunden-Wochen und Wochenenddiensten, dachten sie erst recht, keiner hätte so ein krasses Leben wie sie, und fühlten sich nur noch von ihren eigenen Klonen aus dem Bürotower von gegenüber verstanden. Die Kompensation für den Verzicht auf ein echtes Leben war natürlich das Geld, und wenn sie dann sahen, man konnte auch mit weniger glücklich sein – fanden sie das einfach nur erbärmlich.

Sie gingen dann noch in das Lokal am Rathausplatz, das war zwar kein Club, aber es gab noch Bier, und sein Kumpel zeigte Valentin Fotos von seinen letzten Tinder-Dates. So viele hübsche

Frauen, dachte Valentin, und sie alle trafen sich freiwillig mit diesem Idioten!

Und dann bekam er noch die Bilder von seinem Sportwagen zu sehen und ließ sich von seinem Kumpel erzählen, dass er jetzt zum Psychiater ging, weil Psychotherapeuten waren für Weicheier und verschreiben durften sie auch nichts. »Und du«, fragte sein Freund dann, nachdem er eine vorläufig letzte Runde Averna Sour bestellt hatte, »du freust dich auf dein Kind?«

Valentin wollte die Herausforderung annehmen, seinem Kumpel das Glück des Vaterwerdens näherzubringen, aber er bekam es nicht so richtig hin.

Er hatte sich riesig gefreut, als ihn Sarah eingeweiht hatte, er fühlte, es war genau das Richtige in ihrem Leben, aber seit ein paar Wochen hatte er Panikgefühle – nichts Dramatisches, bloß so Anwandlungen, wo er sich von der Traunbrücke stürzen oder heimlich das Land verlassen wollte. Der Zustand der Welt schien so unvereinbar mit der Zukunft eines Kindes, sah das denn sonst niemand? Seine Eltern freuten sich so, seine Schwiegereltern cancelten jedes Vorhaben, das sie für das nächste Jahr gehabt hatten, und für die nächsten zehn Jahre wollten sie sich auch nicht viel vornehmen.

Sarah war glücklich, seine Geschwister freuten sich, die Papas und Mamas von seinen Kasperl-Kindern gratulierten. Doch gab es da wirklich so viel zu gratulieren? War es so ein Grund zur Freude, ein kleines hilfloses Wesen in diese Welt zu holen, mit all ihren Nöten und Schrecken ...?

Sie hatten gerade erst eine Pandemie bewältigt oder zumindest überlebt, aber die nächsten Bedrohungen standen schon vor der Tür! Und er sah eine Gesellschaft um sich herum, deren Fähigkeit zur Verdrängung alles Vorstellbare sprengte, die sich so beharrlich an ihren Lebensstil klammerte wie ein Teenager an seinen Konsolencontroller. Und das Tragische war, er hatte das Pünktchen ja schon so lieb, er begann ja schon, sich alle möglichen Situationen vorzustellen, wie sie miteinander die Welt erkundeten, aber er befürchtete, ihnen würde dafür vielleicht nicht allzu viel Zeit bleiben ...

Natürlich versuchte er, seine Sorgen vor Sarah zu verbergen, diese ganzen Gedanken sollten nicht von ihm auf sie und weiter auf das Kind übertragen werden, aber wie das eben so war, wenn man Dinge verheimlichte – sie wurden größer, gerieten völlig außer Proportion und bekamen ein Eigenleben. Aber es ging, wenn man hie und da heimlich im Theaterhof einen Ofen rauchte, im Park den Fußball von spielenden Kindern mit einem mächtigen Tritt über den Zaun schoss oder im Kaffeehaus drei Cremeschnitten auf einen Satz verdrückte. Kleine Kompensationshandlungen, bei denen ein bisschen Dampf aus den Ohren schoss und der Druck um ein, zwei Bar nachließ.

Es war ja wichtig, dass er nicht durchdrehte, denn das war nicht das, was Väter taten. Väter waren besonnen und ruhig und trafen Vorkehrungen. Sie beschützten und bewachten, sie schafften Umstände, die gut und richtig für ein Kind waren. Was sie nie taten, war: durchdrehen. So viel wusste er immerhin.

Aber falls er es doch tat – und das war ja das Nächste –, dann würden es hier gleich alle wissen. Denn Gmunden klang zwar wie *Gmütlich* und *Gmeinschaftlich*, aber hinterließ eben auch *Gmischte Gefühle*, was die gelebte Autonomie betraf, also die Frage, wie sehr man ohne Zustimmung der Mitbürger sein eigenes Ding machen konnte. Es war eine Kleinstadt, den Leuten war – speziell in den tristen Herbstmonaten – langweilig, und es wurde getratscht. Und so ging Valentin in diesen Tagen mit hochgeschlagenem Jackenkragen über die Kopfsteinpflaster der Innenstadt und sah sich um, als wäre man schon hinter ihm her, weil er Gedanken hatte, die sich nicht mit dem fröhlichen Kleinstadtschwung vertrugen, dem

Mondscheinbummeln und den Chorproben, den rituellen Auto-
waschungen und Mittagessen mit der Oma im Wirtshaus.

Er fühlte sich wie ein Fremdkörper und Außenseiter, aus dem
einzigen Grund, der in einer Kleinstadt unentschuldbar war: Er
dachte nicht positiv. Wäre er depressiv gewesen, nun gut, das war
der Onkel Walter auch, aber einfach mal so angesichts der freu-
digsten Nachricht überhaupt Panik zu schieben und Weltschmerz
zu verbreiten – das würde ihm keine Freunde machen. Und wie
sollten ihm die Leute auch die eigenen Kinder überlassen, ihm zu-
trauen, einen glaubhaft fröhlichen und mit der richtigen Einstellung
gesegneten Kasperl zu spielen, wenn er doch an allem etwas zu kri-
tisieren fand?

So hatte Valentin doppelt zu leiden: an seinen Sorgen – und an
der Einbildung, man nähme sie ihm übel.

Ein Taxi hielt vor dem Theater. Die Scheibenwischer des Wagens winkten, es hatte zu regnen begonnen. Valentin schritt zum
Auto, öffnete die Tür und grüßte den Meeresforscher, der mit Tasche und Rucksack ausstieg und ihn enthusiastisch anlächelte.

»Was sagen Sie?«, begrüßte er Valentin, »der Zeilinger hat den
Nobelpreis!«

Valentin hatte es auch erst vor einer halben Stunde am Handy
gelesen, Physik-Nobelpreis für einen österreichischen Forscher,
noch dazu einen, der sein Segelboot am Traunsee hatte und in
Traunkirchen eine Akademie betrieb. Es war schrecklich, dachte
Valentin, er begann schon so zu denken wie ein Lokaljournalist,
nichts hatte Bedeutung, wenn es keinen regionalen Bezug gab!

»Super«, sagte Valentin, »sehr verdient.«

»Ja, finden Sie?«, antwortete der Mann. »Ist auch viel Belohnung
für die Selbstdarstellung dabei.«

»Ja, na ja«, murmelte Valentin. Er hatte ja eigentlich keine
Ahnung und übel war ihm auch. »Ich zeige Ihnen den Saal, ja?«

Er führte den Professor in den Spielraum. »Wir haben Karten nur in der Kombination 1 Erwachsener – 1 Kind verkauft. Also sprechen Sie zu einem Publikum, das genau zur Hälfte erwachsen bzw. Kind ist.«

»Sehr spannend! Wie offen darf ich denn beim Thema Klimawandel reden, manche Kinder wissen ja gar nichts davon, es soll ja keine Tränen geben.«

Valentin fühlte sich, als kündigte sich gerade ein Schüttelfrost an, er hätte das Koks nicht anrühren sollen. Zu Kokain sagte man *Nein* – nicht: *Okay, tu's mir auf die Büchereikarte drauf.*

»Sie machen so etwas doch öfter, oder?«, fragte Valentin.

»Ja, klar, aber nicht als Kasperl.«

Er sollte ja gar nicht den Kasperl spielen, dachte Valentin, bloß einen netten Wissenschaftler. Und er nahm an, das war er ja, also brauchte er gar nicht zu spielen.

»Sanft«, schlug Valentin vor, »sanft und an die Kleinsten angepasst.«

Der Meeresforscher nickte. »Wo kann ich den Computer anschließen?«

Valentin zeigte ihm, wo er sich einstöpseln konnte, und schaltete den Beamer ein. Pia kam herein, Regenparka und Baseball-Cap, das Wasser glänzte auf ihrer Kleidung. »Danke«, sagte Valentin. Er hatte sie am Vormittag angerufen, als er mit Kopfweh und revoltierendem Magen aufgewacht war, und gebeten, am Abend die Moderation zu übernehmen. Sie nickte und griff nach einem Taschentuch, um sich die Nase zu putzen.

Als Valentin die Bühnenscheinwerfer andrehen wollte, blieben die Spots dunkel. Er drückte am Steuerpult herum, aber es tat sich nichts, die Bühne blieb finster. »Mist«, zischte er und kontrollierte die Steckverbindungen. Als er nicht weiterwusste, rief er zu Pia hinüber, er käme gleich wieder.

Valentin lief auf die Straße in den Regen hinaus, über den Platz und hinein in das Haus, in dem der Vorbesitzer des Theaters wohnte, der ihm bei der Anlage geholfen hatte. Er klingelte, aber er war nicht zu Hause. Also die Gasse hinunter zum *Traunkeller*. Er traf den Mann am Stammtisch an, sagte: »Peter, ein Notfall!«

Auf dem eiligen Weg zum Theater rief der ehemalige Leiter: »Jetzt trittst du ja wirklich in die Fußspuren von deinem Großvater. Der Papa Busch hat den Jacques Piccard nach Gmunden gebracht, der ist mit seiner *Trieste* bis zum Marianengraben runtergetaucht.«

Valentin nickte und rief zurück: »Das ist der Plan.«

Während der hilfsbereite Mann die Lichttechnik inspizierte, kamen die ersten Gäste, die Garderobe quoll bald vor nassen Sachen über. Valentin kontrollierte die Tickets, Pia half dem Vortragenden mit seiner Powerpoint-Präsentation – auch irgendwas falsch gepolt –, dann gingen die Spots endlich an – war doch eine Sicherung gewesen.

Zwischen dem Ticketabreißen warf Valentin einen Blick auf sein Handy: Nachrichten von den üblichen Verdächtigen: seine Mutter (*Wollen Jola etwas zu ihrer Eröffnung schenken, Ideen?*), Jola (*Papa sagt, ihr schenkt mir was – bitte nicht!*), sein München-Kumpel (*Wo macht man Party in Salzburg?*) …

Als endlich der Vortrag begann, saß Valentin hinter der letzten Reihe auf einem Stuhl, sein Kopf dröhnte immer noch, auch nach zwei *Thomapyrin*. Der Forscher redete von den Zeiten, als Österreich noch Zugang zum Meer hatte, als k. & k.-Schiffe in bedeutenden Expeditionen große Mengen an Meeresorganismen heraufholten, die immer noch im Naturhistorischen Museum in Wien lagerten. Er sprach von bekannten Forschern, Albert Defant, Rupert Riedl, Jörg Ott, und natürlich von Hans Hass, der zwar nicht wirklich wissenschaftlich als Meeresbiologe arbeitete, aber das Tauchen neu erfand.

Tauchen, dachte Valentin, er wollte doch immer mal in den Traunsee tauchen gehen, das würde er auch nicht mehr so schnell lernen können, man machte keinen Tauchkurs, wenn ein Baby da war. Und auf den Traunstein zu steigen, das hatte er im Sommer auch nicht geschafft. Er wäre nicht oben und nicht unten, würde bloß am Ufer stehen und sein Kleinstadtleben führen, mit Frau, Kind und Kasperl.

Er sah in die Ecke des Raums, wo die Kasperlpuppe im Regal saß, nicht die einzige, aber die schönste. Es war nicht so, dass er sie sprechen hörte, dass er glaubte, sie redete zu ihm, er war ja nicht crazy, er konnte sich in dem Moment einfach nur wahnsinnig gut vorstellen, dass sie sprach, dass sie sagte …

Aber Valentin, du hast dich doch eh so angestrengt, du hast ganz toll schwierige Erwachsenenstücke geschrieben und es allen Zuschauern richtig schwer gemacht, wach zu bleiben! Und du hast geheime Botschaften in meine Kasperlestücke hineingebastelt und das hat die Kinder nicht amüsiert, und die Eltern waren not amused!

Und du hast den Leuten gesagt, kommt mit dem Bus, er gibt hier keine Parkplätze, und keiner hat es gemacht, denn man lebt nicht auf dem Land, um mit dem Bus zu fahren!

Man kann die Leute nicht klüger machen, Valentin, man kann nur schauen, dass man selbst ein bisschen klug aus dem ganzen Zirkus wird, und das sag ich als Kasperl, der bekanntlich nicht der Allerhellste ist. Ich weiß, du bist mir immer noch böse, weil ich den Kindern von den Nazis gesagt habe, sie sollen nach Judennasen Ausschau halten, aber ich bin halt auch nur so gut wie die Person, die ihre Hand in mich steckt.

Versuche doch einfach mal, dir nicht so viel Gedanken zu machen. Die Kinder lachen am meisten, wenn ich auf den Hintern falle, lass dich selbst mal auf den Hintern fallen, bald habt ihr wen, der das lieben wird.

Der Kasperl hatte recht, warum war er so verbissen, warum ließ er nicht mal locker? Sein Handy brummte. Er sah auf den Bildschirm. Sarah schrieb: »Magst du Tritte spüren?«

Valentin stand auf, schlich sich zur Hintertür des Saals, ging auf leisen Sohlen durch den Vorraum und verließ das Theater. Sobald er draußen war, begann er zu laufen. Er rannte durch die nassen Gassen, der Wind wehte ihm den Regen ins Gesicht und nach ein paar Minuten war er vor dem Haus, in dem er wohnte. Er lief das Stiegenhaus hinauf, sperrte seine Wohnungstür auf, platzte ins Wohnzimmer. Sarah lag auf der Couch. Er fiel mit den Knien auf den Schafwollteppich, legte seine Hand auf ihren Bauch. Er sah sie gespannt an, sie schüttelte bedauernd den Kopf. »Vielleicht später wieder …«

Er nickte, küsste sie und flitzte aus der Wohnung. Er rannte durch Gmunden und saß rechtzeitig wieder hinten im Saal, um die letzten Worte zu hören. Viel Applaus, alles war gut gegangen.

Nach dem Vortrag verabschiedete sich der Meeresforscher bei Valentin, er schien relativ in Eile, er wollte noch einen Freund in einem Restaurant treffen (Zeilinger war es sicher nicht, dachte Valentin). Die Erwachsenen und ihre Kinder waren auch bald aus dem Haus, und Pia kam mit zwei Bierflaschen aus der Küche. »Das war gut«, sagte sie, »das nächste Mal nimmst du wen, der ein bisschen bekannter ist, und du kannst das Stadttheater vollmachen.«

»Bleibst du bei uns?«, fragte Valentin ansatzlos.

»Was?«

»Ich schaff das alleine nicht, ich brauch dich.«

»Ich bleib schon, reg dich ab.«

Valentin schüttelte den Kopf, nein, er war ja ganz ruhig, er musste ihr wirklich klarmachen, dass es ohne sie nicht ging, auch wenn sie es nicht hören wollte. »Vielleicht willst du Teilhaberin werden«, sagte er, »vielleicht willst du Stand-up machen, wir können alles probieren, wir …«

»Ich will nur mit dir Kasperl spielen. Und die Kinder wollen das auch.«

»Da hast du … du hast völlig recht«, stammelte er.

»Den Kasperl gibt es immer schon!«, rief sie.

»Eigentlich erst seit dem neunzehnten Ja…«

»Wir müssen nichts neu erfinden, wir müssen einfach nur die lustigsten sein.«

»Ja«, sagte Valentin, »lass uns Kasperl spielen.«

»Mach mal dein Bier auf, du eigenartiger Mensch«, sagte Pia, und wieder nickte er.

Es war alles ganz einfach. Er brauchte bloß zu tun, was Pia sagte. Alles würde gut werden.

55

»Lonely – das könnte ein Titel sein.«

Monika sah Felix an, der in seiner Pyjamahose an ihrem Arbeitstisch in ihrer Wohnung in Ischl saß, umgeben von Kisten mit Fotos und Dias, gerahmten Fotografien, Festplatten und Laptops. Sie hatte ihr Archiv in die Wohnung geschafft, all das Material, das bisher zwischen ihrem kleinen Atelier in Gmunden, dem Haus am See und ihrem Keller aufgeteilt gewesen war. Aufnahmen aus fünfzig Jahren als Fotografin, alte Chronikfotos für die Zeitung, Sportaufnahmen, Werbesujets, künstlerische Serien … Und daneben – über Jahrzehnte entstanden – Fotos ihrer Familie.

»Lonely …«, seufzte Felix, sein Blick wanderte grübelnd an die Decke, er nahm einen Schluck Rotwein.

»Ich glaube, *Alone* wäre stärker!«

Eigentlich hatte sie ja ihre alten Arbeiten sichten wollen, um zu sehen, was sich in einem neuen Kontext betrachten ließe, welche Aufnahmen heute eine andere Geschichte erzählten als damals. Sie hatte zum Beispiel geglaubt, ihre Fotos von den Skirennen aus den Siebzigern würden eine spannende Perspektive eröffnen – seit den Berichten im Zuge von *MeToo* sah man viel kritischer auf den Wintersport. Aber bei der Sichtung merkte sie, da war sie eine junge Fotografin gewesen, sie hatte noch keinen originellen Blick gehabt, sie wollte bloß neben den männlichen Fotografen bestehen und Bilder machen, wie diese sie gemacht hätten. Und so ließen sie auch andere Serien aus der Frühzeit ihrer Karriere eher kalt. Stark und berührend waren dagegen die Fotos von ihren Kindern über all die Jahre.

Die Aufnahmen, viele beim Haus am See entstanden, fast ausschließlich schwarz-weiß, fingen Momente des Alleinseins inmitten der Familie ein: Leander in sich versunken beim Angeln am Steg, Jola in Unterwäsche vor dem Spiegel beim Stylen ihrer Haare, Valentin erschöpft und mit dunklen Lippen nach dem Schwimmen im Liegestuhl, Aino auf der Couch den Hund umklammernd und in den Fernseher starrend … Aber auch Max, wie er nach einem Streit mit den Kindern hinter dem Haus eine Zigarette rauchte, oder sie selbst schwanger im Spiegel, die Kamera vor den Augen.

»Was mir gefällt, ist, dass diese Serie mit der letzten Ausstellung korrespondiert«, sagte Felix. »Dort war die Darstellung der Familie im Mittelpunkt, hier ist es das Zurückziehen aus der Familie ins Persönliche. In die Einsamkeit.«

»Hm, ja«, sagte Monika, »das ist mir zu theoretisch.«

»Wie geht's dir, wenn du dir die Fotos ansiehst?«, fragte Felix.

»Ich sehe mich als eine Art Hausgeist. Anwesend, aber nicht zum Angreifen.«

»Aber du hast die Kamera doch sicher auch niedergelegt und dich zu deinen Kindern aufs Bett geschmissen oder wie die Situation halt war …«

»Ja, sicher, was denkst du denn?«

Er schüttelte den Kopf, als dachte er gar nichts. Zumindest nichts Böses.

»Aber«, sagte sie, »ich weiß nicht, ob ich es noch mal so machen würde.«

»Was?«

»Die Kinder fotografieren. Nicht als Mama. Als Fotografin.«

»Wieso?«

»Weiß nicht. Fühlt sich gerade so an.«

»Und was ist, wenn du sie fragst?«

»Was?«

»Ob sie mit den Fotos einverstanden sind. Ob sie sie herzeigen würden. In einer Ausstellung oder einem Buch.«

»Natürlich würde ich das. Ist ja selbstverständlich.«

»Es geht ja nicht nur um Ihre Zu- oder Absage, sondern was durch so ein Gespräch herauskommen könnte. Vielleicht eröffnet dir das einen neuen Blickwinkel.«

»Worauf?«

»Auf dein Leben mit deinen Kindern und Max. Auf eure Familie.«

»Mir ist ganz ehrlich nicht nach einer Familienaufstellung zumute, einer Rückschau. Ich will in die Zukunft sehen.«

»Warum sichten wir dann dein Archiv?«

»Sei nicht so analytisch, Herrgott!«

Monika setzte sich auf Felix' Schoß, blätterte durch ein paar Prints auf ihrem Schreibtisch. Sie nahm ein Foto von Leander in die Hand, da war er vielleicht fünfzehn gewesen. Er saß auf dem Rahmen seines BMX-Rades, erschöpft, unzufrieden mit sich.

»Haben sie dich oft angebrüllt: Gib die Kamera weg!?«

»Laufend.«

»Und, hast du sie weggegeben?«

»Sicher. Und dann bin ich wiedergekommen.«

»Zermürbungstaktik.«

»Ich war ihnen ja nahe auf die Weise.«

»Also doch kein Geist?«

»Schon. Ein liebender Geist.«

»Willst du sie wieder fotografieren? Heute, zwanzig, dreißig Jahre später. Die Bilder einander gegenüberstellen?«

»Ich weiß nicht. Ist das interessant?«

»Schön wäre es. Und aufschlussreich.«

»Inwiefern?«

»Weil es die Antworten zu den Fragen in den Jugendfotos wären. Wie überstehen sie das alles? Was wird aus ihnen? Finden Sie ihr Glück?«

»Können Fotos darauf wirklich Antworten geben?«

»Ich denke schon. Jola bei der Arbeit an ihrem Monument. Man sieht, wie erfüllt sie ist. Aino in Cowboyboots auf ihrem Land …«

»Sie haben sich die Farm nur angeschaut. Sie können sie sich gar nicht leisten.«

»Nur ein Beispiel!«

»Aber sie in ihrem eigenen Umfeld zu fotografieren, ihrem Zuhause, ist das dann wirklich noch die gleiche Geschichte? Und kann das an die Qualität der anderen Bilder anschließen? Ich kann bei den Jugendbildern aus Hunderten Aufnahmen wählen. Wie lange hätte ich Zeit für die neuen? Wie lange würde mich Valentin aushalten, wenn ich ihm mit der Kamera nachlaufe? Eine Stunde?«

»Na ja, überleg es dir halt. Ich glaube, die Bilder brauchen einen Abschluss.«

Monika brummte bloß, das Gespräch wurde ihr zu konkret, sie brauchte noch, um ein Gefühl für dieses Projekt – falls es eines war – zu bekommen.

»Weißt du, was ich an den Fotos so toll finde?«, sagte Felix. »Es ist Langeweile darauf zu sehen. Es gab noch keine Handys.«

»Ja, irgendwem war immer fad.«

»Als Kind war Langeweile furchtbar, aber sie hat alles erst ermöglicht! Wir haben wegen ihr zu zeichnen begonnen, Musik zu machen, die Welt um uns herum zu entdecken … Heute gibt es keine Langeweile mehr. Gott, ich vermisse sie.«

»Musst nur dein Handy wegschmeißen.«

»Dann findet man eine andere Ablenkung. Diese Unverfügbarkeit von Unterhaltung, die kommt so nie wieder.«

»Wir könnten uns ja mal ein Airbnb ohne Internet und Fernsehen nehmen«, schlug Monika vor, »bloß mit einem halb gefüllten Bücherregal und einer alten Schublade mit Stiften und Blättern und Krimskrams drin, und dann schauen wir, was passiert.«

»Wir würden die ganze Wohnung durchsuchen, ob wir Gesellschaftsspiele oder was zum Zündeln finden!«

»Vielleicht Postkarten oder Notizen in einem Plastikschafferl im Küchenschrank«, sagte Monika.

»Und wenn wir mit allem durch sind, spielen wir *Würdest du eher* …«

»Was ist das?«

»Du weißt schon, das Spiel, wo man sich für eine von zwei Möglichkeiten entscheiden muss. Würdest du eher jeden Tag bis zum Rest deines Lebens nur Cheeseburger essen oder immer in der Früh ein Glas Wasser aus dem Klo trinken.«

»Darf ich vorher spülen?«

»Nein.«

»Trotzdem. Klowasser.«

»Das ist toll, oder?«

»Ist auf jeden Fall interessant, dass du lieber dieses Spiel machen würdest, als einfach die Zeit im Bett zu verbringen.«

»Na ja, die Option gab es als Kind halt nicht. Also schon, zum Lesen und Schlafen …«

»Wie gut, dass wir schon groß sind.«

Sie küssten sich. Den Gedanken an Sex als Mittel gegen Langeweile fand Monika irgendwie anregend, das war so viel nachvollziehbarer als all die großen Gefühle, die einen dazu bringen sollten, es zu tun. Aber sie hatte ja auch noch ihr Glas Rotwein auf der Anrichte stehen und über die Aufnahmen zu reden, das war auch stimulierend, wie ja jedes Gespräch mit Felix.

Sie hatte nun endgültig den Frieden mit ihrem Altersunterschied gefunden, mit der Tatsache, dass sie siebzehn Jahre alt war, als er zur Welt kam, und neunzig sein würde, wenn er so alt wäre wie sie jetzt. Sie wusste, wie es enden würde und das befreite sie von ihrer Angst. Wenn sie geistig nachließ, wenn sie ein Gebrechen hätte, wenn sie sich nicht mehr in dem Sinne attraktiv fand, dass sie es Felix zumuten wollte, mit ihr in der Öffentlichkeit zusammen zu sein, dann würde sie sich zurückziehen, dann würde sie es beenden und ihn fortschicken. Sie wusste, das würde schwer werden, er würde um sie kämpfen, er würde ihre Entscheidung nicht akzeptieren. Er würde sagen, wir stehen das zusammen durch, für mich bist du immer noch eine vollwertige Frau, egal ob ihr kein Name mehr einfiele, sie nicht mehr alleine vom Stuhl hochkäme oder sie aussah wie ein Skelett im Hauskleid. Egal woran sie letztlich leiden oder wodurch sie sich unzureichend fühlen würde – er würde sie immer noch lieben und bewundern. So eine treue Seele war er nämlich.

Aber sie würde stärker sein. Sie würde sich abschotten, sie würde ihm hundertmal die Tür vor der Nase zuknallen, sie würde umziehen, wenn es sein müsste. Irgendwann würde er es einsehen. Die gute Nachricht war: Dieser Tag war noch nicht heute. Oder morgen. Irgendwann würde er kommen, aber bis dahin würden sie leben. Und genießen, was sie hatten.

56

»Kommen Sie rein, bitte«, sagte Dr. Sharma und öffnete für Aino die Tür seiner Praxis. Sie war seit April nicht mehr bei ihm gewesen. Zweimal im Jahr zum Psychotherapeuten, das schien jetzt ihr Rhythmus zu sein. Dr. Sharma war sicher nicht glücklich mit dieser Frequenz. Um Fortschritte zu erzielen, müssten sie sich häufiger sehen – bloß war sie nicht der Typ dafür. Sie würde sich langweilen, wenn sie jeden Schluckauf ihres Lebens analysieren müsste, sie ließ die Dinge lieber kumulieren, sodass sich ein Treffen wirklich auszahlte. Sie fuhr ja auch nicht mit dem Auto in die Werkstatt, wenn nur ein Lämpchen aufleuchtete.

Sie setzte sich auf den Diwan, strich ihren Rock glatt, lächelte ihren Therapeuten an. Sie sah verändert aus. Sie trug die Haare jetzt kürzer, sie war schlanker und fühlte sich gesünder, sie verbrachte ihre Wochenenden jetzt in der Natur, war immer in Bewegung.

»Wie geht es Ihnen?«, fragte er.

»Gut«, sagte sie.

»Sie waren zuletzt im April hier.«

Sie nickte. Er blätterte in seinem Block, dann sagte er: »Damals waren Sie unschlüssig, ob Sie für Alexander nach Deutschland zurückgehen sollen. Nun – Sie sind noch hier!« Er lächelte über seine eigene Bemerkung, und zwar so, dass sie zum allerersten Mal, seit sie zu ihm kam, seine Zähne sehen konnte. Sie erwiderte sein Lächeln, dann sagte sie: »Österreich!«

Sein Blick verfinsterte sich, er sah in seinen Block, fand, was er gesucht hatte. Er entschuldigte sich, unterstrich und kreiste ein. Dann wandte er sich wieder Aino zu und gab ihr mit einem Nicken zu verstehen, sie könne jetzt reden.

»Ich bin noch hier, das stimmt«, sagte Aino. »Wobei es sich eher danach anfühlt, als wäre ich *wieder* hier. Wie ein zweiter Versuch, ein *Restart*.«

»Woran liegt das?«

»Als ich das letzte Mal bei Ihnen war, bin ich nach der Sitzung in eine Bar gegangen. Ich war sehr emotional, ich wollte mich beruhigen.«

»Sie wollten mir noch von der Krankheit Ihres Bruders erzählen. Ich habe Ihnen am selben Abend eine E-Mail geschrieben und Ihnen einen Folgetermin angeboten.«

»Das stimmt. Ich habe Ihnen nicht geantwortet, Verzeihung.«

»Wie war es in der Bar?«

»Ich habe mich mit einem Mann unterhalten. Wir haben Bier getrunken und uns unsere Lebensgeschichten erzählt.«

Sharma sah sie interessiert an. Was seine Patienten machten, wenn sie seine Praxis verließen, war ein Quell der komischsten Geschichten.

»Wir haben jedenfalls Nummern ausgetauscht und – long story short – heute sind wir ein Paar.«

»Sie haben sich von Alexander getrennt?«, fragte Sharma.

»Ja«, sagte Aino. »Das geschah im Sommer in Österreich. Es war sehr … aufwühlend für mich. Und für ihn. Aber ich glaube, es war richtig.«

»Gut. Worüber wollen Sie heute mit mir sprechen?« Sharma kam gern direkt zum Punkt. Er sah es nicht als seine Aufgabe, Leuten das Händchen zu halten, die erst eine Minute nachdenken mussten, wenn man sie nach ihren Problemen fragte.

»Ich bin in der neuen Beziehung glücklich, wir verstehen uns unglaublich gut, auch wenn wir fast schon zu vertraut sind, es ist fast schon … geschwisterlich, aber egal, es ist gut, es ist lustig und intensiv, manchmal kommt es mir auch ein bisschen unreif vor, aber egal …«

Was erzählte sie ihm da, fragte sich Aino. Warum war sie heute hergekommen? Warum hatte sie sich schon vor vierzehn Tagen diesen Termin ausgemacht, wenn sie doch eigentlich glücklich war – was sie jedem sagte, der sie fragte. Klar, sie kannte viele, die einfach so zu ihrem Shrink gingen, die keinen besonderen Grund brauchten, die bloß reden wollten, aber so war sie nicht. Sie suchte nach Lösungen. Aber was war es, das sie auflösen wollte? Es war etwas, das sie seit dem Sommer begleitete, ein Misston, ein schlechtes Gefühl, eine Irritation. Und sie kannte auch das Wort dafür, so ungern sie es auch in den Mund nahm.

Aino sah Dr. Sharma an, der ja nur eines von ihr wollte – dass sie ehrlich war.

»Ich fühle mich wahnsinnig *schuldig*.«

Und auf einmal, damit hatte sie gar nicht gerechnet, kamen ihr die Tränen. Sie sah Alexander vor sich, sie sah dieses Leben, das er einmal in einer Nacht in blumigen Worten für sie skizziert hatte, sie beide, ihre Kinder, irgendein Haus, das er für sie kaufen wollte, das Eingebettetsein in Familie und Gesellschaft, und sie erinnerte sich, wie sie das abgeschreckt hatte, wie sie sich eingeschüchtert gefühlt hatte.

Sharma schob ihr diskret eine Box Taschentücher hinüber. »Wofür fühlen Sie sich schuldig?«

»Dafür, dass ich ihn zurückgelassen habe. Dass ich ihm seinen großen Traum genommen habe.«

»Inwiefern haben Sie ihn zurückgelassen?«

»Ich bin einfach wieder in die USA abgehauen und er ist mit meinem Vater und diesem Lokal an der Bundesstraße und seinem ganzen Schmerz in Oberösterreich geblieben. Er wollte mich und er hat meinen Vater bekommen!« Jetzt musste sie fast lachen und sie wünschte sich in diesem Moment, Dr. Sharma würde ihren Papa kennen, dann könnten sie gemeinsam lachen.

»Glauben Sie tatsächlich, dass Alexander Ihren Vater als Ersatz für Sie betrachtet – oder ist es vielleicht etwas anderes, das seine Gesellschaft für ihn bedeutet?«

»Das ist eine schwere Frage. Wenn Sie ihn kennen würden …« Sharma sah sie abwartend an.

»Nein«, sagte Aino kleinlaut, »es stimmt, sie scheinen sich einfach zu mögen, es hat wahrscheinlich gar nichts mit mir zu tun.«

»Macht es Ihnen etwas aus, dass Alexander auf diese Weise immer noch irgendwie in Ihrem Leben ist?«

»Eigentlich nicht.«

»Glauben Sie, er grollt Ihnen noch?«

»Nein.«

»Warum fühlen Sie sich dann schuldig?«

»Weil ich zugelassen habe, dass er mich liebt. Und es immer weiter zugelassen habe.«

Sharma seufzte leise, dann verschränkte er seine Finger und sagte: »Glauben Sie, es ist ein Fehler, Sie zu lieben?«

»Vielleicht, ja.« Sie sah durch das Fenster von Sharmas Praxis zu den Frauen an ihren Schreibtischen in dem Bürogebäude gegenüber. Sie alle erschienen ihr zuverlässig und gutherzig, sie arbeiteten für das Glück ihrer Kinder und ihres Mannes oder wen immer sie liebten. Und sie?

»Hätten Sie ihm denn verbieten können, Sie zu lieben?«

»Ich hätte ihm sagen müssen, dass ich Zweifel habe.«

Sharma verlagerte das Gewicht auf seinem Sessel, diesem einfachen Holzstuhl, der ihn wach und vorsichtig hielt. »Wir haben früher manchmal über Ihre Arbeit gesprochen. Da hatten Sie auch Zweifel. Aber Sie sind nicht zu Ihrem Arbeitgeber gegangen und haben gesagt, ich habe Zweifel an meinem Job.«

»Nein.«

»Zweifel begleiten uns überall. Es ist nichts Falsches daran, sie eine Weile mit sich herumzutragen. Ich kenne Paare, die zweifeln nach vierzig Jahre Ehe noch, ob das alles eine gute Idee war ...«

Aino lächelte. Sie sah Sharma an, der die Hände in den Schoß legte und nachdenklich in Richtung des Klaviers blickte, von dem sie wusste, dass es hohl war, keine Saiten und Hämmer und sonst etwas mehr enthielt, sondern lediglich ein paar alte Ausgaben von *Time out*. Aino dachte, er war anders heute, er wirkte selbst grüblerisch, vielleicht war er aber bloß müde oder zermürbt von den Gesprächen dieses Tages ...

»Ich glaube«, sagte er dann, »Alexander war Ihr Versuch, Ihren großen inneren Konflikt aufzulösen, indem Sie einfach wieder die alte Aino wurden. Sie haben dann gesehen, natürlich geht das nicht, natürlich lässt sich die Zeit nicht zurückdrehen. Jetzt, mit der neuen Beziehung, sind Sie in der Wirklichkeit angekommen. Das erscheint Ihnen vielleicht banal oder *unreif*, wie Sie gesagt haben, aber es ist die Realität, und die ist nicht immer dramatisch oder voller Bedeutsamkeit ... Das Leben wird Sie beide vor Aufgaben stellen und dann wird die Tiefe und die Bedeutsamkeit dazukommen. Es wird nicht diese Schwere sein, die Sie mit Alexander gespürt haben, sondern eine leichte Tiefe, eine Substanz, die nicht an Ihnen zehrt.«

Aino sah verwirrt zu Boden, das klang so warmherzig, so trostreich, so etwas zu hören hatte sie nicht erwartet.

»Sie sollten sich nicht schuldig fühlen. Man kann keine Garantien für Gefühle geben. Man kann nicht mehr von sich versprechen, als man selbst besitzt. Schließen Sie damit ab.«

Aino nickte. Sie wollte, dass dieser Moment so stehen blieb, diese Sitzung versöhnlich zu Ende ging, man durfte doch auch mal gelöst und glücklich nach Hause gehen. Beim nächsten Termin, da könnten sie wieder streiten.

»Außerdem muss ich Ihnen sagen, dass wir uns eine Zeit lang

nicht sehen können«, sagte Sharma. »Ich mache mit meiner Tochter eine Reise, die eher groß angelegt ist. Die Praxis übernimmt im nächsten Jahr eine Kollegin von mir, ich kann sie Ihnen auf jeden Fall ans Herz legen.«

Aino sah ihn mit großen Augen an. Sie wollte fragen: *Was für eine Reise? Wohin? Wie alt ist Ihre Tochter?* Sie wollte, dass er ihr die Route der beiden aufzeichnete und ihr erzählte, was er sich von der Reise erhoffte. Sie wollte wissen, ob sie einen Blog führen würden, dem sie folgen könnte. Stattdessen sagte sie bloß, dass es schade sei, dass sie sich nun länger nicht sehen würden. Sie stand auf, verbarg dieses Gefühl der Gekränktheit, das sie völlig lächerlicherweise empfand, hinter einem Lächeln, wünschte ihm eine gute Reise und nahm die Visitenkarte der Kollegin mit. Auf der Straße atmete sie tief ein. Sie fragte sich, ob seine mitfühlenden Worte nur ein Abschiedsgeschenk waren oder ob er wirklich dachte, sie könne sich nichts vorwerfen. Aino fühlte sich erleichtert und gleichzeitig verlassen. Wie seltsam, sie hatte den Mann nur so selten besucht und jetzt dachte sie, sie würde ohne ihn nicht zurechtkommen. Sie überlegte, was sie nun tun sollte. Sie könnte durch die Straßen von Williamsburg laufen. Sie könnte zum East River spazieren und einfach am Wasser sitzen. Sie könnte ins Kino gehen.

Sie durfte aufhören sich zu schämen. Er hatte gesagt, es war gut. Ihr neues Leben konnte jetzt wirklich beginnen. Also los! Also los.

57

Es war Samstagmorgen, als Sven anrief. Leander war gerade erst aus der Dusche gekommen, er hatte noch nicht mal Tee getrunken, die News am Handy gelesen oder die Motivationsgeschichten seiner Facebook-Krebsgruppe durchgeschaut. »Leif Wimmer hat heute Zeit, dich zu sehen!«, rief er in sein Handy.

»Heute?«

»Ich weiß«, sagte Sven, »aber wir sollten die Chance ergreifen.«

»Ich dachte, es würde Wochen oder Monate dauern.«

»Mal ehrlich, Leander, nicht jeder seiner Klienten hat so viel Zeit, verstehst du? Außerdem ist seine Situation gerade etwas speziell ...«

»Ach ja?« Leander fror und fühlte sich schummrig, er wusste nicht, was ihn erwartete, er wusste nur, dass es ihm offenbar unmittelbar bevorstand.

»Wimmer verlässt das Land. Er ist quasi schon auf dem Weg nach Mosambik.«

»Mosambik?«

»Ja. Dem Mann ist hier viel Unrecht widerfahren.«

Leander hörte Sven über einen Gang gehen, seine Stimme hallte, er atmete schnell.

»Wo bist du?«

»Ich habe Irma beim Tennis abgeliefert, die Einkäufe für Jolas Feier morgen erledigt und wenn ich alles nach Hause gebracht habe, komme ich dich holen.«

»Vielleicht sollten wir den Mann einfach fahren lassen«, sagte Leander. »Ich meine, es klingt, als wäre er auf der Flucht oder so.«

»Nein, das ist schon lange so geplant, er hat es mir erklärt. Entscheidend ist: Er hat heute zwei Klienten bei sich am Hof und er würde dich noch dazunehmen.«

»Wird ihm das nicht zu viel?«

»Zu viel? Bei *Joao de Deus* waren Hunderte Leute in der Salzburgarena, um sich behandeln zu lassen. Das ist wie Frühstückseier salzen, alles aus der Hand, im Akkord. Nein, man kann die beiden natürlich nicht vergleichen.«

»Noah ist hier«, sagte Leander. »Mein Sohn ist hier.«

»Ach, echt?«

»Er hat vor zwei Tagen angerufen, er war in der Nähe. Jetzt schläft er auf der Couch im Arbeitszimmer.«

»Nimm ihn mit. Im Ernst, das wird etwas sein, das euch verbindet.«

Leander sah in Richtung des Zimmers, in dem sein Junge schlief. Sie hatten einen Nachmittag miteinander verbracht, am Abend war Noah getürmt und hatte einen Freund in der Stadt getroffen – könnte auch eine Ausrede gewesen sein. Gegen Mitternacht war er zurückgekommen, er wirkte nicht besoffen, vielleicht ein bisschen zugedröhnt, und sie hatten noch eine Folge *Law & Order* geschaut. Leander wusste nicht, ob er vorhatte, noch länger zu bleiben, er bekam überhaupt nicht allzu viel aus ihm raus.

»Gut, dann warte ich hier auf dich«, sagte Leander ins Handy.

»Um zehn bin ich da.«

»Danke.«

Auf der Autofahrt saß Noah am Rücksitz von Svens Audi und sah aus dem Fenster. Nicht ins Handy, aus dem Fenster. Leander fand das bemerkenswert, am liebsten hätte er Sven darauf aufmerksam gemacht. Er hatte Noah nicht überredet, mitzukommen. Er hatte gesagt: »Ich muss am Vormittag weg, könnte ein paar Stunden dauern, ich fahre zu einem Heiler.«

»Ein Heiler? So fantasymäßig?«, hatte Noah gesagt.

Leander hatte ihm erklärt, dass Wimmer Handauflegen praktizierte, ein bisschen Fantasy wäre also schon dabei. »Hast du alles andere schon ausprobiert?«, hatte Noah gefragt und Leander fand, damit war eigentlich alles gesagt. »Die Liste wird kürzer«, hatte er geantwortet.

Noah hatte Leander angesehen, als würde ihm langsam aufgehen, dass sein Vater wirklich krank war, dass es nicht nur so ein Ding war, um ihn zu testen oder sein Leben noch eine Spur beschissener zu machen. Er sagte, er käme mit, und Leander erwiderte, das müsse er aber nicht. »Ich stehe auf Fantasy«, sagte Noah mit seinem schweizerischen Akzent und nickte entschlossen.

Sie parkten den Wagen vor dem alten Hof von Wimmer am Ortsrand eines Dorfes im Salzburger Nirgendwo. Der Boden war aufgeweicht, Nebel lag in der Luft, Gerümpel und verrostete Anhänger standen auf dem Grundstück. Eine kleine Gruppe verdreckter Schafe glotzte die Ankommenden an. Die drei stiegen aus und suchten den Eingang ins Haus, während sie sich bemühten, der Tierscheiße auszuweichen. Sven rief die anderen zu sich. Er zeigte ihnen ein silbernes Schild an der Wand neben einer Tür, ein Ärzteschild mit der Aufschrift: »Allgemeinmedizinische Praxis Dr. Wimmer«. Darunter ein Zettel mit der handschriftlichen Anmerkung: *Energetiker, Teletherapie; nach Vereinbarung, keine Kassen.*

Sie betraten das Haus, folgten einem dunklen Gang und kamen in das Wartezimmer, in dem neben nach Jahreszeiten sortierten Kleiderhaufen vier Personen saßen. Leander und Sven grüßten, Noah starrte die Fremden bloß an.

»Er war schon da«, sagte ein Mann, der seine Frau begleitete, »aber dann ist er wieder verschwunden.«

»Sind Sie der Dritte?«, fragte eine Frau in Leanders Alter, die eine Wollmütze trug.

Leander sah Sven an, als wäre er nicht sicher, dann zuckte er die Schultern und nickte. Sie setzten sich und begannen, mit den anderen zu warten. Nach zwanzig Minuten erschien Wimmer. Er war Mitte fünfzig, grauer Bart, bullige Statur. Er trug Stiefel und Arbeitsjacke und roch nach Stall. Er setzte sich neben die Besucher, berührte die Frau mit Mütze am Arm und sah ihr in die Augen, gab der anderen Frau die Hand und lächelte, nickte Leander zu und kratzte sich hinter den Ohren.

»Schön, dass ihr da seid. Ich bin der Leif. Vielleicht habt ihr euch geschreckt, wie wild es da ausschaut, aber wir geben den Hof jetzt leider auf, und wenn sich ein Zustand auflöst und eine andere Gestalt annimmt, entsteht so ein Chaos, davor muss man sich eigentlich nicht schrecken.«

Lächeln, Kopfschütteln, nein, sie hätten sich nicht gefürchtet.

»Also«, sagte er mit seiner angenehmen, tiefen Stimme, »zur Klarstellung: Ihr sitzt jetzt hier mit einem Humanenergetiker, das heißt, ich darf keine Untersuchungen durchführen oder Diagnosen stellen. Ich darf auch keine Therapien oder Medikamente verschreiben. Es gibt mächtige Figuren innerhalb der Ärzteschaft, denen ich ein Feindbild bin, und die haben sich durchgesetzt und mich aus ihren Reihen ausgeschlossen, das kann man alles im Internet nachlesen, ist aber für euch nicht weiter von Bedeutung. Denn alles, was ich als Arzt und Psychotherapeut in den letzten fünfundzwanzig Jahren gesehen und gelernt habe, ist mir verinnerlicht und kommt euch heute zugute, auch wenn ich in der Ausübung meiner Berufung kastriert werde. Verstanden?«

Sie nickten.

»Ich weiß, ihr habt Angst. Ich weiß, ihr sucht einen Trost, eine Hoffnung. Vor allem wünscht ihr euch eines, und das ist Gesundheit. Hab ich recht?«

Sie nickten.

»Wisst ihr, wie Gesundheit von der WHO definiert wird? Gesundheit ist ein Zustand des vollkommenen physischen, geistigen und sozialen Wohlbefindens. Merkt ihr was? Genau – so etwas gibt es gar nicht. Ich kann euch das jedenfalls nicht versprechen. Aber ich kann euch helfen, stärker zu werden. Ich werde eure eigenen Kräfte wecken, damit ihr euch gegen das Böse, das ihr leider nun mal in euch habt, zur Wehr setzt. Verstanden? Na gut, dann los. Wer will den Anfang machen?«

Leander hob die Hand und Wimmer nickte. Er führte Leander in einen Raum am Ende eines dunklen Korridors. In dem Zimmer befand sich eine Liege, ein paar Regale mit Büchern und fernöstlichen Artefakten. Es roch nach altem Holz, Orangen und Katzenpisse.

»Zieh dich bitte bis auf die Unterhose aus und leg dich auf den Rücken.«

Leander entkleidete sich, hängte die Klamotten über einen Stuhl und legte sich auf die Liege. Er betrachtete die Decke des Zimmers, die fleckige Tapete, die trübe Lampe. War dies der Tiefpunkt oder der Moment der Wende, überlegte Leander, und er dachte, vielleicht war es beides, musste es beides zugleich sein.

Wimmer hatte seine Jacke abgelegt, sich die Hände gewaschen, nun trat er an die Liege. Er griff nach Leanders Hand und betrachtete seinen Körper. »Wie fühlst du dich?«, fragte er.

»Mir ist kalt«, sagte Leander, weil alles andere zu schwierig zu erklären war.

»Und sonst?«

Leander atmete durch und schloss die Augen. »Ich frage mich, ob man an das glauben muss, damit es hilft.«

»Ich hab noch nicht mal begonnen.« Wimmer berührte ihn ganz sanft an zwei Stellen seines Körpers.

»Es ist hier und hier, nicht wahr?«

»Ja«, sagte Leander.

»Das hat mir dein Freund gesagt.«

Leander lächelte.

»Woher glaubst du, kommt es?«, fragte Wimmer.

»Ich denke, von den Genen.«

»Und wenn du nichts von den Genen wissen würdest, oder wie dein Körper angeblich funktioniert, was würdest du dann antworten?«

»Dann würde ich sagen, es kommt vom Warten.«

»Vom Warten? Worauf?«

»Auf Sportergebnisse. Auf Anrufe. Auf Gelegenheiten. Auf Glück vielleicht.«

»Interessant.«

»Ich habe immer gewartet.«

»Willst du das ändern, wenn du gesund wirst?«

»Ich glaube nicht so recht, dass ich wieder gesund werde.«

»Wieso bist du dann hier?«

»Weil ich mich irren könnte.«

»Aha. Wenn ich dich hier berühre, wie ist das?«

»Es … löst ein Gefühl aus.«

»Das ist gut. Wieso hast du immer gewartet?«

»Weil ich dachte, ich werde vielleicht überrascht.«

»Na ja, das bist du ja dann auch …«

»Richtig.« Leander ließ seinen Kopf leicht zur Seite sinken, er sah ein Fenster mit einem durchsichtigen, ehemals weißen Vorhang, und er hatte Sicht auf die Schafe im Hof, die auf einen kleinen Hügel stiegen und sich dort aneinanderdrängten. »Bleiben die hier?«, fragte er.

»Wie bitte?«

»Wenn Sie nach Afrika gehen, bleiben die Schafe hier?«

»Meine Tochter übernimmt den Hof, sie wird etwas Neues damit machen. Aber die Schafe werden schon bleiben.«

Leander nickte und war erleichtert. Er hatte sich vorgestellt, sie würden abgeholt werden, sie sahen aus, als würden sie sich jetzt schon auf den Moment vorbereiten. Sein Blick trübte sich, Flüssigkeit lief ihm über die Wange. »Es ist normal, wenn du …«, begann Wimmer.

»Nein, nein«, sagte Leander und drehte den Kopf noch ein Stück weiter zur Seite, weg aus Wimmers Blick, und schloss die Augen.

»Lass es einfach zu …«, sagte Wimmer.

Leander spürte eine große, feierliche Traurigkeit in sich, in der aber auch ein Trost lag, er dachte, er hatte nichts falsch gemacht, all dies war einfach Teil seiner Geschichte. Er selbst zu sein, bedeutete, dies durchzumachen. Letztlich waren alles Erfahrungen. Man bekam Kinder, heiratete, schoss Tore in wichtigen Spielen – oder ließ sich in muffigen Zimmern von Männern magnetisieren, die an Weltverschwörungen und die Klimalüge glaubten. Man sollte das nicht bewerten, sagen, Heiraten zum Beispiel wäre besser als Handauflegen in der Bauernstube, es waren alles bloß Dinge, die den Tag verkürzten, nicht mehr und nicht weniger.

Bei seiner Zwei-Krebs-Geschichte hatte Leander ein wenig den Überblick verloren, in welcher Phase der Trauer um sein Leben er sich gerade befand, aber er schien jedenfalls so weit zu sein, dass er mehr das Absurde als das Tragische in den Ereignissen sah, und darüber war er froh. Aber dann kam irgendetwas daher, wie der Anblick von ein paar Schafen, die sich auf einem kleinen Hügel zusammendrängten, und das konnte einen wieder verzweifeln lassen, weil diese Tiere sehen zu können, war doch so viel besser, als sie nicht mehr sehen zu können.

Er dachte an Noah im Wartezimmer und dass es ihm unmöglich war, ihm nahe zu sein, nachdem er ihn so lange nicht gesehen hatte. Er dachte an seine Mutter, die ihn am Vortag besucht und gefragt hatte, ob sie ihn fotografieren dürfe, und an sein Gefühl, sie nähme schon Abschied von ihm. Seine Geschwister tauchten in seinen Gedanken auf, außerdem die drei, vier Klienten, die noch geblieben waren und ihm gegen ihr besseres Wissen die Treue hielten, und die eine Frau, die er noch nicht mal kannte (die er vielleicht auch nicht mehr kennenlernen würde), jene Geliebte oder Freundin, die er sich herbeisehnte. Und dann war da noch Sven, wegen dem er hier lag und sich nackt den Händen dieses Mannes auslieferte. Er wollte ihm gern den Kopf waschen, auch wenn er es selbst gewesen war, der sich diesen Besuch hier gewünscht hatte.

Leander setzte sich auf.

»Was ist?«, fragte Wimmer.

»Ich glaube, das ist Zeitverschwendung.«

»Das ist normal, dass dir das so vorkommt.«

»Nein, ich bin wirklich überzeugt davon, es ist Zeitverschwendung. Es ist ja so, wie Sie sagen, wir suchen Trost und Hoffnung und Heilung, aber ich bin scheinbar nicht verzweifelt genug, um mir das von dieser Prozedur hier zu versprechen, es tut mir leid.«

»Du musst nicht daran glauben, mein Glaube ist genug.«

»Nein, verstehen Sie mich, ich möchte es gern glauben, ich wollte mich dem öffnen. Gott, ich habe neulich den Star-Trek-Film gesehen, in dem Spock stirbt, und ich habe so geheult – ich dachte, ich wäre wirklich bereit. Aber ich kann mir einfach nicht vorstellen, dass Sie diese Gabe besitzen, und wenn ich mir den Hof ansehe, zweifle ich daran, dass Ihnen Kreaturen überhaupt so am Herzen liegen. Und ich kann Ihnen auch ehrlich gesagt nicht vergeben, dass sie Hunderten Leuten falsche Maskenbefreiungen geschrieben haben und diese dann mit ihrer Krankheit durch die Weltgeschichte gelaufen sind und andere Leute angesteckt haben. Sie hören solche Tiraden sicher oft, wir Todgeweihten scheißen uns nicht so viel, aber die meisten werden wohl doch ihre ganze Hoffnung in Sie setzen und den Mund halten und wer kann es den Leuten verdenken. Was kriegen Sie für das hier, ich schieße Ihnen was zu Ihrer Reisekassa zu.«

Als Leander wieder ins Wartezimmer trat, waren Sven und Noah nicht mehr bei den anderen, wahrscheinlich warteten sie im Auto oder in dem Kaffeehaus im Ort. Die Frau mit der Wollhaube sah Leander angespannt an und fragte: »Wie war es denn?«

Leander sah die Frau an, dann die andere und schließlich die beiden Männer, die sie begleiteten, und er sagte: »Es war eine Erfahrung.«

58

Am Abend des gleichen Tages saßen Jola, Sven und Irma gemeinsam beim Abendessen. »Aber wieso konntest du sie nicht abholen?«, fragte Jola.

Jola hatte die Generalprobe der Einweihung am See verlassen müssen, um Irma mit dem Auto vom Tennis abzuholen, weil Sven gesagt hatte, ihm wäre etwas dazwischengekommen.

»Ich habe eine Besichtigung verschwitzt, ein Typ aus den Emiraten, der sich für das Penthouse interessiert hat, Wert: viereinhalb Millionen!«

»*Preis*: viereinhalb Millionen«, sagte Jola, die wusste, dass die Bauqualität in der neuen Wohnanlage zu wünschen übrig ließ.

»Er wird es auch nicht nehmen«, sagte Sven und stocherte in seiner Bowl herum.

Jola konnte sich eigentlich nicht beschweren, Sven war immer verlässlich und unternahm mehr mit Irma als sie, vor allem in den vergangenen Monaten, aber als sie heute auf einmal losmusste, um Irma zu holen, hatte sie der Bürgermeister angesehen, als verschwendete sie seine Zeit, der Architekt, der den Bau für die Stadt beaufsichtigt hatte, sagte, sein Sohn würde mit der Straßenbahn vom Fußball nach Hause fahren (womit er sich nur beim Bürgermeister beliebt machen wollte, der so an seiner Straßenbahn hing), und die Kinder vom Chor fragten die Leiterin, ob sie auf ihre Handys schauen durften, was allen sauer aufstieß, und überhaupt war es ein beschissener Zeitpunkt gewesen.

»Vroni sagt, Bowls haben nichts mit Esskultur zu tun und machen Köche arbeitslos«, warf Irma in die Runde.

»Wer ist Vroni?«, fragte Jola.

»Hä?«, rief Irma. »Sie ist die Köchin von Opa im Lokal!«

»Ach so, die«, sagte Jola, die sich nicht allzu oft im Restaurant hatte sehen lassen und ganz bestimmt nie das Küchenpersonal kennengelernt hatte.

»Aber du isst sie gern«, sagte Sven und Irma antwortete: »Es ist mehr so *futtern* …«

Jola sah Sven und ihre Tochter mit ihren Take-away-Schüsseln an und dachte, sie müsse wieder kochen, sie ernährten sich nur noch aus Kartonschachteln, gleich übermorgen würde sie einkaufen und ein Vier-Gänge-Menü zubereiten. Und als sie diesen Gedanken weiterspann, als sie überlegte, was sie kochen könnte, fiel ihr auf, dass sie seit Monaten nicht an einen Tag gedacht hatte, der nach der Einweihung ihrer Arbeit kam, dass diese Tage aber zweifellos kommen würden und ihr Leben, so wie es jetzt war, weiterginge und dass das bedeutete, ein Provisorium weit über seine geplante Lebensdauer zu verlängern, denn all das hier fühlte sich nicht mehr nach ihrer Familie an, so wie sie früher mal gewesen war, sondern eher wie eine WG von drei Leuten, die in der Wohnung geblieben waren, nachdem der Hauptmieter längst ausgezogen war.

»Du hast nur Panik vor morgen«, hätte Chiara zu ihr gesagt, die in ihrem Gesicht lesen konnte, als wäre es ein E-Book mit Schriftgröße 24. Das stimmte, aber Jola hatte weniger Panik vor dem, was morgen käme, das war ziemlich vorhersehbar und würde ihr wahrscheinlich nicht allzu viel abverlangen, als dem Danach. Das machte ihr Unbehagen.

Später, als der Esstisch abgeräumt war, Irma in ihr Zimmer gegangen war und Sven vor dem Fernseher saß, ging Jola in ihr Atelier. Sie hatte längst aufgeräumt, Platz geschaffen, um jederzeit mit einer neuen Arbeit beginnen zu können. Aber die Fotos der Opfer, die sie aus den historischen Unterlagen der Stadt hatte, die sie herauskopiert und vergrößert hatte, die hingen immer noch an dem Balken über ihrem Arbeitstisch.

Sie holte ihre Trittleiter und begann, die Schwarz-Weiß-Bilder eines nach dem anderen abzuhängen. Gisela, Egon, Norbert, Rosa, Aaron … Sie schlichtete die Blätter zu einem Haufen und legte ihn auf ihrem leeren Ateliertisch ab. Sie spürte den Wunsch, irgendetwas zu tun, das einen Abschluss darstellte, eine Geste, und sie nahm einen bemalten Stein, den ihr Irma mal vor Jahren geschenkt hatte, und der immer relativ unbeachtet auf einem Regal neben dem Arbeitstisch gelegen war, und setzte ihn oben auf den Papierstoß. Sie rückte mit einem Stuhl an den Tisch und dachte an die Menschen, von denen sie nicht mehr wusste, als die paar Zeilen unter den Namen in den Unterlagen verrieten. Aber sie fühlte nichts Neues mehr, sie hatte zu oft versucht, sich in sie hineinzuversetzen, also sagte sie nur leise »Adieu«, stand auf, ging zur Ateliertür und löschte das Licht im Raum.

Als sie gegen Mitternacht ins Bett ging – seit dem Sommer schlief sie getrennt von Sven –, konnte sie nicht einschlafen und überlegte, ein Mittel zu nehmen. Sie wusste aber, dass sie sich davon am nächsten Tag schummrig fühlen würde, und das konnte sie wirklich nicht brauchen, also ließ sie es. Sie wälzte sich eine Stunde hin und her. Sie dachte an Irma, die so bedrückt wirkte in letzter Zeit, sie überlegte zum tausendsten Mal, woran das lag. Spürte ihre Tochter, dass etwas *falsch* war in ihrem Haus, fehlte ihr etwas, aus dem sie Kraft für diese ganzen schrecklichen Kämpfe des Erwachsenwerdens schöpfen konnte? Und sie dachte an Chiara in ihrer Wohnung in Vöcklabruck. Jola hatte so ein Bedürfnis bei ihr zu sein, diese Erfahrung des Umzugs in eine neue Stadt mit ihr zu teilen, auf einer Matratze in einem Zimmer voller Umzugskartons zu sitzen und Pizza zu essen, während man die ersten Urteile über die Nachbarn fällte, die man für fünf Sekunden auf dem Hausflur gesehen hatte.

Jola fiel ein, wie es gewesen war, als ihre Eltern frisch getrennt waren. Wie sie mit ihrer Mama in der Küche ihrer neuen Wohnung in Gmunden gesessen war und eine Flasche Rotwein getrunken hatte, die sie bei dem Italiener im Nachbarhaus gekauft hatte. Wie nervös und unglücklich Monika gewesen war, und so bemüht, zuversichtlich zu erscheinen. Und Jola war selbst in ihren Gefühlen auch völlig zerrissen gewesen, und so spielten sie Mädchenabend. Am nächsten Tag war sie dann bei Max daheim gewesen, der nicht mal gewusst hatte, wo das Bettzeug im Haus aufbewahrt wurde und in der ersten Nacht Handtücher auf die Matratze gelegt hatte. Und auch hier taten sie, als wäre alles ein Spaß, als begänne nun ein neuer aufregender Abschnitt.

Und das tat er dann ja auch! Monika schloss neue Freundschaften, arbeitete mehr, machte Reisen, öffnete sich. Und Max begann mit seinem Partyservice-Unternehmen, schloss sich einer Runde von Herren an, die Whiskys verkosteten und mit einem gemieteten Kleinbus zu Messen und Oldtimer-Rallyes fuhren. Ziemlich *cringe*, würde Irma sagen, doch spannender als daheim herumzusitzen. Aber: Wäre nicht alles besser gewesen, wenn sie sich *nicht* getrennt hätten? Hätten sie diese Freiheiten nicht auch als Paar für sich beanspruchen können? Wäre dieser Riss in ihrer aller Leben vermeidbar gewesen?

Jola setzte sich auf. Sie fragte sich, warum sie sich selbst nie eine Antwort darauf geben konnte. Warum sie immer unentschlossen blieb. Wie konnte sie in ihrer Ehe eine richtige Entscheidung treffen, wenn sie nicht mal die Ehe und Scheidung ihrer Eltern für sich einordnen konnte? Und dann dachte sie, aber wie war es denn vorher, bevor sie sich getrennt hatten? Die schreckliche Reise mit der ganzen Familie nach Rom zum Beispiel. Die Streitereien der

Eltern im Nachbarzimmer im Hotel. Max, der auf der Piazza Navona verloren ging und erst am Abend wieder zu ihnen stieß. Monika, die vor dem Caravaggio in der Kirche heulte. Die kotzende Aino. Der Brief, den ihre Mutter Max auf seine Reisetasche gelegt und den Jola gelesen hatte.

Jola setzte die Füße auf den Boden, sie konnte sich nicht entschließen, das Licht anzudrehen. Sie dachte, ihre Geschwister würden morgen kommen, ihre Eltern mit ihren neuen Partnern, und sie alle sprachen miteinander. Es war nicht alles heile Welt, Monika würde Max nie mehr wirklich über den Weg trauen, aber sie kamen doch klar miteinander, sie standen sich nicht im Weg, sie waren füreinander da, und das war doch irgendwie das Ergebnis dieser Trennung. Sie war zum Segen der Familie gewesen, nicht zum Schaden.

Also gut, dachte sie, dann war das ihre Einstellung. Dann war es das, was sie fühlte. Dann musste sie auch danach handeln. Sie nahm ihr Gesicht zwischen ihre Hände, sie rieb sich die Augen. Sie sah Chiara vor sich, wie sie lächelnd die Teller aus der Umzugskiste in den neuen Küchenschrank einräumte, und Jola dachte: Du hast es leicht, du hast es schon hinter dir.

Sie stand auf, ging durch das stille, dunkle Haus, vorbei an Irmas Zimmer und die Stiege hinunter. Sie steuerte das Gästezimmer an, ihr Herz schlug wie wild, und sie klopfte an die Tür. Svens verschlafene Stimme: »Ja-a?«

Jola öffnete die Tür, Sven knipste die Nachttischlampe an, sah sie entgeistert an. »Ist was mit Irma? Die Bowl?«

Jola schüttelte den Kopf und setzte sich auf den Bettrand. »Sie schläft. Kann ich dir was sagen?«

»Was ist?«

»Könnte dich überraschen.«

»Bist du schwanger?«

Jola sah ihn irritiert an. Sie hatten zwar vor ein paar Wochen einmal miteinander geschlafen, aber das war nach einer Flasche *Berliner Luft* gewesen, galt also nicht wirklich, und der Akt selbst war auch so gewesen, dass keine Gefahr bestanden hatte.

Sie schüttelte den Kopf.

»Was ist dann?«, fragte er und setzte sich im Bett auf. Er trug ein *Tomte*-Shirt, seine Haare standen an der Seite ab, am Nachttisch lag eine Ausgabe der *Josefine Mutzenbacher*. Sie hatte ihn nie in seinem neuen Zimmer besucht, er hatte sein eigenes, ungestörtes Jungenleben hier.

»Kannst du dich an die Frau erinnern, die wir neulich vorm Eissalon getroffen haben?«

»Die mit der Gitarre und der Tochter?«

»Ja.«

»Klar. Was ist mit der?«

»Ich lieb die.«

»Mh?«

»Ich lieb die.«

»Was heißt das?«

»Kann's nicht einfacher sagen: Ich lieb die.«

Sven setzte sich seine Brille auf. »In welchem Sinn?«

»In dem Sinn, dass ich mich zu ihr hingezogen fühle, verliebt bin.«

Er nahm die Brille wieder ab. »Und seit wann ist das so?«

»Puh, seit wir noch fast Teenies waren. Und dann haben wir uns vor einem halben Jahr wieder getroffen.«

»Vor einem halben Jahr? In diesem Frühjahr also, oder wie?«, rechnete er für sie aus.

»Genau.«

»Und … ist das platonisch zwischen euch?«

Jola schüttelte den Kopf. Er sah sie an, als käme er gedanklich nicht ganz nach.

»Das heißt, ihr trefft euch und …«

Jola nickte, schon mit Bedauern, aber auch so, dass man sah, man konnte da nichts dran ändern. »Schau«, sagte sie, »ich war echt irre schlecht im Verheimlichen, vor allem am Anfang, aber es ist dir trotzdem nie aufgefallen und teilweise hab ich schon gedacht, es ist dir einfach egal …«

»Es ist mir nicht egal«, sagte Sven und er schüttelte den Kopf. »Ich bin tatsächlich völlig geschockt, wer rechnet denn mit so was? Du kommst einfach mitten in der Nacht in mein Zimmer und sagst mir so was!«

»Ich hab mir diesen Moment auch nicht ausgesucht.«

»Ach, nein?«

»Nein.«

»Aber jetzt geht es dir besser, oder? Jetzt bist du erleichtert, dass es raus ist! Jetzt kannst du dich morgen feiern lassen und brauchst kein schlechtes Gewissen haben, weil du Geheimnisse hast.«

»Wir müssen einfach drüber reden. Auch wegen Irma.«

»Mein Gott«, sagte Sven und stand auf. Er stützte die Hände in die Hüften und sah Jola desperat an. Er wiederholte: »Mein Gott.«

»Jetzt werd nicht katholisch, du warst auch schon verknallt während unserer Beziehung.«

»Aber ich hab doch nicht ernst gemacht! Ich bin in kein Hotel gegangen mit ihr! Wo habt ihr euch überhaupt getroffen?«

»Steyr.«

»Mein Gott.«

»Sag bitte nicht, du kannst jetzt nie wieder nach Steyr fahren. Du warst nämlich noch nie dort.«

»Sicher war ich schon, Maklertreffen, *Best Western*.«

»Ist nicht unseres.«

Er schüttelte wieder den Kopf.

»Wir haben diese Pension dort«, sagte Jola. »Wir wollten diskret sein, deswegen nicht hier in der Gegend.«

»Geht das überhaupt? Kann man sich am Nachmittag mit einer anderen Frau in einem Hotel treffen und keiner sagt was?«

»Wird schon wer was gesagt haben, war uns aber wurscht.«

»Was ist das für ein Schuppen?«

»Das *Best Lesbian*!«

Er sah Jola ernst an, denn jetzt hatte sie das Wort auch noch gesagt. Sie dachte, ein bisschen schmunzeln könnte er schon.

»Bist du das? Bist du eine ...«, fragte er.

»Wenn es dann leichter für dich ist ...«

»Nein, das ist es nicht. Weil dann würde ich denken, all unsere gemeinsame Zeit war nur eine Lüge.«

»Das war sie nicht. Es hätte auch ein Mann sein können.«

»Echt?«

»Nein.«

Er sah sie ratlos an.

»Ich hab niemanden gesucht, Sven. Ich wollte keine Affäre. Es ist einfach dieser eine Mensch. Es ist Chiara, sie ist mir wohl irgendwie ... bestimmt.«

»*Chiara* ... Wie in einem Film, da sind es immer Italiener oder andere Frauen, die einem die Frau stehlen! In dem Fall: beides.«

»Da sage ich jetzt nichts dazu, Sven, aber was ich schon anmerken will, ist, dass Chiara nicht die Schuld daran hat, dass es zwischen uns nicht mehr läuft.«

Sven setzte sich neben Jola auf das Bett und sagte: »Und wer hat dann Schuld?«

»Na du.«

»Ach ja?«

»Vielleicht ist es ja nicht wirklich deine Schuld, aber du hast dich verändert, du bist so verurteilend geworden. Du warst mal so locker, du hast diesen Typen von der Straße mit in unser Airbnb genommen …!«

»Das hast du damals aber nicht gut gefunden.«

»Nicht angenehm, aber gut.«

»Ich bin noch der Gleiche«, sagte Sven. »Mich hat diese ganze Coronasache fertiggemacht, das weißt du. Ich bin nicht dafür gemacht, wochenlang allein zu Hause zu sitzen und in den Fernseher zu starren und zu warten, welche neue Regeln uns Big Brother diktiert. Ich verkriech mich ins Netz und halte Ausschau nach anderen Überlebenden, und dann lass ich mich schon mal von krassen Ideen anstecken. Mir ist klar, dass wir uns da entfernt haben.«

Sven sah Jola eindringlich an und sagte: »Aber das ist ja jetzt vorbei. Ich hab mich da komplett runtergekühlt. Vielleicht ziehen wir einen Strich, ich war ein *Covidiot*, du hast deine *italian affair* gehabt, und jetzt vergessen wir das alles und probieren es noch mal. Für die Familie, für Irma.«

Jola sah ihn an, dann sagte sie: »Besser als so, wie es jetzt ist, krieg ich es aber nicht hin. Ich kann dir nicht näher sein, ich kann keine bessere Frau sein, ich kann nicht irgendwas probieren und dann wird es gut. Wir müssen da einfach ehrlich zu uns sein, da wird kein Love-Song mehr draus.«

Sven starrte sie an, dann griff er wieder zu seiner Brille, stand auf, rief: »Und was soll jetzt kommen? Willst du mit ihr zusammenleben? Was ist mit dem Haus, dem Atelier, wo lebt Irma? Das ist doch Wahnsinn.«

»Glaubst du, ich habe keine Scheißangst? Dass wir Irma verletzen oder irgendwie traumatisieren? Die hab ich, aber ich glaube halt, dass noch ein paar von diesen traurigen Abendessen mehr von ihrer Seele auffressen, als wenn wir sagen: Ende! Andere Eltern trennen sich auch. *Meine* Eltern haben sich getrennt. Deine Eltern hätten sich trennen sollen.«

»Deine Eltern haben mit der Trennung gewartet, bis Aino achtzehn war.«

»Und haben uns damit die beschissensten Jahre unserer Jugend beschert. Gut geworden ist es erst nachher.«

»Okay, dann sag mir, wie du es machen willst. Wie ist dein Konzept?«

»Konzept? Wir bringen den Tag morgen hinter uns, am Abend gibt's Drinks und nächste Woche setzen wir uns mit Irma zusammen und sagen ihr, dass es einen Grund dafür gibt, dass du mit der Mutzenbacher im Gästezimmer schläfst.«

»Und wie werden wir dann leben?

»Wie glückliche Menschen.«

»Sehr schön, und wo? Wer wo? Das will ich wissen!«

»Ganz ehrlich: Ich kann mir sogar vorstellen, dass wir noch eine Weile hier zusammenleben. Aber ich will, dass Irma weiß, was ich fühle. Ich will, dass sie Chiara kennenlernt. Ich will, dass meine Familie Bescheid weiß. Ich setze ein Bild von Chiara und mir in die Bezirkszeitung und gratuliere uns zum halbjährigen Jubiläum.«

Sven ließ die Schultern fallen und sagte: »Du machst mich fertig.«

»Nein«, sagte Jola, stand auf und griff nach Svens Hand. »Du wirst ja auch wieder glücklich werden. Hier verhungerst du doch am ausgestreckten Arm. In einem Jahr oder so wirst du so froh sein, dass wir das gemacht haben! Du hast auch etwas bei der Sache zu gewinnen. Was ist mit der Tante von damals, ist die noch frei?«

»Jola, ich bin fast fünfzig«, sagte Sven ruhig, »ich hab nicht vorgehabt, noch mal neu anzufangen. Ich wollte mit euch beiden alt werden.«

»Ich glaube, Irma hat nicht vor, hier mit uns alt zu werden.«

»Aber mit dir hab ich schon gerechnet.«

»Schau«, sagte Jola, »wir werden weiter eine Familie sein. Sie wird nur größer werden, anders sein.«

»Bitte nicht Patchwork, ich hasse das. Ich passe in keinen Indie-Film, ich bin nicht Ben Stiller, ich will nicht mit dem schwulen Opa der Geliebten meiner Frau in einen Töpferkurs gehen …!«

»Gmunden ist eine Keramikstadt, du wirst töpfern, und du wirst es für die LGBTQ-und-so-weiter-Community tun.«

»Das alles, das wird die größte Veränderung in meinem Leben, seit ich Veganer wurde.«

»Das warst du drei Wochen oder so.«

»Trotzdem.«

»Wir werden uns neu erfinden«, sagte Jola.

»Mein Gott«, sagte Sven, und dann: »Gehen wir eine rauchen?«

Jola nickte, und dann gingen sie barfuß durchs Haus, um im hintersten Winkel des Ateliers das Fenster zu öffnen, sich Decken überzuwerfen und gemeinsam zu rauchen – fast so wie am Anfang ihrer Geschichte, bei einer Party von gemeinsamen Freunden, als sie am längsten blieben, sich einen Aschenbecher und eine Decke teilten und zusammen sturzbetrunken *Irma la Douce* von Billy Wilder ansahen.

59

Alexander war zu früh nach Gmunden gefahren, eine ganze Stunde zu früh, also bog er von der Bundesstraße ab, parkte vor seinem Lokal, das heute geschlossen blieb, sperrte auf und schaltete die Kaffeemaschine ein. Es war sonnig, aber windig, er hörte das Kratzen des Sonnenschirms, wenn der Wind an der Hauswand entlang pfiff. Er setzte sich auf einen der Tische gegenüber der Bar, die Sonne schien ihm auf die Brust, er trank seinen Espresso und wartete. Bis vor ein paar Tagen hatte er geglaubt, Aino würde heute kommen, Max hatte gemeint, käme sie nicht, hätte sie das schon früher bekannt gegeben. Aber dann hatte sie doch abgesagt, hatte gesagt, sie könnte maximal eine Woche aus New York weg, das zahle sich nicht aus, wäre auch ökologisch ein Irrsinn – was natürlich stimmte.

Er hatte auch nicht gewusst, was er sich von der Begegnung erwartete, er wusste ja, dass sie jetzt jemanden in New York hatte. Sarah war es rausgerutscht, als er bei ihr und Valentin zum Frühstück eingeladen war, sie war rot geworden und hatte begonnen, wie wild ihren Bauch zu streicheln, als könnte sie so in der Zeit zurückreisen und ihren Kommentar ungeschehen machen. Ein Kind zu bekommen war ein Wunder, aber so weit ging es dann doch nicht. Valentin war anschließend damit rausgerückt, was sie wussten: Ainos Freund war Amerikaner, jünger als Alexander, Assistent bei einem Maler, sport- und naturbegeistert. Gregg, mit zwei g am Ende.

So war es eben, das Leben ging weiter. Er hatte auch schon mit jemandem geschlafen. Eine Lehrerin von der Montessori-Schule, die er sponserte und an deren großen Jahresaktivitäten er teilnahm. Ihr Mann war vor zwei Jahren überraschend gestorben, irgendetwas lasen sie einander wohl von der Nasenspitze ab, irgendeine Bedürftigkeit … Am Tag danach lud er sie zu einer Bootsfahrt ein, so war er eben, er wollte, dass sie sich geschätzt fühlte. Er konnte spüren, wie sie am Telefon lächelte, dann sagte sie freundlich ab. Auch in Ordnung, manchmal berührten sich Leben eben nur einen Tag oder ein paar Stunden lang, dann zogen die Lebensbahnen wieder auseinander.

Alexander sah Jolas Eröffnung nun entspannter entgegen, aber auch gleichgültiger. Er bewunderte ihre Arbeit, gleichzeitig war sie diejenige in der Familie, zu der er am wenigsten Verbindung hatte. Alle anderen konnte er jederzeit anrufen, ob es Leander oder Monika und Felix waren – sie trafen sich auf einen Kaffee oder gingen zu einer Ausstellung, manchmal wurde er zu einem Abendessen eingeladen, man spielte Karten, hörte Musik. Alexanders Schwester, die mit den drei Buben und dem Mann, der am Mozarteum lehrte, hatte zu ihm gesagt, das sei ungewöhnlich, sollte er nicht Abstand suchen? Auch andere Töchter hätten nette Familien …

Aber er sah das nicht so. Die Familie war Teil seines Gmundner Lebens, wie er es für sich nannte. Bevor er sein Wasserflugzeug das erste Mal auf dem Traunsee gelandet hatte (und zum letzten Mal, die Strafe war doch empfindlich hoch ausgefallen …), war er nicht mal in Gmunden gewesen. Die Salzburger hatten ja ihre eigenen Seen, an denen man die Sommertage verbrachte, aber nun besaß er ein Lokal hier, er hatte so viele Beziehungen geknüpft, er hatte sich fast eine zweite Heimat geschaffen. Aber er schreckte davor zurück, sich hier eine Wohnung oder ein Haus anzuschaffen, denn das hatte er mit Aino geplant gehabt, und dazu war es nicht gekommen.

Die hat dir das Herz gebrochen, sagte seine Schwester. Die hat dir den Kopf verdreht, sagte sein Vater. Die hat dich in die Wüste geschickt, sagte sein Friseur. Die hat dich von vorn bis hinten verarscht, sagte sein Tennispartner. Was war darauf die Antwort? Die Antwort auf eine Beziehung fand man vielleicht eher im Anfang als im Ende, dachte Alexander. Der erste Blickwechsel bei dieser Ausstellung in New York. Das erste Gespräch. Schon nach fünfzehn Minuten sagte sie, sie wusste nicht, wie sie ihn einschätzen sollte. Sie lachten zusammen, dann verschwand sie für ein Geschäftsgespräch und stand zehn Minuten später wieder neben ihm und sah ihn erwartungsvoll an. Und so blieb es zwischen ihnen: eine seltsame Vertrautheit und große Unsicherheit. In den Tagen darauf löcherte sie ihn mit Fragen. Sie wollte rauskriegen, wer er war. Ein Konservativer? Ein Träumer? Ein Gefühlsmensch? Ein Weichei? Ein reiches Bürschchen oder ein Mann mit einem Plan? Wahrscheinlich war er all das.

Und wer war sie? Die souveräne Angestellte, die einfühlsam und gewissenhaft mit ihren Kunden umging, die junge Frau, die bei jedem Barbesuch so entfesselt wirkte, als hätte sie gerade ihren Job gekündigt, die Geliebte, die ihm alles abverlangte und ihn manchmal glauben ließ, er sei schrecklich unerfahren und tapsig, oder die Freundin, die sich seine Vorlieben und Abneigungen merkte und versuchte, ihm die Zeit mit ihr so schön wie möglich zu machen.

Er fragte nicht. Für ihn war nichts davon ein Widerspruch – das war Aino. Er ging ohne Taktik, ohne Tricks und ohne Defensive in diese Liebe.

Du solltest langsam mal wütend werden, hatte ausgerechnet Ainos Mutter vor ein paar Wochen gesagt. Aber wie ging das? Und was sollte es bringen? Er empfand keinen Zorn gegen sie. Er wünschte ihr nichts Schlechtes.

Hast du sie geblockt?, fragte seine Nichte. Hab ich was?, fragte er zurück. Auf Social Media, WhatsApp, E-Mail, … Du musst einen Schnitt machen!

Wieso sollte er? Weil sie zweimal im Monat Fotos von einem New Yorker Flohmarkt oder einem Filmfestival auf Facebook postete? War er so schwach, dass er das nicht aushielt? Wie diese Leute, die sich online ihre Ex-Partner aus Fotos rausretuschieren ließen. Das war mal euer Leben, dachte er.

Nein, er würde sie nicht blocken. Er würde sie treffen, wenn es sich ergäbe. Er würde auch den Kontakt zu ihrer Familie nicht aufgeben, außer es ging von ihnen aus.

Es würde langsam besser werden. Er würde es vielleicht nie verstehen, aber akzeptieren. Er würde sich nicht auf die Suche nach jemandem machen, aber er würde offen sein. Soweit er es eben konnte.

Eine halbe Stunde war vergangen. Die Tasse war leer, er konnte sich gar nicht erinnern, den Kaffee getrunken zu haben. Er dachte, er könnte Max und Birgit fragen, ob er sie abholen sollte. Limousinenservice für den Vater der Künstlerin, das würde Max gefallen. Er griff zu seinem Handy und schrieb ihm eine Nachricht. Er stand auf, stellte die Kaffeetasse hinter den Tresen. Er lauschte auf die Geräusche des Winds. Er liebte sein Lokal, wenn niemand hier war. Vielleicht hatte er es deswegen gekauft. Um allein darin zu sein.

60

Max saß auf der Terrasse, er trug schon Mantel und Schal und hielt sein Gesicht in die Sonne. Birgit war noch im Haus. Sie hatte ihre Garderobe gestern hierher mitgenommen. Sie würden nachher essen gehen, der Bürgermeister war vielleicht dabei, sie wollte gut aussehen.

Max dachte darüber nach, wie er mit einer gewissen Situation umgehen sollte: Er hatte am Vortag ein schriftliches Angebot für das Haus bekommen. Das Interesse an dem Besitz war seit Monaten auffallend, die Kombination alter Mann/Seegrund löste Begierden aus, aber ein konkretes schriftliches Angebot hatte er noch nicht erhalten. Er war ja auch nicht der Besitzer. Aber jetzt hatte jemand einen Brief eingeworfen. Er kannte den Absender über zwei Ecken, ein Wiener Unternehmer, der ein Haus an der Seestraße besaß, mit dem Auto fünf Minuten von Max entfernt.

Der Brief war freundlich, ja amikal verfasst. Das Angebot war so, dass man es nicht so einfach wegwischen konnte. Es war so, dass es einen nachdenken ließ. Es gab Summen, die konnten das. Max' Überlegung ging allerdings in die Richtung, den Brief ins Feuer zu werfen. Das wäre zwar Monika gegenüber moralisch nicht einwandfrei, würde ihn aber von einem lästigen Druck befreien. Andere Möglichkeit: Den Brief einfach vergessen, so wie er

Organstrafen vergaß oder Termine beim Urologen. Vergessen war keine Straftat, das lernte man doch aus den ganzen Untersuchungsausschüssen.

Birgit trat aus dem Haus, näherte sich Max von hinten, küsste ihn auf die Glatze. »Soll ich dir deine Kappe holen?«, fragte sie.

»Die bläst mir der Wind fort.«

»Mütze?«

»Nein, denk an die Fotos.« Er drehte sich um, musterte Birgit. »Gut siehst du aus.«

Er sagte solche Dinge jetzt. Nicht, weil er sich mehr bemühen wollte, bloß weil er es jetzt mehr sah. Irgendetwas in ihm hatte nachgegeben. Nicht im Sinne einer Niederlage, eher wie ein destruktiver Reflex, der zum Stillstand gekommen war. Er sah jetzt ihre Hübschheit. Er sah ihre Freundlichkeit und ihre Anteilnahme an seinem Leben. Sie war nicht hier, um ihm die Chance auf ein außergewöhnliches Leben zunichtezumachen, wie er lange geglaubt hatte. Sie war hier, um besser zu ihm zu sein, als er es verdiente.

»Wenn sich die Gelegenheit ergibt, werde ich den Bürgermeister auf den Zebrastreifen ansprechen«, sagte Birgit.

»Mach das«, sagte Max.

Schon seit Langem fragte sich Birgit, warum es keinen Schutzweg zwischen dem Rathausplatz und der Kirchengasse gab, an der Stelle, wo die meisten Leute die Altstadt betraten. »Bevor noch was passiert«, sagte sie.

Max wusste, warum es den Schutzweg nicht gab – die Straßenbahn fuhr dort, auf Schienenstraßen gab es keine Schutzwege, nur ampelgeregelte Kreuzungen. Aber anreden konnte man ihn trotzdem darauf. »Alexander hat geschrieben«, sagte er, »er will uns abholen kommen.«

»Ach, wie lieb«, sagte Birgit.

»Noah ist da«, sagte Max.

»Ich weiß.«

»Leander bringt ihn hoffentlich mit!«

»Bestimmt.«

Max' Handy leuchtete auf. »Das ist Aino.« Aufgeregt bestätigte er die Videocall-Anfrage, presste seinen Daumen zur Identitätsbestätigung auf den Screen, wurde ungeduldig, als nicht sofort ihr Gesicht erschien, fluchte in den Herbstwind.

»Sie kann dich schon hören«, sagte Birgit.

»Hello, my dear!«, rief er, als ihr Gesicht endlich am Smartphone-Bildschirm auftauchte. Sie befand sich in einer Wohnung, die Max nicht bekannt vorkam, er konnte sich ausrechnen, in welcher. Sie begrüßte ihn und Birgit. Sie lachte, sie sah hinreißend aus, fand er.

»Ich wollte Jola nicht stören, so kurz vor ihrem Auftritt. Also sage ich *euch*, dass ich gern dabei wäre und dass ich hoffe, alles läuft perfekt.«

»Wir hätten dich auch gerne hier«, rief Max, »schade, dass du das verpasst!«

»Ich schau mir den Bericht dann online an, Mama hat gesagt, der ORF kommt.«

»Wenn sie dann wirklich etwas bringen! Du weißt, irgendwer ist für oder gegen das Gendern oder der Trump sagt, dass der Sozialismus Schuld am schlechten Wetter hat, und der Bericht wird verschoben …«

»Ich glaube schon, dass das viele Leute interessieren wird.«

»Manche finden die Initiative gut, andere halten das für völlig unnötig, die meisten werden hinkommen, weil sonst nichts los ist … Ich werde jedenfalls auch filmen.«

»Super. Ich melde mich vielleicht noch mal, wenn bei euch Abend ist, okay?«

Aino schickte Küsschen und winkte und beendete den Call. Max legte das Handy auf den Tisch.

»Sie wirkt sehr heiter und zufrieden«, sagte Birgit.

»Ja?«, sagte Max und er sah danach aus, als zweifelte er daran. Aber dann wischte er das Gefühl zur Seite und sagte: »Ja! Es muss auch mal gut sein mit dem ganzen Zaudern.«

61

»Gregg?«

Aino verließ sein Arbeitszimmer, das vor allem sein Gitarren-spielzimmer war, und trat ins Wohnzimmer, das vor allem sein Playstationzimmer war. Kein Gregg. Sie sah durch die kleine Durchreiche in die Küche, auch kein Gregg. Sie setzte sich auf die Couch und rief ihn an. Als er den Anruf annahm, fragte sie ihn, ob er schon gegangen sei. Er hätte seinen Freund im Park getrof-fen, sagte er. Basketball. Hatte er doch angekündigt. Schon klar, sagte sie, sie hatte nur gedacht, er würde Bye sagen.

Hatte er.

Hatte sie nicht mitgekriegt.

Ach so, sorry.

Sie legten auf.

Okay, das war eine der Sachen, die nervten. Gregg war lange Single gewesen. In dieser langen Zeit hatte er viele Freundschaften gepflegt, was ja schön und gut war. Aber diese vielen Freundschaf-ten hingen mit vielen Hobbys zusammen, die große Teile seiner Freizeit aufbrauchten, und er machte nur eingeschränkt Anstalten, das ein bisschen zurückzuschrauben. Klar, sie unternahmen auch viel miteinander, aber wenn sie einmal vergaß, etwas mit ihm aus-zumachen, war er mit Sicherheit anders verplant.

Dr. Sharma oder seiner Nachfolgerin hätte sie davon wahr-scheinlich nichts erzählt, das war die 140 Dollar nicht wert, das konnte man auch einer Freundin bei einem 6-Dollar-Latte erzählen. Die Freundin würde dann sagen, so sind alle Typen, die keine lange Beziehung oder lange keine Beziehung hatten, die sind im Prinzip wie Zehnjährige, und du kannst froh sein, wenn sie sich alleine ihre Rollschuhe binden können.

Ich will ja ein Kind, würde Aino dann sagen, aber keines, das schon eine Mutter hat, die es nicht anruft.

Aino setzte sich ans Fenster und trank ihren Kaffee. Irgendwo gegenüber im Park warf Gregg Körbe mit seinem Freund Barry, der die Post in ihrem Viertel austrug, während ihre Freundin Sam drüben in Astoria ihr Baby stillte, das sie und ihr Freund Anthony vorigen Monat bekommen hatten.

Aino hatte schon ein paar Mal mit Gregg über Kinder gesprochen. Er sagte, er wäre sofort dabei, coole Sache, Kinder wären der Wahnsinn. Gestern hatte sie ihn gefragt, ob er wirklich so weit war, und er begann davon zu sprechen, wie unsicher sein Job war und ob sie nicht erst schauen sollten, ob das mit der Farm etwas werden würde, und sie hatte gleich gesagt, gut, warten wir. Okay, hatte er gesagt, und dann: Stört es dich, wenn ich das eine Level fertig spiele?

Aino dachte an das, was Sharma gesagt hatte: Dass sie das Leben vor Aufgaben stellen würde und dann die Tiefe und die Bedeutsamkeit dazukämen. Aber was, wenn Aino und das Leben und die Bedeutsamkeit anklopften, und Gregg gerade ein Game spielte und einfach nicht öffnete?

Sie griff zu ihrem Handy und schrieb eine kurze Nachricht an Jola, in der sie ihr alles Gute wünschte. Sie dachte nach, wie es ihrer Schwester und Sven ging, irgendwie bekamen sie es doch recht gut hin … Sie legte das Handy weg, sah aus dem Fenster hinaus und dachte: Gregg with two gs, where is this going?

62

Jola stellte den Wagen vor dem Haus ab und trat mit den Einkäufen in den Vorraum. Sie hatte die letzten Kleinigkeiten für den Abend besorgt, die »After-Show-Party« für Familie und Freunde. Sven lief auf dem Weg zum Badezimmer an ihr vorbei, er trug immer noch einen Morgenmantel und sah übernächtig aus. Sogar wenn wir uns trennen, machen wir eine Party draus, dachte Jola. Sven schloss die Tür, sie hörte, wie er die Brause andrehte.

»Mach bitte nicht so lang«, rief sie, und ihrer Stimme merkte man an, dass es nicht bei einer Zigarette geblieben war.

Sie räumte Einkäufe in den Kühlschrank, dann sah sie auf ihr Handy. Sie las die Nachricht von Aino und eine weitere, die sie irgendwann später beantworten konnte.

Sie ging zu Irmas Zimmer, fand sie Sudokus lösend auf ihrem Bett vor. Sie setzte sich zu ihr und sagte: »Würdest du die Kurzgeschichte vorlesen, die du über das Mahnmal geschrieben hast?«

»Wann, am Abend?«

»Nein, am See, bei der Eröffnung. Ist mir vorher eingefallen.«

»Okay. Kann ich schon machen.«

Wie furchtlos Irma in solchen Dingen war, dachte Jola. Jetzt musste sie es nur noch der Frau vom Kulturamt beibringen, die war sicher keine Freundin von neuen Programmpunkten kurz vor einer Eröffnung.

Jola ging in ihr Schlafzimmer und zog sich aus. Sie dachte an Chiara, die kommen wollte, die aber auch gesagt hatte, sie würde irgendwo ganz hinten stehen und Sonnenbrillen tragen und wieder verschwinden, wenn alles vorbei war – und wehe, Jola käme auf die Idee, sie der Familie als »Freundin« vorzustellen.

Nun, das würde Jola jetzt bestimmt nicht mehr machen, sie hatte aber auch nicht vor, den Nachmittag für andere große Mitteilungen zu nutzen, darum ging es heute einfach nicht. Fürs Erste genügte ihr, dass Chiara überhaupt kam.

Sie dachte an ihren Überfall gestern, daran, wie verhältnismäßig gut Sven es aufgenommen hatte. Vielleicht begann er ja schon, die Möglichkeiten für sich zu sehen, die Chance, noch mal eine Partnerin zu finden, die auch wirklich Interesse an ihm hatte. Vielleicht sogar eine Rothaarige, sein alter erotischer Traum …

Wie würde es ihr dann gehen? Seit zwei Jahren hatte er sie nur noch in den Wahnsinn getrieben, aber es war *ihr* Wahnsinn gewesen. Ihr dünner, deutscher Wahnsinn in Slim Jeans.

Jola setzte sich nackt aufs Bett und wartete darauf, dass sie die Badezimmertür hörte. Dann fiel ihr ein, was sie noch vergessen hatte. Sie griff zu ihrem Telefon und rief ihre Mutter an. Monika nahm den Anruf an, Jola hörte sie gedämpft sagen, sie ginge kurz in den Garten.

»Wo bist du?«

»Magst du nicht wissen«, sagte Monika, »was ist denn?«

»Kannst du heute fotografieren?«

»Ja, sicher, das hab ich dir doch schon ganz oft gesagt.«

»Ach ja, gut. Es ist nur, weil Sven die Kamera mitnimmt, er kann aber nur leere Räume.«

»Ich weiß. Ich mache das, okay?«

»Danke.«

Jola ließ das Handy sinken. Sie überlegte, ob sie aus Nostalgie ein letztes Mal zu Sven unter die Dusche steigen sollte. Irgendwie hatte sie Lust. Aber Irma war im Haus. Und die anderen Gründe.

Sie ließ sich nach hinten aufs Bett fallen. Sie zog die Decke über ihren Körper und dachte an die kommenden Stunden, vor allem aber an den Moment, wenn alles vorüber wäre und die Last ihrer schrecklich großen, monumentalen Skulptur und von all dem, woran diese erinnerte, nicht mehr auf ihren Schultern läge.

Ihre Hand wanderte zwischen ihre Beine. Ganz schnell, dann wäre sie ein bisschen ruhiger.

63

»Entschuldige«, sagte Monika zu Ursula, »das war meine ältere Tochter.«

»Deine Jola …«, sagte Felix' Ex-Frau, als kannte sie alle Geschichten über Monika und ihr großes Mädel. Wahrscheinlich war es so, dachte Monika.

Ursula sagte: »Katharina ist genauso, sie ruft mich an, welches Dressing sie zum Salat nehmen soll.«

»Und Teresa meldet sich nur in Katastrophenfällen, von Parkschaden bis Wasserrohrbruch«, sagte Felix.

Monika lächelte tapfer. Sie machte sich gar nicht schlecht. Der Besuch war ein wenig gezwungen, so wie sie es sich vorgestellt hatte, aber sie bewahrte die Fassung und ihre Liebenswürdigkeit. Das Ergebnis würde vermutlich so ausfallen, dass man anschließend sagen konnte: Es war ganz angenehm, aber wir müssen es nicht wiederholen. Darauf hoffte sie jedenfalls.

Sie dachte, was immer man am Anfang einer Beziehung kategorisch ausschloss, war das, was am Ende mit Sicherheit stattfand. Ich gehe nie mit dir in den Swingerclub, und drei Jahre später steht man in Unterwäsche in einem schummrigen Keller, hält sich an einem Glas Wein fest und fragt sich, wann man in den Beziehungsdebatten so an Überzeugungskraft verloren hat.

Felix wäre nicht glücklich geworden, wenn sie Ursula nicht kennengelernt hätte, wenn sie nicht mit der Mutter seiner Töchter in irgendeiner Form freundschaftlich verkehrte. Und ihr wäre ja auch ein Teil von ihm verschlossen geblieben. Sie musste doch auch wissen, wen er vorher geliebt hatte, auch wenn der Frauengeschmack der Männer das war, was die Achtung vor ihnen am leichtesten bröckeln ließ.

Aber so schlimm war es nicht. Ursula wirkte robuster, als Monika gedacht hatte, und es schien auch nicht so, als klammerte sie sich noch an ihren Ex-Mann. Mit Smalltalk und Fokus auf Familie und regionalen Tratsch kamen sie ganz gut durch das Kuchenkränzchen. Ursula kam auch nicht auf die Idee, die alten Fotoalben rauszuholen, und als sie sich verabschiedet hatten, um nach Gmunden zu fahren, hatte Monika das Gefühl, sie hätte Felix diesen kleinen Gefallen zu lange vorenthalten.

Als sie mit dem Wagen aus der Ausfahrt des Hauses fuhren, sagte Monika zu Felix: »Sie ist eine nette Frau.« Er nickte und griff nach ihrer Hand. Monika dachte, dies war vielleicht die letzte Beurteilung, die er über Ursula hören würde. Am Anfang der Beziehung brannte man darauf zu erfahren, was die Freunde und die Familie über die neue Liebe dachten, ob sie die Begeisterung teilten: Im Laufe der gemeinsamen Jahre freute man sich, wenn jemand einmal positive Worte über den Partner fand, und irgendwann, wenn alles vorüber war, sagte die neue Liebe über die alte: »Sie ist eine nette Frau.«

Damit war Ursula am Ende ihres Beurteilungskreislaufs angelangt. Etwas anderes als eine »nette Frau« würde sie nun auch nicht mehr werden. Aber es war das, was Felix sich wünschte, das Eingeständnis seiner neuen Partnerin, dass die andere Frau, mit der er sein Leben geteilt hatte, auch ganz passabel war. Der letzte Segen für die Jahre mit Ursula. Er würde ihr immer noch die Hecke schneiden, die Reifen wechseln und sie ins Krankenhaus fahren, wenn das Nasenbluten zu lange andauerte, aber auf einer anderen Ebene war der Abschluss vollzogen. Und zwar im Guten. So wie er es wollte.

Monika klickte im WhatsApp-Verzeichnis auf den Namen ihres

älteren Sohnes und schrieb eine Nachricht: »Bitte bringe Noah mit, ja?« Dann wandte sie sich Felix zu, der seinen Lancia entspannt die Traun entlang lenkte, und sie sagte: »Denkst du, sie wird sich die Eröffnung in den Nachrichten ansehen?«

»Das Treffen lief ganz gut«, sagte er, »aber ich denke nicht, dass sie dir oder deiner Tochter diese Aufmerksamkeit wirklich gönnt.«

Und da lachte Monika, denn sie hatte Ursula nur ein Mal höflich ihre Aufwartung machen müssen, damit die Frau endlich ihren Heiligenschein verlor.

64

Sie lungerten auf Leanders Designercouch herum, als wäre es die zweite Woche der Sommerferien und ihnen fiele schon nichts mehr ein, was man noch unternehmen könne. Beide waren für das Event in Gmunden fertig angezogen. Schwarze Anzüge, zwei *Men in Black*. Den von Noah hatten sie extra für den Anlass im Salzburger Outlet-Center gekauft. Leander hatte gesagt, *den kannst du später noch brauchen*, und einen Moment lang erstarrte er und dachte, Gott, so hatte er das nicht gemeint …

Willst du wirklich mitkommen, hatte Leander seinen Sohn zuvor zehnmal gefragt und war jedes Mal wieder überrascht gewesen, dass er wollte. Noah hatte anscheinend keine Probleme damit, die Familie zu treffen und sich den Fragen der Verwandten zu stellen. Vielleicht sah er die Vorteile, sich ein Rückzugsgebiet von seinem Alltag zu verschaffen, eine zweite Familie zu haben, die ihn auffing, wenn es mit der ersten zu viel Stress gab. Monika konnte es kaum abwarten, ihn zu sehen, sie erinnerte Leander stündlich daran, den Jungen nicht zu vergessen.

Was das Verhältnis von Leander und Noah betraf, da hatte der Ausflug zu Wimmer mit Sicherheit etwas angestoßen. Nachdem er die Behandlung abgebrochen hatte, war Leander zu seinem Schwager und seinem Sohn gestoßen, die im Wagen gewartet hatten. »Und?«, hatte Sven gefragt.

»Das war nichts«, sagte Leander.

Noah saugte Luft in sich rein, als hätte er die letzte halbe Stunde den Atem angehalten, und sagte: »Das ist so räudig hier, bitte lasst uns fahren!«

»Es ist … also eigentlich ist es …«, setzte Sven an, aber dann drehte er einfach den Zündschlüssel seines Wagens und fuhr vom Hof auf die Straße Richtung Salzburg.

Sie fuhren schweigend in die Stadt zurück.

Sven ließ sie vor der Wohnung hinaus und fuhr weiter Richtung Traunsee; Leander und Noah waren hungrig und gingen zu einer Imbissbude, wo sie sich Döner bestellten. Und dort, als sie auf ihr Essen warteten, umarmte Noah seinen Vater. Er legte seinen Kopf an seine Schulter, schnaufte und nuschelte etwas, das Leander nicht verstand, und als er sich ein paar Sekunden später wieder aus der Umarmung löste, sah er verweint und zerknautscht aus. Leander wusste nicht, was zu tun war, er hielt Noah sein Bier hin, von dem dieser bereitwillig einen Schluck nahm.

Leander dachte, den kleinen Jungen, den er so lange vermisst hatte, gab es nicht mehr, aber dieser große Junge war hier und schien an die Stelle des kleinen treten zu wollen. So gesehen hatte der Ausflug zu Wimmer vielleicht einen Sinn gehabt, einen Sinn, an den er vorher nicht gedacht hatte, der aber möglicherweise nachhaltiger war als jede Behandlung, die er dort bekommen konnte.

Jetzt, eine Stunde bevor sie aufbrechen sollten, saßen sie auf der Couch und Noah zeigte Leander ein Foto von einem Mädchen. »Das ist Pepa …«

»Pepa?«

»Sie heißt eigentlich Josephine. Die Eltern sind Traditionalisten, es hängt ein Porträt von ihr als sechs- oder siebenjähriges Mädel im Esszimmer, so ein richtiges fricking Ölgemälde.« Seine junge Erwachsenenstimme, der Züricher Akzent, der Tonfall des Pausenklatsches.

Leander sah das Foto am Handy an, ein schlankes Mädchen, hübsch, flippig, keine Infantin in Öl … »Schaut nett aus«, sagte er und gab ihm das Handy zurück.

»Da waren wir schwimmen«, sagte Noah und zeigte Leander ein Foto von Pepa im Bikini, nasse Haare, ein bisschen kess.

»Ein hübsches Mädchen.«

»Und das war im Sommer beim Wandern …«

Pepa in kurzen Shorts, Boots und Rucksack, verschwitzt und Küsschen werfend.

Leander fiel nichts mehr zu sagen ein. Sein Sohn hatte eine Freundin, gut für ihn. Und er sah den Krankenschwestern nach, während er bei der Medikamentenausgabe wartete.

Noah murmelte: »Ich glaube, sie sieht jetzt wen anderen …«, und er warf das Handy auf einen Kleiderhaufen neben dem Sofa.

Leander hob die Augenbrauen und er dachte, ach darum ging es! Er hatte wohl die eine oder andere Kleinigkeit zu lernen, wenn sie dieses Vater-Sohn-Ding jetzt wirklich durchziehen wollten …

Noah griff gleich wieder nach seinem Handy, wischte sagenhaft schnell zwischen den Apps hin und her und sagte nebenbei: »Erinnerst du Valentin daran, mir die Graphic Novels mitzubringen.«

»Ja, klar«, sagte Leander und schrieb Valentin ein paar Zeilen. Dann browste er durch seine Fotos und suchte eine Aufnahme von vorletzter Woche raus. Er beugte sich zu seinem Sohn und zeigte sie ihm. »Wie findest du sie?«

»Süß!«

»Ja?«

»Ja, klar!«

Leander sah sich das Foto erneut an und nickte. Sie *war* süß, eine Collie-Pudel-Mischung, neun Wochen alt. Er war sich ziemlich sicher, er würde sie nehmen.

65

Valentin und Sarah standen in ihrem Vorzimmer, zwischen ihnen zwei große Taschen gefüllt mit Lieferungen an die Familie. Da war die letzte Sendung von Süßigkeiten aus den USA, die Aino alle paar Monate verschickte, selbst gebrannter Obstschnaps von Sarahs Vater für Max und Monika, Bücher für Irma und Noah. »Das ist doch bescheuert«, sagte Valentin, »wieso schleppen wir das jetzt alles mit?«

»Willst du nachher noch mal in die Wohnung zurück?«

»Die Schokoriegel halten sechs Monate, die müssen nicht akut ausgeliefert werden, und der Schnaps – ich meine, trinken sie den überhaupt?«

»Mein Vater fragt mich bei jedem Telefonat, ob wir ihn deinen Eltern schon gegeben haben …«

»Ich kann ihn ja ins Lokal bringen, vielleicht will ihn Max auf die Karte setzen«, schlug Valentin vor.

»Den kannst du nicht verkaufen, mein Papa ist ein totaler Amateur, ich weiß nicht, ob der Schnaps überhaupt als Lebensmittel zählt.«

»Aber meine Eltern dürfen ihn trinken, oder wie?«

»Das ist was anderes, als ihn zu verkaufen. Und er ist ja nicht schlecht.«

»Du hast ihn nicht probiert.«

»Ja, entschuldige, gib her die Flasche, wird schon nix machen.« Sie streckte den Arm aus und sah ihn an, als würde sie ernst machen.

»Willst du ein Glas?«, fragte Valentin.

»Ich sauf ihn so!«

Er sah sie zögernd an, nicht mal im Scherz würde er ihr den Schnaps reichen.

»Ich trinke ihn, okay?«

Valentin nahm die Flasche aus der Tasche, schraubte sie auf und nahm einen Schluck. Die Schärfe zersägte ihn einmal der Körperlänge nach, aber der Geschmack war fruchtig und hatte etwas von einem Erntedankgelage im Schrebergarten.

»Und?«, fragte sie.

»Lebensmittel wäre vielleicht zu hoch gegriffen, aber schon genießbar auf eine irgendwie wüste Art.« Valentin packte die Flasche wieder ein und beschloss, statt weiterzudiskutieren einfach die Taschen zu schultern und den Weg anzutreten.

Sarah ging mit ihren gemütlichen ausgelatschten Turnschuhen, ihrem Parka, der vorne schon eng wurde, und ihren offenen Haaren, denen die Schwangerschaft so einen besonderen Glanz verlieh, neben ihm lächelnd die Straße zum See hinunter, er schleppte die Familiengeschenke und roch nach eingelegten Früchten. Sie gingen über die Esplanade in Richtung Toskana-Park, der See funkelte, die Möwen kreischten, Kinder liefen auf Schwäne zu oder vor Schwänen davon. Sie erreichten die Wiese vor dem See, auf dem die mit einem Tuch verhüllte Skulptur seiner Schwester stand. Sie gehörten zu den ersten Gästen, von der Familie war noch niemand hier, die Schaulustigen begannen erst einzutrudeln.

Sie setzten sich auf eine Bank und Sarah öffnete eine Erdnussschokolade aus Ainos Geschenkbox. Valentin schlug die Beine übereinander, blinzelte in die Sonne und legte den Arm um sie. Wegen was für einem Blödsinn man sich manchmal stritt …

Nach und nach kamen alle bei ihnen zusammen: Jola und ihre Leute, Max und Monika mit Anhang, Leander und Noah. Die

Klänge einer Musikkapelle unterbrachen ihre Begrüßung und gemeinsam stellten sie sich mit den anderen Zuschauern vor der Bühne auf.

Jola stand in einer Gruppe von zehn oder zwölf Personen unter dem weißen Partyzelt, an dem der Wind riss. Nach der musikalischen Einleitung waren die Reden vorgesehen. Nacheinander, entsprechend der Liste, die am Mikrofontisch hing, traten sie vor das Publikum und sprachen.

Der Bürgermeister nannte das Mahnmal ein klares Zeichen und eine Botschaft des Gedenkens. Der Landeshauptmann erinnerte, wie klein der Schritt vom Mensch zum Unmensch sei, der eingeladene Schriftsteller schlug die Brücke von der Anonymität einer großen Opferzahl zur persönlichen Anteilnahme an dem Schicksal einiger weniger.

Als der Sprecher der Jury die Begründung für die Wahl der Künstlerin vorbrachte, wandte er sich Jola zu. Er lobte ihre Formensprache, ihre Monumentalität, ihre wuchtig-verletzlichen Figuren. Er sagte, sie gäbe den Opfern bewusst kein Gesicht, aber einen Körper, und diese Körper würden sich hier am See gegen das Vergessen stemmen.

Er schlug den Bogen zu Jolas Familiengeschichte in Gmunden, der Großvater Professor und Gemeinderat, die Mutter in der Region verankerte Fotografin, der Bruder Theatermacher im Zentrum. Die Verbundenheit der Familie mit der Stadt sei ein roter Faden zurück in die Vergangenheit. Als er an Jola übergab, stellte sie sich nahe ans Mikrofon und holte einen kleinen Zettel mit Notizen hervor.

Sie sagte, der Traunsee wäre bekannt als »der glückliche See«, aber das sei er nicht. Man wäre hier genauso glücklich, wie es die Lebensumstände und die Leute eben zuließen. Für die Menschen, deren Namen in die Skulptur eingelassen waren, war es zuerst ein glücklicher See, der sie bewog, hier zu leben und sich eine Existenz zu schaffen, und später ein unglücklicher See. Vielleicht war es aber von vornherein ein Irrtum, anzunehmen, der See wäre glücklich oder unglücklich. Er war gleichgültig. Er war nur wie ein Spiegel, durch den man das Leben sah, und es war Schönes und Schreckliches darin. »Wir sehen uns selbst«, sagte Jola, »unsere Hoffnungen, unsere Träume, unsere Ängste, unseren Hass.«

Man müsse vielleicht lernen, furchtlos in ihn hineinzublicken, schloss Jola. Dann sähen wir, es gab nicht jene und die anderen. Es gab immer nur uns.

Sie dankte ihrer Familie und ihren Mitstreitern, dann gab sie ihrer Tochter ein Zeichen. Irma stellte sich ans Mikrofon und las den Text vor, den sie letzten Winter geschrieben hatte. Der Wind wollte ihr die Zettel aus der Hand reißen, Musiknoten flatterten über die Wiese.

Sven starrte Irma an, verkatert, tief gerührt, feuchte Augen hinter dunklen Sonnenbrillen. Drei Meter neben ihm stand Chiara mit ihrer Tochter, aber das bemerkte er nicht.

Als Irma geendet hatte, trat Jola mit dem Bürgermeister und dem Landeshauptmann zur Skulptur. Die Musikkapelle des Gymnasiums stimmte eine instrumentale Version von *A Day in the Life* von den Beatles an. Gemeinsam zogen Jola und die beiden Männer in Anzug und Mantel die Tücher herunter.

Valentin schluckte.

Max griff nach Birgits Hand.

Leander atmete tief ein.

Monika drückte auf den Auslöser ihrer Sony.

Das Mahnmal stand enthüllt vor ihnen. Die Figuren auf dem Podest waren auf allen vier Seiten den Blicken des Publikums ausgeliefert.

Es wurde applaudiert. Handys wurden in die Höhe gehoben.

Jola spürte den starken Impuls, ihre Arbeit wieder zu verhängen, ihre Menschlein in ihrer Nacktheit zu beschützen. Stattdessen näherten sich ihr Leute, die sie kannte oder nicht kannte, und gratulierten. Geraunte Komplimente aus Gesichtern, die nur für Momente auftauchten. Sie rechnete auch mit dem Gegenteil, ein geflüstertes Schimpfwort, eine Obszönität, man hatte sie gewarnt, aber noch blieb ihr das erspart. Vielleicht würde sie am Abend etwas in ihren E-Mails lesen, das ihr den Atem raubte, oder sie fände ein Zettelchen mit Ekelworten, das jemand in die Poritze einer der Figuren gesteckt hatte. Aber sie fürchtete sich nicht. Sie sah zu Chiara hinüber, die mit ihrer Tochter sprach und die Skulptur studierte, und als Chiara Jolas Blick bemerkte, lächelte sie und sie sah stolz aus. Und das genügte Jola.

Monika trat von hinten an ihre Tochter heran und berührte ihren Arm, und als sich Jola ihr zuwandte, gab Monika ihr Küsschen auf die Wangen und drückte ihre Hand. Jola lächelte und Monika sagte: »Gut ist es geworden, großartig ist es.«

»Ja?«, sagte Jola und Monika nickte, und schon war jemand anderer bei Jola, stellte eine Frage, nahm sie ihr weg.

Monika trat einen Schritt zurück, nahm die Aufregung und Anteilnahme der Leute wahr, und musste an ihren Papa denken und wie sehr er diesen Moment geschätzt hätte. Sie dachte, als er nach Gmunden gekommen war, ein Jahr nach dem Krieg, war dieser Abgrund noch offen gewesen, und dann war alles ganz schnell mit Aufschwungshoffnung und Fleiß und bürgerlicher Redlichkeit zugeschüttet und versiegelt worden. In den Fünfzigern, als sie ein Mädchen an diesem glücklich-unglücklichen See war, lebte sie in einem Zuhause mit Büchern und Musik, aber um sie herum war die Ignoranz der Kleinstadt, das geschäftige Rattern der banalsten

Dinge, das die Leute erfolgreich davon abhielt zurückzublicken und aufzuarbeiten, was geschehen war. Und jetzt, ein dreiviertel Jahrhundert später, war es ihre Tochter, die die Leute an früher erinnerte. Monika hatte es nicht gemacht, ihr Vater hatte es nicht gemacht, ihr Kind und ihr Enkelkind übernahmen den Job …

Im weißen Zelt nahm ein Angehöriger einer Verstorbenen vor dem Mikrofon Aufstellung, das Geplauder der Leute erstarb, und der Abstand in der Zeit zwischen damals und heute verringerte sich während der Ansprache auf eine ungeahnt kleine Distanz – bis er sich völlig auflöste.

TEIL 5

DEZEMBER

66

Am Vormittag des 24. Dezember kam Aino ins *Lacus Felix*, um Max zu helfen. Er hatte zu ihr gesagt, komm doch zu mir ins Lokal, aber eigentlich war es gar kein Lokal mehr.

Nachdem der November der schwächste Monat seit der Eröffnung gewesen war, hatten sich Alexander und Max beraten, ob man nicht vorübergehend eine andere Nutzung für die Räumlichkeiten fand, eine, die etwas mehr Umsatz versprach. Nach reiflicher Überlegung entschieden sie sich, Kerzen und Seifen zu verkaufen, natürlich nur die Adventzeit über.

Aino half ihrem Vater also hinter der Theke und bediente die Kassa, während Max hinter ihr in der Küche stand und Schleifen um Geschenkkartons band. Eine CD mit Weihnachtssongs lief in Dauerschleife, der Schnee an den Fenstern war falsch, aber stimmungsvoll, der Duft von Kerzen und Seifen benebelte die Sinne. Der Andrang war seit Wochen groß gewesen, der Werbespot im Lokalradio hatte sich ausgezahlt und auch heute, am Weihnachtstag, fanden die Leute ihren Weg zu Max und seinen Tischen mit Kerzen und Seifen.

»Ich mache das nicht weniger gern, als ein Lokal zu führen«, sagte Max zu Aino, »eigentlich ist es viel angenehmer.«

»Ja?«, sagte Aino.

»Die Ansprüche der Leute, die in ein Lokal gehen, gehen ja weit über Essen und Trinken hinaus, die wollen Unterhaltung haben, Zerstreuung, gute Gespräche, den Partner fürs Leben kennenlernen oder wen für eine Nacht, manche möchten ihren Frust loswerden oder eine arme Seele finden, die die Lieder von ihrer Band hören will. Leute, die eine Seife kaufen, die haben solche Erwartungen nicht, die sind viel ausgeglichener.«

Aino lachte, und Max dachte, das war einer der schönsten Tage, die er hier verbracht hatte. Ein Weihnachtsnachmittag mit seiner Tochter, falscher Schnee an den Fenstern und alle sechzig Minuten *Last Christmas* – seltsam, was einen glücklich machen konnte.

Auch Aino wirkte gelöst, sie plauderte mit den Leuten, sie sprach sogar ein bisschen Dialekt. Max tagträumte schon, sie könnten das immer so weitermachen, *Max & Tochter*, für dieses Familienunternehmen würde er seine Pension noch mal für ein paar Jahre verschieben. Aber natürlich wäre Aino in zwei Wochen wieder weg, zurück in den USA. Dieses Land, das ihm immer fremder wurde, das ihn auch gar nicht mehr reizte, es wieder zu besuchen, das ihm spätestens seit diesem Kapitol-Chaos völlig unbegreiflich geworden war. Gerade vor zwei Tagen hatte Selenskyi vor dem Kongress gesprochen und um Geld gebeten, und Max hatte gedacht, wie verrückt: Dieser Mann mit dem großen künstlerischen Talent hatte vielleicht mal eine reiche Kiewer Unternehmersgattin um Geld für eine Theaterproduktion angeschnorrt, aber sich doch bestimmt niemals vorstellen können, eines Tages nach Amerika zu reisen, um die Politiker dort um Milliarden Dollar für die Verteidigung seiner Heimat anflehen zu müssen. Und jetzt: musste er. Blieb ihm gar nichts anderes übrig. Versteh das mal. Er wischte die Gedanken weg, dachte, das Amerika, das Aino liebte, existierte wohl abseits der Nachrichten immer noch, es war bloß – wie alle schönen Dinge – kein Material für Schlagzeilen.

Er selbst liebte sein Gmunden und zu seiner eigenen Überraschung liebte er es von der anderen Seeseite genauso sehr. Anfang des Monats war er zu Birgit gezogen. Der Sohn hatte endlich seine Sachen zusammengepackt und sich bei seiner Freundin eingerichtet, somit stand ihm nun Raum zum Ausbreiten und Selbstverwirklichen zur Verfügung. Sie hatten auch schon ein Punschfest im Garten veranstaltet, und er hatte die Gelegenheit genutzt, die Nachbarn kennenzulernen und einen Versöhnungskurs einzuschlagen. Nun begannen sie, ihn zu mögen, auch wenn die Transformation vom Eremiten unterm Stein zum reschen Stadtgmundner wohl noch Zeit in Anspruch nehmen würde.

Ein großes Projekt für ihn war auch schon gefunden: die Renovierung des Balkons, der am linken äußeren Rand Seeblick aufweisen konnte – sein Schaukelstuhl stand bereits dort. Außerdem galt es, ein Kinderzimmer einzurichten, denn irgendwann würde der Sohn von Valentin und Sarah auch bei ihnen herumkrabbeln und seinen eigenen Bereich haben wollen.

So fand man also Aufgaben für sich, die von den unerfreulichen Dingen im Leben ablenkten: so zum Beispiel dem Verlust des Hauses.

Max hatte das Angebot des Nachbarn in einem Augenblick pathetischen Pflichtgefühls beim Hören der *Eroica* doch an Monika weitergeleitet. Sie fand das Offert fair, das Schreiben ließ Wertschätzung spüren, noch wichtiger als die Zahlen, und nachdem Max angekündigt hatte, er würde zu Birgit ziehen, brachten Monika und ihr Anwalt die Sache unter Dach und Fach. Ab dem 1. Januar des neuen Jahres würde der Käufer ihr Haus am See sein Eigen nennen dürfen. Das war schmerzhaft, aber Max verstand die Entscheidung. Monika konnte sich damit ihre finanzielle Zukunft sichern – und an Zukunft schien sie an der Seite ihres jungen Partners nun viel mehr zu besitzen –, und sie hatte Reserven, den Kindern etwas zu geben, wenn sie es brauchten.

Die Sorge um Leander ließ auch nicht nach, er hatte sie erst vor ein paar Wochen in seine erweiterte Krankenakte eingeweiht, und auch wenn er sagte, es ginge ihm gut, er könne hundert Jahre alt werden, hatte Max Zweifel und sorgte sich nachts manchmal so um ihn, dass er aufstehen musste und im Garten seine Runden drehte. Oder er rief alte Schulfreunde an, irgendwelche Orthopäden oder Zahnärzte in Bayern, die seit zehn Jahren in Pension waren, und bat sie um ihre Meinung, was sich als nicht hilfreich herausstellte.

Und wenn man noch mehr finden wollte, das einen beunruhigte, dann könnte man über Jola, Sven und Irma nachdenken, deren Familiensituation nun eine völlig andere geworden war. Max war keineswegs klar, wer litt und wer mittelfristig mit der Situation glücklich werden würde …

Um vierzehn Uhr sperrten sie das Lokal ab. Aino hatte den Inhalt der Kasse in ihrer Handtasche, sie müssten noch zur Bank fahren und die Einnahmen beim Automaten einzahlen. Sie standen auf dem Parkplatz, es war mild, keine Chance auf Schnee. Ainos Mantel war geöffnet und der Bad-Taste-Weihnachtspulli mit dem Logo einer Aperitif-Marke blitzte hervor, ihre blonden Haare flatterten im Wind an der Bundesstraße.

»Und dir geht es gut?«, fragte Max, nachdem sie etwa fünfmal nicht eindeutig auf seine Frage geantwortet hatte.

»Ja«, sagte sie und schüttelte den Kopf über seine Hartnäckigkeit.

Zwischen Monika und ihm lief dieser Wettstreit, wer zuerst die Neuigkeiten der Kinder erfuhr, und beide waren bereit, sich ein klein wenig aufdringlich zu verhalten, wenn sie dadurch an Informationen kamen.

»Wieso wollte er denn eigentlich nicht mitkommen? Kennt er Österreich überhaupt?«

Jetzt musste Aino lachen. Sie sah Max an, ob er die Situation nicht auch irgendwie lustig fand.

»Papa!«

»Ja?«

Max lächelte, aber nur, weil er den Moment mit ihr teilen wollte, nicht weil er den Spaß verstand.

»Du bist …«

Er schaute ahnungslos und zuckte die Schultern.

»Er sagt, er kann sich die Reise nicht leisten, okay? Ich würde ihm das Ticket zahlen, aber das will er auch nicht. Er sagt, er würde euch gerne kennenlernen, aber der Zeitpunkt … Muss ich deswegen sauer auf ihn sein?« Sie schien das immer noch irgendwie lustig zu finden oder lustig finden zu wollen, aber sie ließ die Schultern hängen und Max empfand Mitleid. »Komm her«, sagte er. Sie machte keinen Schritt auf ihn zu, also tat er ihn und umarmte sie.

»Du musst mich nicht trösten«, sagte sie. »Es geht mir gut.«

»Sollen wir euch in New York besuchen?«, fragte Max. »Willst du das?«

»Damit machen wir es ihm ein bisschen zu einfach, oder?«

Max nickte. »Das stimmt.«

»Gehen wir irgendwo was trinken?«, fragte sie. »Wir haben einen Haufen Geld dabei!«

Max nickte, er legte seinen Arm um sie und zusammen gingen sie zu seinem Wagen.

67

Um zwölf Uhr standen Monika und Felix bei Jola im Wohnzimmer. »Wir holen die Skulptur und sind gleich wieder weg«, sagte Monika, weil sie den Eindruck hatte, sie brachten Unruhe in den Weihnachtstag von Jolas großer Familie.

»Welche wolltest du noch mal?«, fragte Jola, die immer noch Pyjama trug.

Chiara saß mit den Anagramm-Schwestern Irma und Mira auf

der Couch und sie spielten ein Brettspiel, Sven war damit beschäftigt, das Reinigungsprogramm der Kaffeemaschine durchzuführen.

»Eine von den kleinen Hockenden …«

»Eine Bronze?«

»Nein, nein, aus Ton.« Und weil Felix gerade mit Sven plauderte und außer Hörweite war, fügte Monika hinzu: »Es muss nicht die Schönste sein.«

Felix wollte Ursula eine Figur von Jola zu Weihnachten schenken. Monika hatte so ihre Zweifel, dass sie sich darüber wirklich freuen würde, aber es war Felix' Entscheidung.

Jola ging mit ihrer Mutter ins Atelier und zeigte ihr ein paar Figuren.

Monika überlegte, dann sagte sie: »Die beiden. Felix soll eine aussuchen. Die da zeig ihm nicht, ja?« Jola warf ihr einen überraschten Blick zu, dann stellte sie die schönste der kleinen Skulpturen in ein Regal außer Blickweite.

»Du hast die Frau richtig gern, gell?«, sagte Jola.

»Ich habe nichts gegen Ursula«, sagte Monika, »aber sie wird die Figur sowieso in die Wiese stellen, wo man sie mit einem Gartenzwerg verwechseln wird, insofern …«

»Ich mag Gartenzwerge«, sagte Jola.

»Was willst du denn haben?«, fragte Monika.

»Keine Ahnung. Gar nichts?«

»Was kostet sie normal?«

»Normal? Achthundert.«

»Echt?«

Jola lachte. »Jetzt bist du in einem Dilemma, oder? Du willst, dass ich bekomme, was die Figur wert ist, aber Felix soll nicht so viel für seine Ex ausgeben, oder?«

Monika nickte.

»Ich überleg mir was«, sagte Jola.

»Wie geht es mit Sven?«, fragte Monika. Sie hatte in den letzten Wochen weniger Kontakt mit Jola gehabt. Seit sie mit Chiara zusammen war, trafen sie sich seltener, hörten sich seltener. Monika hatte nichts gegen Chiara, daran lag es nicht – *Jola* meldete sich nicht mehr so oft. Es war eben so, dass Monika für all jene Momente da gewesen war, in denen Sven als Partner in irgendeiner Form ungenügend war, und sich Jola nun, in einer glücklicheren Partnerschaft, schlichtweg nicht mehr so oft (bei ihr) auskotzen musste.

Man ruft nicht an und sagt: Es geht mir gut. Das war Monikas Erklärungsformel.

»Er ist lieb, er ist verständnisvoll, es hat sich echt eingespielt«, sagte Jola. Sie setzte sich auf den Tisch und sagte mit einem Kopfschütteln: »Es ist völlig absurd.«

»Was denn?«

»Dass ich so lange gewartet habe. Dass ich all das so lange als ausweglos empfunden habe.«

Monika nickte. Sie kannte das Gefühl, dass man weit über das hinausgehen musste, was man für erträglich hielt, und erst dann etwas Neues möglich schien.

»Und die Mädchen?«, fragte Monika.

»Sie verstehen sich ganz gut. Irma sagt, sie hat jetzt immerhin wen, der genau den gleichen Irrsinn mitmachen muss wie sie. Mit dem Unterschied allerdings, dass Miras Papa ein Arsch ist und vor Selbstmitleid zergeht, während Sven das alles relativ cool nimmt.«

»Ich hab ihm vielleicht manchmal unrecht getan …«

»Nein, hast du nicht. Er war furchtbar.«

»Corona hat uns doch alle …«

»Nein, das schenke ich ihm nicht. Neulich habe ich ihn ja schon wieder erwischt, wie er so eine Spinnerdiskussion auf Servus-TV geschaut hat! So Richtung Fernseher gelehnt, auf der Sesselkante, damit er nix verpasst. Er ist ein lieber Kerl, aber wenn ich ihm heute sage, die Straßenbahn in Gmunden gibt es nur deswegen, weil sie vom Rathaus direkt zu einem Geheimbunker für die Stadtregierung führt, würde er es mir abnehmen.«

»Das wäre immerhin eine Erklärung …«

»Ich frage ihn echt bei hundert Sachen um seine Einschätzung, aber ein Teil von ihm ist ins Bermuda-Dreieck gesegelt und nicht zurückgekommen.«

»Das gibt sich irgendwann wieder. Ans Christkind glaubt man auch nicht für immer.«

»Aber wo kommen die Weihnachtsgeschenke denn her? Alle im Geschäft gekauft? Das würde sich doch nie ausgehen. Die wollen, dass wir das denken!«

Monika lachte. Sie fand Sven ja eigentlich fast liebenswert in seiner Suche nach unterhaltsamen Wahrheiten, aber gleichzeitig grauste ihr, wenn sie sah, wie leicht es war, ahnungslosen Leuten etwas vorzugaukeln, wie erfolgreich all diese Betrugsmaschen geworden waren, auf die sogar Freundinnen von ihr hereinfielen, und wie häufig es jetzt passierte, dass ganz normal wirkende Leute einen kompletten Blödsinn erzählten und sich auch noch unheimlich schlau dabei fühlten. Das war die größte Veränderung, die sie in den letzten Jahren bemerkt hatte, das störte sie mehr als die Smartphone-Sucht und die grassierende Unhöflichkeit der Leute – dass der *Common Sense* verloren gegangen war, dieser kleinste gemeinsame Nenner der Vernunft.

»Ich hab nur Angst, dass er sich eine Freundin sucht, die auch so drauf ist …«, sagte Jola.

»Ich glaube, das will er gar nicht. Ich glaube, er will lieber eine Vernünftige wie dich, die ihm Grenzen setzt.«

»Na ja …«

»Ich wollte dir übrigens noch was erzählen …« Monika hatte es schon öfter gejuckt, Jola einzuweihen. Aber es hatte noch tausend Dinge zu klären gegeben.

»Hm, was denn?«, fragte Jola.

»Ich will es euch einzeln sagen, am See würde das die Weihnachtsfeier irgendwie überlagern.«

»Okay ...«

»Wir machen eine Pazifiküberquerung. Mit einem Großsegler. Wir wollen *Awareness* für den Klimawandel schaffen!«

»Was?«

»Das geht von *National Geographic* aus, ich hab für die mal ein Salzkammergut-Feature fotografiert. Die Gates-Stiftung ist auch dabei. Wir sind Teams aus zehn verschiedenen Ländern. Felix schreibt einen Blog für ein Architekturmagazin, ich bin die Alte an Bord, die mit den Quoten-Falten.«

Jola sah ihre Mutter fassungslos an, es war genau der Blick, den Monika erwartet hatte. »Dein Ernst? Wie lange seid ihr da weg?«

»Na schon ein paar Monate.«

»Und das Baby?«

»Die ersten Wochen sind wir eh noch da, und dann ... ich meine, so viel kriegt es ja nicht mit.«

»Sag das mal Valentin ... Aber – hast du keine Angst, so offenes Meer und Stürme!«

»Nein.«

»Nein?«

»Nein!«

»Na, dann.« Jola sah ihre Mutter an, als wäre ihr nicht zu helfen. Aber – und das freute Monika – ein bisschen Bewunderung sah sie auch in ihren Augen.

Felix trat ins Zimmer, Monika ging auf ihn zu, nahm ihn an der Hand und zeigte ihm die zwei Figuren. Er lobte die beiden Arbeiten, dann sagte er, es gäbe da doch noch eine andere, die so schön wäre, wo sei die denn hingekommen … Jola sagte, die habe sie bei einem Gartenzwergwettbewerb eingereicht, und Monika dachte, sie musste jene Tricks, die bei Max funktioniert hätten, für Felix einer strengeren Überprüfung unterziehen.

Als Monika und Felix gegangen waren – sie hatten sich schnell verabschiedet, weil sie sich sowieso alle später beim Haus am See sehen würden –, setzte sich Jola an den Tisch im Wohnzimmer und sah Chiara dabei zu, wie sie mit den Mädchen plauderte, wie sie problemlos von der großen Schwesterrolle in die Mutterrolle und zurück sprang. Sie dachte an Monika und Felix und wie tollkühn sie waren. Trotzdem würde sie mit ihren Geschwistern reden, ob sie das ihrer Mutter wirklich erlauben durften …

Sven stellte Jola eine Tasse Kaffee aus der frisch gereinigten Kaffeemaschine hin und reichte ihr eine Schokobanane von ihrem Patchwork-Weihnachtsbaum. Sie sah zu ihm hoch, bedankte sich und öffnete den Anhänger.

Die letzten Wochen waren für sie alle ziemlich turbulent gewesen. Zuerst war da die Überbringung der Nachricht an Chiara. So sehr sich Jola um die ideale, keine Verpflichtung suggerierende Wortwahl bemühte – ihre Schilderung der Trennung von Sven klang wie ein Mordgeständnis, als hätte sie ihn erschlagen und vergraben und wäre nun endlich frei für sie. Und genauso irritiert hatte Chiara reagiert. Klar, sie brauchte Zeit. Sie war gerade erst in ihre neue Wohnung gezogen, sie hatte noch nie allein gelebt, war mit achtzehn vom Elternhaus zum Freund gezogen, das war schon ein Schritt … Und Jola hatte sich in der Zeit vor ihrer Eröffnung wie ein Despot aufgeführt, hatte jedenfalls keine überzeugende Werbung für sich als Beziehungsperson gemacht. Wenn man also mit der einzigen Tochter ein neues Leben in der vibrierenden, glitzernden Stadt Vöcklabruck anfing, dann wollte man das mit keiner neuen Abhängigkeit verknüpfen, mit keinem neuen Versprechen, von dem man nicht wusste, ob man es halten konnte.

Also trat Jola einen Schritt zurück, überließ es Chiara, sich wieder zu melden, und wandte sich Irma zu. Wie brachte man der Tochter bei, dass man den Vater nicht mehr liebte, dafür aber eine andere Frau? Antworten fand man viele, vor allem im Internet, aber es war ja ihre Irma, ihr Mädchen, deren Herz sie am besten kannte. Wer sollte sie da beraten?

Es war alles eine Frage des Moments, mehr des Moments als der Formulierung, dachte Jola, denn im richtigen Moment fand man die richtigen Worte.

Also wartete sie. Vielleicht bei dieser Autofahrt. Nein. Vielleicht beim gemeinsamen Kochen. Nein. Vielleicht bei dem Filmabend ohne Sven. Nein. Eine Woche verging, und Sven sagte, Irma müsse es jetzt erfahren. Noch nicht, sagte Jola, ich sage es ihr, lass mir noch etwas Zeit. Zeit, die sie miteinander verbrachten. Zeit, die es leichter machte, einander Dinge anzuvertrauen. Als es dann geschah, war es ein ganz normaler Alltagsaugenblick in der Küche. Sie blätterten zusammen eine Illustrierte durch und Irma sagte plötzlich, dass Sven und Jola sich gar nicht mehr küssten. Daraufhin war es ganz einfach zu sagen, dass sich Gefühle ändern konnten. Oder auf einmal jemand anderem galten. Und dann erzählte Jola von Chiara.

Wie sich dann herausstellte, war es doch nicht der ideale Moment.

»Du und die Mutter von Mira???!!!«

Schreie des Ekels, Vorwürfe in blitzenden Augen, schlenkernde Protestarme und geschlagene Türen. Gut, dachte Jola, es würde vielleicht mehr als ein Gespräch brauchen.

Die Wochen vergingen. Ihre große Liebe in Vöcklabruck und ihre tief gekränkte Tochter im Kinderzimmer hatten Zeit, sich an ein paar neue Gedanken zu gewöhnen. Für Chiara war es die Vorstellung, dass die Künstlerin mit dem großen Ego plötzlich kein

Problem mehr damit hatte, mit der Gesangslehrerin Hand in Hand über die Esplanade zu gehen. Für Irma die abstruse Idee, dass man einen lieben, gut funktionierenden Papa gegen eine chaotische Frau mit YouTube-Channel und Emo-Tochter eintauschen wollte.

Ja, das brauchte, bis man das in die Gehirnwindungen reinbekam, aber wenn man einmal dahintergekommen war, dass hinter all diesen Veränderungen der Versuch stand, den Gefühlen aller Beteiligten Rechnung zu tragen, dann gab es in diesem Prozess keine Verlierer.

Außer Sven. Der irgendwie schon.

»Die Frau, die ich geheiratet habe, liegt jetzt mit ihrer Freundin auf unserer Couch, und sie trinken den Wein, den ich von meinem Kunden geschenkt bekommen habe.« So etwas sagte Sven gelegentlich. Nicht als Scherz, auch nicht als Vorwurf, eine wertfreie Beobachtung, mit ein bisschen Staunen höchstens.

Wem gehörte was? Wer gehörte wem? Dies waren Fragen, mit denen sich ein Mann in so einer Situation herumschlug. Eine Frau in derselben Lage wahrscheinlich auch. Eifersucht war ein Problem. Das Gefühl, abgelegt worden zu sein. Darüber zu grübeln, was die Nachbarn, die Arbeitskollegen, die Freunde dachten. Mit sich selbst klarzukommen, während man all dies durchmachte. In einer Rolle gut dazustehen, die man noch bei niemandem gesehen hatte. Aber zwischen der Nacht ihrer Aussprache und einem gemeinsamen Weihnachtsbaum lagen fast drei Monate und die hatten etwas bewirkt: Sie verdächtigten sich nicht mehr gegenseitig, einander wehtun zu wollen. Sie gestanden sich zu, dass es einem manchmal scheiße gehen durfte. Und es war in Ordnung, dass man nicht jeden Tag den ganzen Patchworkzirkus haben wollte.

Und so gewöhnten sie sich an das neue Leben. Auch wenn Jola dachte, wenn Sven das erste Girlie mit OnlyFans-Account mit heimbrachte, würde sie alles hinschmeißen.

Es war ja auch unwahrscheinlich, dass sie auf lange Sicht zusammen in dem Haus blieben. Aber für den Anfang war es gut gewesen. Der familiäre Transformationsprozess war nicht mit panischer Wohnungssuche Hand in Hand gegangen, sondern fand in den gemeinsamen vier Wänden statt. Sven hatte den ersten Fluchtimpulsen widerstanden und wurde damit belohnt, dass er an allem Teil gehabt hatte: an den ersten schmerzhaft verkrampften Abendessen mit Chiara und Tochter, an der ersten Übernachtung der Frauen in ihrem Haus, Irmas Anfällen zwischen Vaterliebe und Muttersolidarität, Jolas Unsicherheit, wie sie vor Mann und Kind mit ihrer neuen Liebe umgehen durfte. Sich nicht zurückgezogen zu haben, das war Svens Großtat, das war das, was ihm die Liebe seiner Tochter und Jolas Respekt sicherte, und was ihn mit sich selbst im Reinen aus den Turbulenzen herauskommen ließ.

Die Mädchen lachten über ein Video auf Miras Handy, dann sprangen sie hoch und gingen in Irmas Zimmer. Jola stand auf und setzte sich zu Chiara auf die Couch. Sie strich ihr durchs Haar und sagte: »Frohe Weihnachten!«

»Frohe Weihnachten«, sagte Chiara, gab Jola ein Küsschen und legte ihren Kopf in ihren Schoß. Dann erinnerten sie sich gleichzeitig daran, dass Sven noch im Zimmer war, und sagten unisono: »Frohe Weihnachten, Sven.«

Sven grunzte und sagte: »Frohe Weihnachten, Ladys.«

Er murmelte, er ginge mal in den Garten, und verließ das Wohnzimmer durch die Terrassentür. Jola sah, wie er in die Wiese hinaustrat – er trug nur Hauspatschen, Jeans und T-Shirt – und bis zum Rand des Grundstücks ging. Er sah in Richtung des Feldes, auf dem die Krähen umherhüpften, und zündete sich eine Zigarette an. So stand er dort, fast unbewegt, und dachte Sven-Gedanken. Und Jola überlegte, wie anders alles sein würde, wenn er nicht mehr bei ihnen im Haus war.

68

Die Wochen, die zwischen der Mahnmal-Enthüllung und Weihnachten vergangen waren, hatte Valentin halb auf seine kleine Familie, halb auf die Ereignisse in der Welt gerichtet erlebt. Während er mit der Zeit mehr Zuversicht bekam, die an ihn gestellten Erwartungen doch irgendwie erfüllen zu können, verfolgte er mit Spannung, wie dieses Jahr zu Ende ging …

Am 9. Oktober wurde Alexander Van der Bellen wieder zum Bundespräsidenten gewählt. Diesmal war es kein knappes Rennen wie sechs Jahre zuvor und Valentin stieß entspannt mit Alexander und Max mit einem Gläschen Veltliner an.

Am 22. Oktober starb Didi Mateschitz auf seinem Anwesen in St. Wolfgang an einer Krebserkrankung. Er hatte bis zuletzt auf eine stationäre Behandlung verzichtet.

Am 30. Oktober gewann Lula da Silva die Präsidentenwahl in Brasilien hauchdünn vor dem Amtsinhaber Jair Bolsonaro. Valentin hoffte, ein weltweiter Umschwung kündigte sich an. Zwei Tage später triumphierte Netanjahu mit den Rechtskonservativen in Israel, und Valentin dachte, zu früh gefreut.

Als die Demokraten am 8. November die Mehrheit im US-Senat verteidigen konnten, atmete er wieder auf, das Repräsentantenhaus war jedoch verloren gegangen.

Trotzdem lag Hoffnung in der Luft, die Gegenoffensive der Ukraine war überraschend erfolgreich und am 9. November zogen sich die Russen aus Cherson zurück, der einzigen Gebietshauptstadt, die sie im Zuge des Krieges hatten einnehmen können.

Einige Tage später wurde bekannt, dass die Inflationsrate in Österreich und Deutschland die zehn Prozent überschritten hatte, der höchste Anstieg seit siebzig Jahren. Die Kosten des täglichen Lebens zusammen mit den horrenden Energiepreisen ließen Valentin jetzt schon darüber sinnieren, ob er mit dem Theater über den Winter käme, und er senkte die Spielraumtemperatur auf 19 Grad ab.

Am 20. November begann in Katar die umstrittenste Fußball-WM aller Zeiten. Max und Alexander trafen sich dennoch zum gemeinsamen Spieleschauen, Valentin sagte, er sehe sich lieber die Spiele des SV Gmundner Milch an.

Ende November eröffneten nach zwei Corona-Wintern die Weihnachtsmärkte wieder ohne Auflagen. Valentin besuchte mit Sarah, Irma und seiner Mutter den Weihnachtsmarkt im Schloss Orth, sie gaben zusammen ein Vermögen für Punsch und Würstel aus und starrten unschlüssig auf die schwimmenden Christbäume im See.

Mitte Dezember wurde verlautbart, dass der Nachlass von Thomas Bernhard von der Österreichischen Nationalbibliothek in Wien übernommen wurde, und Valentin fragte sich, ob Michel Houellebecq die Jacke von Bernhard inzwischen zurückgegeben hatte …

Am Vormittag des Weihnachtstags besuchten Valentin und Leander das Grab ihrer Großeltern in Ischl. Sie hatten ihre Schwestern gefragt, ob sie sich anschließen wollten, aber Aino half Max im Geschäft und Jola sagte, sie gehe nicht so gern auf Friedhöfe, schon gar nicht zu Weihnachten, und nicht am Ende eines Jahres, in dem sie sich die meiste Zeit mit Toten beschäftigt hatte. Also machten Valentin und Leander einen Brüderausflug daraus, kauften im Supermarkt in Ischl ein paar kleine Jägermeister und beschlossen, am Friedhof auf das stürmische vergangene und ein hoffentlich friedlicheres neues Jahr anzustoßen.

Als sie dann an dem Grab standen, das sie mit einem Christbäumchen und Kerzen gemäß der Anleitung ihrer Mutter geschmückt hatten, ihre Schnapsfläschchen öffneten und anstießen, dachten sie an die ganzen Geschichten über den Opa, die sie im Frühjahr zusammengetragen hatten und im Herbst als Büchlein im Copyshop drucken ließen; die Anekdoten über sein Wirken als Lehrer und Schuldirektor, die Vorträge, die er organisiert, die Reisen, die er als Gruppenleiter unternommen hatte – hinter den Eisernen Vorhang, in die Ukraine, in den Kaukasus. Seine letzte Reise trat er an einem 4. Januar an. In seinem Bett, ein Buch lesend, traf ihn der Schlag.

Man hatte ihn verbrennen lassen, das war sein Wunsch gewesen, weil er in seiner Heimatgemeinde im Weinviertel als Jugendlicher eine Exhumierung erlebt hatte. Das Begräbnis in Ischl war riesig. Leander erinnerte sich, dass er kurz vor der Bestattung in ein Geschäft geschickt wurde, Strumpfhosen für die Schwester vom Opa zu kaufen, weil ihre Laufmaschen bekommen hatten.

Valentins Erinnerung an seinen Opa war die von einem freundlichen, imposanten Mann mit Hut, der lächelnd auf der Esplanade auf ihn zukam und ihn mit einem Spruch begrüßte. Irgendeine Zeile aus einem klugen Buch, mit der er Valentins Neugier wecken und etwas Gemeinsames zwischen ihnen schaffen wollte.

Dann gingen sie Kuchen essen. Wie viele Männer seiner Generation war der Opa abgemagert aus dem Krieg gekommen und innerhalb kurzer Zeit zu kräftiger Statur gelangt. Er hatte ein Zimmer in der Nachbarschaft angemietet, dort hortete er Lebensmittel. Während Corona, mit dem Beginn des Kriegs, hatte Valentin überlegt, ob er auch so ein Lager anlegen sollte.

Der liebenswürdige, gebildete Mann mit Hut und Lächeln war Valentins fürsorglicher Großvater, den alle, die ihn kannten, als wahrhaft guten Menschen bezeichneten. Ein Freund schrieb anlässlich seines Todes über ihn: »Als ich ihn zum ersten Mal sah, war er noch keine fünfundzwanzig Jahre alt. Es war eine fast aussichtslose Lage an der russischen Front. Wie konnte ich später seine Lebenslust verstehen, waren wir doch damals dem Tod nur knapp entkommen.«

Lebenslust ... Das fand Valentin interessant. Konnte das Leben in der Kleinstadt, die Hingabe an die Familie und die Allgemeinheit lustvoll sein? Wenn er an das Leben seines Opas dachte, erschien ihm das vollkommen plausibel. Ob das auch für Valentin zu leben war – das stand auf einem anderen Blatt.

Er dachte an die Zeit zurück, als sein Großvater nach Gmunden kam, daran, wie so rigoros verdrängt wurde, was in den Jahren davor geschehen war. Würde es mit der Pandemie, die sie gerade erlebt hatten, auch so sein? Valentin glaubte nicht, dass nur eine Seite recht gehabt hatte. Manche Maßnahmen waren übertrieben gewesen, für viele Kinder waren es gestohlene Jahre. Die »gespaltene Gesellschaft« hatte sich nicht nur selbst gespalten, Medien und Politik hatten schon mitgeholfen. Wenn »die andere Meinung« nur als Negativ-Schlagzeile für die Bubble-Propaganda instrumentalisiert wurde, wie konnte man dann zu einem Diskurs und in Folge zu Lösungen finden?

Aber eine Aufarbeitung schien es nicht zu geben, schon wieder nicht. Im Privaten, vielleicht, immerhin: Valentin sprach sich mit Sven aus. Sven gab zu, übers Ziel hinausgeschossen zu sein, Valentin sagte, er hätte ihm auch mal zuhören können. Und in einem Punkt jedenfalls waren sie sich einig: Ganz ohne Freiheit ging es nicht.

Valentin und Leander spazierten nachdenklich über die Kieswege des Friedhofs nach draußen. Valentin hatte von zwölf bis drei noch Vorstellungen im Theater, der Weihnachtskasperl war eine Tradition am Land und verschaffte den Eltern Zeit, den Christbaum zu schmücken.

Er würde Pia sehen, sie würden sich Weihnachtsgeschenke über-

geben, sie würden sich sagen, dass sie sich auf ein weiteres Jahr gemeinsames Spielen freuten, und sie würden es auch so meinen. Sie
würden sich nicht sagen, dass diese Verbundenheit zwischen ihnen
auch ein bisschen schmerzvoll war, dass sie sich wie ein vergessenes
oder ewig ignoriertes Versprechen anfühlte, aber so war es.

Valentin war nicht perfekt. Er war nicht sein Opa. Und wahrscheinlich war auch sein Opa in Wirklichkeit nicht wie sein Opa
gewesen, sondern auch ein anderer Mann, einer, der nicht nur
wahrhaft gut war. Der sich nicht nur für Torten und Literatur er-
hitzen konnte, der nicht alle Schüler gleich mochte.

Aber mehr Angst als vor einem Urteil, das jemand heute über
ihn oder seine Familie fällte, hatte Valentin davor, dass der moralische Kompass in Zukunft überhaupt in eine ganz andere Richtung ausschlagen konnte. Dass der Kasperl mit einer anderen Stimme sprechen und Geschichten erzählen würde, die wir uns jetzt
noch nicht vorstellen konnten. Geschichten einer anderen Zeit
eben. So war es ja schon öfter gewesen.

69

Leander hatte sich in Gmunden von seinem kleinen Bruder verabschiedet. Er war zum Mittagessen mit Sonja verabredet. Sie war
die Frau, die den Hund verkaufte. Er hatte allerdings zu lange ge-
zögert und der Hund war weg. Die Züchterin aber war noch frei.
Sie saßen auf der Terrasse eines Cafés an der Esplanade, Sonja
hatte sich eine Decke auf den Schoß gelegt und sah auf den See
hinaus. Sie drehte sich ihm zu und strahlte ihn an. Sie war so be-
geisterungsfähig, das war ihm zuerst aufgefallen. Nein, zuerst die
langen, blonden Haare, das Lächeln, der Humor.

Sie hatte sich im vergangenen Jahr von ihrem Mann getrennt,
auch so einer, der in der Coronazeit neue Freunde fand, sich einer

Partei anschloss, die gegen das Impfen und für eine Willkommenskultur gegenüber Verschwörungserzählungen war. Ein Verhältnis hatte er auch gehabt, nicht dass es das noch gebraucht hätte.

Sonja liebte lange Spaziergänge mit ihren Hunden, sie schaute gerne alberne Filme, sie fuhr Motorrad, sie grillte auch im Winter, sie sammelte für ukrainische Frauen, sie ging mit Freundinnen zu Rockkonzerten, …

Sie war komplett anders als er. Leander ging selten in die Natur, er liebte Sportpubs und Hotelbars, er besuchte Kunstmessen und Oldtimer-Shows, er gab viel zu viel Geld für Klamotten und teure Restaurants aus.

Und jetzt fand er sich abends auf ihrem Sofa wieder, das voller Hundehaare war, sie tranken Bier und schauten Adam-Sandler-Filme und dann gingen sie zusammen in die Wanne und liebten sich in ihrem Bett mit den vielen Stofftieren, und nachher erklärte sie ihm in seinen Armen, dass ihre Liebe ihn gesund machen würde, und das war doch mal ein Versprechen, an das man glauben konnte.

Er hatte sich seit den Chemos in seiner Wohnung nicht mehr wohlgefühlt, er konnte gar nicht so viel lüften, dass er dort wieder frei atmen konnte. Er sah jetzt auch, wie glatt und steril die Räume waren, wie wenig Leben er in seine vier Wände gelassen hatte. Ihr Haus war das Gegenteil davon, das Pendant zu einer vollen Handtasche.

Ja gut, er konnte das Badezimmer nicht benutzen, ohne es vorher gründlich zu reinigen, er musste abgelaufene Lebensmittel und Mehl mit Würmern entsorgen, bevor er zu kochen begann, und er wunderte sich, wie wenig Gedanken sich Sonja über Bettwäsche und Badvorleger machte, aber sie sah ihm all seine Bedenken an der Nasenspitze an und lachte sie weg und in ihren Armen war er glücklicher als … er fand keinen tauglichen Vergleich.

Beruflich hatte sich auch etwas Neues ergeben – der Golfer, der ihn im Bademantel vor Alexanders Hecke aufgeschreckt hatte, rief ihn eines Sonntagvormittags im November an: »Ich habe oft an Sie gedacht, da auf dem Stromkasten, den Kopf in der Hecke … Treffen wir uns doch mal in Salzburg, am Sonntag machen wir Barbecue, oder wir spielen eine Runde Pickleball.«

»Okay«, hatte Leander gesagt, »steckt Alexander hinter diesem Anruf?«

»Nein«, hatte der Golfer gesagt, »beziehungsweise ja, er liegt mir schon länger in den Ohren damit, aber mal ehrlich: Spielt das eine Rolle?«

Nicht wirklich, hatte Leander gedacht, und ein paar Tage später trafen sie sich auf dem Parkplatz eines Kinos, sprachen über Autos und Sport und Leander pitchte ein paar Ideen, und später spielten sie Snooker und noch später standen sie in einem Nachtclub, tranken Negronis, brüllten sich an und sahen jungen Frauen beim Tanzen zu, und zum Schluss saßen sie in der Wohnung von einem bekannten Fußballer und hörten Billie Eilish und aßen Macadamia-Nüsse und unterhielten sich über die Immobilienpreise in Salzburg.

»Deine Welt ist schon anders«, sagte Sonja, wenn Leander über seine Termine sprach, und er sagte: »Ich denke da nicht drüber nach, ich weiß nicht mal, ob ich von diesen Leuten jemals wieder etwas höre, es kann eine lange geschäftliche Beziehung werden oder es war eine Begegnung, die absolut nichts auslöst.«

So war es aber nicht, der Kontakt brach nicht ab und für Leander schienen sich neue Möglichkeiten zu eröffnen. Aber die richtig große Motivation setzte nicht ein. Eine seltsame Gleichgültigkeit begleitete ihn in diesem Herbst durch seinen Alltag und machte sein Leben stressfreier, aber auch uninteressanter. Er dachte, so konnte es auch nicht weitergehen, und spielte mit dem Gedanken, etwas völlig anderes anzufangen. In diesen Magazinen in Flugzeugen und Bars las man doch dauernd von Managern, die mit 45 oder 50 alles hingeschmissen hatten und einem »Traum« gefolgt waren. Aber was sollte er tun? Wie sein Vater eine Kneipe aufmachen, wie sein Bruder ein Theater leiten? Wohl kaum.

Er überlegte, was ihn in seinem Leben, in seinem Beruf am glücklichsten gemacht hatte. Und kam zu dem Schluss, es war das Beraten, eine ehrliche Einschätzung zu geben, jemand anderem zu helfen, eine klarere Sicht auf sich selbst und seine Situation zu bekommen. Vielleicht konnte er diese Fähigkeit auch anderswo einsetzen. Er überlegte, eine Ausbildung zum Coach zu machen. Aber alle, die er traf, sagten ihm, das solle er vergessen, die Welt brauchte nicht mehr Coaches.

Was hatte er sonst noch immer gerne getan? Reisen geplant! Hotels gebucht, Geschäftstermine mit Galeriebesuchen kombiniert, Restaurants ausprobiert, während er auf Spielergebnisse wartete. Er überlegte, Oldtimerfahrten zu organisieren. In dem Bereich kannte er sich aus, er wusste, was diese Leute suchten, schöne Strecken, dazwischen ein bisschen Kultur und Kulinarik, tolle Unterbringung. Aber war das nicht völlig belanglos?

Er verwarf auch das. Irgendwann Anfang Dezember stand er in Gmunden am See, er sah auf das Wasser hinaus und er dachte, eigentlich wollte er gar nichts mehr tun.

Er wollte einfach nur glücklich sein.

Er ging zu seinem Jaguar zurück und fuhr zu Sonja. Sie aßen Pizza und spielten ein Spiel, bei dem man Songs erraten musste, und er war überrascht, wie gut er darin war.

In der Nacht wachte er auf, er konnte nicht mehr schlafen und ging in die Küche. Einer der Hunde sprang zu ihm auf die Sitzbank und legte seinen Kopf auf seinen Schenkel. Leander streichelte ihn, und in seinem Kopf begann ein Film mit dem Zusammenschnitt der schönsten Sportszenen, die ihm in Erinnerung waren – beginnend mit einem Tor, das er selbst als zwölfjähriger Junge bei einem Landhockeyspiel geschossen hatte, der Matchtreffer ein paar Momente vor Abpfiff.

70

Nun, da Max aus dem Haus am See ausgezogen war, hatte sich Aino bei Valentin einquartiert. Er hatte ein kleines Gästezimmer, das später einmal das Kinderzimmer werden sollte, und dort konnte sich Aino für die Feiertage ausbreiten.

Nachdem Aino mit ihrem Vater ein Bier in einer Bar getrunken hatte, war sie zu Valentin nach Hause gegangen, hatte geduscht und die Weihnachtsgeschenke für ihre Familie eingepackt. Als sie sich danach ein wenig auf der Couch ausruhte, bekam sie eine Nachricht von Alexander: Er wäre in Gmunden, ob sie Lust auf einen Kaffee hätte. Ja, schrieb sie ihm nach kurzem Zögern, sie könnten sich beim Rathaus treffen.

Als sie aus der Altstadt herunterkam und auf den Rathausplatz trat, sah sie ihn schon bei den Ausflugsschiffen stehen. Er war größer, als sie ihn in Erinnerung hatte, er sah älter aus und ein bisschen altmodischer. Sie war nun an Greggs kompakte Statur gewöhnt, an seine Secondhand-Klamotten, seine Tattoos.

Er hob die Hand zur Begrüßung und lächelte sie an. Wie ein Makler, der sie erwartete, um ihr eine Dachgeschoßwohnung mit Seeblick zu zeigen. Aber professionell, kein Stümper.

Als sie bei ihm war, umarmten sie sich, er sagte, sie sähe gut aus, sie erwiderte das Kompliment. »Max hat mir gesagt, du bist hier«, sagte er.

»Ja«, sagte sie, »ich war mir nicht so sicher, ob ich es heuer schaffe, aber ich wollte mich auf jeden Fall vom Haus verabschieden.«

»Es ist komisch, aber ich trenne mich selbst schwer davon, ich hab Max so oft dort besucht ...«, sagte Alexander. »Ich weiß, das kann man nicht vergleichen ...«

»Nein«, sagte sie, »das ist schon okay, ich verstehe dich.«

Sie beschlossen, an der Traun entlang spazierenzugehen. Sie sprachen über das Lokal an der Bundesstraße – Alexander glaubte, sie würden sich wieder davon trennen –, über Valentins Kind, über die ganze Familie. Alexander wusste mehr über ihre Geschwister und ihre Eltern als sie selbst, zumindest was die letzten Monate betraf.

Er erzählte ihr, Jolas Mahnmal sei schon im Alltag angekommen, die Leute nutzten es, um sich dort zu verabreden, es war ein Foto-Hotspot, es gäbe auch schon eine Postkarte davon. Einmal war es beschmiert worden, danach hatte man eine Kamera-Attrappe an der Bank gegenüber montiert und es war nichts mehr geschehen. Hin und wieder musste es von Müll befreit werden, nach dem Wochenende wurden Bierflaschen entsorgt, Kleinigkeiten, aber beschädigt wurde nichts.

Alexander sagte, Jola sei überrascht davon, dass nichts geschehe, sie frage sich, ob nicht mehr geschehen müsse. Sie fürchtete, die Skulptur ließe die Leute kalt, sie reize sie nicht genug, ginge ihnen nicht genug unter die Haut. Er selbst fand, da war ein Gedankenfehler in ihren Überlegungen; es war doch positiv, dass nichts geschah, es zeigte, dass die meisten eben doch vernünftig waren.

Sie stiegen den Hang hoch und gingen über die schmale Fußgängereisenbrücke, die die beiden Traunufer verband. In der Mitte blieben sie stehen, sahen hinunter auf den Fluss, zehn oder zwölf Meter unter ihnen. Die Brücke zitterte, wenn sie ein Spaziergänger überquerte.

Es tut mir leid, dass ich dir wehgetan habe, wollte Aino sagen, aber sie bekam es nicht über die Lippen. Sie hatte nicht aufgehört, sich schuldig zu fühlen, daran hatte die Absolution von Dr. Sharma nichts geändert. Sie sah Alexander an, diesen langen Kerl in seiner Windjacke, darunter ein bisschen Bauch, die braunen Haare, die ihm in die Stirn fielen, die schmalen Lippen, die gemäßigte Einschätzungen und Freundlichkeiten teilten; und sie dachte, sie wusste schon, was ihr an ihm gefallen hatte, er hatte einfach ein großes Herz, er war ein mitfühlender Mann, so viele seiner Art gab es nicht.

»Was hat Sie denn so abgeschreckt?«, hatte Dr. Sachs, die Nachfolgerin von Dr. Sharma, gefragt, als Aino sie im November aus Neugier schließlich doch in der Praxis in Brooklyn aufgesucht hatte. »Warum sind Sie vor ihm *geflüchtet*?«

»Ich kann es gar nicht genau sagen«, hatte Aino geantwortet. »Vielleicht wollte ich mich nicht glücklich machen lassen; vielleicht wollte ich das selbst erledigen.«

Dr. Sachs hatte den Kopf schief gelegt und gelächelt. »Ist es Ihnen denn gelungen?«

»Auf eine chaotische, total unperfekte Weise ja. Ich habe heute mehr das Gefühl, dass mein Leben mir gehört.«

»Dann gratuliere ich Ihnen«, hatte Dr. Sachs gesagt. Und Aino war in diesem Moment bewusst geworden, dass es stimmte. Trotz ihrer Zweifel, trotz dem ganzen Zirkus, den sie mit Gregg hatte, trotz des Schmerzes, den sie immer noch spürte, wenn sie an Alexander dachte, war sie jetzt glücklicher. Sie hatte sich für dieses zerrissene Land entschieden, das sie vor Jahren mit dem Versprechen eines Neuanfangs angelockt hatte, sie hatte sich auch für einen Mann entschieden, und wenn sie Geduld hätte, würden sich ihre Wünsche, von denen ihr manche selbst noch schleierhaft waren, wahrscheinlich erfüllen.

Dieses Jahr hatte den Ausschlag gegeben, in diesem Jahr hatte sie noch mal die Möglichkeit gehabt, umzudrehen, zurückzugehen, dieses andere Leben zu führen, das ihr einmal als das einzig Richtige erschienen war. Sie entschied sich dagegen, und jetzt gab es kein Zurück mehr.

Alexander sah über den Fluss hinweg in Richtung See, die Wolken öffneten sich und die Sonne zeigte sich. »Leander, Noah und ich wollen im Sommer ans Nordkap fahren«, sagte er. »Wir kaufen einen Camper und verkaufen ihn im Herbst wieder. Oder auch nicht.«

»Echt?«

»Ich hab Leander gefragt, wollt ihr das nicht alleine machen? Aber er: Nein, da geht uns noch vor Helsinki der Gesprächsstoff aus.«

Aino lachte. »Das klingt nach einem coolen Trip.«

Alexander nickte.

Sie setzten ihren Spaziergang fort, gingen auf der anderen Seite der Traun in Richtung Gmunden zurück und plauderten über belangloses Zeug. Diese Aussprache, von der Aino gedacht hatte, sie beide bräuchten sie, würde es nicht geben, jedenfalls jetzt noch nicht. Vielleicht in ein paar Jahren. Dann würde er sagen: Besuch uns doch in unserem Haus! Und dann säße sie mit ihrem Kind auf seiner Veranda, und er mit seinem, und die Stöpsel würden sich argwöhnisch anstarren und Alexander würde sagen, jetzt sitzen wir da mit unseren Großen! Und dann … würden sie natürlich erst recht nicht über diesen Sommer reden, in dem sie fast eine Zukunft miteinander gehabt hatten und dann doch nicht.

Das Leben hätte diese Tage einfach überschrieben, und was in der Gegenwart übrig blieb, wäre nur eine Vertrautheit, von der man schon gar nicht mehr richtig wusste, wo sie eigentlich herrührte.

Und plötzlich würde Aino fragen: Hast du eigentlich die *Mildred* noch? Das Flugzeug? Und für ein paar Sekunden wäre es wieder 2022, Alexander würde den Kopf schütteln und lächeln und sagen: Ich flieg nicht mehr. Und sie würde nicken und hoffen, dass dieser Moment rasch vorbeiginge.

71

Valentin war als Erster zum Haus am See gekommen. In einer Woche würden sie den Schlüssel abgeben und schon jetzt waren die Schlafzimmer und Abstellräume leergeräumt. Nur die Wohnküche hatten sie noch gelassen, wie sie war. Damit sie noch einen Kaffee dort trinken oder ein letztes Mal zusammen Max' Gemüselasagne essen konnten. In den nächsten Tagen würden sie auch noch den Rest der Möbel und Haushaltssachen abtransportieren, dann wäre dieses Kapitel beendet.

Er sah durch die Fensterscheiben in das ehemalige Schlafzimmer der Kinder, in dem die zwei Stockbetten gestanden waren. Das rechte Bett oben war seines gewesen, dort hatte er von Liv Tyler geträumt, *Radiohead* am Discman gehört und die Biografie von Richard Branson gelesen …

Valentin setzte sich in die Wiese. Ein kühler Wind war aufgekommen, er zog sich seine Haube über die Ohren. Der Käufer des Hauses hatte ihnen gesagt, sie könnten jederzeit herkommen, wenn sie Sehnsucht nach dem Haus oder der Aussicht hätten, sie könnten schwimmen gehen oder sich zum Grillen einladen, Valentins Sohn könnte mit den Enkeln des neuen Eigentümers spielen. Vielleicht würden sie das sogar tun, aber wahrscheinlicher schien Valentin doch, dass sie nur noch sehr selten hierherkämen. Ja, wenn man den Traunsteinweg gehen wollte, spazierte man an dem Haus vorbei, aber dann sähe man ja auch, wie sich alles verändert hätte, und wahrscheinlich würde man sich das gar nicht antun wollen.

Wenn ein Haus verschwand oder den Besitzer wechselte, dachte Valentin, trat die Familie, die darin gelebt hatte, in einen neuen Abschnitt ein: Nun musste man an sie glauben, damit sie existierte. Er hörte Leanders Auto ankommen, das unverkennbare Schlagen der Jaguar-Türen. Leander, Aino und Jola kamen durch den Garten, umarmten ihren Bruder und setzten sich zu ihm in die Wiese.

»Was ist das?«, fragte Aino und blickte zu dem Floß hinunter, das beim Steg im Wasser lag.

»Ein Floß«, sagte Valentin.

»Haben die Männer gebaut«, sagte Jola, »extra für heute.«

»Da sollen wir rauf?«, fragte Aino.

»Sicher«, sagte Valentin.

»Und das trägt uns?«, fragte sie.

»Das wissen wir nicht«, sagte Leander.

»Natürlich trägt uns das«, sagte Valentin, »das ist nach einer Anleitung auf YouTube, das haben Hunderte Leute so gebaut!«

»Und alle sind abgesoffen«, sagte Jola.

»Nur ein paar«, sagte Valentin, »nur die, die schlecht gearbeitet haben.«

An den Dezemberwochenenden hatte sich Valentin mit seinem Bruder und ihrem Vater getroffen, um das Floß zu bauen. Drei Männer in Flanellhemden, immer einer mit Werkzeug, zwei mit Bier. Es war zwei mal fünf Meter groß, ein schwimmendes Deck auf Pontons, mit Geländer und Sitzbänken, hinten ein kleiner Außenbordmotor. Sie waren zu spät dran mit dem Floß, eigentlich ein ganzes Leben zu spät, aber das hatte ihrer Motivation keinen Abbruch getan.

»Probiert man so was nicht besser im Sommer aus?«, fragte Aino.

»Im Sommer haben wir kein Haus mehr, und auch keinen Strand«, sagte Valentin.

»Was passiert dann eigentlich mit dem Ding?«, fragte Jola.

»So weit haben wir nicht nachgedacht«, sagte Leander.

»Ein Floß baut man aus dem Moment heraus«, sagte Valentin.

»In dem einen Moment baut man es, in dem anderen geht man damit unter«, murmelte Jola.

»Wie geht es euch denn damit?«, fragte Aino.

»Mit dem Untergehen?«, fragte Jola.

»Mit dem Hausverkauf«, sagte Aino.

»Ich finde, einer von uns hätte es nehmen sollen«, sagte Leander.

»Keiner von uns hätte die anderen auszahlen können«, sagte Valentin.

»Ich hätte nix dagegen gehabt, dass du herziehst, wenn du dich dafür darum kümmerst«, sagte Aino.

»Für mich ist das nichts«, sagte Valentin. »Ich brauche den Bäcker, die Buchhandlung und das Theater ums Eck. Und von euch will ja auch keiner. Und für Papa ist es besser in der Stadt. Und Mama mag ihr Ischl. Man muss sich auch mal verabschieden können.«

Die Geschwister sahen den Hang hinauf, zu dem Haus, in dem sie aufgewachsen waren; das Haus, das ihnen ihr ganzes Leben lang als selbstverständlich erschienen war, nun aber den Reiz all der Dinge ausstrahlte, von denen man sich trennen musste.

»Und wo treffen wir uns in Zukunft?«, fragte Aino.

»Mal da, mal dort«, sagte Valentin leichthin.

»Viele Familien machen das so«, sagte Jola.

»Und wir haben ja jetzt das Floß«, sagte Leander.

Wieder blickten sie hinunter zum Wasser, wo das eckige Ding gemächlich vor sich hinschaukelte. »Sollen wir es jetzt schmücken?«, fragte Jola.

Valentin nickte und er griff nach den Säcken mit Weihnachtsdekoration. Zusammen gingen sie zum Floß hinunter, das am Steg vertäut war. Jola griff nach einer Tannennadelkette und schlang sie um das Geländer. Leander begann, die Ränder des Floßes mit einer Lichterkette zu verzieren.

»Wie soll es heißen?«, fragte Aino.

»Lucky?«, schlug Leander vor.

»Find ich nicht schlecht«, sagte Valentin.

»Ich hole Farbe und Pinsel«, sagte Aino.

Als sie den Hang hinauf über die Wiese zum Haus ging, kamen ihr Monika und Felix entgegen. Ihre Mutter trug eine Kamera bei sich.

»Können wir gleich?«, rief Monika. »Das Licht ist schön!«

»Okay«, sagte Aino, »wo willst du uns?«

»Einfach hier, in der Wiese?«

»Ich hole sie«, sagte Aino.

Sie kehrte um, ging wieder zum Strand hinunter und kam nach einer Weile mit ihren Geschwistern zurück.

Monika wies die Kinder an, sich in die Wiese zu setzen. Sie hatte sich dagegen entschieden, jedes Kind einzeln zu fotografieren. Sie wollte den alten Familienfotos, die im Frühjahr in Linz gezeigt werden würden, bloß ein einziges neues Foto der vier Geschwister gegenüberstellen, nicht inszeniert, schnell geschossen, eine Momentaufnahme.

Leander saß vom Hang aus betrachtet am weitesten oben. Jola knapp unter ihm, an seiner Seite. Aino unter Leander, Valentin neben ihr. »So gut?«, fragte Jola.

»Wenn ihr so sitzen wollt, ist es gut«, sagte Monika und drückte schon ab.

»Wer von euch war am wildesten?«, fragte Felix.

»Jola!«, riefen die anderen drei, und sie rief: »Hell, yeah!«

»Was wird das?«, fragte Monika.

»Ich will sie nur auflockern! Von wem habt ihr gedacht, er würde nie daheim auszuziehen?«

»Leander«, sagte Jola. »Hat den Absprung dann aber doch noch mit einundzwanzig geschafft.«

»Leander oder Aino«, sagte Valentin, »beide Nesthocker!«

»Hey, ich bin die, die ausgewandert ist, okay?«, rief Aino.

»Wer, habt ihr geglaubt, wird einmal am besten verdienen?«

»Valentin«, sagten alle, auch Valentin.

»Und wer, habt ihr geglaubt, wird ewig Single bleiben und mit Katzen leben?«

»Leander«, sagten alle.

»Und jetzt haltet alle den Mund und seht in die Kamera«, befahl Monika.

Als Max und Birgit kamen, griff Felix nach Monikas Kamera und sagte, er wolle jetzt ein Foto von den Eltern machen. Max war einverstanden, Monika protestierte, aber dann überzeugte Felix sie und bat die zwei, auf Stühlen in der Wiese Platz zu nehmen. Max auf der linken Seite, im Mantel, Mütze auf dem Kopf. Monika rechts, eine rote Jacke, die Haare frisch vom Friseur. »Stellst du uns jetzt auch so eine dämliche Frage?«, rief Monika in Felix' Richtung und wirkte nervös.

»Soll ich?«, antwortete Felix.

»Ich weiß nicht«, sagte Monika.

»Wie habt ihr euch kennengelernt?«

Monika und Max sahen sich an. »Auf der Liegewiese im Strandbad von Altmünster«, sagte Max. »Ich kann mich kaum noch erinnern, um ehrlich zu sein«, sagte Monika.

»Hauptsache, ich weiß es noch«, sagte Max.

»Welche ist eure schönste Erinnerung an euch als Familie?«

Wieder sahen sich Max und Monika an. »Alle«, sagte Max.

Monika senkte den Blick, dann lächelte sie.

Als es zu dämmern begann, kamen Sven, Irma und Chiara. Sie hatten Sarah in Gmunden abgeholt und mitgebracht. Sie begrüßten die anderen, und alle gemeinsam gingen zum See hinunter. Sie standen vor dem Floß, das im dunklen Wasser vor Anker lag. In den Häusern am See begannen die Lichter anzugehen. »Ich gratuliere den Bootsbauern, aber mitfahren werde ich nicht«, sagte Sarah.

Birgit schlug dankbar vor, bei ihr zu bleiben. Sven und Chiara sagten, sie wollten auch lieber an Land warten, Jungfernfahrten hatten so einen Ruf, und Felix schloss sich dem Argument an.

Den übrigen, also den Geschwistern, Max, Monika und Irma, reichte Valentin Schwimmwesten. Sie nahmen auf den Bänken Platz und winkten den Leuten am Ufer zu. Valentin löste die Taue, ließ den kleinen Motor an, und langsam glitt das Floß auf den See hinaus.

»Fährt ja ganz ruhig«, sagte Irma gefasst.

»Haben sie brav gemacht, die Männer«, bestätigte Jola und legte den Arm um ihre Tochter.

»Wir hätten das schon vor zwanzig Jahren bauen sollen«, sagte Max.

»Dann wär's jetzt Schrott …«, sagte Monika.

Leander lachte, und Aino sagte: »Fahren wir zum Schloss rüber.«

Valentin knipste die Lichterkette an und rief: »Frohe Weihnachten!«

Die, die an Land geblieben waren, sahen, wie auf dem See die Beleuchtung des Floßes anging. Sie hörten Klatschen und das Knallen einer Sektflasche.

Ganz langsam entfernte sich das Leuchten von ihnen.

Gedruckt mit freundlicher Unterstützung durch

Stadt Wien

Dieser Roman wurde gefördert mit dem Arbeitsstipendium Literatur der Stadt Wien.

Umschlag: Jorghi Poll
Druck und Bindung: Finidr s.r.o.
ISBN 978-3-903460-36-2

Weitere Titel und unser Gesamtverzeichnis
finden Sie auf milena-verlag.at